Carmen Laforet

DIE INSEL UND DIE DÄMONEN

Carmen Laforet

Die Insel und die Dämonen

Roman

Aus dem Spanischen von Angelica Ammar

claassen

Die Originalausgabe erschien 1952 unter dem Titel
La isla y los demonios bei Destino, Madrid.

claassen ist ein Verlag der Ullstein Buchverlage GmbH

ISBN-13: 978-3-546-00401-5
ISBN-10: 3-546-00401-9

Satz: LVD GmbH, Berlin
Gesetzt aus der Centaur MT
Druck und Bindearbeiten: Clausen & Bosse, Leck
Printed in Germany

Für Carmen Castro de Zubiri, die mit ihrer bewundernswerten und selbstlosen Auffassung von Freundschaft zu einem guten Teil dazu beigetragen hat, daß dieses Buch das Licht der Welt erblickt. In liebevoller Verehrung.

Für meinen Vater, Architekt aus Las Palmas. Für alle meine Verwandten und Freunde auf dieser Insel, auf der ich die besten Jahre meines Lebens verbracht habe ... Ohne Dämonen.

Erster Teil

I

Diese Geschichte beginnt an einem Novembertag des Jahres 1938. Marta Camino ging am Kai, an dem das Postschiff vom spanischen Festland anlegen sollte, bis zum Wasser vor. Ihre jugendliche Silhouette, in dunklem Rock und hellem Pullunder, zeichnete sich einen Augenblick im Gegenlicht ab. Die an diesem Tag sehr sanfte Meeresbrise strich ihr durch die kurzen, blond glänzenden Haare. Sie schirmte ihre Augen mit einer Hand ab, das Gesicht in aufgeregter Erwartung. Gerade bog das Schiff um die große Mole und fuhr in den Hafen Puerto de la Luz ein.

Die Bucht lag gleißend da. Ein Dunst aus Licht verwischte die Umrisse der ankernden Schiffe und einiger Segelboote mit nutzlos herabhängenden Segeln. Die Stadt Las Palmas mit ihren Gärten und Palmen erhob sich flirrend und weiß über dem Meer.

Der große Hafen hatte schon geschäftigere Zeiten gekannt als nun während des Bürgerkriegs. Trotzdem stapelten sich auf den Molen Kisten mit Bananen und Tomaten, bereit zum Verschiffen. Es roch nach Stroh, Teer, Staub und Meeresjod.

Das Schiffstuten wurde vernehmbar, durchschnitt die glitzernde Luft und schreckte die Möwen auf. Langsam schob sich das Schiff in den mittäglichen Hafen. Eingerahmt von der großen Mole und der Ciudad Jardín, der Gartenstadt, glitt es auf das Mädchen zu. Das Meer war so glatt, daß es stellenweise fast rötlich schimmerte, als würde unten am Grund jemand verbluten. Ein Motorboot kreuzte in der Ferne und zog eine Kielspur aus hellem Schaum wie einen weißen Pfeil auf die ruhige Wasserfläche.

Plötzlich, als man nach und nach die vollen Decks des Schiffs ausmachen konnte und sogar schon einige Taschentücher zu erkennen waren, merkte Marta, daß sich um sie, neben ihr, hinter ihr, eine Vielzahl von Menschen drängte, um die Ankommenden in Empfang zu nehmen. Zu jener Zeit war das Postschiff vom Festland immer voller Soldaten auf Fronturlaub.

José Camino, blond, groß und hager, packte seine Schwester am Arm und zog sie vom Wasser weg.

»Bist du verrückt? Pino wird schon ganz nervös. Du wirst noch fallen, sagt sie.«

Sie traten ein paar Schritte zurück, und jetzt stand das Mädchen zwischen ihrem Bruder und ihrer Schwägerin. Umrahmt von den beiden, wirkte es unscheinbar und kindlich.

Tatsächlich war Marta aber genauso groß wie Pino, eine junge, dunkelhaarige, fest gebaute Frau mit breiten Hüften und sehr schmaler Taille, etwas zu herausgeputzt für den Anlaß und die Tageszeit. Pino trug hohe Absätze, Marta flache Sandalen; deshalb erschien Marta neben ihr kleiner, als sie war.

José machte einen ernsten, bedeutsamen Eindruck. Er war blonder und blasser als seine Schwester; seine Haut wirkte fast nordisch, da er sie nie länger der Sonne aussetzte. Unentwegt brachten ihn Wind, ein Sonnenstrahl oder irgendeine innere Erregung zum Erröten. Abgesehen von den blonden Haaren, ähnelten Marta und er sich kaum, zum Glück für das Mädchen. Josés Züge hatten etwas Seltsames, wie Abgestorbenes. Seine mächtige Nase zog sich lang nach unten. Seine hervorstehenden Augen waren von einem unangenehmen, fahlen Blau. Er war stets schwarz gekleidet, und seine Anzüge waren stets makellos.

Das Schiff kam so nahe, daß Marta sich von zweifachem Geschrei umgeben sah. Die Leute auf der Mole gerieten außer sich, als sie die Gesichter der einzelnen Passagiere erkannten, und deren Begeisterung wogte über die Reling. Marta sah auf den Decks nur Soldaten, uniformierte Männer mit ihren Decken. Viele Bärtige waren darunter. Fast hatte sie ihren Geruch in der Nase … Fieberhaft ließ sie ihren Blick über sie schweifen, bis sie endlich auf dem obersten Deck ein paar Gestalten in Zivil entdeckte. Auch Frauen waren darunter, und sie sagte sich, daß sich dort bestimmt ihre Verwandten befanden. Sie vergewisserte sich mit einem Blick auf José, der gerade sein Taschentuch hervorzog und damit zu winken begann: tatsächlich, er schaute dorthin. Nachdem sie solange auf sie gewartet, ihre Ankunft zwei Monate lang herbeigesehnt hatte, fühlte Marta sich mit einem Mal ganz verunsichert.

Kurz zuvor hatten die Ankommenden niedergeschlagen auf die harschen, von der Sonne gebrannten Felsen geschaut, an denen das Schiff vorbeigefahren war.

Auf dem Oberdeck lehnten zwei Frauen und zwei Männer an der Reling, die alle zum ersten Mal auf die Insel kamen. Drei von ihnen, die beiden Frauen und ein Herr mittleren Alters mit rötlichem Haar, gehörten der Familie Camino an; der vierte war ein befreundeter junger Mann, den der Bürgerkrieg seiner eigenen Familie entrissen hatte und dem die Idee gekommen war, sich auf die Kanaren zu begeben, als er von den Reiseplänen der drei anderen erfahren hatte. Dieser junge Mann sah weder besonders elegant noch gepflegt aus; gleichwohl hatte er in diesen schwierigen Zeiten das Glück, über ausreichende Mittel zu verfügen, um zu leben, wo es ihm gefiel, wenn auch ohne großen Luxus. Auch seine Beschäftigung erlaubte es ihm: er war Maler; allerdings hatte er schon lange kein Bild mehr verkauft.

Neben dem üppigen, reifen Fräulein Honesta Camino an der Reling lehnend, wirkte Pablo, der Maler, sehr jugendlich. Und er war sogar noch jünger, als er aussah, denn die sympathischen, sinnlichen Züge seines dunklen Gesichts waren von den Fügungen eines Lebens gezeichnet, das ihn nicht immer sanft behandelt hatte.

Eigentlich war Pablo noch im wehrpflichtigen Alter, doch er hatte seit seiner Kindheit ein lahmes Bein und war dem Kriegsdienst somit enthoben.

Die anderen drei, Honesta und Daniel Camino und dessen Frau Matilde, kamen als Flüchtlinge auf die Insel. In diesen unruhigen Zeiten suchten sie Zuflucht bei einem Neffen und einer Nichte in gesicherten Verhältnissen. Ihr Leben war seit Ausbruch des Bürgerkriegs nicht leicht gewesen. Die Ereignisse hatten sie bei sich zu Hause in Madrid überrascht. Von dort waren sie nach Frankreich geflohen, wo sie schließlich José Caminos gastfreundliche Einladung erreicht hatte. Sie rückten zusammen, als sie jetzt zum ersten Mal diesen unbekannten Fleck Erde erblickten. Die Luft der Insel wärmte ihnen die nicht mehr ganz jungen Gesichter; in denen der Geschwister Camino spiegelte sich ein gewisses Erstaunen, in Matildes vor allem Müdigkeit.

Honesta war erschaudert, als das Schiff an der tristen, schroffen Felsküste entlanggefahren war.

»Ich dachte, wir kämen in ein Paradies!«

Matilde, eine große, blasse Frau, die trotz des frühlingshaften Tags in einen dicken Mantel gehüllt war und während der ganzen Reise unter schrecklicher Seekrankheit gelitten hatte, sah sie spöttisch an.

»Vergiß das mit dem Paradies. Diese Inseln sind höllisch.«

Matilde hatte Geschichte studiert. Ihr Urteil erlaubte keine Anfechtungen.

Pablo mischte sich ein, mit lächelndem Blick unter den schwarzen Augenbrauen, und sagte, sie solle nicht so pessimistisch sein.

Daniel Camino, der im Gegensatz zu seiner Frau klein, dicklich und sommersprossig war, machte einen besorgten Eindruck.

»Wir umfahren die Insel wohl gerade«, bemerkte Matilde nur.

Aus ihrer Manteltasche zog sie eine Karte der Inselgruppe, die sie stets bei sich trug, seit sie den Entschluß zu dieser Reise gefaßt hatten. Die sieben Inseln waren darauf eingezeichnet: Teneriffa, Gran Canaria, Fuerteventura, Lanzarote, Gomera, El Hierro und La Palma ... Die anderen hatten sich im Laufe der Reise längst daran gewöhnt, Matilde mit dieser Karte in der Hand zu sehen, was ihnen meist ein Lächeln entlockte; doch jetzt beugten sich alle eifrig darüber. Sogar Pablo spähte über Honestas Schulter, um einen Blick auf das Faltblatt zu erhaschen, dessen Ränder der Wind immer wieder aufflattern ließ und umknickte.

Die Insel, auf die sie zusteuerten, war Gran Canaria, das ehemalige Tamarán der Guanchen, der kanarischen Ureinwohner. Sie befand sich beinahe in der Mitte des Archipels. Auf der Karte sah man ihren rundlichen Umriß, etwa in Form eines Katzenkopfs mit einem einzigen Ohr im Nordosten. Dieses Ohr ist die Halbinsel La Isleta; an der östlichen Seite der Landenge, die sie mit dem Rest der Insel verbindet, liegt die Bucht mit dem Hafen Puerto de la Luz; an der Westküste dehnt sich der schöne Sandstrand Las Canteras aus, nicht der einzige der Hauptstadt Las Palmas.

Die Stadt erstreckt sich von den Ausläufern der Halbinsel, auf denen sich das Hafenviertel befindet, mit einem dem Hafen südlich gegenüberliegenden Viertel voller Gärten, der Ciudad Jardín, über die ganze Landenge und säumt weiter die Küste bis zu den Vierteln Triana und Vegueta, ihrem wahren Herzen. In den sich dahinter erhebenden Felsen schlängeln sich die Gassen der einfacheren Viertel, mit ihren Steintreppen und weiß getünchten oder bunt bemalten Häuschen aus Lehm.

All das wußten die Fremden nicht. Matilde zeigte ihnen auf der Karte nur, wo sie sich ihrer Vermutung nach in diesem Augenblick befanden: auf der Strecke rund um La Isleta, kurz vor der Einfahrt in den Puerto de la Luz.

Mit klarer Stimme dozierte sie beflissen:

»Gran Canaria ... Wir befinden uns in der Mitte der Inselgruppe. Zwischen dem 27. und 29. Breitengrad nördlich und dem 15. und 16. Längengrad westlich.«

Dann faltete sie die Karte zusammen und fuhr fort:

»Unamuno konnte sich die Bezeichnung ›Die Inseln der Glückseligen‹ nicht erklären, und Paul Morand nannte Las Palmas, jawohl, Las Palmas, den häßlichsten Ort der Welt.«

Pablo grinste. Matilde amüsierte ihn, vor allem, wenn sie in Begleitung ihres Mannes war. Sie sah ihn aus ihren großen, unschön runden Augen scharf an.

»Matilde, was sagst du denn da! Hier herrscht ein ausgezeichnetes Klima, es gibt viele hohe Berge, und laut meinen Informationen eine höchst abwechslungsreiche Fauna, von den tropischen Pflanzen an der Küste bis zu nordischen Baumarten ... Das hört sich doch eigentlich nicht nach dem häßlichsten Ort der Welt an, oder?«

Sie fuhren in den Hafen ein. Die Stadt bot einen herrlichen Anblick in ihrem Schleier aus goldenem Licht.

Unter den auf den Decks zusammengedrängten Soldaten machte sich Aufregung breit, laute Viva-Rufe wurden hörbar. Die ganze Reise über hatten sie fröhliche Gelage abgehalten, dabei Gitarre gespielt oder einfache Lieder der Inseln gesungen, die sogenannten *Isas* und *Folías*.

»Ich habe Inseln schon immer verabscheut ... und erst recht Vulkaninseln. Ich kann mir nicht helfen – der Gedanke an einen plötzlichen Ausbruch macht mich einfach nervös.«

Honesta wandte sich mit seufzend bebender Brust Pablo zu und sagte mit einem Kleinmädchenlächeln:

»Wenn es der mutigen Matilde schon so geht, was soll ich dann erst sagen, Pablito ... Aber ich denke lieber an Palmenhaine und Ukulelen und all das, auch wenn ich weiß, daß es das hier nicht gibt ... Ich kann eben einfach nicht erwachsen werden!«

Daniel sagte mit schwacher Stimme, daß er seinen Neffen bestimmt nicht wiedererkennen würde.

»Aber Daniel! Ich glaube nicht, daß der Junge von damals sich so verändert hat. Er war ja schon richtig groß, als wir ihn aus den Augen verloren ...«

Das sagte Hones. Matilde kannte José nicht.

»Mein armer Bruder Luis«, wandte Daniel sich erklärend zu Pablo, »hat alles daran gesetzt, um auf diese Inseln überzusiedeln, da seine Frau tuberkulosekrank war und man ihm sagte, das Klima würde sie heilen. Also kam er mit ihr und dem Jungen hierher, was seine Frau aber nur um wenige Monate überlebte. Später hat er wieder geheiratet, und aus dieser zweiten Ehe stammt ein weiteres Kind, ein Mädchen, das wir nicht kennen.«

Matilde unterbrach ihn, während sie mit ihren leicht hervorstehenden Augen das von Minute zu Minute näherrückende Panorama von Hafen und Molen ausspähte.

»Ein Kind wird sie nicht mehr sein, dein Bruder ist schließlich schon vor zehn Jahren gestorben.«

»Ja, er ist bei einem Autounfall umgekommen. Seine zweite Frau ist gesundheitlich angeschlagen, wie sie schreiben, und der Junge ..., mein Neffe José, meine ich, wir nennen ihn immer noch so, ist inzwischen ein verheirateter Mann ... Ich glaube, er ist sogar älter als du, Pablo.«

Hones hob den Kopf, um den sie ein feines grünes Tuch geschlungen hatte, durch das ihre blondierten Haare schimmerten. Sie hörte es nicht gern, wenn das Thema aufs Alter kam.

»Was für ein herrlicher Tag, nicht wahr, Pablito ...! Gleich legen wir an.«

»Da ist er!« rief Daniel aufgeregt. »Nicht zu verwechseln.«

Honesta schaute in dieselbe Richtung wie er. Am Hafen erblickte sie eine dunkle, magere Gestalt, von einem weißen Kopf gekrönt, und sah, daß ihnen dieser Mann mit einem Taschentuch winkte. An seiner Hand glitzerte etwas, ein Ring vermutlich.

Da schwenkte auch sie ihr Taschentuch in der Luft und tupfte sich dann gerührt die Augen.

»Die Familie, Pablito ... Wie nah das einem doch geht! Das eigene Fleisch und Blut! Ich weiß ja, ich bin dumm, aber ...«

Pablo lachte einfach nur und zeigte ein paar weiße Zähne. Mit einem Ohr war er bei Hones und gleichzeitig ganz eingenommen von dem Schauspiel, das sich ihm am Hafen bot. Die Familie Camino fand er höchst amüsant.

Mit weiten Nasenflügeln atmete er den Landgeruch ein, der ihm nach mehreren Tagen auf hoher See entgegenwehte. Der Anblick der Hafenkais hielt ihn gefangen, und unwillkürlich kniff er die Augen zusammen, um die Nuancen des Lichts besser zu erfassen. Die letzten Jahre waren beklemmend für ihn gewesen, und nun spürte er eine Erleichterung in sich aufsteigen, als habe er tatsächlich eine Zuflucht gefunden. Er hatte das Gefühl, daß er bereits begann, sich von den bitteren Obsessionen zu befreien, die ihn quälten.

Marta Camino sah Honesta und Pablo den Landesteg herunterkommen, gefolgt von Matilde und Daniel. Pablo wurde kurz vorgestellt und verabschiedete sich dann gleich.

»Ein Freund«, sagte Honesta. »Ein berühmter Maler ... im Grunde genial ...«

Martas Blick folgte für einen Moment dem jungen, mageren Mann mit dem lockigen Haar, der sich trotz seines lahmen Beins rasch mit Hilfe seines Stocks entfernte, die Kofferträger im Gefolge. Es überraschte sie nicht, daß ihre Verwandten aus Madrid mit den interessantesten und genialsten Menschen der Welt befreundet waren. Daniel selbst war ja, trotz seines etwas irreführenden, so gepflegten wie nichtssagenden Äußeren, Dirigent und Komponist; ein ganz außerordentlicher Musiker. Und was Matilde betraf ... Marta schaute sehnsüchtig, fast eingeschüchtert zu ihr. Diese große, noch junge Frau mit den markanten Zügen, um deren Kopf sich ein wunderschöner kastanienfarbener Zopf wand, war eine bekannte Dichterin. Marta, die sich in der Abschlußklasse der höheren Schule befand und heftig vom literarischen Fieber infiziert war, berauschte sich an dem Gedanken, daß eine »echte« Schriftstellerin in ihrem Haus wohnen würde. Und Honesta, blond und üppig, mit ihren schmachtenden, affektierten Gebärden, war Daniels Schwester. Von jeher bewegte sie sich in dieser künstlerischen, intellektuellen Atmosphäre, von der Marta sich die Ankommenden umgeben dachte; auch auf sie färbte der Zauber dieser magischen Wesen ab.

Die magischen Wesen beachteten ihre schüchterne, stumme Nichte kaum. Nur Hones verlieh ihrer Verwunderung Ausdruck, wie groß Marta doch geworden sei, als hätte sie sie trotz ihrer sechzehn Jahre noch in Windeln erwartet. Wesentlich eingehender widmeten sie sich José und Pino und der beifälligen Betrachtung der stattlichen Limousine, die sie erwartete.

Daniel war alt. Sein rötliches Kraushaar, das einige kahle Stellen kaschierte, war nirgends angegraut, sein pausbackiges Gesicht wies keine tiefen Falten auf, aber im Grunde war er steinalt. Vielleicht vermittelte seine flötende Stimme voller Mißtöne diesen Eindruck, wenn er etwa sagte:

»Nicht schlecht, dein Wägelchen, José. Neuestes Modell?«

Josés schlechte Zähne wurden sichtbar.

»Ich wechsle es alle zwei Jahre.«

Die Limousine war geräumig. José fuhr, Daniel und Marta hatten genügend Platz neben ihm auf der Vorderbank. Hinten saßen die drei Frauen.

Marta hatte das Gefühl, auf einer Wolke aus Glückseligkeit zu schweben. Von den Gesprächen der anderen bekam sie kaum etwas mit, so betäubt war sie von diesem Glück. Die Stadt zog an ihnen vorbei, tat sich vor ihnen in der Windschutzscheibe auf.

›Wie ist wohl eine Stadt, die man noch nie gesehen hat?‹ fragte sich Marta. Sie versuchte sich vorzustellen, daß sie selbst eine Reisende wäre, die gerade erst ankam. Allein bei dem Gedanken schien ihr der Himmel noch blauer, die weißen Wolken noch bedrohlicher, die Gärten noch üppiger.

Ihren Träumereien nachhängend, nahm sie am Rande wahr, wie der Wagen einmal quer durch Las Palmas fuhr. Auf der langen Calle de León y Castillo, die das Hafenviertel mit der Altstadt verband, herrschte ein reger Verkehr von Autos, Guaguas, wie die Omnibusse hier hießen, und Lastwagen. Gelegentlich säumte die Straße ein Stück das Meer, dann führte sie zwischen der Ciudad Jardín und dem kleinen Strand Las Alcaravaneras hindurch, wo sich an diesem herrlichen Tag einige Badende tummelten. All das kam Marta so farbenfroh und lebendig vor. Doch als sie in Daniels Augen eine Bestätigung suchte, entdeckte sie dort nicht die geringste Bewunderung. Er sah nur kleine Häuser und gemächliche Menschen, träge von dem drükkenden Tag. Etwas Träges, Bedrücktes lag aber auch in seinem Gesicht.

Der Wagen verließ die Stadt über die Carretera del Centro.

»Wegen meiner Stiefmutter leben wir auf dem Land«, erklärte José, halb zu Daniel gewandt.

»Ach ja ...! Richtig ...! Du hast geschrieben, daß die arme Frau nicht bei guter Gesundheit ist. Die Nerven oder etwas in der Art ...?«

Marta wurde nervös. Der Wagen ließ das an die Stadt angrenzende Tal mit den Bananenpflanzungen hinter sich. Am Horizont zeichnete sich das Zentralmassiv ab. Die Landstraße wand sich in scharfen Kurven den schroffen Berg aus Kalkstein hinauf. Marta war davon ausgegangen, daß die Verwandten vom Festland wußten, wie es um ihre Mutter stand.

»Ja, genau ... die Nerven.«

José runzelte leicht die Stirn und wechselte den Gang.

Hinter ihm lachte Pino unangenehm schrill auf.

»Aber was soll das denn heißen ...? Die Nerven! Darf man etwa nicht sagen, daß Teresa verrückt ist? Das ist doch kein Geheimnis!«

»Oh!« rief Honesta neben ihr aus.

Marta sah, wie Daniel bestürzt mehrmals blinzelte. Daniels Augen waren ebenso fahl wie die seines Neffen, aber kleiner und nicht so hervorstehend. Marta fragte sich, warum José so stumm blieb. Es war deutlich spürbar, daß alle gern beruhigt werden wollten. Einen Moment lang überlegte sie, ob sie ihre schreckliche Schüchternheit überwinden und selbst eine Erklärung geben sollte. Doch da hatte José bereits wieder das Wort ergriffen.

»Verrückt kann man Teresa nicht nennen ... Meine Stiefmutter saß mit im Auto, als mein Vater verunglückte. Sie erlitt einen Schock ... Die Ärzte sind allerdings der Meinung, daß Teresa sich auch ohne den Unfall in diesem Zustand befände. Sie sprechen von einem Blutgerinnsel im Gehirn. Letztlich weiß aber niemand, was sie genau hat. Sie ist geistig verwirrt; sie spricht nicht mehr und erkennt offenbar niemanden wieder. Ihr Wahnsinn, wenn man es denn so nennen will, ist friedlicher Art. Außerdem verläßt sie nie ihr Zimmer. Ihr werdet gar nichts von ihr mitbekommen.«

Der Wagen fuhr weiter bergauf in eine heitere Landschaft. Grüne Täler mit Bananenpflanzungen in Terrassenanbau. Häuschen voller Blumen. Hie und da vereinzelte Palmen.

Die Luft wurde frischer und klarer als in der Stadt, obwohl der Wagen nur eine Viertelstunde in die höheren Regionen gebraucht hatte. Marta versank wieder in ihre Gedanken:

›Würde ich diese hohe Palme nicht kennen, die da an der Wegbiegung so anmutig in der Landschaft steht, würde ich diese blühenden Gärten mit ihren Bougainvilleen nicht kennen, würde ich weder diese geteerte Straße im Schatten der jahrhundertealten Eukalyptusbäume noch die aufragende, bläuliche Bergkulisse kennen, wie wäre das? Was würde ich in diesem Augenblick empfinden?‹

José bog in eine Seitenstraße ein, die sich zwischen Landhäusern und Weinbergen entlangzog. Stolz wandte Marta sich den anderen zu und erklärte, als sei es ihr gerade wieder bewußt geworden:

»Wir wohnen am Hang eines erloschenen Vulkans.«

Sie merkte, daß Matilde sie erschrocken ansah. Keiner sagte etwas. Pino, die zwischen den beiden Festlandspanierinnen saß, hatte ihr sarkastisches Lächeln um die Mundwinkel. Zwischen Matildes scharfen Zügen mit der gebogenen Nase und der rotwangigen Hones wirkte ihr Gesicht trotz der hellen Haut exotisch, fast schon negroid. Mit süßlicher, leicht wehleidiger Stimme sagte sie:

»Es ist so fürchterlich, hier draußen zu wohnen und das Haus in Las Palmas leer zu wissen ... Sie können sich ja nicht vorstellen, was das für ein Leben ist.«

»Aber die Stadt ist doch nicht weit.«

Das kam von Matilde, denn in diesem Moment fuhr der Wagen unter einem schmiedeeisernen Torbogen hindurch und eine Allee aus Eukalyptusbäumen den Weinberg hinab. Die Rebstöcke wuchsen in zahllosen kleinen Gruben, eingebettet in schwarze, harsche Lavaerde, den Picón. Die Picón-Bröckchen knirschten sonderbar, wenn die Autoreifen sie platt walzten.

Die Allee mündete in einen herrlichen Garten, eine Art Plattform auf dem Hügel. Zwischen alten Bäumen waren Blumenbeete angelegt. Das Haus machte keinen sehr großen, aber einen angenehmen und unprätentiösen Eindruck und war mit vielen Spalieren verziert.

José hielt auf einem kleinen Vorplatz vor der Haustür. Einen

Brunnen gab es dort. Auf sein Hupen erschien ein sehr junger, aber fast riesenhaft großer Gärtner, blond und rothäutig wie ein echter Guanche, mit einem weißen jungenhaften Lächeln. Er war in Hemdsärmeln.

Als alle ausgestiegen waren, setzte sich Chano, der Gärtner, in den Wagen und lenkte ihn einen kurzen Weg hinab, der zur Garage führte.

Honesta legte voller Bewunderung ihre Hände aneinander und senkte die Lider.

»Was für ein Häuschen für Jungvermählte! Wie wunderbar!«

Pino blickte sie von der Seite her an.

»Ja? ... Es gefällt Ihnen? Ich würde viel darum geben, es nicht mehr sehen zu müssen.«

Marta fand Hones maßlos affektiert.

Ein Schweigen machte sich breit, bevor die Gruppe das Haus betrat. In der Stille hörte man das Summen der Fliegen, und die Rosen schienen noch intensiver zu duften. In der Reihe Zitronenbäume, die den Garten vom Rest des Grundstücks abgrenzte, hoben sich deutlich die gelben Früchte ab.

»Dieser Frieden ist ein wenig bedrückend«, sagte Matilde. »Man möchte kaum glauben, daß Krieg ist, daß Spanien sich mitten im Bürgerkrieg befindet.«

Die schlichte Haustür öffnete sich und gab den Blick frei auf einen imposanten Herrn mit schwermütig wohlwollender Miene, über dessen mächtigen Bauch sich eine altmodische Uhrkette zog.

»Willkommen, meine Herrschaften ...«

Pino wurde ganz förmlich und sagte steif:

»Es ist mir ein Vergnügen, Ihnen meinen Paten vorzustellen. Er ist heute zum Mittagessen gekommen, um Sie kennenzulernen.«

»Er ist auch mein Pate«, sagte Marta überflüssigerweise, da niemand ihr zuhörte.

José fügte hinzu, während der große, beleibte Herr reihum die Hände schüttelte:

»Don Juan ist unser Hausarzt. Er war der beste Freund aus Kindertagen von Martas Großvater ... Inzwischen ist er für uns wie unser nächster Verwandter.«

»Kommt rein, Kinder«, sagte Don Juan ungezwungen, als wäre er in der Tat der Herr des Hauses. »Kommt rein und macht es euch bequem ...«

Alle gingen hinein; Marta blieb zurück, unentschlossen, ob sie ihnen folgen sollte. Zum ersten Mal nahm sie das Haus, in dem sie geboren worden war, wirklich wahr. Kritisch musterte sie es, wie es ein Fremder hätte tun können. Im Garten wuchsen bereits die Chrysanthemen und blühten noch die Dahlien. An den Hauswänden rankten sich Heliotrope, Geißblatt und Bougainvilleen hinauf. Überall Blüten, wohin man sah. Glühend vermischten sich ihre Düfte.

Befriedigt nahm Marta diese Schönheit, diese überschwengliche Fülle wahr.

›In anderen Ländern ist es um diese Jahreszeit schon kalt. Die Blätter fallen von den Bäumen, vielleicht schneit es sogar ...‹

Sie versuchte sich vorzustellen, daß sie aus einem kalten, nebligen Land käme und sich vor diesem Haus wiederfände ... Sie setzte sich auf die Treppenstufe vor dem Eingang und legte eine Handfläche auf den warmen Lavastein, der nie vom Schnee liebkost worden war.

Die Sonne blendete sie, und sie kniff die Augen zusammen. Vor ihr entfalteten sich die Berge in farbigen Wellen; der ferne höchste Gipfel leuchtete blaßblau und schien auf das Mädchen zuzugleiten, wie Stunden zuvor das Schiff in den Morgen geglitten war.

Marta dachte an die drei Menschen, die mit dem Schiff angekommen waren. Durch das offene Fenster drangen ihre Stimmen.

In der Ferne hörte sie einen Rechen über die Lavaerde auf den Wegen schürfen. Mit seiner vollen Stimme sang der junge Gärtner Chano ein Lied aus wehmütigen, tiefen Tönen. Als er für einen Moment innehielt, wurde die Stille vom Schrei eines Dienstmädchens durchbrochen, das ihn zum Mittagessen in die Küche rief.

All das war so friedlich und berückend, wie sie es sich für die Kriegsflüchtlinge wünschte. Trotzdem fühlte Marta sich nicht besänftigt. Im Inneren des Hauses verpufften diese Ruhe und dieser Frieden. Dort drinnen gab es weder Glück noch Verständnis noch Sanftmut.

Marta runzelte die Stirn.

Aus dem Fenster drang die Stimme ihrer Schwägerin, die auf eine Bemerkung Honestas antwortete:

»Aber nein! … Das Mädchen ist mir doch keine Gesellschaft. Sie ist ja immer in ihre Schulbücher vertieft. Und außerdem … wenn Sie wüßten, was das für eine ist! Denken Sie nur, heute morgen hat man sie schlafend im Eßzimmer gefunden, eine Weinflasche in der Hand!«

Martas Herz begann gequält schneller zu schlagen, denn was Pino sagte, stimmte. Da ließ sich nichts leugnen. Am Vorabend war es zwischen Pino und ihr, nachdem sie einige Monate gleichgültig nebeneinanderher gelebt hatten, zu einem Streit gekommen. Marta hing er immer noch nach, vor allem, weil sie selbst so feige und dumm gewesen war. Pinos Stimme verletzte sie. Aber irgendwann würden diese neu Angekommenen erfahren, daß sie, Marta, unter der Mißgunst und Gewöhnlichkeit gelitten hatte, die diese Mauern in sich bargen, und dieser Gedanke flößte ihr einen kindischen Trost ein.

»Ich habe gelitten.«

Das murmelte sie und spürte, wie ihr die Tränen in die Augen stiegen. Da merkte sie, daß jemand sie beobachtete.

Sie drehte sich zur Seite und sah hinter mehreren Blumenbeeten eine Frauengestalt in einem langen Kleid, wie es die alten Bäuerinnen trugen. Sie hatte ein schwarzes Kopftuch umgebunden und darüber einen großen Strohhut auf, wie stets, wenn sie kurz vors Haus oder in den Gemüsegarten ging. Es war Vicenta, die Köchin. Meist wurde sie als die Majorera betitelt, denn Majoreros und Majoreras nannte man die Einwohner von Fuerteventura, und von dieser Insel stammte sie.

Marta wußte nicht, daß Vicenta die Gäste im Eßzimmer belauert hatte, sie bei der familiären Zusammenkunft vermißt hatte und in den Garten hinausgegangen war, um nach ihr zu sehen.

Sie sagte nichts. Marta auch nicht. Aber sie erhob sich, beschämt, daß die Bedienstete sie in einem Augenblick der Schwäche ertappt hatte. Sie spürte, wie ihre Gedanken sie langsam erröten ließen. Vorsichtig öffnete sie die Haustür, mit einer etwas ruckartigen, anrührenden Unbeholfenheit, und verschwand im Inneren.

Die Frau, die an der Hausecke gestanden hatte, wandte sich ebenfalls zum Gehen. Der Garten blieb einsam zurück, vom Licht der Mittagssonne erfüllt.

II

Der Vorabend hatte, wie immer, mit einem langweiligen Familienessen begonnen. Mittags waren die Mahlzeiten nicht ganz so mühsam. José hatte die nicht besonders höfliche Angewohnheit, sich hinter der Zeitung zu verschanzen, und Pino und Marta richteten so gut wie nie das Wort aneinander. Das Mittagessen war immer schnell vorbei. Irgendwann sah José auf die Uhr, und Marta lief hinaus, um sich für die Fahrt nach Las Palmas fertigzumachen. Auf dem Weg ins Büro setzte José Marta an der Schule ab.

Abends redeten José und Pino meistens über häusliche Angelegenheiten oder Geldfragen, und Marta zog sich in ihre eigene Phantasiewelt wie hinter einen Schleier zurück. Manchmal lächelte sie, was Pino zur Weißglut brachte. José beachtete sie kaum.

In letzter Zeit, seit die Nachricht von der bevorstehenden Ankunft der Verwandten eingetroffen war, hatte Marta ihnen mehr Aufmerksamkeit geschenkt. In ihrem eintönigen Alltag kam diesem Besuch eine ungemeine Bedeutung zu. Pino war ganz aufgeregt, da José erzählt hatte, daß die drei sich in der Gesellschaft bewegten, gern ausgingen und viele Beziehungen hatten.

»Hast du das Silberbesteck putzen lassen?«

»Aber natürlich ... So wie du es mit diesen Leuten hast und so wie du mir in den Ohren liegst, das Haus herzurichten.«

Denn wenn José von seinen Verwandten sprach, war sein Ton stets spöttisch und leicht verbittert. Liederlich seien sie, sagte er, Bohemiens. Aus Josés Worten konnte Marta nicht so recht schließen, ob es sich um Menschen handelte, die den größten Luxus gewohnt waren, oder um halbe Bettler, die der Anblick eines von Vicenta zubereiteten Brathuhns in Staunen versetzen würde.

Marta hatte sich ihr eigenes Bild von ihnen gemacht. Für sie erhielten die beiden Worte »Bohemiens« und »Vagabunden« in Verbindung mit dem Wort »Künstler« etwas zutiefst Verheißungsvolles. Ihr Vater war ja auch so ein Bohemien und Vagabund gewesen, oder zumindest hatte sie gehört, wie man ihn so nannte; nur war Luis Camino kein Künstler gewesen, weswegen diese Bezeichnungen, die José so abfällig verwendete, ihn weder entschuldigten noch erhöhten.

»Wenn du sie so unerträglich findest, dann weiß ich wirklich nicht, warum du sie eingeladen hast, mein Junge; das Geld hättest du besser mir gegeben, für ein paar Kleider.«

Das sagte Pino an diesem Abend. José wurde ungeduldig.

»Ich habe sie eingeladen, weil mir danach war, kapiert? Ich freue mich, daß sie kommen und sehen, wie ich hier lebe, was ich habe. Sie haben immer gesagt, ich würde es zu nichts bringen, mein Leben lang ein armer Tropf bleiben. Aber jetzt sind sie die Armen ... Außerdem hat Teresa sie eingeladen. Oder sie würde es tun, wenn sie könnte. Es ist ihr Haus, und hier geschieht alles so, wie Teresa es wünschen würde.«

»Das mußt du mir nicht erst sagen«, kreischte Pino los. »Das weiß ich zur Genüge. Bis hier steht mir deine Teresa, hast du verstanden? Bis hier ...!«

Aufgeregt faßte Pino sich an den Hals. In solchen Momenten bemerkte man ein leichtes Schielen ihrer großen schwarzen Augen.

Marta hielt den Blick instinktiv auf den langen Tisch gesenkt, dessen leeres Ende sich auf einer Seite im Halbdunkel verlor. Immer zierte diesen Tisch eine grüne Kristallkaraffe mit gelben Rosen, eine von Josés Manien, da Teresa diesen Zimmerschmuck mochte. Auf dem Grundstück wuchsen viele Rosenstöcke mit gelben Blüten. Das ganze Jahr über trieben sie aus.

Im Eßzimmer, einem großen Raum mit drei Türen (eine davon der Hauseingang), standen alle Möbel noch so, wie Teresa sie angeordnet hatte, und auch im Rest des Hauses, das renoviert worden war, als Martas Eltern geheiratet hatten, hatte sich nichts verändert. An einer der Wände des Eßzimmers, jetzt verschwamm sie im Dunkeln, führte eine dunkle, gebohnerte Holztreppe nach oben. Marta ließ ihren Blick zu dieser Treppe schweifen. In dem Hohlraum unterhalb der Stufen befanden sich eine Holzbank mit Strohgeflecht und eine Standuhr. ›Bald ist es Schlafenszeit‹, dachte das Mädchen mit einem Blick auf das Zifferblatt. Sie war nicht müde, sie sehnte sich nur danach, sich alleine in ihrem Zimmer ins Bett zu legen und keine Diskussionen mehr hören zu müssen.

Gegen die Fenster trommelte es wie leiser Regen; es waren die zarten Ranken der Kletterpflanzen, die der Wind gegen die Scheiben schlug.

»Wenn du genug von Teresa hast, kann ich dir auch nicht helfen«, sagte José.

Damit endete die Debatte an diesem Abend.

Etwas später stiegen die drei hintereinander die Treppe hinauf. Endlich war Marta alleine, in ihrem großen Schlafzimmer, wo die Möbel auf dem gebohnerten Boden zu schweben schienen. Ein hübsches Fenster ging auf den ruhigsten und lauschigsten Teil des Gartens hinaus. Das Fenster war offen und draußen ringsum alles friedlich. Da hörte man plötzlich, gedämpft durch die Entfernung, das langgezogene Tuten der Sirene eines Schiffes, das in den Hafen einfuhr oder ihn verließ.

Immer wieder war es ihr ein Rätsel, wie das Schiffstuten über die Schluchten hinweg bis in ihr Zimmer gelangen konnte. Es berührte sie jedesmal, wenn sie es hörte, sie wurde ganz sehnsüchtig, als würde ein geliebter, ferner Mensch sie durch die Nacht rufen.

»Ich bin auch eine Vagabundin.«

Sie lächelte, während sie sich das sagte, weil sie an ihren Großvater denken mußte, Teresas Vater. Er war ein gütiger, kultivierter Herr gewesen. Teresa war seine einzige Tochter und Marta seine einzige Enkelin. Mehrere Jahre hatte sie bei ihm in Las Palmas gelebt, nach Luis Caminos Tod und Teresas Erkrankung, bis er ebenfalls starb. Es war der Großvater, der ihr einmal auf ihre Fragen geantwortet hatte:

»Hör gar nicht hin, wenn irgend jemand sagt, dein Vater sei ein schlechter Mensch und ein Faulpelz gewesen ... Er war einfach ein bißchen verloren, weißt du. Es verschlug ihn auf diese Insel, aber sie war nichts für ihn. Er hatte etwas von einem Bohemien und einem Vagabunden ... Wahrscheinlich hat er sich deshalb mit seiner Familie in Madrid überworfen. Manchmal ist ein Mann eben leider so veranlagt, daß er nirgends bleiben kann, sich immer nach einem anderen Ort sehnt.«

»Und eine Frau?«

Der Großvater hatte gelacht und ihr über den Kopf gestrichen.

»Nein, bei einer Frau gibt es so etwas nicht ... Das habe ich noch nie gehört. Das ginge gegen die Natur.«

Dennoch war Marta insgeheim überzeugt, daß auch sie etwas von einer Vagabundin hatte. Immer schon hatte sie sich danach gesehnt, ferne Länder zu entdecken. Es versetzte ihr jedesmal einen ganz sonderbaren Stich, wenn sie das Schiffstuten hörte.

Als ihr Großvater starb, ließ José, ihr Vormund, sie weiter auf die höhere Schule gehen, damit sie ihr Abitur machen konnte, aber statt der staatlichen Schule besuchte sie zwei Jahre lang ein Klosterpensionat. An sich hätte ihr das nichts ausgemacht – sie paßte sich rasch allen Gegebenheiten an –, hätte sie die Tatsache, in einem Gebäude eingesperrt zu sein, nicht als so beengend empfunden. Später heiratete José, der auf der Finca wohnen geblieben war, eine von Teresas Krankenschwestern. Das war im vorangegangenen Frühjahr gewesen, und seitdem wohnte Marta bei dem Ehepaar und besuchte wieder eine staatliche Schule.

Während Marta sich auszog, fiel ihr Blick auf die achtlos offenstehenden, leeren Schubladen ihres Schreibtischs. Am Nachmittag hatte sie alle Bücher und Papiere in einen Sekretär im Musikzimmer geräumt, einem Zimmer im Erdgeschoß, wo sie schlafen würde, wenn die Verwandten kämen. Ihr Zimmer würde sie Tante Honesta überlassen. Es gab nur ein Gästezimmer im Haus, das Daniel und seine Frau beziehen sollten.

Sie machte das Licht aus und hing mit offenen Augen tausenderlei törichten Gedanken nach. Im Fensterquadrat leuchteten die Sterne. Ein feiner Lichtstrahl fiel vom Garten herein; da wußte Marta, daß Chano, der Gärtner, gerade in seiner Kammer über der Garage zu Bett ging. Das Licht erlosch gleich wieder.

Marta konnte nicht wissen, daß der aufgeschossene junge Gärtner äußerst furchtsam war und gerade den schlimmsten Moment des Tages durchstand. Sorgsam verriegelte er die Holztür und horchte auf die schwarzen Schläge des Windes gegen die Mauern der allein stehenden Garage. Die Wände seines Zimmers, tapeziert mit Photos von Schauspielerinnen, die der junge Mann aus Zeitschriften ausschnitt, kamen ihm um diese Tageszeit geradezu feindselig vor. Immer schaute er eingehend unter sein Bett, bevor er sich hineinlegte, und wenn er das Licht ausschaltete, zog er sich die Decke über den Kopf. Niemand sollte je von den Ängsten des jungen Mannes erfahren.

Wenig später schliefen sowohl er als auch Marta, wie vermeintlich alle Bewohner des Hauses in dieser Nacht.

Da ging eine Gartentür auf, und die Hunde bellten wütend. Chano zuckte im Schlaf zusammen. Die Hunde verstummten sofort wieder, und der junge Mann schlief ruhig weiter.

In diesem Moment wachte Marta auf. Das passierte ihr sonst nie, und sie hätte schwören können, daß sie gar nicht geschlafen hatte, so putzmunter und angeregt fühlte sie sich; es war, als hätte sie erneut das Schiffstuten gehört oder als hätte jemand sie angstvoll gerufen.

Sie war mit dem Gedanken an ihre Hefte, ihre Papiere eingeschlafen. Nicht alles hatte sie ins Musikzimmer gebracht. Seit langem versteckte sie einen Teil davon in einer Transportkiste mit alten Büchern, die auf dem Speicher vergessen worden war. Das tat sie, seit sie gemerkt hatte, daß Pino regelmäßig ihre Schubladen inspizierte. Außerdem hatte dieser Raum, der Speicher, immer eine ganz besondere Anziehung auf Marta ausgeübt. Sie hatte ihn entdeckt, als ihr Großvater noch lebte. Während jener Jahre waren der alte Mann und das Mädchen jeden Sonntag gemeinsam mit dem Arzt den Berg hinaufgefahren, um die Kranke zu besuchen, und hatten den Tag dort verbracht. Marta war auf diese Bücherkiste gestoßen, die ihrem Vater gehört hatte, und es machte ihr großes Vergnügen, die Bücher heimlich nach und nach zu lesen. Nicht einmal dem Großvater, der sorgsam über ihre Lektüre wachte, wagte sie davon zu erzählen. Und als sie später begann, Geschichten zu schreiben, tat sie es am liebsten dort.

In dieser Nacht dachte sie an ihre »Legenden«. Seit sie von der Ankunft der Fremden wußte, hatten diese Legenden Form in ihr angenommen. Sie erfand Geschichten über die Insel, in denen sie selbst gemeinsam mit den Göttern und Dämonen der Guanchen vorkam, und dachte sich dies als eine Art Opfergabe für die Ankommenden, denen Gran Canaria ein unbekannter Fleck Erde war, den sie erst noch entdecken würden. In letzter Zeit hatten diese Geschichten große Hoffnungen in Marta geweckt. Sie gefielen ihr. Sie dachte, daß sie damit vielleicht ihren Künstlerverwandten ebenbürtig würde, diesen Schöpfern von Schönheit.

Der Drang zu schreiben überkam sie wie eine warme Woge der Begeisterung. Sie sprang aus dem Bett, barfuß und im Nachthemd, wie ein kleines Gespenst. Ohne Licht zu machen, fand sie sich im Flur vor den Schlafzimmern wieder. Durch zwei Fenster schimmerte das matte Klar des Himmels. Am Ende des Flurs führte eine dunkle Wendeltreppe zum Speicher hinauf. Bei jedem Schritt knarrten die Stufen. Marta wurde es in der pechschwarzen Dunkelheit etwas schwindelig, und sie griff nach dem Geländer, um nicht zu fallen, doch der Drang in ihr war stärker als sie selbst. Sie stieg weiter hinauf und atmete erleichtert auf, als sie an die Tür kam, in deren Schloß der große Schlüssel steckte. Die Tür quietschte beim Öffnen, was in der nächtlichen Stille ohrenbetäubend klang. Ein kalter schwarzer Luftzug wehte ihr ins Gesicht. Etwas nervös tastete sie nach dem Lichtschalter.

Dieser Raum, eine Art kleiner Turm mit vier Fenstern, hatte es viele Jahre zuvor Luis Camino angetan, der darin seine Bibliothek einrichten wollte. Der Plan fiel, wie so viele andere, der Antriebslosigkeit zum Opfer, die seinem Lebensende vorausgegangen war. Seine Bücher blieben in der Transportkiste, zwischen alten Möbeln und Koffern.

Marta ging zu dieser Kiste und hob gewandt zwei Bretter an. Dort befand sich das Heft, in dem sie Tagebuch führte, und das andere mit den Geschichten. Ihr Herz klopfte. Ein Bleistift lag immer bereit. Sie steckte ihn kurz in den Mund und begann dann schwungvoll zu schreiben:

»Gran Canaria …

Das grüne Morgenlicht hat eine salzige Meeresfrische, als tauche die Insel mit jedem Sonnenaufgang aus dem Wasser auf.

Nach einer unruhigen Nacht schläft Marta endlich ein. Das kleine Meer ihrer Laken steigt an und bedeckt sie, wird zum endlosen, schimmernden Ozean jenes Tages, an dem Alcorah, der

Urgott der Kanaren, aus seiner blauen Tiefe die sieben glücklichen Inseln hob. Mild und feucht wogt das neu geschaffene Land. Heftig schlägt das Herz im dichten Meeresdunst. Überall Bilder und Schatten von tanzenden Inseln.

Alcorahs Stimme erfüllt golden die Schluchten, erschafft Namen und vertreibt die Nebel. Die Palmen, die Bergspitzen, die Vulkane tauchen in einer hellen, imposanten Einsamkeit auf … Marta heißt Marta inmitten eines warmen Weinbergs auf Tamarán, der runden Insel.

Legenden von Riesen und Bergen steigen rings um sie auf wie die Schleier des Mittagsdunstes.

Und so erscheint Bandama, der schwarze Berg, den Marta vor Augen hat, mit seiner alten Geschichte. Bandama ist der Riese, der im Urchaos der Insel einst den großen Kessel aufstellte, in dem er das Höllenfeuer mit den Grundelementen der teuflischen Existenzen zum Kochen brachte. Doch Hitze und Wahnsinn kamen nicht gegen Alcorahs Lächeln an. Der große siedende Kessel wurde unter seiner Beschwörung zu einem mächtigen Vogelnest.

›So wird es auch mit deinem Herzen geschehen‹, sagt Alcorah in dieser Nacht der Träume zu Marta.

Wolkenschatten ziehen über den alten erloschenen Vulkan, und die Stimme des Gottes hallt über die Schluchten, undeutliche Echos und Angst hinterlassend. Marta sieht sich am Fuß des Kessels wieder, dem Krater Caldera, unweit ihres Hauses, das es noch nicht gibt, allein, zwischen dem Schmerz der Weinstöcke und der Feigenbäume.

Kann das Herz eines auf einer Ozeaninsel verlorenen Mädchens zu einem siedenden Kessel werden, zu einem großen Vogelnest?«

Als sie mit der Passage fertig war, las sie sie erhitzt zwei- oder dreimal durch. Aber rasch kühlte sie wieder ab. Sosehr sie ihre

Sachen auch ins Herz geschlossen hatte, war sie doch belesen genug, um zu erkennen, wie unzulänglich und stammelnd ihre Dichtungen noch waren. Aber die Verwandten würden beim Lesen berücksichtigen, wie jung sie war und wie abgeschieden sie lebte.

Sie steckte ihre Hefte weg, und nun erst spürte sie die Kälte in ihrem unter dem Nachthemd nackten Körper. Eines der Fenster hatte eine zerbrochene Scheibe, und in dem Luftzug schlug ein Leintuch mit einem monotonen kalten Flap, Flap gegen eine zerlegte Wiege, über die es gebreitet war. Die Glühbirne schwang an ihrem Kabel hin und her und warf bizarre Schatten in die Ecken.

Ohne besondere Absicht trat Marta an ein Fenster. Sie wischte mit den Händen die Scheibe sauber und legte ihre Nase dagegen. Sie wußte, daß man von dort zwischen zwei Hügeln ein fernes Stück Meer erkennen konnte. Hätte sie das Licht ausgeschaltet, hätte sie es unter den Sternen glitzern sehen. Aber sie machte das Licht nicht aus, weil ihr plötzlich die Nacht, die Stille und die außerordentliche Tatsache, sich um diese Uhrzeit in diesem Raum zu befinden, Angst einzuflößen begannen.

Auf der Scheibe zeichnete sich ihr Spiegelbild ab, ihr Mädchengesicht mit den runden Wangenknochen und den leicht schräggestellten Augen, wie zwei diagonale grüne Wasserschneisen. Etwas Verschüchtertes, Erschrockenes lag in diesem Gesicht, das ihr noch mehr angst machte. Es kam ihr vor, als knisterten die Möbel hinter ihr, voll geheimnisvollen Lebens. Sie fühlte ihre nackten Füße, wehrlos gegen mögliche Kakerlaken, und sie hatte das Gefühl, jemand würde hinter ihr atmen und ihr seinen Blick in den Nacken heften; wie gelähmt starrte sie weiter auf die Scheibe und merkte, wie ihre Hände immer kälter wurden und ihr Herz kaum noch zu schlagen wagte.

In ihrem Rücken öffnete sich die Speichertür, vielleicht vom Wind aufgedrückt; sie schloß angespannt die Augen und wartete vergebens, daß ein erneuter Luftzug sie wieder zuschlagen würde. Da erschien ihr das Ganze plötzlich so absurd, daß sie all ihren Mut zusammennahm und sich jäh umdrehte.

Ihr Herz setzte fast aus, denn tatsächlich stand dort in der Tür eine große menschliche Gestalt mit einer brennenden Kerze. Vor Schreck brauchte sie einige Augenblicke, um ihre Schwägerin Pino zu erkennen, und dann war ihre Erleichterung so groß, daß ihre Knie weich wurden und sie am liebsten losgelacht hätte.

Pino war Wirklichkeit. Etwas ganz Solides, das die Angst vor der Nacht und dem Ungeziefer des Speichers vertrieb. Etwas Vertrautes und fast schon Komisches, mit ihrem dichten krausen Haar, dem offenen Morgenrock, den der Luftzug nach hinten wehte, und dem an ihren Körper gepreßten Nachthemd. Eine Kerze, wahrscheinlich von ihrem Frisiertisch, flackerte in ihrer unsicheren Hand. Wie immer, wenn Pino unruhig war, schielten ihre Augen noch stärker. Es war sonderbar, daß sie nichts sagte. So sonderbar, daß Marta schließlich das Wort ergriff:

»Was ist los, Pino?«

Pino atmete heftig, als wollte sie zu sprechen ansetzen, brachte aber kein Wort heraus. Marta war auf sie zugegangen, doch sie schob sie weg und trat an das Fenster, an dem das Mädchen mit dem Gesicht gegen die Scheibe dagestanden hatte. Ihre Hand zitterte so stark, daß sie die Kerze nicht richtig halten konnte. Sie löschte sie, indem sie den brennenden Docht gegen die Wand drückte, und warf sie zu Boden. Das wunderte Marta sehr, denn sie wußte, welchen Wert Pino dem geringsten Gegenstand aus ihrem Schlafzimmer beimaß.

Pino sah natürlich nichts Besonderes in der schwarzen Dunkelheit draußen, selbst als sie das Fenster öffnete und den Kopf durch den Spalt hinaussteckte, so daß ihre Haare vom Nachtwind zerzaust wurden.

Marta beobachtete sie entgeistert. Das vertraute Gefühl, das ihre Gegenwart hervorgerufen hatte, verflog. Es war, als sähe sie sie zum ersten Mal in ihrem Leben. Sie rieb sich die Augen.

Pino schlug das Fenster zu. Eine der Scheiben hatte bereits einen Sprung, und man hörte ein Knirschen, als würde sie aus den Fugen fallen. Immer noch schweigend wandte Pino sich Marta zu und blickte sie mit aufgerissenen Augen an. Dann schlug sie sich plötzlich mit der Hand gegen die Stirn und begann in dem kleinen Freiraum zwischen den Möbeln umherzuwandern. Als Marta sich ihr näherte, stieß sie sie wieder fort, so ungestüm diesmal, daß Marta gegen die Bücherkiste taumelte und auf ihr zu sitzen kam, in einer etwas komischen Haltung.

Pino ging auf und ab. Sie stolperte gegen die Möbel. Dann begann sie immer lauter vor sich hin zu murmeln und die Sätze mit Schimpfwörtern zu spicken. Marta kannte diese Sprache an ihrer Schwägerin, so redete sie mit den Dienstboten, wenn sie verärgert war. Das erste Mal war sie ihr zu Ohren gekommen, als sie gerade das beschauliche Klosterleben hinter sich gelassen hatte, und damals hatte sie sie sogar lustig gefunden. Mit der Zeit waren ihr Pinos Art und Ausdrücke nur noch ordinär erschienen. Aber jetzt war sie vor allem erschrocken, fassungslos stand ihr der Mund offen, denn noch nie hatte sie jemand dem Wahnsinn so nah gesehen. Nicht einmal ihre Mutter, die alle verrückt nannten, hatte je einen solchen Anfall gehabt.

Pino lachte auf und redete drauflos:

»... alles ganz fein ausgedacht. Die dämliche Pino schläft. Die Geschwister stimmen sich ab. Wie soll sie schon dahinterkommen ...? Aber ich habe einen leichten Schlaf ... Ich höre sehr wohl die Schritte auf der Speichertreppe ... José ist nicht in seinem Bett. Und das ist nicht das erste Mal; er sagt, er leidet unter Schlaflosigkeit ... Schlaflosigkeit! Die ganze Familie leidet unter Schlaflosigkeit ...! Hundspack ...! Wo ist er?«

Die letzte Frage richtete sie an Marta. Schließlich packte sie sie an den Schultern.

Jetzt verstand Marta. Offenbar war ihr Bruder José dem gleichen Impuls wie sie gefolgt und war mitten in der Nacht aufgestanden. Wäre Pino nicht so erregt gewesen, hätte Marta gelacht. Unvermittelt mußte sie daran denken, wie sehr Pino sich verändert hatte, seit sie sie als Jungverheiratete im letzten Frühjahr kennengelernt hatte. In letzter Zeit geriet sie bei jeder Gelegenheit außer sich. Mit ruhiger Stimme sagte Marta:

»Ich weiß nicht, wo José ist, Pino. Warum glaubst du denn, ich könnte es wissen? Es war dumm von mir, auf den Speicher zu steigen … Laß uns gehen.«

Der Ton ihrer Stimme konnte Pino kaum beschwichtigen.

»Du weißt es nicht …? Und das Fenster? Was hast du da gesehen? Du weißt doch was, und wie du es weißt …! Die Alte sagt es dir.«

»Um Gottes willen, aber welche Alte denn …? Ich verstehe nicht.«

Pino musterte sie von Kopf bis Fuß.

»Ach ja … Das Engelchen … Du hältst mich vielleicht für blöd …? Du weißt ganz genau, was hier vor sich geht, und du wirst es mir auf der Stelle sagen, hast du verstanden? Jetzt sofort.«

»Schrei nicht so!«

»Und ob ich schreie. Warum denn nicht? Ich bin hier schließlich zu Hause.«

Marta zuckte die Achseln.

»Ist ja gut … Ich gehe jetzt jedenfalls ins Bett.«

Verdutzt blieb Pino stehen, während Marta ihr in der Tat den Rücken zukehrte und auf die Treppe zuging. Dann kreischte sie ihr so laut nach, sie solle sofort umdrehen, daß Marta benommen innehielt. Tatsächlich war Marta ihrer selbst nicht ganz sicher. Sie fühlte sich schuldig, weil sie hier oben ertappt worden war, mitten in der Nacht, ohne sich rechtfertigen zu können. Das Wort »Inspiration«, das sie so gern verwendete, hätte Pino gegenüber in diesem Moment vollkommen lächerlich geklungen!

Pino japste nach Luft. Fast schien sie zusammenzubrechen; sie lehnte sich gegen die Wand und bedeckte das Gesicht mit den Händen, als würde sie gleich in Tränen ausbrechen. Sie keuchte und zitterte.

Marta faßte sich. Sie fühlte sich mit einem Mal ganz klein, während sie besorgt horchte, ob jemand kam, obwohl sie wußte, wie unwahrscheinlich das war.

»Pino«, sagte sie, »es geht dir nicht gut, du bist krank.«

Da rannte Pino wieder zum Fenster. Sie versuchte es erneut zu öffnen, aber es gelang ihr nicht. Sie klagte, daß sie ersticke. Als würde ihr Nachthemd ihr die Luft abschnüren, zerrte sie daran, bis es zerriß. Schließlich sackte sie zusammen und schluchzte los, und Marta glaubte schon, sie würde in Ohnmacht fallen. Sie ging zu ihr, faßte sie an den Schultern und brachte sie dazu, sich auf die Kiste zu setzen, auf der sie selbst zuvor gekauert hatte. Während sie auf sie einsprach, dachte sie, daß es wohl ihr Los war, sich ständig um Menschen zu kümmern, die ihr nicht das geringste bedeuteten. Im Pensionat war immer sie beauftragt gewesen, ein hysterisches Mädchen zu beruhigen. Sie rief sich ihre Methode ins Gedächtnis.

»Jetzt sag mir doch, was du hast, Pino. Wir haben uns wie zwei Verrückte benommen, aber ich weiß eigentlich gar nicht, weshalb ... Wie sollte ich denn wissen, wo mein Bruder ist?«

Stumm zog Pino ihren Morgenrock um sich; wieder versank sie in Niedergeschlagenheit und schlug die Hände vors Gesicht. Es war sehr kalt. Schließlich brachte sie mit jammernder Stimme hervor:

»... Man weiß einfach nicht, was man davon halten soll. Wenn ich Schritte auf der Treppe höre und mein Mann nicht im Bett liegt ... Vor einem Monat habe ich angeordnet, daß alle drei Dienstmädchen in einem Raum schlafen sollen. Vicenta, die Alte, hat sie gut im Griff, aber mich kann dieses Teufelsweib nicht ausstehen. Vielleicht spielt sie ja die Ahnungslose, und eine der anderen schleicht sich raus und holt ihn ... Was weiß ich! Ich konnte mich nicht entschließen, ob Carmela, schamlos wie sie ist, oder die andere, Lolilla, die immer so treuherzig tut ...«

Marta hörte ihr mit großen Augen zu. Es war ganz einfach unvorstellbar, daß ihr Bruder nachts aufstehen sollte, um sich mit den Dienstmädchen zu treffen. Es war schier undenkbar. Sie wußte, daß es Männer gab, die solche Dinge taten, aber in ihrer Vorstellung waren das lasterhafte, schreckliche Wesen, die nicht bei einem im Haus wohnten. José war ein langweiliger Typ, viel zu gewöhnlich, als daß man ihn als Satyr hätte vor sich sehen können. Es erschien geradezu ungeheuerlich, sich die geringste Annäherung, auch nur den kleinsten Scherz zwischen ihm und der dicken Carmela oder gar Lolilla auszumalen, die trotz aller gegenteiligen Bemühungen Pinos so wenig präsentabel war, daß man sie hätte verstecken müssen, hätte jemand ihnen einen Besuch auf der Finca abgestattet ... José, der beinahe Martas Vater hätte sein können, sollte im Dunkeln Carmela küssen, mit ihrem Schweißgeruch und ihrem dümmlichen Lächeln, und auf den Speicher steigen, um sie zu erwarten!

Marta runzelte die Stirn, denn allein dieses Bild zuzulassen, sowenig sie auch daran glaubte, schien sie innerlich zu verbrennen, ihr Schaden zuzufügen. Sie hörte weiter Pino zu.

»Was ist denn das für eine Art, seine Frau so kurz nach der Hochzeit alleine im Bett liegen und warten zu lassen ...! Als ich beschlossen habe, hochzukommen, war ich schon nicht mehr ganz klar im Kopf. Und dann öffne ich die Tür und sehe dich barfuß da stehen und aus dem Fenster spähen ... Das ist doch zum Verrücktwerden.«

Marta fühlte den Anflug eines Schwindels, aber der Anblick

von Pinos Verstörtheit gab ihr statt dessen die Kraft, in dieser sonderbaren Situation gelassen zu bleiben.

Pino wurde ganz blaß, grünlich blaß, und ihre Hände fühlten sich kalt und feucht an, als Marta sie in ihre nahm. Jetzt erklärte sie ihr mit erstickter Stimme, diese Attacke habe sie aller Lebenskräfte beraubt, und ganz unübersehbar war dem tatsächlich so.

Es gelang Marta, sie zu überreden, sich auf sie zu stützen und sich in ihr Schlafzimmer bringen zu lassen. Hätte Marta sich selbst sehen können, ihr verschrecktes Gesicht über dem glokkenförmigen Nachthemd, hätte sie laut gelacht. Ihre Haare waren zerzaust, und beim Hinuntersteigen der Treppe fühlte sie, wie ihr der Schweiß ausbrach. Es war nicht leicht, Pino die enge Wendeltreppe hinabzuführen oder vielmehr fast zu hieven. Die ganze Zeit waren sie nahe daran, beide auszugleiten. ›Es ist wie ein Alptraum‹, dachte Marta.

Sie hatten die Speichertür offen und das Licht angeschaltet gelassen, doch plötzlich schlug die Tür zwei- oder dreimal im Wind und fiel schließlich ganz ins Schloß. Die Treppe wurde dunkel und gefährlich. Pinos Zittern brachte das dünne Geländer ins Wanken.

Unter großen Mühen erreichten sie nach einigen endlos langen Minuten den Flur. José war nicht im Schlafzimmer. Marta half Pino ins Bett und deckte sie zu. Pino zitterte und fühlte sich beunruhigend kalt an. Sie selbst hieß Marta, ihr eine elektrische Decke aus dem Badezimmer zu bringen. Ihren Andeutungen nach zu urteilen, war es nicht das erste Mal, daß sie einen solchen Anfall erlitt. Dann bat sie Marta, sich an ihren Bettrand zu setzen. Marta kam der Gedanke, daß ihnen beiden nach so viel Aufregung ein wenig Wein guttun könnte, und so sagte sie es. Sie hatte immer gehört, daß Wein in solchen Fällen ein bewährtes Mittel war. Aber Pino schüttelte den Kopf.

»Du müßtest ihn aus dem Eßzimmer holen. Ich will, daß du hierbleibst, bis José kommt.«

Ihr zu widersprechen war natürlich zwecklos. Also blieb Marta am Bettrand sitzen und redete auf ihre Schwägerin ein, die ihr mit halbgeschlossenen Lidern zuhörte. Sie wußte selbst nicht, was sie ihr zur Beruhigung alles erzählte. Gelegentlich machte Pino eine ungeduldige Bewegung. Marta nahm die Zeit als etwas Schweres wahr, das zu langsam verstrich. Eine lange, dunkle Stunde in ihrem Leben verging. Pinos und Josés Schlafzimmer mit seiner kühlen Atmosphäre hatte keinerlei Ähnlichkeit mit den anderen Räumen des Hauses. Pino hatte bei ihrer Heirat selbst die Möbel ausgesucht und eine Schlafzimmereinrichtung aus Nickel und Spiegeln mitgebracht, wie man sie in Filmen in jenem Jahr sehen konnte. Die dicken Mauern und hohen Decken ließen diese niedrigen, glänzenden Metallmöbel befremdlich und seelenlos wirken.

Pino sprach nun wieder, und Marta, vom ersten Schreck erholt, langweilte sich bereits angesichts der fixen Ideen ihrer Schwägerin. Und in dieser Langeweile setzte die andere ihr weiter zu wie ein unerbittlich tropfender Wasserhahn, den man in der Nacht hört, der an nichts anderes mehr denken läßt und jeden Schlaf zunichte macht. Schleppend tönte Pinos Stimme.

»Findest du das vielleicht richtig ...? Er heiratet mich. Sperrt mich hier mit dieser Verrückten ein. Hält mich knapp wie ein Geizkragen, nimmt mich nirgends mit hin, und nachts geht er zu meinen Dienstmädchen ins Bett.«

Das war mehr als genug. Sie hatte es schon zu oft wiederholt.

»Bist du sicher?«

Marta überkam ein erneuter Schauder des Ekels. Vielleicht war es dumm. Nie hätte sie gedacht, daß es sie schockieren könnte, so etwas über ihren Bruder zu hören. Sie hielt sich schließlich für kein kleines Mädchen mehr. Sie war längst sechzehn Jahre alt und hatte alles Erdenkliche gelesen. Trotzdem wurde ihr schlecht, wenn sie Pino so hörte. Angewidert sah sie sie an.

»Wenn ich so etwas sicher wüßte, würde ich mich von meinem Mann trennen. Man kann einen Mann nicht mehr lieben, von dem man so etwas weiß.«

Pino lachte unangenehm auf.

»Was weißt du schon vom Leben, du dumme Göre!«

Marta wurde wütend. Sie hatte das Gefühl, endlich einmal sagen zu müssen, was sie dachte.

»Ich weiß mehr vom Leben als du ... Ich weiß, daß es so etwas wie Freundschaft gibt, gute und edle Gefühle, davon hast du ja keine Ahnung. Und von niedrigen Dingen weiß ich auch eine ganze Menge. Du selbst hast dafür gesorgt, du hast sie mir erzählt.«

»Und du hast eifrig zugehört ...! Nachgelaufen bist du mir, damit ich sie dir erzähle ... Na? Oder stimmt das etwa nicht, du scheinheiliges Mäuschen?«

Marta fühlte sich beschämt. Es stimmte. Als sie aus dem Kloster gekommen war, hatte Pino sie die ersten Tage dadurch für sich eingenommen, daß sie ihr eine schmutzige, brodelnde Welt enthüllt hatte. Wissensdurstig hatte Marta den Geheimnissen der körperlichen Beziehungen zwischen Männern und Frauen gelauscht. Und das nannte Pino natürlich das Leben, als gäbe es sonst nichts anderes. Dann war Pino zu weit gegangen. Ihr Gerede schien alle Menschen, die Marta kannte und gern hatte, mit diesem Schmutz zu überziehen. Selbst Martas Freundinnen mit ihren unschuldigen Liebeleien und ihren friedlichen Familien waren von Pino in ihr Geläster hineingezogen worden. Mit einem Mal hatte Marta sich in einem Sumpf aus tagtäglichen Vertraulichkeiten und Tratschereien mit Pino wiedergefunden und war vor sich selbst erschaudert. Ein verzweifelter Wunsch nach Reinheit hatte sie überkommen. Sie war ihrer Schwägerin ganz aus dem Weg gegangen. Aus der Zuflucht ihrer Bücher und Träume heraus hatte sie sie verachtet. Pino hatte sie dafür mit ihrer Abscheu verfolgt.

»Ja, es stimmt. Aber ich will es nicht mehr hören, hast du verstanden? Wenn du glaubst, daß mein Bruder ein schrecklicher Mann ist, dann trenne dich von ihm … Ganz einfach. Zwei Menschen wie ihr sind mir noch nie begegnet.«

Pino warf ihr einen beleidigenden Blick zu. Sie setzte sich im Bett auf.

»Tu nicht so mit deiner Familie und deiner guten Erziehung. Alle Welt weiß, daß die Eltern deines Großvaters skrupellose Banditen waren. Und deine Mutter selbst war immer ein verrücktes Huhn, damit du es weißt, und außerdem hat sie mit José herumgetändelt … Halt dir nicht die Ohren zu … Warum wäre dein Bruder denn sonst jahrelang allein mit ihr hier wohnen geblieben? Warum würde er mich denn sonst zwingen, mich in dieser Finca aufzuopfern?«

»Wenn du noch ein Wort sagst, gehe ich.«

Pino zuckte zusammen, als sich Martas blasses, erschrockenes und wütendes Gesicht über sie beugte. Erzürnt packte das Mädchen seine Schwägerin schließlich am Handgelenk und schüttelte sie. Die andere schrie auf. Dann verharrten beide reglos, wie versteinert, denn im Flur waren Josés Schritte zu hören.

Marta war plötzlich eiskalt. Innerlich warf sie sich ihre Dummheit vor. Nichts von dem, was Pino sagte, hatte irgendeine Bedeutung. Eine derart wertlose Person konnte einen nicht so verletzen, so beleidigen, auch wenn sie noch so schreckliche Dinge über ihre Mutter sagte. Die Verrückte hier war Pino.

Sie wandte den Blick zur Tür.

Ganz ruhig erschien José. Von seiner Jacke ging ein Geruch nach Eukalyptus und Nachttau aus, der alle Vorstellungen, die Pinos Worte in Marta hervorgerufen hatten, Lügen zu strafen schien. Er wirkte müde vom Marschieren und richtig zufrieden.

José hatte Licht in seinem Schlafzimmer gesehen, zu seiner großen Verwunderung. Er war auf eine Szene mit Pino vorbereitet. Was er nicht erwartet hatte und was ihn unangenehm überraschte, war die Anwesenheit seiner Schwester in ihrem

Schlafzimmer. Marta hatte eine trotzige Miene aufgesetzt, obwohl José sie immer ein wenig einschüchterte.

»Pino fühlte sich nicht gut ...«

Ohne auf ihre Erklärung zu hören, hieß er sie verärgert, sich zu verziehen.

»Ich bin nicht zu meinem Vergnügen hier.«

Marta sah, daß José rot wurde, wie immer, wenn ihn etwas verstimmte. Er war sehr autoritär und überheblich.

Pino, mit zerzaustem Haar im Bett aufgesetzt, zeterte los, an ihren Mann gewandt.

»Das ist doch wirklich reizend ...! Wie findest du das ...?«

José schob seine Schwester weg.

»Na los, raus jetzt.«

Marta schloß die Schlafzimmertür hinter sich und zuckte mit den Schultern, als sie hörte, wie das Ehepaar drinnen zu streiten begann. Während ihrer ersten Zeit im Haus hatten diese Auseinandersetzungen ihr angst gemacht, sie hatte sogar für Pino Partei ergriffen. Aber in letzter Zeit wirkte Pino so hysterisch, daß sie sich nicht weiter darum kümmerte. Sie spürte, wie das, was Pino zuletzt über ihre Mutter gesagt hatte, an ihr nagte. Pinos Worte kamen ihr frevlerisch vor.

Genau gegenüber der Tür der beiden befand sich eine andere Tür, traurig und geheimnisvoll. Es war die zu Teresas Zimmer. Marta empfand eine leichte Beklemmung bei dem Gedanken, daß sie nicht einfach klopfen, eintreten, sie aufwecken konnte, um ihr zu erzählen, wie seltsam diese letzten Stunden gewesen waren, wie unerträglich. Es war etwas Unmögliches, das sie zum ersten Mal schmerzte. Nie zuvor hatte sie so sehr den Wunsch verspürt, sich in den Armen eines verständnisvollen, guten Menschen auszuweinen.

Sie mußte die elektrischen Lampen im Flur nicht anschalten, durch die Fenster flutete der Schein des nächtlichen Himmels. Lautlos huschte sie bis zur dunklen Treppe, die zum Eßzimmer hinunterführte, und auch dort war es hell genug. Als Marta noch ein Kind war, hatte sie sich gern oben auf die Stufen gesetzt, um heimlich zwischen den Holzleisten hindurch zu beobachten, was unten vor sich ging. Jetzt hielt sie inne, fast schlafwandlerisch, und sah in den Raum hinunter.

Das Eßzimmer war der hübscheste Raum des Hauses. Gleichzeitig war es auch das eigentliche Wohnzimmer, der Ort der Geselligkeit. Als Marta klein war und ihre Mutter eine junge, heitere Frau, als ihr Vater noch lebte, hatten in diesem Raum Abendessen und Feste stattgefunden. Jahrhunderte schienen seitdem vergangen zu sein.

Das Sternenlicht, das durch die großen Fenster mit den gerafften Vorhängen fiel, verlieh dem Eßzimmer eine geheimnisvolle Schönheit. Fast ließ sich in diesem Licht die fröhliche Farbe der Vorhänge erahnen, und die der Bezüge der Kanapees unter den Fenstern.

Langsam ging Marta die Treppe hinunter. Als sie am Ende der Stufen angelangt war, brachte eine Erschütterung den großen, langgezogenen Raum, die soeben verlassene Treppe und das gesamte schlafende Haus zum Vibrieren.

Die alte Standuhr war wie das Herz des Eßzimmers, und wenn sie ansetzte, die Stunde zu schlagen, schien alles ringsum lebendig zu werden. Das große alte Zifferblatt aus bunter Keramik brachte bebend eine kleine Melodie hervor. Zwei Uhr ... Überraschend früh, bedachte man, was in dieser Nacht alles geschehen war.

Marta sah zu den Fenstern. Es war noch lange hin bis zum neuen Tag. Der Tag, an dem ihre Verwandten ankommen sollten und sie nicht mehr allein sein würde. Zögernd hielt sie einen Augenblick inne. Die Kälte kroch in ihre nackten Füße und brachte sie zum Schlottern. Das gab ihrem Entschluß den Ausschlag.

Es stand dort ein großes, dunkles Möbelstück, in dessen

Bauch mehrere Flaschen aufbewahrt wurden; sie öffnete es und tastete ins Dunkel, bis sie auf eine stieß, die bereits entkorkt war; sie stöpselte sie auf und roch an ihr. Noch nie hatte sie so etwas getan. Möglicherweise würde sie es auch nie wieder tun, aber sie verspürte das Bedürfnis, die Flasche an den Mund zu setzen und die konzentrierte Wärme, die sie enthielt, in ihre Kehle rinnen zu lassen.

Der Wein war herrlich, aus eigenem Anbau. Ein Rest des alten kanarischen Weins, der auf der ganzen Welt berühmt war und sich auf der Insel selbst sehr gut verkaufte. *Vino del Monte,* teurer als jeder Wein vom spanischen Festland, dunkel und aromatisch, einer der besten Weine überhaupt.

Sie spürte das Flaschenglas an ihren Lippen. Mit geschlossenen Augen trank sie einen langen Schluck, als gäbe sie jemandem einen Kuß. Sofort fühlte sie die stärkende Wirkung. Wieder und wieder trank sie.

Sie lächelte ... Jemand schien von den Fenstern her, von draußen aus der Nacht, fröhlich zu rufen. Die vom Wind gewiegten Kletterpflanzen warfen von Zeit zu Zeit ihre zarten grünen Finger gegen die Scheiben, überlange Triebe, die der Gärtner bald abschneiden würde. Hinter ihnen blinzelte das Himmelsgesicht mit seinen zahllosen glitzernden Augen, die wie in einem Frühlingsreigen kreisten. Die wärmer glühten als in jeder anderen Nacht, an die Marta sich erinnern konnte.

III

Ich habe erzählt, was sich in jener Nacht zutrug, die für Marta in einem bedauerlichen Schwindel endete, weil sich diese Ereignisse für sie später mit den Erinnerungen an jene Zeit vermischen sollten, die ihre Verwandten vom Festland in dem Haus auf dem Land zubrachten.

Jahrelang war nichts Aufregendes oder Besonderes in Martas Leben geschehen. Sechzehn Jahre lang waren Todesfälle, Hochzeiten und ruhige Tage aufeinander gefolgt und hatten ihrem Leben einen gleichmäßigen Rhythmus verliehen. Nicht einmal der Krieg hatte daran etwas geändert. Aber die Ankunft dieser Verwandten versetzte ihren Geist zum ersten Mal wirklich in Erregung. Das ganze Haus schien in Aufruhr, und sie hatte das Gefühl, ihr vergangenes Leben hinter sich zu lassen und sich in eine Welt vollkommen neuer Eindrücke und Empfindungen zu begeben.

Die drei verunsicherten sie ein wenig. Sie hatte zwar gehofft, daß sie anders wären als die Menschen, mit denen sie bislang zu tun hatte, aber nun verwirrte es sie, wie sehr sie es waren.

Der Tag ihrer Ankunft verging rasch, wie elektrisiert. Daniel spielte allen etwas auf dem Klavier vor. Sein Spiel war gewandt, und das Musikzimmer, das trotz der Fenstertür zum Garten nicht besonders hell war, verwandelte sich für Marta in eine seltsame Traumszenerie, deren Halbdämmer allen Gestalten phantastische Züge verlieh.

Pino gefiel die Musik. Ihr Gesicht war verklärt, und sie lehnte sich gegen den zerstreut gelangweilten José. Don Juan, der Arzt, brachte seine Begeisterung nickend zum Ausdruck.

Das Musikzimmer war einer der wenigen Räume, die nach der Hochzeit von Martas Eltern nicht verändert worden waren. Es stand voller Tischchen und Vitrinen, und an den Wänden und in Alben befanden sich überall alte Photographien.

Es gab dort zwei Gitarren und eine Timple, die kanarische kleine Gitarre, und eben das Klavier, das José regelmäßig stimmen ließ, obwohl seit Teresas Krankheit niemand mehr darauf spielte, und dem der dickliche Daniel jetzt seine Harmonien entlockte. Außerdem stand dort ein niedriges Kanapee voll bunter Kissen, das aus dem Gesamtbild hervorstach. Sie nannten es hochtrabend den Diwan, und darauf würde Marta in dieser Nacht schlafen.

Das Mädchen saß in einer Ecke des Diwans. Neben dem Fenster wölbte sich Honestas stattliche Brust, als wollte sie gleich zu singen anfangen. Einen Augenblick lang fürchtete Marta, sie könnte es tatsächlich tun und sie mit einer durchdringenden Stimme alle niederwalzen.

Aber sie wollte das Ganze nicht in einem komischen Licht sehen, auch wenn sich ihre Mundwinkel nun unwillkürlich zu einem Lächeln verzogen. Sie wollte ihre Verwandten nicht lächerlich finden. Besonders eingehend betrachtete sie Matilde, die traurig, düster und ernst dasaß.

Am Ende seines kleinen Konzertes drehte Daniel sich zu den anderen um. Mit einem Taschentuch tupfte er sich die Stirn, und einen kurzen Moment sagte niemand ein Wort. Da geschah etwas Drolliges: in der Stille hörte man ein eigenartiges Geräusch.

»Klock, klock, klock, klock ...«

Es klang nicht ganz so wie das Gackern eines Huhns. Marta hatte noch nie einen Storch erlebt, daher konnte sie das Geräusch nicht einordnen. Aber da imitierte jemand einen Storch.

Marta sah erschrocken zu den anderen. Alle blickten sich an … und redeten sogleich durcheinander und sprachen Daniel ihr Lob aus. Nur Matilde wirkte verärgert.

Während des Abendessens, Don Juan war bereits gegangen, ertönte wieder dieses sonderbare Geräusch.

»Klock, klock, klock, klock …«

»Aber was ist das nur?«

Marta konnte die Frage nicht unterdrücken. Matilde warf ihr einen eisigen Blick zu, als fühle sie sich in ihrem Gespräch mit Pino gestört, der sie gerade erklärte, daß Daniel auf Diät war und nur gekochte Speisen aß, dazu aber viel frische Butter und einen Karamelflan zum Nachtisch. Den würde Honesta ihm am nächsten Tag zubereiten.

»Aber nein, meine Liebe«, sagte Pino leicht verstimmt. »Vicenta kann das schon.«

»Dann werde ich ihr erklären, wie sie ihn machen soll«, sagte Hones. »Es ist ein ganz besonderer Flan.«

José mischte sich ein.

»Hier wird gegessen, was auf den Tisch kommt. Ich glaube nicht, daß Daniel während des Krieges zu einem solchen Feinschmecker geworden ist.«

»Ach, der arme Daniel ist doch von so zarter Natur«, sagte Hones. »Künstler sind einfach von sehr zarter Natur …«

José sah Hones mit dem häßlichen Lächeln an, auf das er ein Patent zu haben schien.

»Liebe Tante …«

Hones hob die Hände, als wolle sie sich das Gesicht bedekken. Wie ein törichtes junges Mädchen, das errötet.

»Herrje, nenn mich doch nicht Tante …! Wir sind ja fast gleich alt.«

»Liebe Tante. Du erinnerst dich sicherlich noch sehr gut, wie ich als kleiner Junge oft bei euch essen mußte. Ich war damals wirklich krank, aber für mich gab es nie eine Sonderbehandlung.

Daniel selbst sagte immer, es sei alles eine Frage der Gewohnheit … Inzwischen glaube ich, er hatte recht. Also wird auch er sich gewöhnen müssen.«

Pino lauschte ihm nervös und sagte dann, ihr Mann sei der knauserigste Mensch der Welt.

»Was macht denn schon ein Flan …!«

José hörte ihr mit hochrotem Kopf zu, bewahrte aber sein Lächeln.

»Wie du meinst.«

»Klock, klock, klock, klock …«

Da merkte Marta, daß es Daniel war, der dieses Geräusch mit Zunge und Gaumen erzeugte. Auch Pino drehte sich erstaunt zu ihm um. Hones erklärte mit größter Selbstverständlichkeit:

»Das ist ein Tick, den der Arme seit Kriegsbeginn hat … Ein nervöser Tick.«

Das junge mollige Dienstmädchen hatte so angestrengt das Lachen unterdrückt, daß ihr nun lautlos die Tränen herunterliefen, und jäh stürzte sie zu der Schwingtür, die das Eßzimmer vom Küchenbereich trennte. Dabei stieß sie mit dem Tablett dagegen, und die Sauciere fiel zu Boden. Erzürnt warf Pino ihr zwei oder drei ordinäre, aufbrausende Ausdrücke an den Kopf. Kaum waren sie ihr über die Lippen gekommen, sah sie zu Matilde, die sie angespannt wie immer beobachtete, und fing an zu weinen.

Kein Zweifel, das alles war recht turbulent. Marta schaute zu Daniel und bemerkte, daß ihr Onkel ganz offenbar in die Betrachtung der Beine vertieft war, die das Dienstmädchen Carmela entblößte, während sie hochrot die Scherben aufklaubte und mit einem Lappen die auf dem Boden verschüttete Sauce aufwischte.

Hones und Matilde aßen schweigend weiter, als wäre nichts geschehen, während José Pino dazu brachte, etwas Wasser zu trinken.

Kurz darauf erklang nach einem Moment eingehender Überlegung Daniels flötende Stimme:

»Ich selbst werde der Köchin morgen zeigen, wie sie meinen Flan zubereiten soll ...«

José lief rot an.

Marta wäre vor Anspannung am liebsten aufgesprungen. Sie ließ Matilde nicht aus den Augen, aber die Dichterin schien sie gar nicht wahrzunehmen. Als sie fertig gegessen hatten, sagte Matilde:

»Laßt uns für die Toten beten, die heute auf dem Schlachtfeld gefallen sind.«

José und Pino sahen sich an.

»Mach das in deinem Zimmer. Wir sind hier nicht bigott.«

So beendete José mit äußerst gereizter Stimme dieses erste Familienabendessen.

Am nächsten Morgen wachte Marta zu den Liedern des Gärtners Chano auf. Als sie die Augen aufschlug, dachte sie an ihre Verwandten, und ein bittersüßes Gefühl überkam sie. Es freute sie, daß sie da waren, und gleichzeitig hatte sie den Eindruck, daß irgend etwas, irgendeine Hoffnung, mit ihrer Ankunft enttäuscht worden war.

Sie ging in den Garten hinaus, wo Chano sie begrüßte und mit einem Brief in der Hand zu ihr trat. Der Junge konnte lesen, aber sein Bruder, der an der Front war, hatte eine solch schlechte Schrift, daß er sich keinen Reim auf das Geschriebene machen konnte. Marta half ihm, den Inhalt wenigstens teilweise zu entziffern. Nach vielen Hochrufen auf Franco, Spanien und den Tod, denn Chanos Bruder war Legionär, nach der mehrmals zum Ausdruck gebrachten Hoffnung, allen Familienmitgliedern möge es gutgehen, hieß es in dem Brief, daß das Leben an der Front das beste Leben für einen Mann sei und daß der Bruder bald auf Urlaub komme und Chano selbst davon überzeugen wolle, in die Armee einzutreten, »bevor er keine andere

Wahl mehr habe«, denn so könnten sie zusammen sein und das sei immer das beste.

»Wirst du dich freiwillig melden?«

Chano zeigte seine weißen Zähne.

»Wenn es nach mir ginge, schon. Aber dafür muß ich meine Mutter austricksen … Denn wissen Sie, ich würde schon gern noch was da draußen sehen, bevor der Krieg aus ist.«

»Ich würde auch gehen, wenn ich ein Mann wäre«, sagte Marta nachdenklich, »und wenn ich niemanden töten müßte.«

»Ja, das mit dem Töten … Aber schlimmer ist, daß man selbst umgebracht wird, finden Sie nicht, Mädchen? Mein Bruder sagt, wenn man schlau genug ist, treffen einen die Schüsse nicht.«

Weder Marta noch Chano selbst konnten an diesem Morgen wissen, daß der junge Gärtner schließlich tatsächlich an die Front gehen sollte, kurz vor Kriegsende, und daß ihm nach drei Tagen in den Schützengräben eine Granate den Kopf wegblasen würde.

Als Marta ging, rief Chano ihr nach.

»Sagen Sie es aber niemandem, ja, Martita?«

»Ach was!«

Während Marta mit dem Gärtner sprach, bemerkte sie Matilde am Fenster ihres Zimmers. Dem Mädchen kam sie vor wie die verkörperte Energie, mit ihrem straff aufgesteckten Zopf. Sie hätte sich nicht vorstellen können, welche Niedergeschlagenheit Matilde in diesem Moment heimsuchte. Die heitere Landschaft ringsum erschien der Dichterin stumm und düster wie ein Gefängnis. Sie war gereizt und fast verzweifelt. Hones und Daniel fühlten sich wohl in diesem Haus, in dem es, wie Daniel sagte, nach Geld roch. Hones fand es überaus interessant. Am Vorabend, als Daniel und sie sich gerade auszogen, war Hones über den Flur gekommen, hatte bei ihnen geklopft und sie in ihr eigenes Schlafzimmer geholt, das vorher Martas gewesen war.

»Kommt, kommt.«

Hones, in ihren Morgenrock gehüllt, das Gesicht mit Creme und den Kopf mit Lockenwicklern bedeckt, war ganz aufgeregt.

»Kommt, schaut.«

Sie führte sie ans Fenster, doch als sie hinausschauten, sahen sie nur ein ruhiges Garteneck, beinahe wie eine Terrasse, romantisch umwachsen von hohen Kletterpflanzen, unter denen eine Bank stand.

»Na! ... Seht ihr nicht? Da gegenüber.«

Fast im rechten Winkel zu ihrem Fenster befanden sich auf gleicher Höhe zwei weitere Fenstergitter. Hones wisperte theatralisch und zugleich entzückt:

»Die Verrückte ...! So nah bei mir!«

Daniel sah sie sinnierend an. Matilde bekam Angst, wieder das Storchenklappern hören zu müssen, so daß sie kurzerhand sagte:

»Deshalb hast du uns geholt? Laß uns schlafen gehen, Daniel.«

»Nein, wartet, ich muß euch noch etwas zeigen ... Vorhin habe ich etwas höchst Interessantes entdeckt.«

Hones trat an den Schreibtisch, der sich in Martas altem Zimmer befand. Sie hatte ihn in einen Frisiertisch umgewandelt, indem sie einen Spiegel und etliche Creme- und Puderdosen daraufgestellt hatte. Eine große Photographie in einem Silberrahmen stand dort. Hones hielt sie ans Licht.

»Wer, würdet ihr sagen, ist das?«

Sie schauten darauf. Vor ihnen zeichneten sich der Kopf und der schlanke Hals einer sehr jungen Frau ab, mit einem Haarschnitt, wie er einige Jahre zuvor in Mode gewesen war. Sie hatte hinreißende leuchtende Augen. Sie war sehr schön.

»Ist das die Verrückte?« fragte Matilde.

Enttäuscht sagte Hones:

»Ach! ... Du weißt aber auch alles.«

»Ich weiß es nicht, ich vermute es.«

»Ich dachte, es wäre eine Filmschauspielerin, die sich die Kleine hier hingestellt hat ... Wie soll man denn ahnen, daß diese Schönheit ...! Denn sie ist doch eine Schönheit, oder ...? Ich habe Marta gefragt, wer das ist, und da sagte sie, ihre Mutter. Ist das nicht komisch? Ich hatte mir Teresa uralt vorgestellt.«

»Aber das Photo wurde doch vor langer Zeit gemacht; inzwischen wird sie nicht mehr so aussehen ...«

»Nein ... Aber ich bin so neugierig, sie mal zu sehen! Du nicht auch, Matilde?«

»Ganz und gar nicht. Laßt uns schlafen gehen.«

Matilde fand diese häuslichen Geheimnisse keineswegs amüsant. Hones hatte überdies voller Entzücken mitbekommen, daß José, kaum hatte er sich an jenem Abend in sein Schlafzimmer zurückgezogen, mit laut schlagender Tür wieder hinausgegangen war, nachdem er sich mit Pino gestritten hatte.

Matilde seufzte eine kleine Weile zum Fenster hinaus, an diesem herrlichen Novembermorgen. All das, all diese Familiengeschichten ermüdeten sie und brachten sie zur Verzweiflung. Sie konnte sich nicht in sie einfinden nach der abenteuerlichen Zeit, die sie seit Kriegsanfang erlebt hatten.

Im Eßzimmer hatte Daniel die Köchin rufen lassen. Vor ihm und seiner Frühstückstasse lag ein Häufchen kleiner Tütchen voll seltsamer Pulver, wie sie in den kommenden Jahren so bekannt werden sollten. Aber Vicenta hatte so etwas bis dahin noch nie zu Gesicht bekommen.

»Das sind Ersatzpulver, gute Frau.«

»Ja, Señor.«

Die große, hagere Frau mit ihrem unter dem Kinn geknoteten Kopftuch schaute zu Boden und warf aus gesenkten Lidern nur hin und wieder einen flüchtigen Blick auf Daniel, der mit einer Tasse Lindenblütentee am Tisch saß.

»Das sind Ersatzpulver ... Ich muß sie nach und nach durch

richtige Eier ersetzen, damit mein Magen nicht rebelliert. Heute mischen Sie, wenn Sie den Flan machen, ein halbes Eigelb zu dem Pulver, morgen ein ganzes, dann zwei, drei, vier, bis der Flan ein halbes Dutzend Eier enthält ... Gleichzeitig reduzieren Sie die Pulvermenge. Haben Sie verstanden?«

»Ja, Señor.«

In dem Moment kam José die Treppe herunter; mit einem sonderbaren Gesichtsausdruck blieb er stehen und lauschte dem Gespräch.

»Sag mal, ist das ein Flan oder eine Torte, was man dir da machen soll?«

Daniel schreckte auf, als sein Neffe an den Tisch trat. Vicenta verschwand lautlos.

»Du weißt ja, daß wir ... daß ich sonst nichts Großartiges esse ...«

»Schon gut.«

José schlug die Zeitung auf. Die Fenster standen offen. Es roch nach Kaffee, Lindenblütentee und dem in Glasschalen angerichteten aufgekochten Gofio-Brei, und nach Frühlingsmorgen und Blumen. José bedachte eine der Zeitungsnachrichten mit einem Ausruf.

»Was ist denn, mein Junge?«

Es kam keine Antwort. José schien ihn offenbar der Konversation nicht für würdig zu befinden. Daniel, etwas verloren an dem einsamen Tisch, auf dem leere Porzellantassen, kleine Löffel und eine Blumenvase in der Sonne glänzten, verharrte einige Sekunden, da er seinen Tick in der Kehle aufsteigen spürte. Er blähte die Backen auf und wackelte mit dem Kopf. Aber er kam nicht dagegen an.

»Klock, klock, klock, klock ...«

José schlug die Zeitung zu.

»Sei doch so gut und hör mit diesem Unsinn auf.«

»Ich kann nichts dafür, ich bin krank ...«

Matilde und Honesta kamen die Treppe herunter, letztere rosig und in einen sommerlichen Morgenrock gehüllt. Dann trat Marta aus dem Garten herein, und alle setzten sich an den Tisch. José faltete die Zeitung zusammen.

»Ach übrigens: Da wir nun alle versammelt sind, würde ich gerne eine finanzielle Frage ansprechen. Ich tue das lieber ohne Pino, meine Frau ist da etwas empfindlich.«

Marta erschrak, denn José wurde immer sehr unangenehm, wenn er finanzielle Fragen ansprach, wie er es nannte. Er sagte stets, daß Teresas Geld, das ihm anvertraut war, nicht verschwendet werden dürfe. An diesem Morgen setzte er seinen Verwandten die Situation auseinander: Alle müßten in irgendeiner Weise zu den Haushaltsausgaben beitragen. Marta sah, wie Daniel zusammenzuckte. Honesta riß die Augen auf. Matildes Gesicht bekam dafür einen etwas lebhafteren Ausdruck.

»Wenn du uns hilfst, könnten wir alle drei arbeiten. Ich glaube, es wäre sogar ganz ratsam, daß wir für uns in Las Palmas wohnen, bis der Krieg vorbei ist.«

José wurde rot.

»So habe ich das nicht gemeint, und es muß auch nicht sofort sein.«

Daniel und Honesta stellten sich gegen Matilde auf seine Seite.

»Du lieber Himmel, wie aggressiv du immer bist ...! Du lieber Himmel!«

Marta hätte sich gern in irgendeiner Weise eingebracht. Aber sie wußte nicht wie. An diesem Tag wurde die Frage nicht weiter erörtert. José fuhr kurz darauf nach Las Palmas, und sie wäre am liebsten alleine mit Matilde geblieben, um ihr von ihren Gedichten zu erzählen. Aber sie traute sich nicht, da Matilde so kühl ihr gegenüber war und sich auf kein Gespräch einließ. Statt dessen zog Honesta sie in den Garten hinaus.

»Wir werden gute Freundinnen sein, ja ...? Schließlich sind

wir beiden die einzigen unverheirateten Mädchen hier im Haus. Stimmt's …? Du bist ein hübsches Ding, weißt du das? Aber du solltest dich ein bißchen schminken und hochhackige Schuhe tragen.«

»Das meint Pino auch.«

»Und sag, erzähl … wie steht es denn bei dir mit einem Freund?«

»Ich habe keinen.«

»Ach …! Tja, besonders attraktiv wirkst du in der Tat nicht, aber nur, weil du es nicht willst; man muß auf sich achten …«

Marta sah sich zwischen den Rosenbeeten spazieren, von Honestas Arm um ihre Schultern beengt, den Geruch ihrer morgendlichen Pomaden in der Nase. Diese Unterhaltung ähnelte so gar nicht dem Gespräch unter vier Augen, das sie sich mit einem ihrer Verwandten erträumt hatte. Honesta stellte ihr Fragen über das Leben bei ihnen, wie sie von Pino selbst hätten stammen können. Ob man sich in der Stadt amüsieren könne oder nicht …

Marta antwortete rasch und erklärte ihrer Tante dann in einem Anflug von Verzweiflung, als könnte die Botschaft durch Honesta Matilde erreichen, daß sie Gedichte schreibe und die Ankunft von ihnen dreien herbeigesehnt habe, um sie ihnen zu zeigen.

Nun war Honesta verunsichert, aber sie faßte sich sogleich wieder.

»Oh! Wie interessant. Ich mache auch Verse … Und Matilde ist ein Genie … Aber zeig Matilde nichts. Sie wird dir sagen, daß deine Verslein kitschig sind. Mir sagt sie das auch …«

Es war unverkennbar, daß Honesta einfach nur vor sich hin plapperte. Marta dachte an ihre Freundinnen, eine Gruppe von Oberschülerinnen, kritisch, wie die Jugend es nun einmal ist, denen sie von diesen bewundernswerten Verwandten erzählt hatte und die beinahe sehnsüchtig weitere Nachrichten erwarteten.

Was würden sie wohl denken, wenn sie Hones sähen? Sie würden ein wenig spötteln.

Bedrückt senkte sie den Kopf und blickte auf die Gartenwege, über die sie schritten. Der Gedanke quälte sie, daß sie lieber auf den Speicher zum Lesen gestiegen wäre, als weiter mit Honesta zu plaudern.

Als ihre Tante sie zu einer Gartenschaukel mit Markise zog, um weiter von sich selbst zu sprechen, von Liebschaften und familiärer Opposition gegen ihre Freunde und tausenderlei ohne jeden Charme erzählten Nichtigkeiten, hätte Marta am liebsten gegähnt oder ihr den Mund zugehalten. Ein paar Minuten später begann Honesta jedoch ohne Übergang von dem Freund zu erzählen, der mit ihnen zusammen mit dem Schiff gekommen war, dem Maler Pablo, und Marta horchte auf. Laut Honesta war er ein armer Kerl, weil er eine grauenhafte Frau um des Geldes willen geheiratet habe, die Zigarren rauche und ihn herumkommandiere. Glücklicherweise habe der Krieg ihn von ihr getrennt. Pablo sei sehr interessant. Er habe in Paris gelebt. Noch ganz jung sei er von zu Hause davongelaufen und habe sich auf abenteuerliche Weise dorthin durchgekämpft, der Guardia Civil ein Schnippchen geschlagen und zu Fuß die Grenze überquert.

»Er ist nämlich sehr stark, weißt du. Sein Hinken ist ihm nur von einer Kinderkrankheit geblieben. Glaub bloß nicht, ihm fehle ein Bein oder so. Er ist ganz prächtig gebaut ...«

Honesta wurde rot, als sie das sagte. Aber Marta merkte es gar nicht. Während sie ihrer Tante zuhörte, hatte sie die Klänge des Klaviers vernommen, auf dem Daniel ganz in der Nähe, im Musikzimmer, spielte.

»Aus Dankbarkeit hat er seine Frau geheiratet, eine alte Närrin, die ihm alle seine Bilder abkaufte. Aber diese Ehe läßt sich auflösen; sie wurde nur standesamtlich geschlossen ...«

Marta wußte natürlich nicht, daß Pablos Frau wesentlich jünger war als Honesta, aber sie merkte sehr wohl, wie ihre Tante sich an diesem Morgen in bezug auf Pablos Ehe widersprach.

»Hat er sie nun wegen des Geldes oder aus Dankbarkeit geheiratet? Hat er dir das gesagt?«

»Aber, Kindchen ... Wie sollte er mir denn so was sagen?«

»Kann es nicht aus Liebe gewesen sein?«

»O nein ... Seine Frau ist schrecklich. Sie hat ihn nicht malen lassen ... Und das weiß ich von Pablo selbst. Er hat gesagt, daß er erst jetzt langsam wieder malen kann. Und außerdem raucht sie Zigarren, stell dir das mal vor! Und ...«, hier senkte Honesta die Stimme, »sie ist auf seiten der Roten, das ist sicher. Man darf es nicht sagen, weil es dem armen Pablo schaden würde, aber sie ist eine von denen, die Versammlungen und derlei Dinge organisieren.«

»Hast du sie kennengelernt?«

»Ja, ich habe sie einmal in Madrid gesehen ... Es ist so furchtbar ... Der arme, arme Pablo ...«

»Hast du nicht gesagt, er sei ein Genie?«

»Aber ja.«

»Na, dann nenn ihn doch nicht ›armer Pablo‹.«

Martas Stimme klang so gereizt, daß Honesta der Mund offenstehen blieb. Marta war selbst ganz verwirrt. Sie wußte nicht, wie sie es wagen konnte, so zu Honesta zu sprechen, oder warum sie so verärgert war. Ebensowenig wußte sie, daß ihr breiter Mund dem der Frau neben ihr, für die sie allmählich eine tiefe Abneigung empfand, seltsam ähnlich war.

Die Bank, auf der sie saßen, schaukelte leicht hin und her. Vor ihnen erweckte eine Mauer voller Kletterrosen den seltsamen Eindruck in der Sonne glimmender Glut. Über den Rosen befand sich das Fenster zu Pinos Zimmer.

Pino wachte spät auf, mit dem Gefühl bleierner Schwere. Seit kurzem geschah ihr das von Zeit zu Zeit. Nach einigen Tagen der Erregtheit überkam sie diese tiefe Traurigkeit. José war schon vor langem aufgestanden, sie hatte es kaum gemerkt. Die Läden der Schlafzimmerfenster waren fest geschlossen. Nur ein hauchdünner Streifen Tageslicht zeichnete sich an der Zimmerdecke ab. Dennoch war der Raum lediglich halbdunkel, was an dem hellen Schein lag, der durch die von José offengelassene Badezimmertür fiel. Pino bewegte sich; ihre schmale Taille schmerzte, als würde sie unter dem Gewicht der Hüften zerreißen, und ihr Herz schlug heftig, unregelmäßig. Eine schreckliche Panik lähmte sie für einen Moment, und dann war es die Wucht dieser Angst selbst, die das Pochen in ihrer Brust erneut entfesselte. ›Ob ich wohl wirklich krank bin? Ich werde doch nicht sterben?‹ Entsetzt dachte sie daran, wie verstohlen Vicenta, die Köchin, sie immer ansah, wenn sie an ihr vorbeiging. Pino hatte Angst vor ihr. Ihre Mutter hatte sie stets vor ihr gewarnt, wenn Pino sie besuchen ging und sich ein wenig in ihren starken Armen ausweinte. Es hieß, die Majorera erkenne auf einen Blick, wem der Tod ins Gesicht geschrieben stand. Von Lolilla, dem schmächtigen, gleichwohl aber gesund rotwangigen Dienstmädchen hatte Vicenta kürzlich gesagt, sie »rieche nach Tod«. Darauf hatte Pino das Mädchen genauer beobachtet und gesehen, wie es manchmal nach Luft ringend stehenblieb, wenn es die Treppe hinaufstieg, und daß ihre Lippen einen sonderbaren violetten Ton aufwiesen. Sie wollte Vicenta keine Beachtung schenken, hatte aber dennoch Don Juan, den Arzt, um seine Meinung gefragt. Don Juan war eine Seele von Mensch, aber niemand wußte besser als sie selbst, daß er sich nicht gerade durch ein scharfes Auge auszeichnete. Er schien aus allen Wolken zu fallen, maß Lolilla den Puls und ließ sich ihre Zunge zeigen. Dann sagte er ihr, sie sei ein gutes Kind und kerngesund. Pino vertraute er an, das Mädchen sei, nach dem, was sie ihm erzählt habe, womöglich herzkrank. Das beste wäre wohl, sich von ihr zu trennen, um sich einen möglichen Schreck zu ersparen.

Pino entließ sie nicht, da es schwierig gewesen wäre, eine Häßlichere zu finden. Es war außerdem nicht so leicht, die Dienstmädchen auf der Finca zu halten, mit soviel Arbeit und einer Verrückten im Haus, die ihnen Angst einjagte. Würde sie in Las Palmas leben …

›Würde ich in Las Palmas leben, wäre ich nicht in diesem Zustand, ich zehre mich ja bei lebendigem Leib auf‹, dachte sie. Der Familie gehörte ein Haus in der Stadt, ein altes zweistökkiges Gebäude im Viertel Vegueta, das seit dem Tod von Don Rafael, Martas Großvater, nicht bewohnt wurde. Ein Verbrechen war es, dieses schöne, komplett eingerichtete Haus leer stehen zu lassen und stattdessen auf diesem verfluchten Stück Land zu hocken, ohne jede Zerstreuung.

Sie wußte nicht so recht, was genau sie sich von einer Heirat mit einem Mann wie José, der groß und reich war, wie es hieß, erhofft hatte. Aber etwas, einen bis dahin ungekannten Komfort, hatte sie sich doch erwartet. Manchmal, wenn sie in dem großen neuen Wagen durch die Straßen der Stadt fuhren, durchflutete sie eine Woge des Stolzes über die Partie, die sie gemacht hatte, aber die meiste Zeit beklagte sie sich über ihre Ehe, die sich als Falle für ihre Jugend entpuppt hatte.

»Hab Geduld«, sagte ihre Mutter zu ihr, »die Männer ändern sich. Er wird dich schon noch ausführen, du wirst schon noch herumkommen …«

Dann wurde die zuversichtliche Frau ungeduldig.

»Aber jetzt mit dem Krieg kann man doch sowieso nirgends hin … Was zum Teufel willst du eigentlich? Mehr als eine würde sich an deiner Stelle alle zehn Finger abschlecken.«

Wenn Pino weinte, wurde ihre Mutter nachdenklich und gab ihr schließlich den ersehnten Rat.

»Du solltest ihn dazu bringen, mit dir in Las Palmas zu wohnen. Und die Verrückte mit einer Krankenschwester bei der Vicenta und dem Mädchen draußen auf dem Land zu lassen …«

Wenn Pino das hörte, wurde sie ruhiger. Dann konnte sie sogar wieder lachen, als würde dieses schwarze Etwas, das ihr auf der Brust lastete, damit leichter. Ihre Mutter war eine praktische Frau, die sich durch nichts verdrießen ließ. Sie war Haushälterin bei Don Juan, dem Arzt der Familie Camino. Sie war ihm auch noch etwas anderes, wie böse Zungen tuschelten. In letzter Zeit hatte Pino der Stolz arg gekitzelt und sie dazu gebracht, mit ihrer Mutter zu schimpfen, weil sie den alten Arzt nicht zu einer Heirat drängte.

»Laß mich in Frieden, zum Donnerwetter. Willst du, daß ich ein Nervenbündel werde wie du, wenn ich heirate ...? Das ist was für euch junge Frauen. Ich habe da keine Illusionen mehr.«

Aber andere Illusionen hegte sie wohl. Sie mochte es, Don Juans Haus zu führen und die Nachrichten der Kranken zu übermitteln, mit einer Freundin ins Kino zu gehen und gut zu essen. Wenn Pino sich zu sehr beklagte, gab sie ihr einen Klaps auf ihr Hinterteil, daß es nur so klatschte.

»Du findest dich bemitleidenswert mit diesem Hintern, den du dir da anzüchtest? Ist doch nicht zu übersehen, wie gut du es dir gehen läßt. Als ich so alt war wie du, habe ich wie eine Sklavin geschuftet, um dich durchzubringen, mein Kind ... Was willst du denn mehr!«

Pino war nach diesen Besuchen getröstet. Besänftigt machte sie es sich neben José in der roten Limousine bequem. Aber kaum hatte der Wagen die laue Luft von Las Palmas verlassen und fuhr auf der Landstraße ins Landesinnere auf Tafira und Monte Coello zu, überkam Pino wieder die düstere Beklemmung. Die dunkle Eukalyptusallee, die zwischen den Weinbergen von der Landstraße bis zu ihrem Garten führte, kam ihr wie ein Schlund vor, der sie verschlang. Eine Viertelstunde dauerte die Autofahrt von der Stadt bis zu ihrem Haus, aber sie brachte sie ganz offenbar in eine andere Welt.

Wieviel Uhr war es wohl? Elf Uhr morgens. Jeden Augenblick konnte die Majorera sie wecken kommen, damit sie Teresa ihre aufbauende Spritze gab. Der Majorera war es egal, ob Pino gefrühstückt hatte oder nicht, ob es ihr gut oder schlecht ging. Die Spritze mußte verabreicht werden. Sollte Pino sich weigern, würde die alte Vicenta sofort José in Kenntnis setzen, daß man eine andere Krankenschwester holen müsse, weil die liebe Pino zu müde sei. Vicenta hatte schon häufig genug grummelnd bemerkt, daß es nicht gut sei, Teresa nachts allein zu lassen, auch wenn das Schlafzimmer von José und Pino nicht weit weg war. Vicenta hätte gern selbst in Teresas Zimmer übernachtet, aber da blieb Pino unnachgiebig … Solange José nachts fortging, mußte jemand unten auf die jungen Dienstmädchen aufpassen. Und um nichts in der Welt hätte sie eine andere Krankenschwester geholt. Es gab schon genug Frauen in diesem Haus. José wurde viel zu sehr verhätschelt von dem ganzen Weibervolk. All diese Gedanken quälten sie. Jedesmal, wenn sie den einzigen Ausweg, den sie für ihr Leben sah und der ihr fast schon zur fixen Idee geworden war, nämlich nach Las Palmas zu ziehen und Teresa im Haus zu lassen, auch nur andeutete, geriet José außer sich. Und Pino weinte.

»Ich verstehe nicht, warum du dich so aufregst … Don Rafael hat ja auch mit seiner Enkelin in Las Palmas gelebt, und er war Teresas eigener Vater, aber du bist nicht mal mit ihr verwandt und opferst mich für diese Verrückte.«

»Als du mich geheiratet hast, wußtest du da, daß du hier wohnen würdest, oder nicht?«

»Ich wußte, daß ich dich heirate.«

»Genau, und mit mir verheiratet zu sein bedeutet nun mal, hier zu leben, verstanden? Hier. Mit Teresa. Als mein Vater und Teresa geheiratet haben, war sie noch ein ganz junges Ding, aber sie hat wegen meiner schwachen Lunge diese Finca herrichten lassen, um ganz hier draußen zu wohnen. Wegen mir, verstehst du? Es gab in meinem Leben keine glücklichen Momente, bis ich in dieses Haus kam. Hier wurde ich erwachsen, hier lernte ich, was es heißt, ein eigenes Heim zu haben, Freude, ein Stück Land, zu dem man gehört. Teresa war eine gute Mutter, verstehst du? Und weder für dich noch für irgendwen sonst lasse ich sie allein. Solange sie lebt, bleibe ich hier ... Daran gibt es nichts zu rütteln.«

Nichts zu rütteln. Das Leben einer jungen, gesunden Frau an eine Verrückte gekettet. Sie legte sich die Hände an die pochenden Schläfen. Warum nur war es ihr bestimmt, so zu leiden? Liebte sie denn niemand, nicht einmal ihr eigener Mann? Sie vernahm, von den Wänden des Hauses gedämpft, die Klänge eines Klaviers. Da erinnerte sie sich der Festlandsspanier, und ohne einen bestimmten Grund erfüllte sich ihre Seele mit Groll. Sie hatten das Haus schon vereinnahmt, diese Leute ... Bis gestern hatte sie sich etwas von ihnen erhofft. Hilfe, eine rettende Hand ... Was genau, konnte sie nicht sagen. Aber wie die waren! Entsetzlich. Hones hatte sie an eine alte Prostituierte erinnert, nur viel eingebildeter und affektierter. Die andere, Matilde, war noch schlimmer. So kalt, so »was Besseres« und so eingebildet auf ihren alten Zieraffen von Mann. Feine Leute. Die die Nase rümpfen, wenn es mal übel riecht. Wie hatte sie nur glauben können, sie würden irgendeine Abwechslung in ihr tristes Leben bringen? Sie kamen, um herumzuschnüffeln. Und zu stören. José ließ sich von ihrer Gegenwart nicht im geringsten beeindrucken. Der neuerliche Spaziergang gegen die Schlaflosigkeit in der Nacht zuvor war Beweis genug dafür. Und das, nachdem er mit ihr wegen des Haushaltsgelds gestritten hatte. Er hatte gesagt, er würde es um keinen Pfennig aufstocken, trotz der Ankunft der Verwandten. Er sei sicher, daß sie mehr als genug habe ... Jetzt konnte sie nichts mehr für ihre kleinen Extras abzweigen, und bei Gott, Josés Knauserigkeit machte dieses Abzweigen bitter nötig. Sie mußte verrückt gewesen sein, sich eine Erleichterung von diesen Leuten zu erhoffen. Sie hatte das Gefühl, sie zu hassen ... Alles, was sie an diesem Morgen dachte, war wie vergiftet. Das Klavier hämmerte in ihrem Kopf ... ›Ich werde das Mädchen rufen und ihr sagen, daß dieses verfluchte Geklimper sofort aufhören soll, wer auch immer da spielt.‹

Ihre Handflächen waren feucht, als sie aufstand. ›Das ist ein Zeichen von Schwäche.‹ Ein Anflug von Panik, wie sie sie eine Weile zuvor verspürt hatte, ergriff sie erneut. Sie stand auf, um die Läden zu öffnen. Sie würde sich an den Frisiertisch setzen und ihr widerspenstiges Haar bändigen. Sie mochte ihren Frisiertisch, und sich in seinem Spiegel zu betrachten beruhigte sie immer. Im Vorbeigehen bemerkte sie, daß einer der silbernen Kerzenhalter, die ihn zierten, leer war, und sie erinnerte sich wieder an die Geschehnisse zwei Nächte zuvor. Das scheinheilige Gesicht ihrer kleinen Schwägerin stand ihr vor Augen. Aber für einen kurzen Moment hatte das Mädchen gezeigt, wie es wirklich war: hochmütig und aufbrausend, mit seinem blutleeren Gesicht unter den Sommersprossen, die seine Nase bedeckten, und den grünlichen, vor Wut blassen Augen ...

In Pantoffeln schlurfte sie zum Fenster und öffnete die Innenläden. Der strahlende Tag jenseits der Scheibe blendete schmerzhaft ihre leicht gereizten Augen. Trotzdem blieb sie schauend stehen. Auf der Bank unter der Markise schaukelte jemand. Sie erkannte die wohlgerundeten Beine von Honesta und die sonnengebräunten von Marta, deren Rock nachlässig bis zum Knie hochgerutscht war und deren weiße Sandalen erbarmungslos auf den schwarzen Picón schlugen. Die beiden derart unvermutet so zu sehen war wie ein Schlag.

Wieder spürte sie ihr Herz unangenehm in der Brust trommeln. Sie war sich sicher, daß sie von ihr sprachen. Marta würde ihr Gift in die Ohren ihrer Verwandten träufeln, und bald würden sich alle im Haus gegen sie, Pino, wenden. Sie war schön dumm gewesen, nicht vorher daran zu denken. Sie konnte die

Stimme des Mädchens geradezu hören, mit ihrer verabscheuungswürdig klaren Aussprache.

›Pino? ... Achtet gar nicht auf sie. Das ist ein ganz gewöhnliches Ding, Tochter einer Dienstbotin. Sie nennt Don Juan, den Arzt, ihren Paten, was er aber gar nicht ist, er ist nämlich meiner, wie findet ihr das? ... Sie trägt den Schmuck meiner Mutter, wann immer es ihr gefällt. Aber sie selbst hat rein gar nichts. Sie ist ein Dienstmädchen, das etwas mehr Schliff abgekriegt hat, weil ihre Mutter das Glück hatte, als Haushälterin in Don Juans Haus zu kommen. Ihr könnt euch über sie lustig machen, sie merkt es nicht einmal, sie ist ein Dummchen. Als sie gestern den Tee verschüttet hat und Matilde sagte, das mache doch nichts, und dabei insgeheim über sie lachte, hat sie es gar nicht mitbekommen. Wir beide können uns nicht riechen. Seit ich ihr zum ersten Mal begegnet bin, als ich aus der Klosterschule kam, habe ich sie verachtet. Ja, ich verachte sie. Sie hat angefangen, mir von den Liebschaften und Verehrern zu erzählen, die sie hatte, und ich habe nicht mal hingehört. Sie hat mir von ihren Träumen erzählt, aber ich habe mich taub gestellt. Sie hatte viele Träume damals. Es war kurz nach der Hochzeit. Sie hat geglaubt, alle Mütter aller meiner Freundinnen würden sie mit offenen Armen empfangen, es hätte ihr nicht einmal etwas ausgemacht, Pullover für die Soldaten an der Front zu stricken, wenn es nur bei diesen Damen gewesen wäre. Dann hat sie alles darangesetzt, schlecht über sie zu reden, und ich weiß auch warum: weil ihre Pläne durchkreuzt wurden ... Den ganzen Sommer lang mußte sie mit ansehen, wie ich lachend zu Ausflügen mit meinen Freundinnen aufbrach und erschöpft und glücklich zurückkam, und sie mußte immer allein zu Haus bleiben. Eines Tages habe ich sie gefragt, aus Spaß, versteht ihr, um zu sehen, was sie sagt:

Hast du keine Freundinnen, Pino?

Wißt ihr, was sie da getan hat? – Ach, achtet gar nicht auf sie.

Niemand hier verteidigt sie, außer Don Juan, der Arzt, der sonntags zum Mittagessen kommt und den Nachmittag über bleibt. Ihr Mann stiehlt sich nachts davon ...‹

Ja, sie konnte sie regelrecht hören, und Gott allein wußte, wie sehr sie sie in diesem Moment haßte. Sie und alles ringsum. Alles, was ihr Leben so schwarz machte. Diese verfluchte Teresa ...

Pino war so in Gedanken, daß sie das Klopfen an ihrer Schlafzimmertür nicht hörte. Vicenta kam herein und verharrte mit dem Blick auf ihr.

Die Festlandsspanier hatten Vicenta am Vortag kauzig gefunden. Sie war einfach eine Frau mit bäuerlichem Aussehen, groben Zügen und lebhaften, wilden Augen, die ihren stumpfen Gesichtsausdruck Lügen straften. Diese Augen kniff sie nun zusammen und blickte auf Pino. Einige Sekunden blieb sie an der Tür stehen und machte eine Bewegung mit den Händen, als würde sie sie an einer nicht vorhandenen Schürze abtrocknen. Pinos Gesicht hatte einen gräulichen Teint vor dem hellen Fenster. Sie krallte die Fingernägel der einen Hand in die Innenfläche der anderen. Das war es, was die Majorera sah. Vicentas Seele war ausgedorrt. Das Leid der anderen war wie ein erfrischender Regen für sie. Ihr dunkles Gesicht schien sich in einer boshaften Freude zu entspannen, aber das hielt nur ein paar Sekunden an. Plötzlich erschrak sie, als hätte sie ein Gespenst in Pinos Gesicht erblickt. Ihr ganzer Körper fuhr zusammen wie unter einem Stromschlag. Sie machte eine Bewegung.

Pino wandte sich ihr jäh zu.

Die beiden sahen sich an. Vicenta reglos, ihre dicken erdfarbenen Lippen etwas blasser als sonst. Pino mit aufgerissenen Augen und einer Hand an der Brust, wo ihr Herz dunkel pochte.

Unvermittelt ging Pino an der Majorera vorbei, die Lippen herausfordernd geschürzt. Sie öffnete die Tür, überquerte den Gang und trat brüsk in Teresas Zimmer.

Die Kranke mußte ihre Spritze bekommen. Pino hatte verstanden.

Vicenta, die Majorera, folgte ihr. Sie hatte eine rauhe Stimme. Die s- und h-Laute verschluckte sie heiser, als schürfe ein trokkener Atemhauch darüber.

»Vorsicht, tun Sie ihr nicht weh!«

In der Art, wie sie das sagte, lag ein verhohlener Befehl, eine unterdrückte Drohung.

IV

Die Zeit, die ihre Verwandten im Haus verbrachten, schien in Martas Erinnerung später seltsam verschleiert. Wie in einem Traum sah sie sich selbst sehnsüchtig von einem zum anderen laufen.

Vom Tag nach der Ankunft der Fremden an war die Atmosphäre im Haus geladen wie vor einem Sturm. Bis dahin hatten Marta die wechselnden Stimmungen im Haus kaum berührt. Das Leben der Menschen, die sich in seinen Zimmern bewegten, war ihr gleichgültig gewesen. Aber dann kamen diese drei Zugereisten, die ihr ganz und gar nicht gleichgültig waren, so sehr hatte sie sie in ihrer Phantasie bereits heraufbeschworen, und was sie sah, erstaunte sie und verletzte sie bisweilen auch.

Pino benahm sich in diesen ersten Tagen den Verwandten gegenüber maßlos unhöflich. Gott allein wußte, was in ihr vorgehen mochte, jedenfalls behelligte sie sie unaufhörlich. Sie belauerte sie geradezu. Wenn Marta sich einem von ihnen näherte, um ein Gespräch anzuknüpfen, tauchte unvermeidlich Pino in ihren leisen Hausschuhen auf und säuselte ein »Sprecht nur weiter, wenn es nicht um mich geht ...«, das sie erstarren ließ.

Ihren Schulfreundinnen erzählte Marta keine besonders aufschlußreichen Dinge über die Verwandten. Die Mädchen waren neugierig auf die Festlandsspanier, und sie versprach ihnen, sie einmal zu sich nach Hause einzuladen, damit sie ihre Bekanntschaft machen könnten, warnte sie aber, daß sie sehr sonderbar seien, wie alle Künstler.

Marta konnte sich das Leben nicht vorstellen, ohne regelmäßig im Kreis ihrer Freundinnen zu besprechen, was sie beschäftigte. Sie fühlte sich ihnen wesentlich näher als ihrer Familie. Zumindest bis die Festlandsspanier gekommen waren. Sie waren gleich alt und teilten die Leidenschaft fürs Lesen, die Bewunderung für Künstler jeglicher Art. Außerdem fühlten sie sich vereint in einer Art magischem Zirkel, aus dem heraus sie das Leben mit anderen Augen sahen als die übrigen Menschen. Sie hatten einen eigentümlichen Moralkodex, wobei zu ihrer Ehre gesagt werden muß, daß dieser sie selbst zwar streng verpflichtete, aber äußerst tolerant im Hinblick auf die Handlungen der anderen war, das heißt der weiblichen Wesen, die nicht zu ihrem Kreis zählten – denn die männlichen Wesen wußten sie nicht so recht einzuschätzen.

Menschen, die nicht ihrer Generation angehörten, erschienen ihnen in der Regel keiner besonderen Aufmerksamkeit würdig. Meist entlockten sie ihnen ein mildes, nachsichtiges Lächeln, außer, sie waren aus irgendeinem Grund berühmt, also bewundernswert. Aber tatsächlich konnte keine von ihnen, abgesehen von Marta, irgendwelche außergewöhnlichen Wesen zu ihrer Familie zählen. Und so löcherten sie sie mit Fragen.

»Stimmt es, daß dein Onkel eine Symphonie über die Insel komponiert?«

Verwirrt errötete Marta. Vor der Ankunft dieser Verwandten hatte sie ihre Freundinnen nie belogen. Sie war so mit ihnen verwachsen, daß sie den Eindruck hatte, mit allen eins zu sein. Sie hatte keine Geheimnisse vor ihnen. Doch jetzt war sie den Neuankömmlingen gegenüber loyaler und erfand sie in ihren Erzählungen neu, aus Angst, sie könnten falsch beurteilt werden. Das mit der Symphonie über die Insel war eine Erfindung zu Ehren Daniels.

Es stimmte, daß er unaufhörlich Notenblätter bekritzelte und sich dann ans Klavier setzte; von jedem Winkel des Hauses aus waren die zögerlichen Töne zu hören. Dann beugte er sich wieder über die Blätter, und schließlich spielte er zur Entspannung etwas sehr Schönes, und die musikalisch entsetzlich ungebildete Marta war überzeugt, bereits die fertige Symphonie zu hören.

Marta hatte versucht, ihm Dinge von der Insel zu erzählen, von Alcorah und den Teufeln in Gestalt von Ziegenböcken. Eines Tages hatte sie einfach drauflosgeredet, und er hatte sie aus seinen wässrigen Augen ohne besonderes Interesse angesehen. Er saß auf dem Klavierschemel und klimperte von Zeit zu Zeit auf den Tasten.

»Ich habe immer eine Art Musik vernommen, die Musik der Insel, wie von den hohen Gipfeln der Berge aus dirigiert. Du könntest diese Musik schreiben, Daniel.«

Es klopfte an der Tür. Carmela trat ein.

»Señorita Pino sagt, sie hat Kopfschmerzen. Ob Don Daniel aufhören kann zu spielen.«

Dreimal hatte Pino bereits eine ähnliche Botschaft übermitteln lassen, wenn Marta bei Daniel war. Dies sollte das letzte Mal sein. Daniel war auf der Hut vor ihr.

»Kleine, wir müssen aufpassen ... Klock, klock, klock ... Pardon! Was haben wir schon davon, es uns mit der guten Pino zu verscherzen, Kindchen?«

Daniel fürchtete sich vor Pino, die sich in letzter Zeit so reizbar zeigte. Er schnitt ihr Blumen im Garten. Er schmeichelte ihr. Er küßte ihr die Hand, sobald sich die Gelegenheit dazu ergab. Es half alles nichts, da Pino, die wie alle Inselbewohner Angst hatte, der Lächerlichkeit preisgegeben zu werden, es für Spott hielt und dem verblüfften Daniel erklärte, sie ließe sich nicht so leicht auf den Arm nehmen.

Als ihre Freundinnen an jenem Tag eine Antwort von ihr bezüglich Daniels Symphonie erwarteten, hörte Marta sich mit dünner Stimme ja sagen. Ja, Daniel komponiere eine Symphonie, aber natürlich sei das ein äußerst schwieriges Unterfangen, das ihn lange in Anspruch nehmen würde.

»Und deine Gedichte über Alcorah, was sagen deine Verwandten dazu? Gefallen sie ihnen?«

»Ich habe mich nicht getraut, sie ihnen zu zeigen.«

Da dies gelogen war, ärgerte Marta sich über den Kreis der Gesichter, die im Schulhof auf sie gerichtet waren. Zum ersten Mal wäre sie lieber allein gewesen, fern von ihnen. Ihre Freundinnen kannten ihre Legenden, sie beurteilten sie ganz unparteiisch. Sie fanden sie noch nicht gut, aber vielversprechend. Marta mußte sie unbedingt den Verwandten zeigen.

Es war wirklich zu ärgerlich. Ihre Freundinnen hatten ihr immer vorgeworfen, ihre dichterischen Träume zu ernst zu nehmen und die eigentlichen Dinge des Lebens zu vernachlässigen, wie sie sagten. Aber kaum waren diese Künstler da, wurden Martas Talente zum großen Stolz der Mädchen.

Von allen Freundinnen mochte Marta eine am liebsten. Alle mochten sie am liebsten: Sie hieß Anita und war der gesunde Menschenverstand in Person. Sie ihrerseits war allen zugetan, und eines Tages nahm sie Marta zur Seite.

»Weißt du, ich habe mir überlegt, daß deine Verwandten sich eigentlich deiner annehmen müßten, in vielerlei Hinsicht. Meine Mutter sagt, daß dein Bruder sich nicht großartig um dich kümmert und daß deine Schwägerin auch nicht gerade ein Juwel ist, die Ärmste ...«

Marta antwortete ihr heftig:

»Aber sie nehmen sich ja meiner an, und wie. Sie wollen alles über mich wissen. Sie haben mich sehr gern. Sie haben schon gemerkt, daß Pino und José nicht besonders nett sind, und wollen mich mitnehmen, wenn sie nach Madrid zurückfahren ...«

Anita wurde nachdenklich.

»Es ist ja nicht nötig, daß sie dich mit nach Madrid nehmen. Täte es dir nicht leid, die Insel zu verlassen? Du solltest dir einen netten Jungen suchen und heiraten. Du bist nicht unansehnlich, weißt du? Sixto, Marías Bruder, hat gesagt, daß du ihm gefällst ... Er kommt bald auf Heimaturlaub von der Front, weil er verletzt wurde. Deine Verwandten könnten dir behilflich sein, dein Bruder nimmt dich ja nie irgendwohin mit, und außerdem hat mein Vater gesagt, warum auch immer, daß es deinem Bruder ein Dorn im Auge wäre, wenn du heiraten würdest.«

Marta zuckte die Achseln. Sie deutete an, daß Hones ihr auch gesagt habe, sie solle sich einen Verlobten suchen. Aber zugleich war sie traurig, weil es nicht das war, was sie sich von den Verwandten erhofft hatte.

Wenn sie daran dachte, welche Abfuhr ihr Matilde erteilt hatte, kamen ihr sogar fast die Tränen. Niemals würde sie das vor ihren Freundinnen eingestehen.

Wie ein Hündchen war sie Matilde gefolgt, bei jeder Gelegenheit hatte sie ihren sehnlichen Wunsch angedeutet, mit ihr über Literatur zu sprechen, aber ihre Tante hatte immer einen Weg gefunden, ihr auszuweichen.

Eines Tages, als Matilde wie immer im Garten in der Sonne saß, sprach sie sie an.

»Ich wollte dir gern zeigen, was ich schreibe ...«

»Warum gehst du damit nicht zu deinem Lehrer?«

»Ich vertraue dir mehr, weil du auch schreibst.« Sie warf ihr einen Blick zu und redete hastig weiter. »Außerdem täuschst du dich in mir, du glaubst, ich sei glücklich, und verachtest mich deswegen. Du hältst mich für ein Dummchen, das in diesem Haus wohnt und nicht merkt, wie gewöhnlich Pino und José sind ...«

»Du weißt ja nicht, was du da sagst. Es ist keine Art, so von seinem Bruder und seiner Schwägerin zu sprechen.«

»Na gut ... aber willst du nicht wenigstens etwas von mir lesen?«

»Nein.«

Durch ihre schwarze Sonnenbrille, die sie bei schönem Wetter aufsetzte, konnte Matilde die Enttäuschung in Martas Gesicht ablesen. Aber sie hatte kein Mitleid mit ihr. Sie ertrug dieses Mädchen nicht.

»Hör mal, ich will dir sagen, warum ich deine Sachen nicht lesen will. Ich weiß nicht, ob du Talent hast oder nicht. Mit großer Wahrscheinlichkeit hast du keines, aber letztlich ist das einerlei ... Ich finde es einfach unerträglich, dich den ganzen Tag nur an dich denken zu sehen. Von morgens bis abends tust du nichts anderes, als an dich zu denken. Dir ist ja gar nicht bewußt, daß eine Katastrophe dein Land heimsucht, daß täglich junge Männer fallen, die unendlich viel mehr wert sind als du. Viele meiner besten Freunde sind gestorben, andere leiden Hunger, wieder andere sind zum Exil verdammt. Und du willst, daß ich entzückt einer Halbwüchsigen voll falscher, dramatisierter Probleme lausche. Es stößt mich einfach ab. An den Krieg denkst du nie, oder?«

»Doch, das tue ich wohl.«

»Weißt du, was ich täte, wenn ich so alt wäre wie du? Ich würde alles daransetzen zu helfen. Unkompliziert zu sein. Zu leben. Ich würde Patenschaften für Soldaten übernehmen und ihnen schreiben ... Um irgend etwas zu tun. Etwas anderes, als lächerliche Verse zu fabrizieren.«

»Es sind keine Verse.«

»Bist du etwa schwer von Begriff? Ich will dein albernes Zeug nicht lesen.«

Diese unmißverständliche Abfuhr war ein Schlag; Marta fühlte sich wie ein geprügelter Hund. Sie erkannte, daß sie tatsächlich zu sehr an sich selbst dachte. Aber sie dachte auch an sie, die Flüchtlinge, und sie mochte sie. Jedes einzelne Zeugnis mangelnder Gastfreundschaft von seiten Pinos und Josés bemerkte sie. Auch wenn sie die Flüchtlinge nicht gemocht hätte, hätte sie darunter gelitten. Auf den Kanaren ist ein Gast heilig.

Man gibt ihm von allem nur das Beste; selbst in den bescheidensten Haushalten wird diese Tradition hochgehalten, und Marta hatte sie im Blut. Und demselben Impuls hatte sicherlich auch Pino gehorcht, als sie große Vorbereitungen für das Kommen der Festlandsspanier getroffen hatte und wütend auf José wurde, weil der in seiner Knauserei keine Ausgaben für seine Verwandten machen wollte. An ihrem Ankunftstag ließ Pino ein königliches Festmahl zubereiten und holte ihnen zu Ehren Teresas ältestes und erlesenstes Porzellan hervor, die schönste Spitzentischdecke und das beste Besteck, alles seit Jahren nicht benutzt. Die Betten bezog sie, wie es sich gehörte, mit alten, herrlich bestickten Laken aus handgewebtem Leinen, die ebenfalls zu Teresas Aussteuer gehört hatten und noch von Martas Großmutter stammten.

All das wurde gänzlich unverständlich in Anbetracht der übellaunigen Miene, mit der sie ihnen am nächsten Tag gegenübertrat, und der spitzen Bemerkungen, die sie unablässig machte.

Marta hätte ihnen gern erklärt, daß die Bewohner der Insel eigentlich sehr gastfreundlich waren, auch wenn es bei ihr zu Hause nicht den Anschein hatte. Aber ihr gingen sie aus dem Weg.

Eines Tages kam es schließlich zum großen Krach, und seitdem hatte Marta das eigenartige Gefühl, endgültig ganz allein auf der Welt zu sein. Ein sonderbares, nachdrückliches Gefühl, das sie nie wieder verlassen sollte.

Pino und José hatten vor dem Mittagessen gestritten, wie immer wegen des Geldes.

»Dann hättest du dir eben nicht diesen Haufen Faulenzer aufhalsen dürfen, die nichts Besseres zu tun haben, als mich zu kritisieren …«

Dieser Satz Pinos hallte aus dem oberen Stockwerk die Treppe herunter, für alle unüberhörbar. Und wie immer taten alle, als sei nichts geschehen.

Als sie später am Tisch saßen und zur Nachspeise Daniels riesiger Flan aufgetragen wurde wie ein rotes Tuch, erzählte Pino, daß sie sich schon als junges Mädchen ihre Mahlzeiten mit ihrer eigenen Hände Arbeit verdient habe, was viele vielleicht nicht unbedingt guthießen.

José schlang wie immer in aller Seelenruhe das Essen in sich hinein.

»Ich war für niemanden je eine Last«, betonte Pino erneut.

In die Stille hinein bat Daniel Marta um das Salzfaß. Er wagte es inzwischen nicht mehr, seinem Tick freien Lauf zu lassen, wenn José anwesend war, der ihm dann tödliche Blicke zuwarf.

»Es gibt eben verwöhnte junge Mädchen wie Marta, die nicht mal ihre Strümpfe stopfen. Die immer nur lesen wollen und, wenn es mal schwieriger wird, bei irgendwelchen Verwandten Unterschlupf suchen, die sie aushalten sollen.«

Da sagte Matilde:

»Wenn sich das auf uns beziehen soll, erinnere ich dich daran, daß die Arbeitsfrage ganz von deinem Mann abhängt. Daniel spricht Englisch, er könnte ihm im Büro zur Hand gehen. Neulich hat José selbst gesagt, daß es ihm an Personal fehlt. Und nichts wäre uns lieber, als in der Stadt zu leben und unabhängig zu sein.«

»O ja …! Hier werdet ihr ja so schlecht behandelt!«

»Um Himmels willen, liebe Pino, das sagt doch niemand! Seid friedlich, bei Gott! Alles, was ihr für uns getan habt …«

Ohne auf Daniel zu achten, fuhr Matilde scharf fort:

»Es ging uns sehr schlecht in Frankreich. Aber anderen geht es in diesen Zeiten noch schlechter. Es war nie unsere Absicht, in diesem Haus zur Last zu fallen.«

Sie hielt einen Moment inne, und zur großen Überraschung aller ertönte plötzlich klar und deutlich Martas Stimme:

»Aber wer sagt denn, daß ihr hier zur Last fallt? Das ist das

Haus von meiner Mutter, versteht ihr? Von meiner Mutter und mir ... Und wir freuen uns sehr, euch bei uns zu haben.«

José hörte zu essen auf. Er wurde rot, und seine Augen stachen blaßblau aus seinem Gesicht hervor. Niemand sollte erfahren, was er sagen wollte, denn da wurde Pino von einem hysterischen Wutanfall gepackt, und alle schraken zusammen. Sie schrie los, krallte dabei die Hände in die Tischdecke und zog sie zu sich heran. Gläser fielen um, Wasser und Wein ergossen sich auf die Tischdecke, durchweichten das Tuch und tropften noch eine Weile auf den Boden, wo sich eine rötliche Lache bildete.

»So was muß ich mir anhören! Ich soll nicht in meinem Haus sein! Nicht in meinem Haus! An eine Verrückte gekettet, geopfert, nachts von meinem Mann allein gelassen ...!«

José sprang auf, wütend und fassungslos, und schrie Pino an, ob sie von allen guten Geistern verlassen sei.

»Was redest du denn da? Was hat das denn damit zu tun, was nachts ...?«

Lolilla, die an diesem Tag am Tisch servierte, lief in die Küche, eine Hand vor dem Mund, um nicht aufzulachen. In der Tür stieß sie mit der Majorera zusammen, die auf den Tumult hin hereinkam.

»Allein gelassen, jawohl ...«

Pino weinte schluchzend. José hielt ihr ein Glas Wasser an den Mund. Pinos Zähne schlugen gegen das Glas, und das Wasser lief ihr über die Brust.

Schließlich war es Matilde, die der Majorera half, Pino zu stützen und in ihr Schlafzimmer zu bringen. Marta folgte ihnen verwirrt. Am Fuß der Treppe blieb sie unentschlossen stehen. José bemerkte sie, als er ebenfalls nach oben gehen wollte, bedachte sie mit einem Kraftausdruck und dann mit zwei klatschenden Ohrfeigen. Der Abdruck seiner Finger brannte rot auf ihrer Wange. Marta rührte sich nicht mehr ... Sie sah, daß Vicenta, roh und ungeschliffen, kurz stehenblieb, um sich an ihrer Erniedrigung zu weiden; Matilde drehte sich nicht um. Am anderen Ende des Eßzimmers taten Daniel und Honesta während dieser alptraumhaften Sekunden, als sei nichts geschehen. Keinen kümmerte es, daß sie bestraft wurde. Vielleicht fanden sie es gerecht, weil sie Pinos Anfall provoziert hatte. Sie drehte sich um und ging in den Garten hinaus. Die kühle, belebende Luft und die Sonne legten sich auf ihre Brust, dort, wo es weh tat. Geblendet schritt sie los. Als sie am Ende des Gartens angelangt war, marschierte sie weiter zwischen den winterlichen Rebstöcken hindurch, in der losen, harschen Picón-Erde einsinkend. Dann ließ sie sich der Länge nach zu Boden sinken. Der sachte Schmerz der porösen Lavasteinchen, die sich ihr in Arme und Oberkörper bohrten, erlaubte es ihr endlich zu weinen. Vor ihr ragte aus dem in die Lavaerde gegrabenen Loch das Skelett eines Rebstocks, dessen letzte trockene, verschrumpelte Blätter wundersam in großen Spinnennetzen hingen. Sie zitterte, und langsam quollen ihr erste Tränen hervor. Als sie ihrem Kummer erst einmal freien Lauf gelassen hatte, weinte sie wie ein kleines Kind und sah nichts mehr um sich herum.

Später merkte sie, daß ihre Stirn auf ihren Armen lag und ihr Mund, ganz nah über dem Boden, den tiefen Atem der Erde einsog.

Sie war so allein zwischen den Rebstöcken, die kalte Luft am Rücken, wie irgendein zwischen Blattwerk verlorenes winziges Insekt auf der riesigen weiten Welt.

Wind und Sonne warfen goldglimmende Flächen auf ihren Körper und zwischen die Hügel, wo sie gleißend von Straßen mit hohen Bäumen durchzogen wurden und gegen das tiefe Blau der Gipfel prallten. Sie war ganz allein mit Gott. Die Erwählten ihres Herzens hatten sie zurückgewiesen. Sie hatte davon geträumt, in ihnen Seelenverwandte zu finden. Doch in ihren beängstigenden Augen hatte sie kaum so etwas wie Schmerz oder Weisheit gelesen … Und sie hatten sie nicht einmal anschauen wollen. Sie hatten ihre ausgestreckten Hände weggestoßen und ihr den Rücken zugekehrt.

Sie setzte sich auf und ließ den kühlen Wind über ihren Körper und ihr Gesicht streichen. Da erkannte sie erschrocken, wie in einem jähen Blitzlicht, was liebevolle Eltern, gute Lehrer und treue Freundinnen uns stets verbergen: die große, trostlose Einsamkeit, die den Menschen umgibt. Sie schloß die Augen, als schmerzten sie tatsächlich. Dann ging sie ernst zum Haus zurück. Ihre Gedanken verdichteten sich zu einem Satz, den sie sich ein ums andere Mal wiederholte: ›So ist es, erwachsen zu werden. Ich werde erwachsen.‹

Ab diesem Tag konzentrierte Marta sich darauf, in die Schule und zurück zu fahren, und jedesmal, wenn sie einem ihrer Verwandten begegnete, war es wie ein ferner Stich, vermischt mit leisem Groll. Sogar von Hones, der zugänglichsten, der am wenigsten interessanten, wurde sie bespöttelt, weil sie mit ihren sechzehn Jahren noch keinen Freund hatte.

Nach Pinos Ausbruch schienen alle Gemüter sich etwas zu beruhigen. Es wurde beschlossen, daß die Verwandten im Januar nach Las Palmas ziehen würden, in das leerstehende Haus, in dem Marta einen Teil ihrer Kindheit mit ihrem Großvater verbracht hatte. José würde Daniel eine gutbezahlte Stelle geben.

Marta kam es sehr sonderbar vor, wie unglücklich Pino seitdem war, weil die Verwandten, die ihr doch allem Anschein nach so lästig gefallen waren, nun ausziehen sollten. Sie würde sich fürchterlich einsam und verlassen fühlen, sagte sie.

Sie freundete sich eng mit Hones an, die ihr gegenüber sehr liebenswürdig war und oft zu ihr ins Zimmer hochging, um ihr Gesellschaft zu leisten und endlos mit ihr zu schwatzen.

Marta verbrachte einige Tage etwas verunsichert zwischen all diesen Existenzen, die sich ihr gegenüber so gleichgültig zeigten. Auch bei ihren Freundinnen fühlte sie sich anders. Die frühere uneingeschränkte Vertrautheit schien ihr inzwischen nicht mehr möglich. In den letzten Tagen vor der Abreise der Gäste wurde Pino sogar so lebhaft wie zu der Zeit, als Marta sie kennengelernt hatte, kurz nach ihrer Heirat. Häufig fuhr sie nach Las Palmas, um Hones zu helfen, das Stadthaus herzurichten. Trotz Pinos guter Laune war José von diesen Ausflügen offenbar nicht sonderlich begeistert. Eines Tages brachte er das Thema vor allen zur Sprache:

»Wenn du weiterhin soviel außer Haus bist, werden wir eine Krankenschwester für Teresa suchen müssen. Ich will nicht, daß Vicenta glaubt, sie habe das Recht, frei über die Kranke zu verfügen. Ehe wir es uns versehen, holt sie uns einen von diesen Quacksalbern ins Haus … Es wäre nicht das erste Mal.«

Josés Ton war schneidend. Sie tranken gerade ihren Kaffee vor den großen Eßzimmerfenstern. Pino trug ihr neues Kleid und wollte den Nachmittag in Las Palmas verbringen. Wütend hörte sie ihrem Mann zu. Marta, die etwas abseits stand, ging nach draußen in den Garten, wie sie es jetzt immer tat, wenn sich ein Streit anbahnte. Die Verwandten machten den Mund nicht auf. Nur Daniel verbrannte sich am Kaffee. Pino begann sich zu echauffieren. José sah sie an.

»Ich will keine Szene … Alle hier sind Zeugen, daß ich dich nicht davon abhalte, deinen Launen nachzugehen, aber Teresa muß trotzdem in guten Händen sein.«

»Damit du mit der Krankenschwester schlafen kannst, die du dann anbringst. Vielen Dank …! Nicht mit mir.«

Die Gesichter um sie herum zeigten sich betreten. Matilde war ungeduldig, sie konnte Pinos rasende Eifersucht nicht nachvollziehen. Verärgert zuckte sie die Achseln. ›Würden sie sich einmal daran erinnern, daß wir uns im Krieg befinden‹, dachte sie, ›daß es soviel Wichtigeres gibt, worum man sich kümmern sollte, anstatt die Zeit mit lächerlichen Diskussionen zu verschwenden …‹ Sie schaute durchs Fenster und sah Marta im Garten sitzen, die Katze auf dem Schoß. Das Verhalten dieses

Mädchens ging ihr ebenfalls gegen den Strich. Eine tiefe Unzufriedenheit mit allem und jedem nagte an Matilde. Manchmal kam es ihr vor, als würde sie niemals wieder die tatkräftige Frau sein, die sie vor dem Krieg gewesen war.

Die Debatte zwischen José und Pino endete, wie zu erwarten war. Beleidigt und schäumend vor Wut, blieb Pino zu Hause. Daniel wurde von einem Unwohlsein überkommen und bat um Lindenblütentee. José fuhr ins Büro und nahm Honesta und Marta im Wagen mit.

Pinos Schluchzen war an diesem Nachmittag noch lange zu hören. Sie hatte sich in ihrem Schlafzimmer eingesperrt. Matilde, die nichts Besonderes zu tun hatte, war ebenfalls auf ihr Zimmer gegangen und hörte sie von weitem. Sie trat ans Fenster und verlor sich, wie so oft, in der Betrachtung des Himmels, als befände sie sich in einem Käfig. Und so sah sie, wie leichte Wolken den Gipfel verschleierten, sich rasch zusammenzogen und bedrohlich einen Sturm ankündigten. Dieses Himmelsschauspiel elektrisierte sie auf sonderbare Weise.

Daniel, der es nicht wagte, Klavier zu spielen, um Pino nicht zu stören, ging im selben Zimmer auf und ab, und nervös hörte Matilde ihn hinter sich. Plötzlich setzte Regen ein. Unter Blitzen prasselte es los.

»Mein Gott!« sagte Daniel. »Mir zerspringt gleich der Kopf … Haben wir nicht Winter? Dieses Klima ist Gift für meine Nerven. Ich dachte, im Winter gäbe es keine Stürme.«

»Auf dieser Insel gibt es nur im Winter Stürme.«

Daniel blickte in das scharfe Gesicht seiner Frau, das sich vor dem Fenster abzeichnete.

»Du hörst dich an wie eine Lehrerin.«

»Bin ich das etwa nicht?«

Matilde hatte sich verächtlich zu ihm umgedreht.

»Du bist eine Dame … Vergiß das nicht. Du hast mich geheiratet.«

Matilde hatte Lust aufzulachen, als wäre sie ebenfalls hysterisch. Dieser Mann, ihr Mann, kam ihr vor wie eine Witzfigur.

»Hätte ich es doch nie getan.«

»Wie redest du denn …! Hat Pino dich etwa angesteckt? Klock, klock … ähem!«

Matilde fühlte, wie sich die Entladung des Regens auf sie selbst übertrug.

»Ganz genau. Ich habe mich angesteckt. Wenn Menschen in so einem absurden Kreis zusammengesperrt sind, stecken sie sich irgendwann gegenseitig an.«

Als Daniel Matilde zittern sah, musterte er sie interessiert, fast begierig.

Matilde schob ihn weg. Sie fühlte sich des öfteren von seltsamen Impulsen überkommen, aber niemals so wie in diesem Moment. Der Sturm wühlte sie auf, entfesselte die verschiedensten Gefühle und Regungen in ihr.

An dem erstaunten Daniel vorbei rannte sie aus dem Zimmer. Sie hatte sich vorgenommen, sich aus den Angelegenheiten der Familie, mit der sie hier zusammenlebte, herauszuhalten, doch nun ging sie zu Pinos Zimmer, um sie zu trösten. Zum ersten Mal seit langem verspürte sie eine Regung der Sympathie für einen anderen Menschen. Eine seltsame Solidarität mit allen Frauen der Welt schwang in dem Impuls, der sie zu Pino gehen ließ. Sie analysierte ihn nicht. Nie zuvor hatte sie sich ihren Geschlechtsgenossinnen besonders verbunden gefühlt, doch in diesem Augenblick waren die Sympathie und Solidarität, die Pino in ihr hervorrief, so groß, daß ihr Herz heftig pochte und ihre Hände bebten. Lebhaft erinnerte sie sich, daß auch sie einmal wie Pino geweint hatte, in einem Zimmer eingesperrt, nachdem sie mit ihrem Mann gestritten hatte.

Pino hatte sich eingeschlossen. Als Matilde an die Tür klopfte, bedachte sie sie mit einem Schimpfwort. Sie wollte nicht aufmachen, unter keinen Umständen.

V

»Ich glaube, du hast deine Berufung verfehlt.«

Das sagte José zu Daniel. Die beiden befanden sich in den Räumen des Handelshauses. Durch das Fenster sah man den sonnenüberfluteten Hafen, es roch nach Schiffen und Meeresluft. Die Angestellten waren alle nach Hause gegangen. Daniel begleitete José inzwischen jeden Tag folgsam zur Arbeit.

»Meinen Beruf ...? Was meinst du damit?«

José beugte sich ihm mit seiner langen Nase entgegen.

»Daß du statt eines mittelmäßigen Musikers einen guten Büroangestellten abgegeben hättest, das meine ich.«

Mit einem eigentümlichen Blick sah José Daniel an, der ihm gerade einen Geschäftsvorgang überreicht hatte.

José war an diesem Tag bester Laune. Er hatte eine Aufstellung seiner Privatkonten gemacht, und die Dinge sahen gut für ihn aus. Er hatte sogar errechnet, daß die Zeit nahte, in der er die Möglichkeit eines Kindes in Erwägung ziehen konnte. Das wollte er nicht tun, bevor er diesem hypothetischen Kind nicht gewisse Dinge bieten konnte, die er selbst früher hatte entbehren müssen. Vor allem eine absolut sichere Zukunft. Soeben hatte er eine kleine »Glanzleistung« vollbracht, wie er es nannte, und auf sein Konto waren einige zusätzliche Scheine gewandert ... Bei solchen Gelegenheiten drängten sich ihm die Gedanken an eine Nachfolge, an etwas, das ihn überdauern würde, besonders nachdrücklich auf.

Sein Onkel Daniel schwitzte. Er hatte keine Ahnung, warum

es José Spaß machte, ihn gleichzeitig zu demütigen und nett zu ihm zu sein. Er preßte seine Lippen zusammen, bis sein Mund ganz winzig aussah.

»Mein Junge … ich weiß noch, wie du als Kind auf meinen Knien gesessen hast, und ich finde … nun ja, du könntest etwas respektvoller sein.«

José sah seinen Onkel mit einem Funkeln in den Augen an.

»Du selbst hast mir eine Zukunft im Büro vorausgesagt, erinnerst du dich nicht? ›Der arme Kleine da …‹, oder wie sagtest du noch? Jetzt bin ich dein Chef. Du hast richtig geweissagt.«

Daniel machte einen so verdrossenen Eindruck in diesem Büro, daß José schließlich lächeln mußte. Seit sein Onkel und seine Tante ihm von ihrer verzweifelten Situation geschrieben hatten, war José vieles durch den Kopf gegangen, vor allem aber, wie er ihnen jede einzelne der zahllosen früheren Erniedrigungen heimzahlen könnte, die unter der Langeweile eines ganzen Lebens gärten. Er erinnerte sich an das schreckliche Haus seiner Großmutter, an Daniel, den unerträglichen Herrn, der mit seiner flötenden Stimme unaufhörlich gegen Josés Vater, dessen Verschwendung und dessen idiotischen Sohn gewettert hatte. Sein ganzes Leben hallten ihm die Worte »dieser Idiot« in den Ohren. Doch als er ebendiesen in seiner Erinnerung so verabscheuungswürdigen Daniel in seiner Hand hatte, kam er ihm wie ein anderer Mensch vor, wie ein lächerlicher armer Alter, der sich gleichwohl eine gewisse Würde bewahrte und sich bemühte, die ihm anvertraute Arbeit so gewissenhaft wie möglich zu verrichten.

Außerdem erwies er ihm seine Bewunderung, und dafür war José empfänglich. Zugegeben, zu Hause hatte Pino mit ihren Dummheiten das Bild der harmonischen Familie zerstört, das er den Ankömmlingen gern geboten hätte, andererseits verhielten sich die Verwandten bedachtsam, fast schon vorsichtig, und hatten sich bei ihren Streitereien nie eingemischt. Und deshalb konnte er jetzt nicht anders, als angesichts dieser betroffenen Miene vor sich zu lächeln.

»Nicht mehr lange, Daniel, dann kannst du während der Mahlzeiten über mich herziehen.«

Es hatte immer etwas leicht Gespenstisches, wenn José sich leutselig oder scherzhaft gab.

»Ich verstehe nicht.«

Daniel war ganz bestürzt. Es war Samstag. Am Montag darauf sollten die Festlandsspanier ins Stadthaus ziehen.

»Es macht mir nichts aus, wenn ihr schlecht über mich redet ... hinter meinem Rücken ..., aber andere Sachen gefallen mir weniger. Beispielsweise, obwohl das ein anderes Thema ist, daß Hones so viel mit meiner Frau zusammengluckt. Was tuscheln die beiden den lieben langen Tag? Du solltest die Frauen deines Haushalts besser im Zaum halten, mit fester Hand, wie ich die meinen. Verstanden?«

Die beiden Männer saßen sich zu beiden Seiten des Schreibtischs gegenüber. Daniel sah mit seiner bedrückten Miene aus wie ein begossener Pudel.

»Wenn du etwas dagegen hast, daß Hones Pinos Freundin ist ... ich sehe nicht, warum, aber wenn du etwas dagegen hast ... wird sie sofort aufhören, es zu sein. Hones war immer ein liebes, gehorsames Mädchen. Sie hat dich schon auf dem Arm getragen.«

»Hones war immer ein dreistes Frauenzimmer. Schon als Kind konnte ich die Geschichten über sie nicht mehr hören. Ich will nicht, daß sie einen schlechten Einfluß auf Pino hat.«

Daniel wand seinen Kopf, als ringe er nach Luft. Während er gegen seinen Tick ankämpfte, rief er sich in Erinnerung, daß er um keinen Preis auf José wütend werden durfte. Er wußte, daß José ihn wütend machen wollte, aber er würde nicht darauf eingehen. Zu überdrüssig war er der Ängste und Nöte, die sie seit

Kriegsbeginn hatten ausstehen müssen. Einer seiner Brüder war vor ein Erschießungskommando gekommen …

»Wer ist dieser hinkende Typ, mit dem man Hones immer sieht?«

»Du täuschst dich in bezug auf deine Tante, José …«

»Hast du nicht gehört?«

»Man sieht uns alle mit ihm. Er ist ein Freund, der uns in Frankreich sehr geholfen hat. Ein großartiger Maler, scheint es … Meines Erachtens hat diese Freundschaft nichts Verwerfliches.«

Sein demütiger Ton und seine resignierte Haltung besiegten José schließlich. Mit etwas unwilliger Miene rückte er seinen Stuhl zurück.

»Gehen wir nach Hause … Meinetwegen könnt ihr tun und lassen, was euch gefällt. Übrigens will Don Juan, der Arzt, euren letzten Tag bei uns im Haus morgen nachmittag mit einem Umtrunk begehen. Ich habe nichts dagegen … Ich bin schließlich kein Unmensch. Und du kannst ruhig lächeln, wenn ich mit dir spreche; ich fresse dich schon nicht, ich scherze ja nur.«

Daniels Mund war immer noch verkrampft.

»Nur was die Freundschaften meiner Frau betrifft, scherze ich nicht ganz so. Pino ist sehr jung, und Hones bringt sie ein wenig durcheinander. Matilde ist da diskreter, außerdem macht sie einen guten Eindruck. Ich weiß nicht, wie du zu ihr gekommen bist.«

Daniel räusperte sich. Unvermittelt sah er sich weit weg, in seinem Haus in Madrid, nach Ende des Krieges. Er hatte eine heitere Vision von einer gefügigen Matilde, die nie schlecht gelaunt wäre, von einem Haushalt, in dem alle auf seine Befehle hin sprangen, von Abendessen nach Konzerten … Sein Blick schweifte zur Zimmerdecke ab.

»Gehen wir«, wiederholte José. »Die anderen sind inzwischen schon alle weg.«

An der Tür drehte er sich zu seinem Onkel um.

»Ich hoffe, ihr werdet diese Monate auf der Insel später in guter Erinnerung behalten.«

»O ja, doch ...!«

Daniel nickte zerstreut. Er sah sich im Freundeskreis von diesen Monaten erzählen: ›In dem prächtigen Anwesen meines Neffen ... Als wir auf der herrlichen Finca wohnten ...‹

»Und ich hoffe, du glaubst nicht, ich würde dich verpflichten zu arbeiten. Deine Frau ist lieber unabhängig. Das ist alles.«

Schweigend gingen sie die Treppe hinunter. Als sie ans Auto kamen, nahm José den Faden wieder auf:

»Deine Frau ist sehr herrisch, nicht wahr? Dichterinnen haben das so an sich.«

Daniels Luftschlösser zerfielen. Mit dünner Stimme sagte er:

»Matilde hat mir immer gehorcht. Sie war stets eine gute Ehefrau.«

»Ach ja ...? Jedenfalls würde ich sie auch nicht gern zu eng mit Pino sehen. Neuerdings hat Matilde diese Ideen, der Falange beizutreten und zu helfen, die Welt zu retten.«

»Sie sagt, das sei ihre Pflicht in Zeiten wie diesen.«

»Also wenn Pino sich einen solchen Unsinn in den Kopf setzen würde, könnte sie zu Hause was erleben ... Als ich ein Junge war, lieber Daniel, war ich für euch nur der kleine Idiot, aber eines kann ich dir sagen, in meinem Leben und in meiner Familie habe ich die Zügel in der Hand! Und wie ich sie in der Hand habe!«

Daniel erschien das häßliche Profil seines Neffen an seiner Seite wie eine alptraumhafte Vision. Jeden Tag sah er ihn, und jeden Tag mußte er sich derlei Dinge anhören. Daniel hätte ihm etliches erwidern können, aber er schwieg geduldig. Tatsächlich arbeitete er nicht gern im Büro, aber der Gedanke tröstete ihn, daß sie bald in einem eigenen Haus wohnen würden und er all die Verbitterung, die er in sich trug, herausschreien oder sonstwie entladen könnte.

Als sie an diesem Mittag auf der Finca eintrafen, stieg José wieder einmal eine jähe tiefe Röte ins Gesicht. Das Eßzimmer war voller Frauen. Marta las ein Buch; Matilde strickte so ernsthaft und streng vor sich hin, als dirigierte sie mit ihren Nadeln eine Schlacht; ein Dienstmädchen deckte den Tisch, und Hones und Pino saßen flüsternd in der Ecke eines Kanapees.

Beim Eintreten der beiden Männer schreckte alles auf, und ein Gegacker setzte ein, als stolzierten zwei Hähne in einen Hühnerstall. Dieses Bild kam zumindest José in den Sinn, und das war es, was ihn erröten ließ.

Der Sonntag brach bewölkt an. José war so nett, sie am Vormittag alle zur Caldera de Bandama hochzufahren, dem Vulkan unweit des Hauses. Hones klatschte in die Hände angesichts des imposanten Kraters, in dessen Tiefen die Geier kreisten. Daniel wurde übel. Marta beobachtete alle unruhig, verzeichnete jede ihrer Gesten. Sie war etwas besorgt, denn man hatte ihr endlich erlaubt, an diesem Nachmittag ein paar Freundinnen auf die Finca einzuladen. Sie würden kommen, gemeinsam mit zwei Freunden. Sie war so enttäuscht von ihren Verwandten und hatte soviel Phantasie in ihre Beschreibung gelegt, daß sie nun Angst davor hatte, was die Mädchen von ihnen denken würden.

Als nach dem Essen alle im Eßzimmer zusammensaßen und auf die Gäste warteten, verschwanden Honesta und Pino plötzlich nach oben; José sah ihnen beunruhigt nach.

Tatsächlich wurde Hones schon seit langem von einer großen Spannung und Neugierde geplagt. Sie hatte Pino bereits ins Vertrauen gezogen. Sie wollte Teresa sehen, bevor sie die Finca verließen. Allerdings erst am Tag ihrer Abreise, denn sie hatte keine Lust, nachts von ihr zu träumen und in dem Bewußtsein aufzuwachen, daß sie sich in unmittelbarer Nähe befand. Seit ihrer Ankunft hatten sie die vergitterten Fenster, so nah an ihrem eigenen, und die Photographie in Bann gehalten; Teresas große

Augen schienen sie von dem Tisch in ihrem Zimmer aus unentwegt zu verfolgen. Sie mußte einfach sehen, wie die Krankheit dieses Gesicht zugerichtet hatte. Vielleicht lag es ja auch an der Geschicklichkeit des Photographen, daß sie so anziehend wirkte ... Hones konnte nicht sagen, warum diese Schönheit ihr ein solcher Dorn im Auge war. Mit einer gewissen Befriedigung hatte sie festgestellt, daß Martas Gesicht keinerlei Ähnlichkeit mit dem Portrait ihrer Mutter aufwies. Obwohl sie wenig Übung darin hatte, ihre eigenen Gefühlsregungen zu entschlüsseln, war sie doch selbst von diesen Anwandlungen, von diesem sonderbaren Neid überrascht. Pino hatte ihr gesagt, daß von Teresas früherer Schönheit nichts, aber auch gar nichts übrig sei, überhaupt bezweifle sie, daß Teresa jemals schön gewesen sei. Hones wollte das Haus nicht verlassen, ohne sich selbst ein Bild gemacht zu haben. An diesem Tag nach dem Essen entschloß sie sich, auf Pinos Aufforderung einzugehen.

»Komm, schauen wir sie uns an, wenn du willst.«

Pino ging vor Hones die Treppe hoch. Am Ende des Ganges öffnete sie brüsk die geheimnisvolle Tür. Hones riß ihre runden, tiefblauen Augen weit auf und folgte Pino in ein großes dämmriges Zimmer. Neben den halbgeschlossenen Innenläden eines Fensters war ein Sessel auszumachen, und darin eine Gestalt.

Pino hatte Hones gesagt, daß Teresa nicht gelähmt war, ganz und gar nicht. Nur zeigte sie von selbst keinerlei Antrieb, man mußte sich um sie kümmern wie um ein kleines Kind, damit sie aß, sich bewegte oder sonst etwas tat. Zu Vicentas Pflichten gehörte es, sie zu waschen und zu kämmen. Wenn sie ins Zimmer kamen, stand Teresa oft aufrecht da und starrte blöde ins Leere, die Hände auf der Bettkante oder an der Wand abgestützt. Dann mußte man sie zu ihrem Sessel führen, in dem sie manchmal stundenlang verharrte, ohne sich zu rühren, bis irgend jemand kam, um eine Weile mit ihr im Zimmer auf und ab zu gehen, wie es der Arzt geraten hatte. Am mühsamsten war es, sie zum Essen zu bringen; mit aller Kraft preßte sie ihre Kiefer zusammen. Wenn sie in ihrem Sessel saß, schaute sie stumpf in den Garten hinaus, doch tauchte jemand in ihrem Blickfeld auf, hielt sie sich die Hände vors Gesicht, was sie auch tat, wenn sie fremde Geräusche hörte. Vor Jahren hatte man es aufgegeben, sie an die frische Luft führen zu wollen. Denn dann wehrte sie sich sehr wohl und schrie sogar.

Ohne Umschweife ging Pino zum Fenster und öffnete es weit. Da bedeckte sich die im Sessel sitzende Person das Gesicht mit den Händen, aber Hones hatte es bereits gesehen. Pino versuchte, die Hände mit Gewalt fortzunehmen.

»Jetzt zeig dich schon, du Mondkalb. Du hast Besuch ...«

»Um Himmels willen, nein, laß sie doch ... Ich habe sie schon gesehen ...«

Teresa war sehr mager. Sie trug wie stets ein schwarzes Kleid, lang und weit. Ihr Haar war kurz geschnitten, um die Pflege zu erleichtern, und glänzte schwarz, ohne eine einzige weiße Strähne. Es mußte wunderschön gewesen sein, dick und mit einem bläulichen Schimmer. Ihre Haut war klösterlich blaß, aber jugendlich. Es war der tierisch blöde Ausdruck, den Hones aufgefangen hatte, der sie viel häßlicher machte, als sie war. Aber die grünen Augen, selbst allen Verstandes beraubt und entgeistert aufgerissen, waren immer noch außergewöhnlich. Sie schienen noch größer als auf der Photographie. Für einen Sekundenbruchteil hatte Honesta sie gesehen. Sie schienen das ausgezehrte Gesicht geradezu zu verschlingen. Pino war ungerecht in ihrem Urteil; es bestand kein Zweifel, daß Teresa einmal eine große Schönheit gewesen war.

Pino, die noch immer vor dem Sessel stand, machte einen wesentlich verwirrteren Eindruck als die Kranke. Hones bekam Angst vor ihr. Sie hatte das Gefühl, sie hätte lieber nicht kommen sollen.

»Dieser menschliche Unrat ... die hier ist mein Unglück. Meine Mutter hatte mich ja gewarnt, daß José in sie verliebt ist ... Wegen der da werde ich auf dieser vermaledeiten Finca verrecken ...«

»Na komm schon, laß uns gehen.«

Honestas Brust hob und senkte sich heftig. Wie gern wäre sie jetzt unten gewesen, in dem heiteren Eßzimmer, oder, noch besser, bereits im Wagen, auf dem Weg in ihr neues Heim! Ihre Neugierde war ihr Verderben. Pino achtete überhaupt nicht mehr auf sie; mit einem Fuß schob sie jetzt sogar Teresas Füße fort, die daraufhin ihre Beine anwinkelte und sich zusammenkrümmte wie eine alte Frau. Pino stellte sich taub, und Hones wagte nicht, alleine zu gehen; außerdem übte die Szene eine gruselige Faszination auf sie aus.

»Kerngesund ist sie, die Hexe ... Nichts kann ihr etwas anhaben. Sie wird so lange leben, daß sie uns noch alle begräbt. Wenn man das leben nennen kann ... Don Juan sagt, daß ihr Herz schwach ist. Lächerlich ... Da sitzt sie, umsorgt wie eine Königin, während die jungen Männer in den Schützengräben wie die Fliegen sterben ... Gehen wir.«

Sie drehte sich zu Hones um und sah sie eindringlich an; der Ausdruck ihres Gesichts hatte sich verändert.

»Jetzt weißt du, woraus mein Leben besteht ... dieses Ding hier, diesen Sack Knochen unter Verschluß zu halten ... Dafür habe ich geheiratet.«

Starr vor Schreck sah Hones, wie Pino auf sie zukam und sich in einem jähen Stimmungsumschwung in ihre Arme warf, sich an ihre Brust preßte und in Tränen ausbrach. Es blieb ihr nichts anderes übrig, als über ihr dichtes krauses Haar zu streichen.

»Ich schwöre dir, ich kann nicht mehr; du bist die einzige in diesem Haus, die mich ein bißchen versteht ... Ich brauche Zuneigung, Zuneigung und Fröhlichkeit ...«

»Ich dich verstehen?« Hones erschrak immer mehr.

Teresa stand von ihrem Sessel auf. Entsetzt sah Hones, wie groß sie war und daß sie sich bewegte wie eine Aufziehpuppe. Sie ging bis zur Wand und blieb dort stehen, mit dem Rücken zu ihnen wie ein bestraftes Kind.

»Komm, gehen wir ... Sollen wir das Fenster zumachen?«

»Ja, mach es zu. Und hilf mir, die da in den Sessel zurückzubringen. Sonst bleibt sie den ganzen Tag so.«

Pino schneuzte sich lautstark, wieder mit einem normalen, müden Gesichtsausdruck.

Erstaunlicherweise und entgegen Honestas Befürchtungen, widersetzte Teresa sich dem erneuten Ortswechsel nicht. Mit gesenktem Kopf und niedergeschlagenem Blick ließ sie sich führen. So aufgewühlt Hones auch war, es entgingen ihr nicht Teresas lange, dichte Wimpern. Ihr Bruder Luis mußte ein ganzes Stück älter als seine Frau gewesen sein. Konnte etwas Wahres an dem sein, was Pino über Teresa und ihren Stiefsohn angedeutet hatte? Was für eine abartige Vorstellung! Sie hätte sich am liebsten bekreuzigt, als wäre Pino, die jetzt einen so sanften, so lammfrommen Eindruck machte, der Teufel in Person ... Und sie, Hones, sollte sie verstehen ... Das fehlte gerade noch! Na gut, sie hatten sich gemeinsam über Matildes Entflammung für den Krieg lustig gemacht, über das dumme Ding von Marta ... Ein paarmal hatten sie sich darüber ausgetauscht, daß für die Frauen doch einzig die Liebe eines Mannes zählte, und Hones hatte es sich nicht verkneifen können, Pino zu gestehen, wie sehr Pablo, der Maler, ihr gefalle, daß er aber leider verheiratet sei, worin die Schwierigkeit bestehe. Mit einem derben, ordinären Ausruf hatte Pino zu verstehen gegeben, daß ein verheirateter Mann fern von seiner Frau nicht mehr als solcher zu betrachten sei. Doch da hatte Hones erwidert, daß sie als unverheiratete Schwester eines so auf seine Ehre bedachten Menschen, wie Daniel es war, auf sich halten müsse ... Niemals hätte sie sich eine solche Blöße gegeben wie Pino jetzt, und sie war froh darüber.

Pino schien beschämt, als sie das Zimmer verließen. Sie ging nicht wie sonst erhobenen Hauptes.

Hones kam die Treppe mit solch geweiteten Augen und hochgezogenen Augenbrauen herunter, daß Matilde, die keine Ahnung hatte, was ihre Schwägerin im oberen Stockwerk getan hatte, sie fragte, ob sie ein Gespenst gesehen habe.

Hones blinzelte einen Augenblick. Die ganze Familie war noch genauso versammelt wie eine Weile zuvor. Sie hatten sich kaum vom Fleck gerührt, doch sie selbst war ganz aufgewühlt.

Marta brach dieses seltsame Schweigen, das die beiden soeben in den Raum getretenen Frauen umhüllte, indem sie unvermittelt aufstand und sagte:

»Ich glaube, da kommt der Wagen von Don Juan ... Sie sind da!«

Hones erinnerte sich, daß Don Juan versprochen hatte, Pablo mitzubringen. Sie fühlte sich schmutzig und ungekämmt, und bestimmt glänzte ihre Nase. Ihr Gefühl trog; sie war immer noch genauso geschminkt wie vor ihrem Ausflug in Teresas Zimmer, trotzdem murmelte sie, sie wolle sich ein wenig frisch machen, und stieg die Treppe wieder nach oben, zu ihrem Zimmer und ihrem Spiegel, während Don Juans Wagen vor dem Haus hielt.

José sah seiner Tante mit einem grübelnden Blick nach. Dann drehte er sich zu seiner Frau um.

»Was hat sie zu dir gesagt? Was habt ihr oben gemacht?«

»Laß mich in Frieden, Junge ... Sie hat mir gar nichts gesagt ...«

Sie riß sich vom Arm ihres Mannes los und lief zur Tür, um den Besuch in Empfang zu nehmen.

An diesem Abend, nachdem alle gefahren waren, trat Marta ins Musikzimmer. Die Fenstertür stand zur Nachtkühle hin offen, damit der Rauch sich verzog. Die Aschenbecher quollen über.

Das Tuch über dem Diwan schlug Falten, die Kissen waren zerknautscht. Der Klavierdeckel war aufgeklappt, die wie nachvibrierenden Timples und die Gitarre waren noch nicht zurück an die Wand gehängt.

Wie von einem Zauber gebannt, setzte sich das Mädchen auf sein Bett, der Zeit entrückt. Sie betrachtete ihren grauen Rock, ihren blauen Pullover, als käme all dem eine außergewöhnliche Bedeutung zu. Ihre Beine waren sonnengebräunt; sie trug nie Strümpfe oder hochhackige Schuhe, immer nur weiße Sandalen.

Sie versuchte, leise ein warmes Lachen anzustimmen. Rasch gab sie den Versuch auf.

Sie wußte nicht, daß der Nachmittag für Pino ein unangenehmes Ende genommen hatte, weil José von blankem Zorn ergriffen worden war, als er gehört hatte, wie sie, begleitet von den Jungen und dem dickbäuchigen Don Juan, ein beliebtes Volkslied angestimmt hatte. Pino war hübsch anzusehen gewesen, den Kopf nach hinten geworfen, die Augen groß und strahlend.

So sonderbar verzaubert kam Marta dieser Sonntag vor, daß er wie im Fluge vergangen zu sein schien. Ein goldgelber, kurzer Tag. Glücklich und kurz. Kein Tag seit der Ankunft der Verwandten war so glücklich gewesen wie dieser Sonntag. Seit sie angekommen waren, hatte jeder Tag so etwas wie ein enttäuschtes Versprechen in sich getragen. Aber ein Versprechen war da doch gewesen ... Es stimmte wohl. An diesem Sonntag kam es dem Mädchen vor, als habe es sich erfüllt.

Ihre Freundinnen, ebenso schüchtern wie fröhlich, hatten nicht über ihre Verwandten gelacht. Es war eine Sache, die Dinge in der ungehemmten, unerbittlichen Vertrautheit ihres kleinen Kreises auseinanderzupflücken, und eine andere, nach nur einem Nachmittag in Festtagsstimmung über Menschen zu befinden. Außerdem war dort dieser andere Mann gewesen, Pablo, der mit all dem nichts zu tun hatte und der sich nicht besonders wichtig nahm, den aber alle für jemand Bedeutenden hielten.

Zunächst wurde der Plattenspieler angestellt und getanzt, und Marta spürte, wie sich die Arme eines hübschen Jungen in Uniform mit sanftem Druck um sie legten. Es war angenehm, mit ihm zu kokettieren. Sie konnte eine leise böse Genugtuung nicht unterdrücken, als sie merkte, daß Hones, geschminkt, üppig und inmitten der Gruppe junger Mädchen jäh gealtert, sie beobachtete. Da zeigte sie sich noch liebenswerter. Sie fing an, ihren Spaß zu haben.

Don Juan kam hinzu und sagte, der Plattenspieler sei überflüssig. Er hatte bereits angekündigt, daß er keinen Nachmittagstee wolle, sondern einen typischen Imbiß zu Ehren der Festlandsspanier: Wein und Rum und Carajacas, die traditionelle marinierte Leber, und dazu Timples und Gitarre ... Don Juan, der immer ein wenig an einen verdrossenen Täuberich erinnerte, hatte manchmal richtig gute Ideen und war unermüdlich, wenn es darum ging, ein Fest in Stimmung zu bringen.

Dann wurde der Nachmittag goldgelb und seltsam und glühend. Pablo, der Maler, nicht so schäbig, wie sie ihn in Erinnerung hatte, mit seinen weißen Zähnen und traurigen Zügen, die sich auch nicht aufheiterten, wenn er lachte, nahm sie am Arm.

»Sag mal, Marta Camino, warum siehst du immerzu Hones an, während du mit diesem Jüngelchen kokettierst?«

Es war nicht mehr als ein Wispern gewesen. Marta erstarrte überrascht. Sie wurde ganz blaß vor Schreck, wußte aber zugleich nicht, was sie so erschreckt hatte. Soweit sie sich entsinnen konnte, hatte niemand sie je etwas so Persönliches gefragt. Und ihr war, als würde damit eine böse Seite ihrer Seele berührt, die sie ohne diese Frage niemals erkannt hätte.

Pablo und sie standen etwas abseits. Einige der anderen waren ins Musikzimmer gegangen, um Gitarre und Timples zu holen und ihnen die neuen Saiten aufzuziehen, die Don Juan mitgebracht hatte. Da Vicenta verschwunden war und sich nur die dümmliche Lolilla im Haus befand, waren die meisten Frauen Pino in die Küche gefolgt, um Sachen herauszutragen. Pablo, den sie als so überlegen empfand, daß sie ihn aus ihrer demütigen Haltung der letzten Tage heraus gar nicht anzusehen wagte, hatte sie am Arm gefaßt, sie mit sanftem Spott angesehen und ihr diese erstaunliche Frage gestellt.

Marta wollte schon sagen ›Das stimmt doch gar nicht‹ oder etwas in der Art, aber dann verstummte sie für einen Augenblick. Pablo war ein außerordentlich kluger Mensch, dem sie sogar zutraute, ihre Gedanken zu lesen. Niemals könnte sie ihn belügen. Und so sagte sie mit zittriger Stimme:

»Woher wissen Sie, daß ich Hones ansehe?«

Pablo belustigte ihre Bestürzung. Fast meinte er, ihr Herz klopfen zu hören.

»Mein Mädchen ... Sagt ihr Kanaren nicht so, ›mein Mädchen‹? Ich beobachte eben gerne.«

»Ich dachte, das tue nur ich ...«

»Ja, ich weiß ... Hones hat mir gesagt, du bist Schriftstellerin, nicht wahr?«

»Soll sie sich ruhig lustig machen ...! Ich weiß schon, daß es ganz wertlos ist, was ich schreibe ... Es sind Legenden von Alcorah, dem Gott der Insel, den die Guanchen verehrt haben. Sie haben ihn in Gestalt der hohen Gipfel des Roque Nublo und des Roque Bentayga angebetet. Ich habe auch von Teufeln mit Ziegenbeinen geschrieben ... Aber ich weiß nicht, warum ich Ihnen das überhaupt erzähle. Sie langweilen sich ja nur!«

»Nein, meine Liebe, ganz und gar nicht. Es gefällt mir sehr. Warum bist du denn so nervös? Ich werde dir eine Zeichnung von deinen Teufeln machen.«

Selten zeigte sich jemand ihr gegenüber so nett, und Marta kamen fast die Tränen. Dieser Mensch war jedenfalls einfach wunderbar. Hones hatte das nicht nur so dahingesagt. Und wie angenehm und fest seine Hand ihren Arm hielt! Eine nervöse Hand, dunkel und voller Nikotinflecken, aber sie strahlte Klugheit aus ...

»Wo lebte Alcorah? Auf dem Gipfel dort?«

Da war kein Funke von Spott. Er lächelte freundlich. Und zeigte auf den höchsten Gipfel der Bergkette.

»Das ist der Saucillo ... Ja, ich habe ihn mir immer dort vorgestellt. Aber der Nublo und der Bentayga sind noch beeindrukkender. Man sieht sie, wenn man die Straße bis nach Tejeda hinauffährt und über die Insel schaut. Es ist eine seltsame, gebirgige Landschaft, voller Schatten und Schluchten; die verschiedensten Rot- und Violettöne finden sich in dieser Steinwüste. Sie sollten sich diese Landschaft einmal anschauen, man bekommt eine richtige Gänsehaut ...«

Honesta gesellte sich zu ihnen und nahm Pablos anderen Arm. Der Maler lächelte und ließ Marta los.

»Na, genießt ihr den Blick, meine Herzchen?«

Marta ließ sie alleine. Hones hatte das Glück, mit diesem Menschen befreundet zu sein. Sie, Marta, war ja nur ein unbedeutendes Mädchen. Aber er hatte in ihr Inneres gesehen ... Es ließ sie immer noch erzittern.

Die Jungen setzten sich zum Musizieren zusammen. Sie begannen, die Timples zu zupfen. Don Juan, mit seinem leutseligen Bauch und seiner schwermütigen Miene, hatte die Leitung inne. Er bat darum, Chano, den Gärtner, zu holen.

Chano war nur zufällig noch da. Er hatte sich bereits einige Tage zuvor von den Herrschaften verabschiedet, da er sich schließlich als Freiwilliger gemeldet hatte und am Ende der Woche an die Front geschickt werden sollte. Nach diesem Entschluß fühlte Chano sich sehr bedeutend; deshalb strich er an diesem Sonntag auch in der Nähe herum und hielt sich bereit, seit er mitbekommen hatte, daß die Saiteninstrumente gestimmt wurden; unbefangen, ohne jede Scheu trat er hinzu. Er war sich seiner Stimme sicher und schmetterte frei drauflos:

Es gibt zwei Arten von Kanarienvögeln,
und keiner
singt im Käfig.
Die Kanaren von Teneriffa
und die Kanaren
von Las Palmas.

Er seufzte auf, und wie ein trauriges und zugleich stolzes Geständnis wiederholte er:

Und keiner
singt im Käfig.

Marta beobachtete Pablo aus den Augenwinkeln. Wenigstens wußte sie jetzt, daß es da jemanden gab, der sich für das interessierte, was um ihn herum geschah. Das machte sie seltsam stolz auf ihre Freundinnen, auf diesen schönen, ungewöhnlichen Winternachmittag und sogar auf Pino, die sich plötzlich dazu hinreißen ließ, vorzutreten und eine *Isa* anzustimmen, mit zurückgeworfenem Kopf und herausforderndem Ausdruck.

Von Zeit zu Zeit sah Pablo zu Marta, als gäbe es zwischen ihnen ein Geheimnis.

»Bis du glücklich, Mädchen?«

»Ja.«

»Du bist immer sehr fröhlich; stimmt's?«

»Ach was ... Gar nicht.«

»Nein?«

›Ach was, gar nicht.‹ Im stillen wiederholte sie sich jetzt ihre Antwort. So wie sie sich noch nie so traurig gefühlt zu haben meinte wie einige Tage zuvor, als sie begriffen hatte, daß die Verwandten sie niemals ins Herz schließen würden, war es ihr nun, als erfülle dieser verzauberte Sonntag ihr Leben mit einer bis dahin ungekannten Freude.

Während sie so auf dem Diwan saß, strich ihre Hand über einen kleinen Zeichenblock. Sie griff erst geistesabwesend danach, doch dann wurde ihr Interesse jäh geweckt. Er mußte von Pablo sein. Das war sein Platz gewesen. Bestimmt hatte er in einer seiner weiten Sakkotaschen gesteckt. Sie stand auf und blätterte ihn im Schein der Lampe durch. Auf einem Blatt waren Honestas Beine zu sehen. Nur die Beine, aber es bestand kein Zweifel, daß es Honestas waren: leicht gespreizt, so wie sie sie beim Hinsetzen manchmal nachlässig ausstreckte. Sie blätterte weiter. Dann kam die Skizze eines Teufels mit Ziegenbeinen, einer Art Faun. Sie war ganz ergriffen. Die Skizze war durchgestrichen ... Dann ein paar beschwörende Striche, die eine Bewegung erfaßten; eindeutig José, der im Begriff war, auf den Rücken einer nackten Frau einzuschlagen, in der man Pino erkannte.

Tief verblüfft blätterte Marta noch einmal alles durch. Sie hatte gedacht, Pablo den ganzen Nachmittag beobachtet zu haben, aber diese Skizzen hatte sie ihn nicht anfertigen sehen ... Pablo hatte sich vorgestellt, wie José Pino schlug! Warum nur?

Sie vermeinte Schritte zu hören und schrak auf. Mit diesem Block in den Händen fühlte sie sich wie im Besitz eines großen Geheimnisses.

»Zum Glück war ich es, die ihn gefunden hat!« murmelte sie. Fast bebend versteckte sie den Block unter der Matratze des Diwans und löschte rasch das Licht.

Ihr ganzer Körper vibrierte, wie sie vor einer Weile die noch warmen Saiteninstrumente vibrieren zu sehen meinte.

Der Garten wurde geheimnisvoll, von einem Stück grünem Mond beschienen, unter dem sich etwas bewegte wie schwarze Flügelschläge. Es war die Köchin, die von ihrem Ausflug zurückkam. Marta erkannte ihre Schritte auf der harten Picón-Erde.

Tropfen für Tropfen schien das Leben aus dem alten Gartenbrunnen zu rinnen, den ein Kind aus Bronze zierte, das einen zerlöcherten Schuh in die Höhe hielt und beobachtete, wie das Wasser aus ihm herauslief.

Jemand regte sich im Haus ... Marta merkte es in ihrer Dunkelheit gar nicht. Dann hörte sie wieder Schritte auf dem Picón der Gartenwege. José hatte Pino dort hinausgezerrt, um sie zur Rede zu stellen.

Teresas Name war zu vernehmen:

»Ach ...! Ich soll es also sein, ich, die Teresa stört, wenn ich singe ... Ich!«

José schrie nicht so laut; man hörte ihn nicht. Dann wieder Pino:

»Verflucht sei dieses Haus! Verfluchte Teresa! Verfluchte ...«

Dann nichts mehr.

Aber das war einerlei. Der eigenartige Zeitabschnitt, in dem Marta sich von einem Interesse für alles gefangen gefühlt hatte, was rings um sie in diesem Haus vor sich ging, war vorbei.

Ein sonderbarer Ruf, wie die Trompeten von Jericho, riß die Mauern ein, ließ Wände, Zimmer und Menschen um sie herum verschwinden.

In ihrer Dunkelheit hörte und fühlte sie nichts mehr als das tiefe, ferne Rauschen ihres Blutes.

VI

An diesem Sonntagnachmittag hatte Vicenta, die Majorera, ihre zimtfarbenen Röcke gegen ein schwarzes Kleid eingetauscht, ein neues Kopftuch umgebunden und ein schwarzes Wolltuch mit langen Fransen über die Schultern gelegt. Wolle mit dem Geruch von Neuem, sorgsam Aufbewahrtem.

Sie verließ das Haus mit ruhiger, undurchdringlicher Miene. Hangaufwärts ging sie durch die Eukalyptusallee bis zum Tor. Eine Reifenspur hatte zwei Furchen in den losen Picón gegraben. Es war kühl. Morgens hatte ein Platzregen die Luft gereinigt, der Picón glänzte noch davon.

Am Tor hielt Vicenta nach ihrem schnellen Aufstieg inne. Sie hätte sich gern eine Zigarette angezündet. Es gab für sie nichts Besseres auf der Welt als den Geschmack des starken, einlullenden Tabaks. Doch sie hatte keine Zeit. Sie wandte sich noch einmal zum Haus um, spuckte auf den Boden und trat auf die Straße hinaus.

Ein seltsamer Nachmittag heftete dunkle, zerrissene Wolken mit Ausläufern wie riesige Spinnenbeine an einen gelben Himmel. In Vicentas Rücken stieg die Straße bis zur Caldera de Bandama auf, nur um den Touristen den beeindruckenden Blick zu bieten, den man von dort auf den runden Krater und den breiten Streifen Ebene und Küste hatte. Die Alte ging gedankenverloren in entgegengesetzter Richtung weiter, zwischen anmutigen Geranien, weißen Mauern, dornigen Hecken voll blühender Wildrosen und Weinbergen entlang, die links und rechts die

Straße säumten. Der Winter hatte die Straßenränder ergrünen lassen. Drei Regenschauer, und schon breitete sich zwischen den schwarzen, kalten Rebstöcken ein Teppich aus gelben Mohnblumen aus.

Vicenta schaute in den Himmel, dessen mächtige Szenerie beängstigend wirkte. Der Gipfel war umwölkt. Zufrieden atmete sie die frische, würzige Luft ein. Die alte Frau mochte die Feuchtigkeit. Wäre es nach ihr gegangen, hätte sie alle Wolken angehalten, die während der trockenen Winter vorüberzogen, als machten sie sich einen Spaß daraus.

An einer Einzäunung aus Stacheldraht drehte sie sich noch einmal zum Haus um. Aus der Entfernung hatte man einen besseren Blick darauf, quer über den Garten. Sogar das Menschengewimmel darum sah man. Auf der Terrasse, die wie ein Vorsprung über den Hang gebaut war, hatte man einen Koffer-Plattenspieler auf den Steintisch gestellt. Das war etwas für die tanzsüchtige Jugend. Wenigstens fand dieser Krawall weit weg von Teresas Zimmer statt. Nicht ganz grundlos war Vicenta überzeugt, daß mit dem Auszug der Fremden wieder Frieden im Haus einkehren würde.

Sie marschierte weiter. Zum Abendessen wollte sie zurück sein. Sie hatte niemandem von ihrem Ausflug erzählt. Sie verließ das Haus so gut wie nie, aber wenn, behielt sie sich das Recht vor, es ohne Vorankündigung zu tun. Seit Tagen verspürte sie das Bedürfnis, sich auf diesen Weg zu machen. Drei Nächte zuvor war sie vor dem Morgengrauen aufgewacht. Sie hatte das Fensterchen des Zimmers über ihrem Bett aufgemacht, um nicht von dem Schnarchen und dem Arbeiterinnengeruch der beiden anderen erstickt zu werden. Normalerweise schlief Vicenta, bis es Zeit zum Aufstehen war. Ein tiefer Kummer hielt sie wach. Sie hörte einen Hahn krähen. Sie hörte, wie Lolilla sich herumwälzte. Carmela schnaubte im Schlaf wie ein Raubtier. Aber mit den beiden hatte sie nichts zu schaffen. Weder mit der dicken, schwitzenden Carmela noch mit der anderen armen Kleinen, die im Schlaf ihre Decke verzogen und zwei große, weiße Füße freigelegt hatte, und deren anrührend dünner Arm, wie von der riesigen Hand besiegt, aus dem Bett hing. Weder die beiden noch die vielen anderen Mädchen, die Vicenta hatte kommen und gehen sehen, hinterließen irgendwelche Spuren in ihr. Einem einzigen Wesen unter den vielen, die ihren Weg gekreuzt hatten, war es gelungen, die Majorera zu erweichen. Für dieses Geschöpf hatte Vicenta sogar ihr eigenes Fleisch und Blut vergessen, das sich drüben auf der anderen Insel durchs Leben schlagen mochte. Um dieses Geschöpf allein sorgte sie sich. Und Vicenta wußte, daß allein sie auf der Welt sich um sie sorgte. Dieses Geschöpf war von vielen leidenschaftlich geliebt worden, ihr eifersüchtiges Herz wußte es wohl, aber inzwischen wäre es ohne die Majorera so allein, wie nur die Toten es sind.

Seit zehn Jahren unterhielt Vicenta ein eigenartiges Netz aus Bekanntschaften mit Medizinmännern, Wahrsagern und Heilern, von denen sie sich das Wunder erhoffte, das die Ärzte nicht zu vollbringen vermochten. Denn Vicenta war zu dem Schluß gelangt, daß Teresa, die strahlendste, am meisten beneidete Frau, die sie kannte, Opfer eines bösen Zaubers geworden war. Eines Tages würde Teresa sie wieder mit derselben Anteilnahme ansehen wie früher. Sie würde ihren schwingenden, anmutigen Gang wiedererlangen. Ihre leicht verhangene Stimme, ihr Lachen würden ringsum Lebensfreude verbreiten. Vicenta, einzigartig auf der Welt wie nur für sie, würde wieder die Vertraute ihrer Geheimnisse und ihrer Tränen sein, und manchmal würde Teresas sprühender Witz sie zum Lachen bringen.

Wer plötzlich erkrankt, kann auch plötzlich gesund werden. Vicenta erinnerte sich an die Tage des Fiebers nach dem Unfall, der Luis das Leben gekostet und bei Teresa einen schweren Schock ausgelöst hatte. Dann kam die lange, schreckliche Rekonvaleszenz. Teresa fragte nichts, und niemand wagte es, ihr die

Todesnachricht zu überbringen. Sie sprach kaum. Aber zumindest einige Worte kamen in jenen Tagen noch über ihre Lippen, und sei es auch nur, um nach etwas Konkretem zu verlangen. Ihre Augen blieben geschlossen, und sie umfaßte keine Hand, die ihre berührte. Je mehr ihr Körper zu Kräften kam, desto unempfänglicher wurde sie für Gesichter und Stimmen. Irgendwann verlangte sie nach gar nichts mehr. Sie erschrak vor Licht und Blikken. Wie ein vertrocknetes Blatt zog sie sich zusammen. Dann folgten, weit weg von der Majorera, vom Hörensagen wußte sie es, die entsetzlichen Behandlungen und ihre Angstschreie im Sanatorium; man hatte ihr gesagt, sie sei sogar in mehreren Sanatorien gewesen. Und schließlich die Rückkehr nach Hause, aller Hoffnung beraubt. Vicenta wußte, daß es sich um einen bösen Zauber handelte. Dies war ihr Lebensinhalt geworden, nichts anderes interessierte sie mehr.

Manche vermuteten, daß Vicenta in den langen Momenten, in denen sie schweigend ihre gelben Zigaretten rauchte, wohl Kindern gedachte, die sie auf ihrer Insel hatte begraben müssen. Doch Vicenta hatte inzwischen keine Erinnerungen mehr, sie lebte nur noch in der Gegenwart. Ihr Gesicht war verschrumpelt, man nannte sie Alte. Aber ihr Körper hielt sich gerade. Von jedem Tag erhoffte sie sich etwas.

Aufrecht schritt sie über die heitere Landstraße. Folgte sie ihr weiter, würde sie auf die Carretera del Centro kommen, die hinab nach Las Palmas und hinauf in die Berge führte. Doch Vicenta nahm eine Abkürzung zur linken Hand, bergaufwärts. Sie wollte nicht zur Hauptstraße.

Kein Keuchen drang aus ihrer Brust. Der mit Brombeeren bewachsene Hang roch nach warmen Kuhfladen. Der Picón ging in lehmige Erde mit losem Gestein über.

Geduldig stieg sie über einsame Pfade bergauf. Bisweilen kam sie an einfachen, weiß getünchten Häusern mit indigoblau ummalten Fenstern vorbei. Zwischen zweien von ihnen bog sie in eine Art Gasse ein. An deren Ende fand man sich überraschend an einem Berghang wieder, der nun zu ihren Füßen abfiel.

Ein ganzes Höhlendorf war in diesen Abhang gehauen, der im gelblichen Licht der Nachmittagssonne schimmerte wie poliert. Hunderte von Höhlen mit getünchten oder bunt bemalten Fassaden befanden sich dort übereinander versetzt, und zwischen ihnen schlängelten sich schmale Gassen aus Stein und Lehm. Ein feuchter Geruch nach dunklem Lehm und roter Erde hing in der Luft. Der Nase der alten Frau war er willkommen. Als sie sich das letzte Mal nach La Atalaya begeben hatte, war es ein stickiger, trockener Tag gewesen; es hatte nach Kalk und zerstaubtem Kot gerochen, und Wolken von Fliegen hatten sich vor das Flimmern ihrer von dem erbarmungslosen Licht geblendeten Augen geschoben. Auch jetzt schienen die Sonne und die bunten Farben ihr grell in die Augen, und Vicenta blinzelte, während sie den Abstieg durch die Gassen unternahm. Ruhig und bedächtig setzte sie einen Fuß vor den anderen. Die Schweinepferche verströmten ihren beißend süßlichen Geruch zwischen den Höhlen, in deren offenen Vorhöfen ein kleines, weiß getünchtes Mauerwerk als Küche oder Brennofen diente; daneben lagen rote Lehmklumpen aufgehäuft, denn La Atalaya war ein Dorf von Töpfern. Außerdem waren all diese kleinen Höfe, diese Vorzimmer zu den Höhlen, voller Blumentöpfe, in denen vor allem Geranien wuchsen. Und ein paar Rosenstöcke und Grünpflanzen.

Das Dorf war keineswegs trist. Der Sonntag schien zwar einen schweigenden Schatten darauf zu werfen, doch die Blumen belebten es und ließen das Grunzen der Schweine und die schmutzigen Straßen vergessen.

Vicenta sah sich um. Es war drei Jahre her, seit sie das letzte Mal hier gewesen war, aber sie ließ sich von ihrer Eingebung leiten. Die Erinnerung kehrte zurück. Sie wollte niemanden fragen. Sie begegnete einer Gruppe von Ausflüglern, Mädchen mit bunten Kopftüchern, die gekommen waren, um Tonkrüge zu kaufen. Sie wich zur Seite und musterte sie verstohlen. Sie wußte nicht warum, aber sie störten sie. Sie verspürte einen unwillkürlichen Argwohn gegenüber reichen Leuten; mehr als das, einen althergebrachten Haß, der über etliche Generationen braver Armer angeschwollen war, die einander ihr Mißtrauen weitergegeben hatten. Reiche Leute waren ohne Unterscheidung alle, die einen etwas besseren Lebensstil führten. Diese Mädchen zum Beispiel, mit ihren bunten Kopftüchern, ihrem Lachen und ihrer gelassenen Sorglosigkeit. Sie glichen Martas Freundinnen. Teresa stammte auch von reichen Leuten ab, aber dieses Geschöpf hatte es geschafft, einzigartig und für sich zu sein, losgelöst von allen Zuordnungen. Die Seele vor Haß und Gleichgültigkeit bewahrt. Am Rand der Gasse stehend, spuckte sie zu Boden, als die fröhlichen Mädchen vorbeigingen. Dann setzte sie ihren Weg fort.

Trotz Feiertag und Mittagsruhe stiegen ihr drei Frauen mit Gefäßen voll Wasser auf dem Kopf entgegen. Wasser für die Blumen, zum Trinken und zum Kneten des Lehms, der aus den Tiefen der Schlucht heraufgebracht wurde. Instinktiv sah die Majorera zum Himmel. Die phantastischen Wolkengebilde waren aufgerissen, der Nachmittag leuchtete in sanftem Blau und Gelb. Es würde nicht mehr regnen.

Da sie langsam ging, den Blick auf die Behausungen gerichtet, schrak sie zusammen, als sie ihren Namen hörte. Ein magerer Mann mit einem grauen, seitlich herabfallenden Schnurrbart wie Don Quijote saß vor der Tür seines Hauses und schnitzte mit einem kanarischen Messer an einem Schilfrohr.

»Zum Gruß, gute Frau.«

»Tag, Panchito.«

Panchito, der Ziegenhirte, hatte die Finca mit Milch versorgt, bis Vicenta vor einem Jahr durchgesetzt hatte, daß eigene Ziegen gekauft wurden. Der Alte hatte eine große Kunst daraus gemacht, die Milch mit Wasser zu versetzen. Keinen Wasserhahn, keinen Tank mit grünlichem Gießwasser im Garten hatte er ausgelassen. Wenn es ihm einmal nicht gelang, den Meßbechern Wasser zuzufügen, füllte er sie nur halb. Vicenta kritisierte ihn nicht, jeder schlug sich eben durch, wie er konnte, aber diese Milch war für Teresa bestimmt, und so gab sie keine Ruhe, bis sie selbst Ziegen auf der Finca hatten, die sie mit eigenen Händen molk. Sie ging rasch weiter, um Fragen zu vermeiden. Da rief Panchito seinen Enkel und schickte ihn hinter ihr her, um zu erfahren, wohin sie ging. Im Dorf La Atalaya war Vicenta wohlbekannt. Viele Dienstmädchen der Finca waren von hier gekommen. Auch Lolilla hatte hier ihre Höhle und ihre Eltern. Es folgten ihr also noch einige Augenpaare mehr auf ihrem Weg als die des blonden, sonntäglich gekleideten Jungen, der sich an ihre Fersen heftete.

Sie war etwas müde, als sie schließlich fand, wonach sie suchte, und stehenblieb. Eine Höhle mit indigofarbener Tür, vor der sich ebenfalls ein kleiner Hof voller Blumen und roter Lehmklumpen befand. Eine in Trauer gekleidete Frau mit ergrautem Haar saß allein in ihrem kühlen Hof und flickte im Licht des Nachmittags, ungeachtet des Feiertags. Als Vicentas Schatten auf sie fiel, hob sie ihr volles Gesicht. Sie hatte wunderschöne schwarze, tiefgründige Augen. Sie trug die Haare zu einem Knoten gesteckt, große mattschwarze Trauerohrringe und einen halblangen Rock.

»Oh ...! Sie hier, Vicentita?«

»Bleiben Sie sitzen, gute Frau.«

Die Frau stand auf. Eine andere, jüngere, schwarz gekleidet und beleibt wie ihre Mutter, kam mit Stühlen aus dem Haus. Vicenta zog aus ihrer tiefen Rocktasche ein Päckchen gerösteten Kaffee.

»Kochen Sie uns ein bißchen Kaffee, Mariquita. Sie machen ihn so gut.«

Mit singenden Stimmen wurden etliche Dankesbezeigungen und Höflichkeiten gemacht.

»Mein Mann, Gott hab ihn selig, hat mich mit diesem Laster angesteckt, als er aus Kuba zurückkam … Gleich wird ihn meine Tochter mahlen. Das Geheimnis beim Kaffee ist, ihn gut zu seihen. Dafür nimmt man am besten einen sauberen gebrauchten Strumpf. Das hat er mir gezeigt.«

Mit einem Mal machte sich ein bleiernes Schweigen breit.

»Weg da, Kinder!« rief die Frau ein paar Jungen zu, die sich eingefunden hatten, um den Besuch zu begutachten.

Vicentas Blick schweifte über die roten, sonnengebrannten Tonkrüge, den gekalkten Boden des Hofes und die rundliche Frauengestalt, die sie herzlich und erwartungsvoll ansah. Sie hatte nichts Übernatürliches oder Beängstigendes an sich. Und doch war sie eine Wahrsagerin.

»Neuigkeiten, Vicentita?«

»Haben Sie es gehört?«

»Leute vom Festland auf der Finca, nicht wahr? Geschwister von Don Luis?«

»Ja.«

»Und Señorita Teresa?«

»Unverändert.«

»Wenn sie nur dieser Mann aus Telde sehen könnte!«

»Wenn er sie sehen könnte, ja … Aber da ist nichts zu machen. Nicht mal heimlich traue ich mich, noch mal jemanden zu holen.«

»Hilft Ihnen die Tochter nicht?«

»Das Mädchen glaubt an gar nichts. Vielleicht, wenn sie älter wird …«, seufzte Vicenta und wechselte das Thema. »Und bei Ihnen?«

»Sie sehen ja, Vicentita: der Schwiegersohn im Krieg gefallen, Tochter und Enkel an meinem Rockzipfel …«

Ein Schweigen folgte. Die Wahrsagerin war kaum über fünfzig; sie hatte ansehnliche Beine und trug schmal zulaufende Schuhe mit seitlichen Ösen.

Die Tochter kam wieder, um sie zu fragen, wo sie den Kaffee servieren solle.

»Drinnen. Ich will keine Schnüffelnasen.«

Sie gingen in den Hauptraum der Höhle. Er war schön gekalkt und warm, an den Wänden hingen farbige Kalenderblätter und Photographien. Die Tochter zündete in dem Halbdämmer eine Kerze an. Gleich werde sie eine Karbidlampe vorbereiten, sagte sie.

Die drei nippten an ihrem Kaffee, dessen Duft den Raum erfüllte. Hinter einem halboffenen Vorhang erahnte man einen Alkoven, und in dem Raum selbst, wurde er auch Eßzimmer genannt und als Wohnraum genutzt, stand an einer Wand ein schönes Eisenbett mit goldglänzenden Kugeln an den Ecken und steif geplätteter Matratze. Es roch beinahe erstickend nach ausgeräucherter Reinlichkeit. Der Geruch eines armen, aber liebevoll unterhaltenen Hauses. Ein guter Geruch für Vicentas Geschmack, so gut wie der Kaffee und die Zigarette, an der sie genüßlich zog.

Die Tochter verschwand kurz darauf nach draußen. Während sie die Tür hinter sich schloß, sagte die Wahrsagerin, das Karbid habe keine Eile. Die Kerze werde ihr und Vicentita für den Moment genügen.

Vicenta sah sich unauffällig in dem Raum um. Neben dem Bett hing ein Rahmen, in dem sich eine Lithographie von Franco und das Photo eines Soldaten mit runden, durch die Vergrößerung unscharfen Augen befanden. Zwischen beiden Portraits war ein Andachtssträußchen aus Trockenblumen angebracht, an einem gelbroten Bändchen, den Farben Spaniens.

Die Wahrsagerin war ihrem Blick gefolgt.

»Mein Schwiegersohn, der im Krieg gefallen ist.«

Als Vicenta sich zu ihr umwandte, senkte sie den Blick.

»Sagen Sie ... und Ihr anderer Sohn, der bei den Roten war, haben Sie den nicht auch irgendwo, Mariquita?«

»In meinem Alkoven.«

Mariquita, die Wahrsagerin, wußte, daß aus Vicentas Frage nichts weiter als Neugierde sprach, daß sich die Majorera reichlich wenig um Rote und Nationale, Krieg oder Frieden scherte, daß sie auf der Welt nur eine einzige Sorge hatte.

»Sie sind doch wegen etwas Bestimmtem gekommen, Vicentita.«

»Legen Sie mir die Karten.«

»Für die Zukunft?«

»Für die Zukunft.«

»Was die Finca anbelangt?«

»Ja.«

»Immer noch Señorita Teresa?«

»Ja.«

»Und ... was bringt Sie darauf?«

»Ein Traum, den ich hatte.«

»Ein guter?«

»Ein böser.«

Vicenta paffte wie ein Seemann. Behaglich in dem schwarzen Lehnstuhl niedergelassen, fiel ihr Blick auf vertraute Dinge, die ganz nach ihrem Geschmack waren. Entlang der Wände aufgereihte Stühle, ein Eckschränkchen mit Gipsfiguren, ein Kissen, auf dem man einen Puppenkopf befestigt hatte. Das Kerzenlicht flackerte. Auf die Wand fiel der Schatten der Wahrsagerin, die ihre Karten mischte und eine Beschwörungsformel sprach ... Mit hochgehaltenen Karten hielt sie inne. Ihr Schatten zeigte ein übergroßes Profil mit Hakennase.

»Dinge, die bereits geschehen sind, sieht man besser in einem Wasserteller.«

»Die habe ich schon vor drei Jahren gesehen, deshalb bin ich ja heute gekommen. Ich will die Karten gelegt haben.«

Eine fast seufzende Stille folgte. Die Augen der Wahrsagerin wirkten riesig. Vicenta hielt die Zigarette an die Kerze, da sie auszugehen drohte. Die andere wartete, bis die Majorera den Tabak tief eingeatmet hatte und wieder ruhig dasaß. Dann begann sie. Doch etwas schien sie zu stören. Durch den Luftschlitz über der Tür schaute sie in den Nachmittagshimmel. Dann riß sie sich los, legte die Karten, schaute, zögerte.

»Es kommt nichts.«

»Machen Sie weiter.«

»Ein Mann, der geht. Ist das etwas?«

»Nein.«

»Ich muß noch mal mischen.«

»Mischen Sie.«

Nichts auf der Welt existierte mehr. Allein dieser stille, unterirdische Raum, in dem die fast tierische Luft herrschte, wie Höhlen sie verströmen. Dieser erdige Geruch, kühl im Sommer und warm im Winter, der für die, die sich einmal daran gewöhnt haben, mit nichts zu vergleichen ist. Die Schatten der beiden Frauen, große Schatten, einander zugeneigt. Zwei Köpfe, einer mit einem großen Knoten, einer mit Kopftuch, die sich bebend an die gewölbte Decke schmiegten.

Hinter ihnen befand sich der offene Berg, bereits wund und blutend im Sonnenuntergang. Dahinter kühle Wege. Weit in der Ferne die Finca, die Leute vom Festland und ihre Intrigen, Pinito, Antonias Tochter, und das Mädchen Marta mit seinen Freundinnen. Und noch weiter weg die Stadt und das Meer. Und jenseits des Meers andere Inseln. Aber im Inneren dieser Mauern befand sich eine andere Welt. Die einzige in diesem Augenblick existierende Welt.

Die abgegriffenen Figuren der Karten zogen Fratzen. Leise sagte die Wahrsagerin:

»Gehen Sie Ihren Gedanken nach.«

Vicenta dachte. Sie rauchte und dachte. Der herbe Tabak

heizte sie innerlich auf. Sie sah Teresas große grüne Augen vor sich und hatte ihre Stimme im Ohr, die sagte: »Vicenta, außer dir habe ich niemanden auf der Welt.« Dann hörte der Rauch auf zu wärmen, die Zigarette zog nicht mehr.

»Es kommt. Ich sehe einen Mann und viele Frauen.«

»Machen Sie weiter.«

»Da ist eine dunkelhaarige Frau, die niemand mag.«

Die Wahrsagerin hielt inne. Die unter ihren Worten flakkernde Flamme stieg wieder gerade auf. Vicenta hatte den bitteren Tabakgeschmack im Mund, den erloschenen Stumpen zwischen den Lippen.

»Ich sehe einen Tod.«

Vicenta wisperte:

»Mit dem Messer?«

»Ich habe gesagt einen Tod.«

»Eine Frau?«

»Ja.«

Die Majorera hing an ihren Lippen; hier, in ebendiesem Raum, hatte sie vor Jahren in einem Wasserteller furchtbare, längst vergessene Dinge gesehen.

»Aber«, sagte sie mit rauher Stimme, »ist das nicht, was schon geschah?«

»Das ist, was geschehen wird.«

Da legten sich Kummer und Schatten wie Blei auf die Brust der Majorera.

Ein schroffer Mond tauchte im letzten Seufzer der Dämmerung hinter den Bergen auf. Mit zwei blassen Spitzen hängte er sich an die letzten dunklen Wolken. Langsam stieg er auf, verwandelte sich, glänzte für die Augen, die ihn in dieser Dezembernacht betrachten wollten.

Auf den Wegen war sein Licht unbeständig. Elektrische Straßenlaternen erleuchteten die ländliche Nacht gelblich trüb. Bisweilen blendeten die Augen der Automobile auf einer fernen Landstraße Vicentas starren Blick. Aus großer Entfernung sah sie zwei Scheinwerfer die Eukalyptusallee der Finca herauffahren. Wenig später kam der hohe Wagen des Arztes an ihr vorbei, zum Bersten voll. Don Juan nahm den lahmen Maler und die jungen Leute wenigstens bis zur Hauptstraße mit, denn bis Las Palmas würde er mit der fröhlichen menschlichen Fracht, die bis über die Trittbretter quoll, unmöglich kommen. Alle sangen; Don Juan mußte ganz taub werden.

Dann tauchte die Landschaft in tiefe Stille. Es roch nach Eukalyptusbäumen.

Im Musikzimmer war Marta, allein. Vicenta sah sie vom dunklen Garten aus. Das Mädchen saß inmitten des Durcheinanders des Zimmers und schaute konzentriert auf etwas: einen weißen Block. Sie war Teresas Tochter. Ohne Teresas Anmut oder Schönheit, blond wie ihr Vater, aber sie war ihre Tochter. Ein schlankes Mädchen mit geraden Augenbrauen und braungebrannten Händen.

In diesem Moment versetzte es der Majorera einen Stich, sie so zu sehen. Sie hatte einen versunkenen, neugierigen Ausdruck, wie sie da im Licht der Lampe betrachtete, was sie in den Händen hielt. Ihr Gesicht war jung und schutzlos und hatte etwas Sehnsüchtiges, das Vicenta anzog. Sie kannte sie seit ihrer Geburt, und vor sehr langer Zeit hatte sie eine dunkle Eifersucht auf das Mädchen verspürt, weil sie Teresas Tochter war. Und aus demselben Grund übte dieses Wesen jetzt genügend Macht auf sie aus, um sie beobachtend ins Dunkel zu bannen.

Die Majorera wollte schon zu ihr gehen und ihr etwas sagen. Doch da schaute Marta auf, als habe sie etwas gehört, klappte den weißen Block zu und versteckte ihn unter der Matratze des Diwans. Dann löschte sie das Licht.

Zweiter Teil

VII

Marta floh nach Schulschluß die Gesellschaft ihrer Freundinnen. Sonst fanden sie sich immer bei einer von ihnen zu Hause ein, um eine Weile zu schwatzen. Es kam zwar vor, daß eines der Mädchen diese Zusammenkünfte, bei denen sie die Probleme der Welt lösten, schwänzte, aber dann war gerade ihr Verlobter in der Stadt. Manchmal beschlossen sie auch, durch Triana zu schlendern. In Triana befindet sich die Hauptgeschäftsstraße, die, wie in vielen spanischen Städten, zugleich als Promenade dient und den dafür gedachten Parks vorgezogen wird. Gruppen junger Leute ziehen langsam die Straße entlang, behindern den Verkehr, mustern sich eingehend, wenn sie aneinander vorbeikommen, wechseln ein paar Worte und schließen so Freundschaften oder Verlobungen.

Marta hatte noch nie verstanden, was den Reiz dieses gemächlichen, unbequemen Schlenderns ausmachen sollte; als sie sich an diesem Nachmittag in Richtung jener Promenade davonstahl, sahen sich die anderen Mädchen deshalb erstaunt und belustigt an. Doch Marta stieg in einen Omnibus in Richtung Hafen und verschwand geheimnisvoll in der Dämmerung.

Einige Tage schon wurde sie von wesentlich bohrenderen Gedanken beherrscht als im Sommer, nachdem sie erfahren hatte, daß die Verwandten kommen würden. Bohrender, seltsamer und schöner, denn sie erzählte niemandem davon. Inzwischen dachte sie an Pablo, den Maler, als ihren einzigen möglichen Freund. Vielleicht dachte sie aber auch nicht einmal als Freund an ihn, denn dieses Wort beinhaltet etwas sehr Vertrautes, und Marta empfand einen eigenartigen Respekt vor dem Mann. Hörte sie zufällig seinen Namen, begann ihr Herz so stark zu klopfen, daß sie sich fragte, ob sie nicht krank war. Sie erinnerte sich an seine gütigen Augen, denen nichts entging, und in ihrem Besitz hatte sie den Zeichenblock, in dem seine geschickten Hände Dinge skizziert hatten, die sie ganz durcheinanderbrachten.

Mittlerweile wußte sie auch, wo er wohnte. In dem kleinen knatternden Guagua fuhr sie nun dorthin, die Haare vom Wind zerzaust, das Herz wieder heftig pochend. Sie wollte ihm zurückgeben, was ihm gehörte, und war hin und her gerissen zwischen Angst und Freude bei dem Gedanken, daß sie ihn wiedersehen würde.

Marta ließ ihren Blick über die Handvoll Menschen schweifen, mit denen sie im Bus saß und die das Schicksal für einen kurzen Moment vereinte, und war ganz bestürzt über ihre verschlossenen Gesichter. Vielleicht waren sie ja auch einmal so aufgewühlt gewesen wie sie jetzt, so unvorstellbar es auch scheinen mochte.

Der Bus wand sich durch die belebte Hauptstraße von Triana, ließ den Park San Telmo hinter sich, dessen Bäume sich vor dem Meer abhoben, und fuhr die Calle León y Castillo entlang, vorbei an kleinen Häuschen, zwischen denen die spätnachmittägliche Meeresbrise hindurchwehte. Auf der Höhe der Ciudad Jardín stieg Marta aus. Hier in der Nähe wohnte der Maler.

Pablos Unterkunft erwies sich als ein häßliches zweistöckiges Gebäude unweit des Strandes, das mit dem Rücken zum Meer gebaut und von einem kümmerlichen Gärtchen umgeben war. Es war ein grauer Nachmittag, über den Himmel zogen Sturmtaucher und Traumwolken. Das Haus machte einen verschlafenen, verlassenen, fast verzauberten Eindruck. Das kleine Tor zum Garten stand offen; ein kurzer asphaltierter Weg führte zur Eingangstür, zwischen trockenen Beeten hindurch, in denen ein paar traurige Pflanzen verdorrten, vom Meeresjod zerfressen.

Auf halbem Weg blieb Marta wie angewurzelt stehen, mit ihren Sandalen, der roten Jacke über dem Arm und dem Lederranzen in der Hand. Die Vorstellung, daß der Maler zu Hause sein könnte und sie ihn vielleicht wenige Minuten später sehen würde, ließ ihren Atem stocken; sie hatte so viel an ihn gedacht, daß er zu einer Art Fabelwesen geworden war.

Über der Eingangstür hing eine Glaskugel, auf der in schwarzen Lettern »Hotel« stand, und dasselbe Wort setzte sich weiß in dem Drahtgeflecht einer Fußmatte ab. Von diesem Eingang aus sah man bis zum Ende eines Korridors mit mehreren grünen Türen; eine schmale gekachelte Treppe führte in das obere Stockwerk.

Marta kam es plötzlich ganz ungeheuerlich vor, dem inneren Impuls gefolgt zu sein, sich zu dem Haus dieses fremden Mannes zu begeben; beschwichtigend sagte sie sich, daß schließlich nichts Schlimmes dabei war, hierhergekommen zu sein, hatte sie doch die Entschuldigung, ihm seinen vergessenen Skizzenblock zurückbringen zu müssen.

Nirgends war eine Klingel zu sehen. Sie wagte es nicht, die Stille zu stören, die noch eindringlicher war durch die hinter dem Haus rauschende Brandung. Je länger sie die Hauswände anstarrte, desto höher erschienen sie ihr, desto unbedeutender fühlte sie sich selbst. Sie konnte nicht einfach wieder gehen, zu etwas anderem vermochte sie sich aber auch nicht durchzuringen. Ein kindischer Drang zu weinen überkam sie.

Linkisch und befangen machte sie sich daran, das Haus zu umrunden, in der Hoffnung, auf jemanden zu stoßen, der ihr weiterhelfen könnte. An der Rückseite des Hauses fiel ein ansprechenderes Stück Garten als das vor dem Eingang sanft bis zu einer weißen Mauer ab, die es wohl vor dem Meereswind beschützte, vielleicht auch vor Überflutungen. Ihr Blick fiel auf eine mit blauen Prunkwinden umrankte Pergola. In einer geschützten Ecke wuchsen Papayabäume mit großen Blättern, und mehrere üppige Oleanderbüsche voller Blüten belebten den Garten. Eine Frau, sicherlich Gast der Pension, saß in einem Korbsessel, ein Strickzeug in der Hand; gerade war sie dabei, es wegzuräumen, vielleicht wegen des schwindenden Lichts. Neben ihr spielte ein kleiner Junge mit Eimer und Schaufel. Beide sahen ihr von weitem entgegen.

Ihre innere Aufregung überspielend, drehte Marta so selbstverständlich wie möglich weiter ihre Runde durch den Garten. Sie zuckte beinahe zusammen, als sie aus einer seitlichen Tür eine Frau mit einer blauen Schürze kommen sah, einen Eimer Wasser in der Hand, den sie über einem Beet mit Kletterpflanzen ausschüttete. Marta fragte nach Pablo und dankte innerlich dem Himmel, daß ihre Stimme so ruhig klang.

»Wenn Sie vorne zur Haustür hineingehen, die Tür am Ende des Korridors. Nicht zu verpassen.«

Als Marta schon fast um die Hausecke gebogen war, rief die Frau ihr nach. Sie drehte sich um und sah, daß die Frau sie eingehend musterte, die Augen mit einer Hand gegen das rötliche Abendlicht abgeschirmt.

»Hören Sie ... Ich weiß nicht, ob er da ist. Als Ihre Mama heute früh kam, hat die Señora ihr, glaube ich, gesagt, daß er weggefahren ist.«

Verwirrt von dieser unverständlichen Erklärung sagte Marta, daß der Mann, zu dem sie wolle, ein lahmes Bein habe.

»Ganz genau; den meine ich ...«

Die Frau zuckte die Achseln.

»Ist ja auch egal ... Schauen Sie einfach.«

Die Angestellte ging ins Haus; Marta konnte nicht weiter über ihre wirren Worte nachgrübeln. Der Korridor mit den grünen Türen rief sie. Beinahe auf Zehenspitzen betrat sie ihn, ohne ersichtlichen Grund sorgsam darauf bedacht, keinen Laut zu verursachen. Schwach klopfte sie an die Tür, die man ihr beschrieben hatte. Niemand antwortete, aber ihr war, als hörte sie ein Wispern, ein Atmen. Sie klopfte fester. Diesmal blieb es ganz still. Sie legte ihre Hand auf den Türknauf aus weißem Porzellan, und während seine Kühle sich auf ihre Finger übertrug, öffnete die Tür sich auch schon widerstandslos, als wollte sie sie hereinbitten. Ehe sie es sich versah, fand Marta sich im Inneren des Zimmers wieder, gegen die Tür gedrückt, die sich hinter ihr geschlossen hatte.

Sie schaute auf ein Fenster, neben das ein Tischchen gerückt war; jenseits des Fensters lag das Meer in brennendem Abendrot, und in der Ferne, an der Hafenmole, stand ein Boot in Flammen. Es war atemberaubend. Die Meerestönung schien den kleinen, nüchternen Raum zu überfluten und ihn mit einer zutiefst aufwühlenden Stimmung zu erfüllen.

Entzückt und ergriffen, wie immer, wenn sie etwas Schönes vor Augen hatte, wurde Marta langsam ruhiger. Sie erkannte, daß es besser war, Pablo nicht angetroffen zu haben. So konnte sie seine Sachen eingehender in Augenschein nehmen.

Das Zimmer war sehr einfach. Ein Bett, ein Schrank, ein Garderobenständer, ein Waschbecken füllten es fast aus. Pablo hatte nichts Schmückendes hinzugefügt; es waren auch keine Skizzen oder Zeichenutensilien zu sehen. Nichts Persönliches, nicht einmal ein Zigarettenstummel im Aschenbecher ... Einzig ein Regenmantel, der lasch an einem Bügel hing, wies darauf hin, daß das Zimmer nicht endgültig verlassen worden war, daß sein Bewohner, wo auch immer er gerade sein mochte, zurückkehren und wieder auf das Stück Meer blicken würde, das Marta vor sich hatte.

Marta fühlte sich von einer Andacht erfüllt, als befände sie sich in einer Kirche. Alle Zweifel, die ihre Erziehung auf dem Weg hierher in ihr wachgerufen hatte, verloderten in diesem kupferfarbenen Meer, über das die Nacht rasch ihre Schatten breitete. Jemand, der in so vollkommener Bescheidenheit lebte, konnte nicht die zudringliche männliche Eitelkeit in sich tragen, vor der man junge Mädchen warnte und die jede Begegnung der Geschlechter beeinträchtigte und überschattete. Pablo, laut Honesta reich und berühmt, lebte asketisch wie ein Mönch und interessierte sich für so unbedeutende Dinge wie die Gedichte eines Schulmädchens, das seine Insel nie verlassen hatte. In seiner Jugend war Pablo aus einem sicherlich höchst behaglichen Haus davongelaufen, um in die rastlose, rauhe Herrlichkeit der Welt zu tauchen. Marta wollte nicht glauben, daß er des Geldes wegen fortgelaufen war, wie man ihr gesagt hatte, mochte seine Frau auch überspannt und häßlich sein. Jemand, der den Wohlstand liebte und über ihn verfügte, suchte sich zum Leben nicht so ein kahles Zimmer am Meer.

In der sich im Zimmer ausbreitenden Dämmerung hielt Marta Ausschau nach irgendeiner Photographie, irgendeiner Erinnerung an die Frau, der Pablo angetraut war. Da es sich um seine Frau handelte, schrieb Marta ihr allerhand Geistesgaben zu. Pablo mußte sich in ihre Klugheit verliebt haben ... Sie wurde nicht fündig.

Die Atmosphäre des Zimmers übertrug nach und nach ihren Frieden auf sie. Sie verlor jedes Zeitgefühl.

Sie nahm kaum wahr, daß die rote Wasseroberfläche immer dunkler wurde, die Schatten der Möbel im Zimmer sich vertieften. Die Stadt jenseits dieser vier Wände existierte nur noch verschwommen in ihrem Bewußtsein. Die verkehrsreichen Straßen und die unbefahreneren, ruhigeren, die in den Fenstern angehenden Lichter und das Glockengeläute der Kirchen. Sie wußte, daß ihre Freundinnen gerade in einem behaglichen, hellen Zimmer zusammensaßen. Sie war sich bewußt, daß sie alleine und wie losgerissen von ihnen war. Und sie war sich bewußt, daß der Bewohner dieses Zimmers jeden Moment eintreten und sie fragen könnte, was sie da tat. Aber vielleicht würde er einfach nur lächeln. Vielleicht würde er sie bitten, ihm eine Legende von Alcorah vorzulesen.

Vielleicht war er schlicht arm und unglücklich. Was konnte Honesta schon von ihm wissen! Er schien nicht gerade im Überfluß zu leben, seine Kleidung war ganz zerschlissen. Könnte sie auf irgendeine Weise seine Einsamkeit lindern, würde sie sich als glücklich betrachten, in der Erwartung seines Kommens auf dieser Insel geboren und aufgewachsen zu sein.

Im Garten ging ein elektrisches Licht an; unter den letzten Grautönen des Himmels wurde das Meer vollkommen schwarz. Aus dem oberen Stockwerk waren Schritte zu hören. Eine Stimme durchbrach die Stille des Hauses. Marta erschrak.

Vorsichtig zog sie den Zeichenblock aus ihrem Ranzen und legte ihn scheu auf das Tischchen. Dann ging sie zu dem am Garderobenständer hängenden Regenmantel und berührte mit dem Gesicht den kalten gummierten Stoff. Der Spiegel über dem Waschbecken warf ihr aus dem Halbdunkel schemenhaft ihr Gesicht entgegen. Der Regenmantel wirkte wie das Gespenst des Malers.

Ihre Gefühle bestürzten sie nicht und kamen ihr nicht sonderbar vor. Sie war sich ihrer Unschuld gewiß, sie erhoffte sich nichts.

Die Angst holte sie ein, als sie das Zimmer verließ und behutsam die Tür hinter sich zuzog. Der dunkle Korridor kam ihr endlos vor, der kleine Garten riesig, und als sie schließlich auf der windigen Straße angekommen war, zitterte sie wie Espenlaub in der kräftigen Meeresbrise.

Sie wurde sich der Zeit bewußt, der verrinnenden Minuten; sie stellte sich die Gesichter von José und Pino vor, wenn sie später als gewöhnlich nach Hause käme.

Abends fuhr sie nie mit José zurück, sie nahm den Omnibus.

Doch als sie an diesem Abend hastig in Richtung Busstation marschierte, hielt Josés Wagen neben ihr.

»Bist du auf dem Weg nach Hause? Steig ein.«

Marta stieg ein.

Sie sprachen kein Wort, während der Wagen aus der Stadt in die friedliche, laue Nacht rollte.

»Hast du deinen Onkel und deine Tanten besucht?«

»Nein.«

Seit ein paar Tagen lebten die Verwandten jetzt allein in der Stadt. José war zufrieden mit dieser Lösung, oder zumindest schien es so; mehrere Kilometer verstrichen, ohne daß Marta anzusprechen wagte, was ihr im Kopf herumging. Bisweilen schloß sie die Augen und sah ein Fenster, hinter dem das Meer in der Dämmerung brannte. Aus irgendeinem Grund verlieh ihr dieses Bild Kraft.

»Ich werde ab jetzt schon morgens nach Las Palmas fahren müssen.«

»Wie das? Hat sich dein Stundenplan geändert?«

»Nein. Aber ich muß mit meinen Freundinnen lernen. Alle tun das.«

José antwortete nicht gleich. Der Wagen fuhr gleichmäßig weiter. Die Eukalyptusbäume streckten mächtige Äste über die Straße; in den Himmelsfetzen dazwischen funkelten dicht die Sterne. Unter ihnen ergoß sich das gelbe Licht der Scheinwerfer über den Teer.

»Mal sehen«, sagte José schließlich.

›Wie schwierig ist doch immer alles!‹ dachte Marta. ›Andere gehen aus und ein, ohne irgend jemanden um Erlaubnis bitten zu müssen. Wäre ich ein Junge, fände er gar nichts dabei, daß ich morgens das Haus verließe. Bestimmt wäre es ihm sogar egal, wenn ich wie Chano zum Militär wollte. Vielleicht könnte ich sogar von zu Hause weglaufen, wie Pablo.‹ Ihr Gesicht hinter der Scheibe war nachdenklich, als sie an der Finca ankamen.

Pino trat ihnen im Licht des Eßzimmers aus dem Haus entgegen.

»Ihr kommt zusammen?«

Die Neuigkeit, daß Marta mit José im Wagen heimkam, schien sie seltsam zu bestürzen.

»Wir haben uns zufällig getroffen ...«

Pino sagte nichts mehr. Sie ging zurück ins Eßzimmer, wo der Tisch bereits fürs Abendessen gedeckt war. José, der den Wagen selbst in die Garage fuhr, seit Chano Soldat geworden war, kam etwas später nach, die Hände aneinanderreibend.

»Also ... was gibt es?«

José hatte das Gesicht seiner Frau gerne heiter. Aber sie sah bleich und mürrisch drein.

»Komm mir nicht zu nahe!«

José blickte zu Marta. Unbeteiligt saß sie da. Ärgerlich wandte er sich wieder seiner Frau zu.

»Darf man wissen, was du hast? Darf man wissen, warum ein Mann, der von der Arbeit kommt, von so sauertöpfischen Mienen empfangen wird?«

Ebenfalls zornentbrannt drehte Pino sich ihm bebend zu.

»Ja, das darf man wissen. Und wie man das darf ... Ich habe es satt, gründlich satt, damit du es weißt. Satt zu leben, satt, von dir nicht beachtet zu werden, satt, daß du deine Verwandten hierher einlädst und mich kaum je meine eigene Mutter besuchen läßt ... Satt, hier mit einer Verrückten eingesperrt zu sein, während du dein Schwesterchen in meinem Wagen herumkutschierst ...!«

Marta sah sie erstaunt an. Das war alles. Sie war daran gewöhnt, sich nicht einzumischen. Pino trat zu ihr.

»Ich hasse dich, du dummes Ding, ich hasse dich! Ich ertrage nicht mehr, wie du den ganzen Tag schaust und lachst ... Wenn du noch einmal lachst ...!«

Außer sich griff Pino nach der Blumenvase, als wollte sie sie dem Mädchen an den Kopf werfen. Da packte José sie an der Hand und schrie ebenfalls los. Die Dienstmädchen lugten kurz aus der Tür zur Anrichte herein und verschwanden gleich wieder.

»Du schlägst mich! Hilfe! Zur Hilfe!«

»Ich schlage dich nicht, du Närrin. Setz dich hin.«

Pino brach in Tränen aus und rieb sich ihr schmerzendes Handgelenk.

»Es ist nur wegen dieser verfluchten Vase ..., damit diese Vase nicht kaputtgeht ... Morgen zerschlage ich sie auf dem Boden!«

Sie rang nach Luft. Die Tränen liefen ihr herunter, sie zitterte. Wie immer kamen der Zusammenbruch und der hysterische Schüttelfrost. Wie immer begleitete Marta sie mit verkrampftem Magen nach oben, gemeinsam mit José schleppte sie sie ins Schlafzimmer. Dort blieb sie bei ihr, während ihr Bruder im Badezimmer eine Spritze vorbereitete.

»Laß mich nicht allein ... sprich mit mir.«

Und Marta sprach. Es war ihr ein Rätsel, wie sie immer diese belanglosen Dinge ohne jeden Bezug zu ihren Gedanken zu sagen fand. Sie sprach von der kleinen Welt der Schule, von ihrem Mathematiklehrer, von einem Mädchen, das bei Unterrichtsbeginn aus dem Fenster gesprungen war ...

Pino blickte gedankenverloren zu ihr. Plötzlich warf sie die Decke zurück, unter der sie lag.

»Du Idiotin ...! Von was anderem kannst du wohl nicht reden ... Du bist eine Idiotin ... Es ist so grauenhaft, dich ständig vor sich zu haben, grauenhaft!«

José erschien mit der Spritze. Er bedeutete Marta, zur Seite zu treten.

Während er eine Hautstelle mit Alkohol einrieb, sagte er:

»Marta wird ab morgen den ganzen Tag in Las Palmas sein. Du wirst sie nicht mehr um dich haben müssen. Ich werde mit Daniel sprechen. Sie wird mittags bei den Verwandten essen ... das kann man wohl von ihnen verlangen. Und wenn es dich stört, muß sie auch nicht im Wagen mit mir fahren. Sie kann den Bus nehmen ... Und im Bus zurückkommen ... Ist dir das lieber?«

Pino drückte den Kopf fest ins Kissen. An ihren Wimpern hingen Tränen. Fast unmerklich nickte sie.

Später saßen sie um den Tisch, Pino etwas zerzaust und kaum ihr Essen anrührend, Marta stumm, umrauscht vom heftigen Pulsieren des Blutes in ihren Adern, und José unerwartet gesprächig. Er erzählte von Daniels Verhalten im Büro. Dabei lächelte er dünn.

»Er erinnert mich an eine Kakerlake.«

Im weiteren Verlauf dieses Monologs, dem Pino kaum zuhörte, erfuhr Marta außerdem, daß Pablo nach Teneriffa gefahren war. Die Verwandten hatten es José gesagt.

»Aber kommt er denn zurück?«

»Keine Ahnung«, antwortete José. »Was schert mich das? Der gehört meiner Meinung nach zu der Sorte Menschen, die nirgends zufrieden sind; er hat etwas Weibisches an sich ... Ja, ein komischer Kauz. Ich wette, daß seine Frau ihm Prügel versetzte.«

Marta wurde rot. Sie sagte nichts.

Sie dachte an das leere Zimmer, in dessen reinliche Verlassenheit die Nacht drang. Der Regenmantel hatte ihr bedeutet, daß er zurückkommen würde. Pablo war ein freier Mensch, der kommen und gehen konnte, wie es ihm paßte.

»Ich weiß nicht, was mir an diesem Kerl nicht gefällt.«

»Er ist anders als du.«

Das sagte Marta, aber ihre Worte verloren sich in den Schlägen der Standuhr, die die volle Stunde angab.

Die Majorera kam schweigend und undurchdringlich die Treppe herunter und durchquerte das Eßzimmer, ohne sie eines Blickes zu würdigen. Zweifellos war sie in Teresas Zimmer gewesen.

»Warst du heute bei deiner Mutter, Marta?« fragte José.

»Heute morgen.«

»Ich habe den Eindruck, du kümmerst dich reichlich wenig um sie, findest du nicht? Sobald du mit diesem dummen Schulkram fertig bist, wirst du Pino zur Hand gehen müssen. Das ist deine Pflicht.«

Ein Schweigen folgte.

»Ja ... Das weiß ich.«

Sie schluckte und sah sich von einem grauen Leben begraben, schwer wie Blei und trocken wie Sand.

Später in ihrem Zimmer holte sie ein kleines Büchlein hervor, das Matilde ihr zum Dreikönigstag geschenkt hatte. Sie hatte sich angewöhnt, jeden Tag zwei oder drei Zeilen hineinzuschreiben. Sie gab den Tagen Farben, je nachdem, ob sie gute oder schlechte Stimmungen hinterließen. Als sie zu schreiben ansetzte, entbrannte vor ihren Augen wieder die einsame Abenddämmerung über dem Meer. Sie fühlte das Leben stürmisch in sich pochen: »Roter Tag, flammend«, schrieb sie. Und im Rückblick erschien ihr jener Tag tatsächlich rot, flammend und glühend, wie ihre Seele.

VIII

Mehrmals erblickte Pablo Marta, wenn er das Haus verließ. Ihre grazile kleine Gestalt hob sich vom Gehweg längs des Meeres ab und kam auf ihn zu, Jacke und Schulranzen in der Hand. Er hatte keine Ahnung, was das Mädchen mitten am Vormittag dort machte; immer war ihre Auskunft, sie ginge zum Hafen, um die Schiffe anzuschauen. Und immer kehrte sie mit ihm zu Fuß zur Altstadt zurück und schien ihr ursprüngliches Vorhaben vergessen zu haben. Manchmal durchquerten sie die Ciudad Jardín und gingen zu der schönen, einsamen, neu angelegten Promenade hinauf, dem Paseo de Chile mit seinen Königspalmen zu beiden Seiten, der sich oberhalb der Calle León y Castillo wie ein Steg entlangzog.

Pablo unterhielt sich bei diesen Gelegenheiten gern mit dem Mädchen. Nie hatte er eine aufmerksamere Zuhörerin gehabt. Manchmal setzten sie sich nebeneinander auf eine Bank, und Pablo rauchte eine Zigarette.

»Na, was ist, hast du gar nichts zu tun?« fragte er sie, wenn er sie gedankenverloren in der sonnigen, friedlichen Luft sitzen sah, als könnte sie ewig dort bleiben.

»Eigentlich müßte ich lernen ... Sagen Sie meiner Familie nichts ... Ich arbeite ja abends. Ich finde es so herrlich, allein durch die Straßen zu wandern, alles zu sehen ... Ich habe das Gefühl, zum ersten Mal in meinem Leben nicht eingesperrt zu sein. Ich war in einem Kloster, wissen Sie? Fast zwei Jahre.«

»Du solltest die Insel verlassen. Du bist nicht dafür geschaffen, von Mauern umgeben zu sein. Du hast etwas von einer Vagabundin.«

Marta sah ihn freudig an, wenn er solche Dinge sagte. Pablo amüsierte es, ihre grünlichen Augen aufleuchten zu sehen. Doch dann erlosch das Licht wieder.

»Das werde ich nie schaffen.«

»Man erreicht alles, wenn man es nur will ... Das Entscheidende ist, sich nur eine einzige Sache zu wünschen. Glaubst du nicht?«

»Ich weiß nicht.«

Sie wußte gar nichts. Dennoch brannte sich ihr alles, was Pablo sagte, ins Gedächtnis. Sie überlegte ... Im Grunde wußte sie nicht, was sie sich genau wünschte. Die Insel zu verlassen, natürlich, vor allem aber immer auch, Pablo zu sehen. Wenn er für immer auf der Insel blieb, wollte sie sie auch nicht verlassen. Aber das konnte sie natürlich nicht laut sagen.

»Ich habe dein Gesicht gezeichnet. Du erinnerst mich sehr an die Bäuerinnen im Landesinneren, mit deinem großen Mund und den hellen Augen.«

Als Pablo ihr die Zeichnung zeigte, war Marta bitter enttäuscht.

»Das sieht nicht aus wie ich, sondern wie Honesta ... Honesta in jung.«

Pablo sann einen Moment lächelnd nach.

»Ihr seht euch sehr ähnlich.«

»Nein!«

Pablo lachte auf.

»Nein, das stimmt nicht ganz. Honesta hat nicht deine Stirn und deine hübschen geraden Augenbrauen ... Nein, ganz und gar nicht; in Honestas Zügen liegt keine Intelligenz, in deinen wohl ... Aber darum ging es mir nicht.«

An manchen Tagen war Pablo keine nette, sondern eine bedrückende Gesellschaft. Dann erteilte er finstere Ratschläge, was Frauen tun müßten, damit die Männer in Frieden leben könnten. Frauen sollten im Haus bleiben, immer lächeln, niemals stören, ihre Unschuld nicht beflecken, keinen Unfrieden stiften.

»Ich habe nicht vor, meine Unschuld zu beflecken, aber immer im Haus bleiben will ich nicht.«

»Du glaubst wohl, ich sage das im Spaß.«

Unsicher antwortete Marta dann:

»Ich weiß nicht ...«

Er war ein redseliger Mensch, einer von denen, die ihre Probleme laut zur Sprache bringen müssen, und so hörte Marta aus seinem Mund viele Theorien über das Leben und die Kunst. Die Kunst war für Pablo der einzige Weg der Rettung. Der einzige Trost des Lebens.

Marta verstand ihn noch nicht ganz. Sie wußte weder, warum man sich retten mußte, noch wovor, wenn es nicht vor der Hölle im Jenseits war.

»Ganz genau«, bestätigte Pablo in einem Ton, den man als leicht spöttisch deuten konnte, »die Rettung vor der Hölle ... Die Kunst rettet vor der Hölle in diesem Leben. Alle Dämonen, die man in sich trägt, werden durch die Kunst zu Engeln.«

»Aber es hat doch nicht jeder Dämonen in sich. Sie haben keine. Ich kenne niemanden, der so ist wie Sie.«

Da nahm der Maler plötzlich das sehnsüchtige, noch so kindliche Gesicht vor sich wahr, die schmalen Augen, die so angestrengt zu verstehen suchten. Er war etwas beschämt. Verlegen rieb er sich die Nase und sagte bescheiden:

»Nun ja, ich bemühe mich, gut zu sein ... auf meine Art; aber es gelingt mir nicht besonders gut, das darfst du mir glauben.«

Einmal sagte er zu ihr:

»Es würde dir gefallen, dich mit meiner Frau zu unterhalten ... Sie würde mit dir lachen, sie hätte ihren Spaß mit dir. Sie hat auch etwas von einer Vagabundin.«

Martas Herz begann heftig zu pochen. Sie hatte Pablo immer über seine Frau befragen wollen, diese Dame, die sie sich imposant und forsch vorstellte, Zigarren rauchend. Aber sie hatte sich nie getraut. Sie sah zu Pablo. Er saß neben ihr im Schatten eines Baumes am Paseo de Chile. Unter ihnen erstreckten sich die Ciudad Jardín und das Meer. Der Hafen lag ausgebreitet da wie auf einer Landkarte; die kahlen kleinen Hügel von La Isleta waren zu erkennen. All das trug einen goldenen, glühenden Rhythmus in sich, der Marta tief durchdrang.

»Wie ist Ihre Frau?«

»María?«

Pablos Gesicht nahm einen eigenartigen Ausdruck an. Sein Blick schweifte ab. Marta sah, wie seine Augen sich belebten, ein seltsames, leidenschaftliches Leuchten gewannen.

»Sie ist wundervoll … Sie ist intelligent und verführerisch. Da ist eine Kraft in ihr … Außergewöhnlich ist sie.«

»Ach …! Honesta sagt, daß Sie nie wieder zu ihr zurückkehren werden, weil sie sich für die Roten einsetzt!«

Der Maler errötete. Nicht, wie José rot wurde. Das Blut stieg ihm nicht in brutalen Wellen zu Kopf. Pablo hatte den dunklen Teint eines Beduinen. Das Rot überhauchte sein Gesicht gerade, aber Marta erkannte, wie beschämt er war, und lief ebenfalls tiefrot an.

»Honesta«, sagte der Maler langsam, »besticht nicht gerade durch ihre Intelligenz, wenn man so sagen darf. Dieser Dämon wird sie wohl niemals packen, oder?«

Marta lächelte nervös und entzückt, sich mit Pablo gegen Honesta zu verschwören.

In diesem Januar traf sie den Maler viermal. Vier lange Spaziergänge mit ihm, die dem Mädchen unglaublich kurz vorkamen, zum Verzweifeln flüchtig. Über die Legenden von Alcorah sprachen sie während dieser Spaziergänge nie. Pablo animierte sie mit seinen abstrakten Ausführungen über Gut und Böse, den sakralen Charakter der Kunst, den Schrecken des Krieges ... Marta erfuhr nicht, ob er auf seiten der Roten oder der Nationalen war. Er hatte nicht die Leidenschaft für politische Ideale, wie sie damals die ganze Welt beherrschte, sich in jedem einzelnen Menschen einen Kampf auf Leben und Tod lieferte. Ein Aufschäumen von Haß und Spannungen. Seine Worte klangen dem Mädchen wie eine fremdartige Musik, wie verschlüsselt, da sie so gut wie nie etwas Konkretes benannten, kaum je greifbar wurden oder sich erörtern ließen. Der Gedanke kam ihr nicht, daß dieselben Ausführungen aus dem Mund einer anderen Person sie womöglich gelangweilt hätten. Sie wußte nur, daß diese Gespräche ihr Türen, Welten zu öffnen schienen.

»Der schlimmste Fehler ist es, sich selbst gegenüber schwach zu sein.«

Das verstand auch Marta.

»Ich bin schwach ... Einmal habe ich mich fast betrunken, weil die Angst in mir hochkroch.«

»Du ...? Das glaube ich nicht. Du bist zu jung für solche Dummheiten.«

Nach dieser Unterhaltung, bei der sie über seine Frau sprachen, sah Marta den Maler mehrere Tage nicht. Es gelang ihr nicht, ihn auf ihren Spaziergängen, die sie zu einer bestimmten Uhrzeit bis fast vor die Tür seines Hauses führten, abzupassen; doch bereits das Herbeihoffen dieser Begegnung selbst wurde zu einer Freude, die ihr gesamtes Dasein erhellte. Eines Morgens, am Morgen des sechsundzwanzigsten Januar, wachte sie mit der Gewißheit auf, daß sie ihn treffen würde. Sie überraschte sich selbst dabei, beim Anziehen ein Lied zu trällern. In diesen Tagen wogte ihr Blut immer wieder glückselig auf. Sie ging in den Garten hinaus und rannte hangaufwärts bis zur Eukalyptusallee, um diesem fast unerträglichen Glück, das sie durchflutete, Luft zu machen. Eine Katze sprang ihr mit großen Hüpfern nach, wie elektrisiert von ihrer Energie. Schließlich blieb Marta mit einem stummen Lachen stehen und schaute ringsum auf die goldene Welt, die blauen, über das Meer gewuchteten Berge. In diesem Augenblick wäre sie die Straße am liebsten bis zur Caldera de Bandama hinaufgelaufen; sie kreuzte die Arme im Nakken und fühlte, den Bäumen im Frühling gleich, eine göttliche Kraft, jene keines Gedankens bedürfende Freude am Blühen.

Eine Weile später wartete sie an der Landstraße nach Las Palmas auf den Bus. Diese von hundertjährigen Eukalyptusbäumen gesäumte Stelle hieß in Martas Vorstellung »Bei den singenden Vögeln«. Im Straßengraben verlief ein alter Bewässerungskanal. Wie so oft steckte Marta die Hände in das klare Wasser und fühlte es zwischen den Fingern hindurchströmen, bis sie vor Kälte schmerzten. Wie alle Inselbewohner liebte Marta das Wasser, dieses lebenspendende Element, das auf der Insel bis zum letzten Tropfen sparsam aufgefangen wurde. Marta hatte noch nie einen Fluß gesehen. Gebannt trat sie an Teiche heran. Bewässerungsgräben waren für sie muntere Bäche. Wenn es regnete, war sie glücklich, und in regenreichen Jahren, in denen der sonst trockene Barranco de Guiniguada in Las Palmas ein oder zwei Tage lang Wasser führte, hatte Marta mit anderen Schaulustigen von der Steinbrücke aus dieses Wunder trüber Wassermassen, des Überflusses an Wasser betrachtet, das erhaben wie flüssiges Gold davonströmte und im Meer entschwand ...

Vielleicht übte deshalb dieser Fleck Erde, dieses Stück Teerstraße, das sie »Bei den singenden Vögeln« nannte, einen so großen Zauber auf sie aus, weil dort das Säuseln des Wassers die Sonnenflecken untermalte, die zwischen den Eukalyptusästen hindurch flackernd auf die blaue Straße fielen.

Über eine weiße Mauer hinweg sah sie das im Licht flirrende Tal mit seinen Rebstöcken, vereinzelte Palmen, Hügel, ihr eigenes fernes Haus, und in noch viel weiterer Ferne ein Stück Meer. Wie stets wurde diese Stille voll Vogelgesang irgendwann quälend. Sie brachte ihr wie jeden Tag eine so deutliche Vorstellung vom Frieden auf der Welt, daß sie sich als Kontrast gewaltsam an den über ihrer aller Köpfen schwebenden Krieg und sein Sterben erinnern mußte. Sie konnte die dunklen Gewissensbisse nicht abschütteln, die diese körperliche Erfülltheit, dieses überschwellende Glück in ihr hervorrief. Es kam ihr vor, als sei in ganz Spanien sie allein vor dem trostlosen Gespenst des Bürgerkriegs bewahrt, vor den Leidenschaften, Heldentaten und Tragödien, die er mit sich brachte. Selbst Pablo litt für seine ferne Frau. Denn inzwischen wußte Marta, daß Pablo litt. Er war nicht wie die anderen Männer, die sich über die Trennung von ihren Frauen freuten, wie Honesta und Pino sagten. Er liebte sie. Diese Tatsache bewegte Marta, beglückte sie fast, da sie das Feingefühl und die Empfindsamkeit, die sie an ihrem Freund gewahrte, noch aufzuwerten schien. Auch ihre Verwandten hatte der Krieg vertrieben. Daniel, immer so nervös, beinahe krank. Sie fürchteten um andere Mitglieder der Familie, um Freunde, um ihre Stadt Madrid, die sie von Hunger und Zerstörung heimgesucht wußten. Dieses Madrid, das Marta eines Tages mit eigenen Augen sehen wollte ... Sogar Chano, der Gärtner, hatte sich freiwillig gemeldet, bevor er eingezogen wurde, und das, obwohl man seinen Vater, einen Kommunisten, in ein Arbeitslager gesperrt hatte ... Alle hatten gesagt, daß Chano sehr mutig war. Er war losgezogen wie zu einem Triumphmarsch, mit seinem unbedarften Jungengesicht. Der Krieg betraf alle. Sogar José, der von Katastrophen und Konkursen in der Geschäftswelt sprach. Nur sie war frei, gesund und glücklich. Ihr selbstgenügsames Kreisen um sich selbst flößte ihr an diesem Morgen solche Beklemmung ein, daß eine abergläubische, unbezähmbare Furcht sie überkam, etwas oder jemand könnte das neue, magische Glück dieser Tage zerstören.

Zwischen den hellen Stämmen der Eukalyptusbäume hatte Marta etwas von einem Kobold. Winzig klein wirkte sie in ihren Sandalen und ihrer roten Jacke. Ihr blonder Kopf neigte sich lauschend. In der Ferne vernahm man ein langes Hupen. Dann ließ eine Erschütterung den Morgen erbeben. Schließlich tauchte ein gelbes Ungetüm voller Bäuerinnen auf, die in aller Frühe aufgestanden waren, um Eierkörbe, Hühner und zarte Käselaibe, den sogenannten *Queso de Flor*, zum Markt zu bringen; auf dem Dach schlugen blechern die Milchkannen gegeneinander. Der Bus hielt an, und Marta stieg rasch ein.

Als sie in Las Palmas ankamen, verflog ihr leichtes Unwohlsein, jene unbestimmbare Angst. Im Flachland war die Sonne bereits warm und mild. Die Stadt kündigte sich mit dem herben Geruch der Platanen an. Zwischen ihrem grünen Laub stiegen hohe Palmen auf, und die Türme der Kathedrale wogten über diesem sanften Grün. Dahinter zeichnete sich der blaue Streifen des morgendlichen Meeres ab. Dann fuhr der Bus in ein Gewirr verschlafener Straßen ein. Marta hatte den ganzen Tag für sich.

Wie gewohnt ging sie zunächst ins Marktviertel, das bereits belebt war. Auf der alten Holzbrücke über dem Guiniguada bauten die Blumenhändlerinnen gerade ihre Stände auf. Marta sah auf die Meereswellen voll grünen Lichts, die unter der Brücke nach dem reglosen Fluß aus Steinen, staubigen Kakteen, Tabaiba-Sträuchern und Trauerweiden leckten.

Das Leben auf dem Platz wurde geschäftig. Bäuerinnen kamen mit den Bussen an, früh aufgestandene Dienstmädchen waren bereits unterwegs. Sie sah ihnen nach. Manchmal dachte sie: ›Ich bin das, ich, Marta Camino, und ich bin heute frei.‹ Und ihr war, als habe ihr Leben erst mit der Pinos Eifersucht zu verdankenden Erlaubnis begonnen, frühmorgens alleine das Haus zu verlassen. ›Ich war manchmal gemein, manchmal voller Angst‹, dachte sie erstaunt, ›einmal war ich neidisch ...‹ Es kam ihr vor, als könnten alle schlechten Regungen nur in der Dunkelheit, in der Unterdrückung entstehen; ein freies Wesen in Gottes herrlicher Welt mußte zwangsläufig gut sein. Sie formulierte es nicht genau so, aber sie fühlte es. Sie kam an Häusern vorbei, die sie kannte. Viele ihrer Freundinnen waren sicherlich noch nicht einmal aufgestanden.

Gerüche nach Obst, Fisch, Kaffee umhüllten sie, dichten Dunstwolken gleich, die die morgendliche Atmosphäre noch intensiver machten und die eine salzige Meeresbrise von Zeit zu Zeit fortblies.

Sie lächelte. Sie dachte daran, was ihre Freundinnen ihr nachmittags leicht erschrocken sagten: »Die Leute werden dich für eine Verrückte halten; man sieht dich inzwischen jeden Vormittag herumstreifen wie eine verlorene Seele. Was tust du nur?« Marta tat nichts. Sie ließ sich treiben. Später, nach einem Unglück bei ihr zu Hause, wurde das Getuschel gehässig. Es hieß, sie sei sich selbst überlassen und streune mit verängstigtem, hungrigem Blick durch die Straßen. Man sagte sich allerlei, aber Marta berührte es nicht, da sie von diesem Gerede schlicht nichts erfuhr.

An der Tür eines finsteren Cafés in der Nähe des Marktes blieb Marta stehen, weil sie ein Gitarrenzupfen vernommen hatte. Ihr Blick fiel in einen großen Raum mit einer Theke am Ende, neben der ein schmutziger Vorhang vor einen Türrahmen gezogen war. Hinter diesem Vorhang sangen zwei oder drei Betrunkene nach einer durchzechten Nacht unermüdlich und eintönig immer noch weiter:

Heute nacht leuchtet sie nicht ... Die Laterne des Meers ...

Marta lächelte schüchtern und erfreut. Da die vermeintlichen Betrunkenen nicht zu sehen waren, konnte sie den ersten dunklen, schmierigen Raum betreten, in dem ein paar Marktarbeiter frühstückten. Sie hätte nicht zu sagen vermocht, warum diese Atmosphäre sie so magisch anzog. Vielleicht nur, weil sie so neu war, sich von allem unterschied, was sie bislang gekannt hatte.

Sie setzte sich in eine schummrige Ecke und bestellte Kaffee und Churros. Der dampfende Kaffee war dünn und schlecht, aber das Schmalzgebäck schmeckte.

Von einem Nebentisch sahen einige schnurrbärtige Männer mit schwarzen Bauchbinden und ein paar Frauen mit Nackenknoten und schwarzen Wolltüchern über den Schultern kurz zu ihr herüber; dann vergaßen sie sie wieder, und das war ihr sehr recht. Die Anwesenheit einer Schülerin nahm sich an diesem Ort seltsam aus, war aber zugleich ohne jede Bedeutung.

Es roch nach Wein, nach Frittiertem, nach altem Fett, nach Fliegendreck, nach Leben.

Als Kontrast zu all der Sauberkeit, der übertriebenen Ordnung, dem bis zum Überdruß gehörten, alptraumhaften Wort »Mikroben« übte dieser Ort eine fast widernatürliche Faszination auf Marta aus. Es vergnügte sie, die versackten Trinker von hinten weiter ihr Laternenlied singen zu hören …

Heute nacht leuchtet sie nicht … weil das Gas aus ist,
weil das Gas aus ist … weil das Gas aus ist

Es waren bestimmt Soldaten, ein paar von den Soldaten, die nach hartem Kriegsdienst auf Urlaub kamen, ganz aufgekratzt waren und sich gern betranken.

Heute nacht leuchtet sie nicht … morgen wird sie leuchten.

Das war wie ein Versprechen. Aber es ist ja schon morgen, dachte Marta lächelnd. Sie stand auf und zahlte, um ins Tageslicht hinauszutreten. Dieser Tag, sagte ihr ein lebhaftes Gefühl, würde glücklich sein wie kein anderer. Sie dachte an ihr Büchlein: »Ein goldener Tag« würde sie hineinschreiben. Auf dem Gehsteig warf sie eine Münze. Bei Kopf würde sie Pablo sehen. Die Münze zeigte Zahl. Aber ganz egal, sie wußte ohnehin, daß sie ihm begegnen würde. Es war, als hätte ihr jemand diese Gewißheit eingeflüstert. Ein derbes Schimpfwort fiel in ihre Zerstreuung. Neben ihr luden ein paar Männer Säcke ab.

»... Weg da, Mädchen, sonst zerquetsch ich Sie. He da, na los!«

O ja, alles arbeitete, regte sich, lebte! Die Afrikaner verkauften ihren Glasschmuck. Die Kanaren gingen geruhsam ihrer Arbeit nach. Andere morgendliche Passanten zogen wie sie durch die Straßen, aber alle mit irgendeinem Ziel.

Sie wanderte um das große Steingebäude des Theaters Pérez Galdós herum. Hinter dem Theater gelangte sie ans Meer und sah sein Wasser unmittelbar an die dunklen, feuchten Straßen stoßen, hörte seine Wellen gurgeln, wenn sie sich über die Steine zurückzogen, als protestierten sie, daß die Stadt sich erneut dem Licht zukehrte und sie allein hinter tristen Gassen zurückließ. Doch Marta liebte diese Rückseite der Stadt.

Die Flut stieg an. Ein paar magere, dunkelhäutige Kinder spielten splitternackt zwischen den Felsen, wie schamlose Heidengötter. Sie sprangen ins rauschende Meer zum Schwimmen. Als sie Marta sahen, riefen sie ihr etwas zu, was die brechenden Wellen übertönten. Sie wußte, daß es wohl kaum ein Kompliment gewesen war.

Von dort, wo sie stand, überschaute sie eine schattige, das Meer säumende Straße, längs der eine Mauer dem Wasser Einhalt gebot, gegen die bald die Wellen schlagen und Schaumfontänen spritzen würden.

Am Ende dieser langen Straße schob sich der Park San Telmo mit seinen Palmen forsch dem Wasser entgegen; dort brachen sich bereits die großen Atlantikwellen in der ansteigenden Flut.

Erneut überkam Marta das ergreifende Gefühl, wie schön es war, sich derart ungebunden und untätig in der Welt treiben zu lassen. Und noch schöner wurde es durch das Bewußtsein, daß diese Tatsache beinahe wie ein Wunder war, das ihrem Leben für einen flüchtigen Moment zuteil wurde. Sie sehnte sich danach,

Pablo zu begegnen und ihm diese Dinge mitzuteilen, von denen er selbst so gern sprach. An diesem Januartag, an diesem sechsundzwanzigsten Januar mit seinen weißen Wolken und seiner milden Sonne, an diesem Tag würde sie ihn sehen.

Sie sah ihn. Aber nicht in der Nähe seines Hauses, wie sie es sich ausgemalt hatte und wohin es sie im Laufe des Vormittags wie magisch zog. Ganz unversteckt wartete sie fast eine halbe Stunde in der Umgebung auf ihn. Wie beinahe alle vorangegangenen Tage vergebens. Es war ein erschöpfendes Warten in der prallen Sonne; von Zeit zu Zeit wandte sie sich dem Meer zu und betrachtete seine schäumenden Gischtgirlanden. ›Nach zehn Wellen schaue ich wieder hin.‹ Und wenn sich zehn Wellen gebrochen hatten, drehte sie sich wieder Pablos Haus zu … Niemand. Da bekam sie Angst, daß er in ihrem Rücken fortgegangen war, ohne sie zu sehen.

Dann stellte sie sich Pablo in seinem Zimmer vor. Jetzt würde er sich die Krawatte binden, jetzt würde er sein Sakko anziehen, jetzt durch den dunklen Korridor hinausgehen … Mehrmals war es ihr, als hörte sie seinen Stock schlagen, und merkte dann, daß es nur ihr pochendes Herz war. Pablo kam nicht heraus. Müde vom Warten, mit schmerzenden Beinen und trockenem Mund, ging sie in den alten Park der Ciudad Jardín. Sie schlenderte über seine gelben Wege, die erfüllt waren vom schweren, herrlichen Duft großer weißer Blumen und vom Summen der Fliegen, die das Fest des ewigen Frühlings zelebrierten. Ein riesiger Drachenbaum stand dort, rund um den Stamm eine Bank, auf die sie sich setzte. Sie fühlte sich plötzlich so niedergeschlagen; fast war ihr zum Weinen zumute. Gegen den Himmel hob sich vor ihr eine fröhliche Gruppe Palmen ab, um deren Stämme sich üppige Bougainvilleen rankten. Ein Arrangement immergrüner Pflanzen. Blühend bis zur Erschöpfung.

Erschrocken fragte sie sich, wie lange für den Maler der Zauber dieser immer gleichen Lieblichkeit anhalten würde; für ihn, der aus einem Land kam, in dem sich die Jahreszeiten abwechselten. Sie wußte nicht einmal, warum es Pablo hierher verschlagen hatte. Honesta hatte gesagt, weil die Inseln der ruhigste und vom Krieg am weitesten entfernte Ort in ganz Spanien waren und weil er vielleicht neue Landschaftsmotive suchte. Aber der Krieg würde bald vorbei sein, und ebenso wie die Verwandten vom Festland würde auch er wieder abreisen.

Dieser Gedanke versetzte sie in Aufruhr. Mit der neuen Kühnheit, die ihr die Gespräche mit Pablo verliehen, hatte Marta ihrem Bruder vor Tagen erklärt, daß sie mit den Verwandten nach Madrid zum Studieren gehen wolle, wenn der Krieg vorüber sei. José hatte sich strikt geweigert, ihr diesbezüglich auch nur den kleinsten Hoffnungsschimmer zu lassen. Marta habe außerhalb der Insel nichts verloren, absolut gar nichts ... Als sie Pablo davon erzählte, hatte der Maler ihr seine Theorie dargelegt, der zufolge man alles erreicht, was man sich wirklich wünscht.

Marta hatte den Kopf gegen den Stamm des Drachenbaums gelehnt. Ein jahrhundertealter Baum, der fast menschlich wirkte. Sein gewundener Stamm täuschte einander umschlingende Körper vor; seine Krone aus harten Blättern, spitz wie kleine Agaven, schrammte gegen den sanften, durstigen Himmel, und ein roter Saft strömte unter seiner Rinde. Mit dem Kopf an diesem Baum der warmen Regionen sollte man nicht an den geliebten Menschen denken. Sein stilles Geheimnis wird nicht von Nebeln umhüllt, sondern zeichnet sich scharf ab im gleißenden Licht, das keine Kälte kennt. Er verlangt nach Wirklichkeit. Schatten hat er nicht gern; und wenn das Messer in ihn fährt, enthält er seine frischen, wässrigen Säfte nicht vor; sein Blut fließt wie aus verletztem Menschenfleisch. Jahrhunderte um Jahrhunderte verharrt er still unter der Sonne und den lauen, sternenbesetzten Nächten und wartet.

Marta spürte hinter ihrem Kopf diese blutig pulsierende Weisheit des Drachenbaums. ›Wirklichkeit, Wirklichkeit, Küsse in der Nacht, Küsse ... Wirklichkeit, Marta Camino, was erwartest du von diesem Mann, von diesem Freund? Er wird dir nichts geben. Du liebst ihn nicht. Er wird dich nie küssen, dir nie Kinder schenken. Er läßt dich von fernen Ländern träumen, von einer Unverfälschtheit in Leben und Kunst. Aber was ist das schon? Für eine Frau bedeutet das Leben Liebe und Wirklichkeit. Liebe, Wirklichkeit, das Pulsieren des Blutes. Dein breiter Mund ist traurig und atmet sinnlich, auch wenn deine Augen unschuldig sind. Du trägst in dir die Keime vieler Kinder, die einmal geboren werden; du bist wie eine unberührte, wilde Erde, und wie die Erde mußt du still den Moment abwarten, Sprößlinge hervorzubringen.

Man darf sein Leben, die wunderbaren Minuten des Lebens, nicht damit verschwenden, auf einen Menschen zu warten, der nicht kommt, hochzuschrecken, weil man das Geräusch eines Stockes auf dem Gehsteig zu hören glaubt. Das darf man nicht. Ich habe tausend Jahre Leben in den warmen Gefilden hinter mir, und ich sage dir: Du weißt nichts, suche nichts. Du bist eine Verrückte.‹

Marta saß da. Sie wußte nicht, wie lange sie dort mit erschöpft niedergeschlagenen Lidern verharrte, gegen den Stamm des Drachenbaums gelehnt.

Sie wußte nicht, daß zur selben Zeit Leute von ihren Spaziergängen mit dem Maler sprachen, sie als unschicklich und unerhört für ein Mädchen ihrer Herkunft bezeichneten. Und ebensowenig begriff sie ihre Benommenheit, diese Angsterfülltheit ihres gegen den Baumstamm gelehnten Lebens.

Plötzlich schreckte sie auf. Ihr war, als habe man sie aus einem tiefen Schlaf gerufen, und die Konturen der Pflanzen in dem erbarmungslos grellen Tageslicht färbten sich schwarz vor ihren Augen.

Sie stand auf. Ihr Verlangen, den Maler zu sehen, wurde übermächtig und verzweifelt.

Sie lief über die Wege des alten Parque Dorama, wo die Pflanzen der warmen, gemäßigten Länder ihre verwobenen Schatten auf die gelben Pfade warfen. Je länger sie rannte, desto ruhiger wurde sie.

Auf der Straße angekommen, die von Guaguas und Autos befahren und in Meereslicht gebadet war, hielt sie inne ... Wie konnte sie ohne jeden Vorwand noch einmal in das Haus gehen, in dem dieser Mann wohnte? Keine Frau tut so etwas. Jedesmal, wenn diese Gedanken sie aufhielten, hatte sie das Gefühl, ihre diskreten, wohlerzogenen und sittsamen Freundinnen zögen sie am Rockzipfel.

Ihre Ohren füllten sich mit Kanonenschlägen und einem fernen Glockengeläute, als kündigte sich eine Festlichkeit an. Das Meer stand hoch. Flut. Mittag auf der Insel. Die Wolken zogen rasch über einen hellblauen Grund ...

Sie erschrak. Das Mädchen aus gutem Hause in ihr war plötzlich ganz bestürzt, und mit ruhiger, resignierter Miene verzichtete sie auf ihr Vorhaben. Sie stieg in einen Guagua, um in aller Eile, zwischen andere Menschen gepreßt, die kurzen, glatten, blonden Haare vom Meereswind verweht, ins Herz von Las Palmas am Guiniguada gebracht zu werden, unweit des alten Viertels Vegueta, wo ihre Verwandten wohnten.

Sie war so betroffen bei dem Gedanken, zu spät zum Essen zu kommen, daß sie gar nicht die Fahnen bemerkte, mit denen die Balkone der Häuser geschmückt waren. Als sie den tiefen, kühlen Hauseingang betrat und das Holztor aufdrückte, von dem aus man in den Patio sah, voller Tröge mit Palmen und Begonien, wußte sie noch nichts von der Neuigkeit. Der Patio war von einer Galerie mit Fenstern umgeben. An einem der Fenster erschien Honesta, als sie das Glöckchen am Eingang hörte.

»Komm rauf, Martita ... So eine Freude ...! Daniel geht es ganz elend!«

Marta blieb mit offenem Mund stehen. Abgesehen davon,

daß Daniel es gern hatte, wenn man ihn umhätschelte und von seinen Verdauungsproblemen sprach, sah sie keinen Zusammenhang zwischen dieser frohen Stimmung und Daniels Unpäßlichkeit.

Sie konnte ein Kichern nicht unterdrücken, als sie die breite Treppe hinaufging. War es die Möglichkeit? Vielleicht bedeutete es für Daniel, den eingebildeten Kranken, tatsächlich ein Fest, endlich einmal wirklich krank zu sein ... Natürlich glaubte sie das nicht, aber ihre Knie zitterten vor Lachen, als sie die Galerie erreichte. Honesta schloß sie in die Arme, und dann sogar die sonst so spröde Matilde.

»Das ist das Ende des Krieges ... Der Sieg!«

»Der Krieg ist aus?«

»Nein, noch nicht ... Aber so gut wie ... Die Nationalen haben Barcelona eingenommen!«

IX

Als die Nacht hereinbrach, als sie, ohne es zu merken, ganz erschöpft war vom Rufen und Singen, vom Trinken und Schreien, vom Herumziehen durch überfüllte Cafés und Straßen im Taumel, stieß Marta auf Pablo.

Sie war mit ihren Verwandten nach draußen gegangen. Später hatte sie sich von ihnen getrennt, um sich einer Gruppe junger Leute anzuschließen, darunter Sixto, der kleine Offizier, der an jenem Sonntag in ihrem Haus mit ihr getanzt hatte, und mehrere Freundinnen aus der Schule. Sie waren in ein Lokal am Strand Las Cantera tanzen gegangen. Dann hatte Marta sich davongestohlen.

Nicht, daß sie sich nicht amüsiert hätte. Aber sie hätte sich noch viel mehr amüsiert, wäre sie nicht davon besessen gewesen, dem Maler begegnen zu müssen, weshalb sie in jedem neuen Lokal, das sie betraten, fiebrig den Blick durch den Raum schweifen ließ.

Marta tanzte gern. Hinter den großen Fenstern des Tanzsaals zeigte sich ein herrlicher Sonnenuntergang. Vom Wasser gespiegelt, tauchte die Sonne inmitten einer solchen Farbenverklärung und solch prächtiger Wolkengebilde in den Horizont, daß es den Eindruck machte, als schließe sie sich dem Übermut der Menschen, ihrem Fest an.

Sixto war liebenswürdig und tanzte gut. Er war etwas angesäuselt, und er erzählte viel vom Krieg. Er sagte, er habe eine Narbe von einem Bajonett, das ihm die Brust durchbohrt habe.

Hätten die Mädchen ihn nicht daran gehindert, hätte er sich die Uniformjacke ausgezogen, um sie zu zeigen.

Marta wußte, daß sie Sixto gefiel. Sie hätte sich darüber gefreut, wäre in ihr nicht diese Unruhe gewesen, dieser eigenartige Drang, der sie forttrieb, um jemand anderem zu begegnen.

Ohne sich zu verabschieden, stahl sie sich bei der erstbesten Gelegenheit davon. Wie stets wanderte sie los, alleine und sehnsüchtig, rempelte Menschen an, fuhr ein kurzes Stück in einem Guagua und ging ein langes Stück zu Fuß, durch ein buntes, karnevaleskes Gedränge aus Soldaten, Falangisten, Bauern und Frauen, die sangen und den Sieg und das Ende des schrecklichen Alptraums des Krieges bejubelten. Sie wurde geschoben, bekam Sachen ins Ohr gesagt, und einige Männer wollten mitten auf der Straße mit ihr tanzen. In all diesen lachend und schreiend verzogenen Gesichtern suchte Marta etwas, jemanden, ein anderes Gesicht. Mit den Ellbogen bahnte sie sich einen Weg und ging weiter. Über ihr war der Himmel bereits dunkel; unter dem Himmel gingen die Lichter in den Laternen und Häusern an. Überall hallten Feuerwerkskörper und Schreie.

Sie lugte durch die Fenster der Cafés voller Menschen, Lichter und Rauch. Zu guter Letzt ging sie in alle hinein, um besser zu sehen. Sie kam an einem Tisch vorbei, an dem Matilde und Daniel mit Freunden saßen, ohne sie zu bemerken, bis jemand sie am Rock festhielt.

»Willst du dich verabschieden? Fährst du hinaus aufs Land? Deine Jacke ist noch bei uns. Hast du dich amüsiert?«

Marta blickte sich verwirrt um. Sie war blaß vor Müdigkeit.

Eine dicke Frau wandte sich schreiend an Daniel, um sich Gehör zu verschaffen, obwohl er neben ihr saß.

»Das ist die Tochter Ihrer Schwester, nicht wahr?«

»Meines Bruders, ja ...«

»Ich meine die blonde Frau, die vorhin da war. Sie gleichen sich aufs Haar!«

Matilde lachte.

»Sie glaubt, Marta sei Honestas Tochter.«

Benommen setzte Marta sich zwischen ihren Onkel und ihre Tante und sah die Frau abweisend an. Sie hörte es nicht gern, daß sie Hones ähnlich sah, nicht einmal derart von Müdigkeit übermannt.

Nervös und mit rotem Kopf sagte Daniel:

»Meine Schwester ist ledig.«

Den Kopf an die Wand gelehnt, sah Marta plötzlich Pablo und Hones. Ein trommelndes, schmerzliches Rasen ergriff ihre Brust. Pablo trank und rauchte. Hones trank und rauchte; sie saßen zusammen, durch ein weites Stück des Raums, den Rauch Hunderter Zigaretten und das Wogen der Stimmen von ihr getrennt. Ein Satz kam Marta ins Gedächtnis: »Als Ihre Mama heute früh da war …« Das hatte das Dienstmädchen in Pablos Pension gesagt. Damals hatte sie nicht begriffen. Hones und Pablo. Sie sah dieser blonden, alten Frau mit dem belanglosen, affektierten Gesicht ähnlich … Hones besuchte Pablo.

Wie im Traum hörte sie Daniel sagen, sie würden bei ihr zu Hause anrufen und Bescheid geben, daß sie über Nacht bei ihnen in Las Palmas bliebe, sie sehe etwas mitgenommen aus. Ob sie das wolle?

Da sah Pablo sie. Er sah sie und winkte ihr mit einem fröhlichen Lächeln von weitem zu. Pablo und Hones waren nicht allein; eine ganze Gruppe saß dort an einem langen Tisch. Nichts an ihrem Verhalten verriet größere Vertraulichkeit, als Marta selbst sie etwa Daniel oder Matilde entgegengebracht hätte. Natürlich wirkten alle etwas beschwipst, oder zumindest kam es Marta so vor, als wären ihre Gesten und ihr Lachen auf unheimliche Weise vergrößert und verzerrt, wie unter Wasser. Vielleicht war ihr auch selbst etwas schwummerig. Aber Pablo fühlte sich nicht zu Hones hingezogen. Er schätzte sie nicht einmal; bei einem ihrer wenigen, so seltenen Gespräche hatte Pablo Hones beiläufig mit den spöttischen Worten bedacht: »Deine Tante besticht nicht gerade durch ihre Intelligenz.« So hatte Pablo es gesagt, mit grausamem Entzücken erinnerte sie sich daran. Dann schämte sie sich. So sehr, daß sie am liebsten vor sich selbst im Erdboden versunken wäre. Das hieß, so tief zu fallen wie die Menschen, die sie verachtete. Solche Gedanken machten sie Pablos Freundschaft unwürdig. Sie war betrunken, das war es. Nüchtern wäre sie nicht so.

Erschrocken sah Matilde, daß dem Mädchen die Augen schwammen und es einen kindisch weinerlichen Zug um den Mund hatte.

»Mein Gott! Du hast ja getrunken!«

»Ja, und der Rauch ... Ich gehe; ich gehe nach Hause, zu euch ... Ruft für mich an. Ich verabschiede mich noch von ...«

Ihre Müdigkeit war wie fortgeblasen, als sie das Lokal durchquerte, um zu ihnen zu gelangen. Zu Pablo, besser gesagt. Offenbar war ihr wirklich schwummerig, denn sie merkte, daß sie sich völlig unkontrolliert vorwärts bewegte, als würde man sie von vielen Seiten gleichzeitig ziehen.

Als sie sich um mehrere Menschen herum, die ihr den Weg versperrten, bis in ihre Nähe geschlängelt hatte, wurde sie Zeuge einer Szene, die sie erstarren und mit einem Schlag nüchtern werden ließ. Ein sternhagelvoller Betrunkener, der schon eine ganze Weile immer wieder zu dem Tisch gestarrt hatte und dabei mit seinen Freunden an der Theke in lautes Gelächter ausgebrochen war, wankte zu Pablo hin; er stützte sich auf der Marmorplatte des Tisches ab, ohne daß irgend jemand ihn daran gehindert hätte, so überraschend tauchte er auf, und schleuderte ihm aus heiterem Himmel Worte wie Brennesseln an den Kopf, derb und gehässig.

»Dreckskerl! Hahnrei! Drückeberger!«

Der Mann war auf Ärger aus. Entsetzt schaute Marta zu Pablo, der sich ihm gegenüber wie ein kleines, blasses Männlein wand.

Es kam zu einer Art Tumult. Jemand schubste den Betrunkenen, der setzte sich zur Wehr.

»Ich kenn dich, Freundchen. Den Sieg feiert er, der rote Gemahl ... Drückeberger! Ein Drückeberger bist du ...! Deine Frau schläft mit einem Roten, das ist bekannt bis nach Peking, und du feierst hier ...«

Sie zerrten ihn weg.

Pablo klebte das Hemd am Körper, von einem plötzlichen Schweißausbruch durchnäßt, und auch seine Stirn war ganz feucht. Die, die den anderen weggezogen hatten, baten unter viel Stammeln um Verzeihung.

»Entschuldigen Sie ihn, guter Mann«, hörte sie. »Der Arme hat einen in der Krone.«

Alle Männer am Tisch waren aufgestanden, bis auf den Maler. Marta hatte das beängstigende Gefühl, daß Pablo überhaupt nichts mitbekam, blind war für alles ringsum. Einen kurzen Moment hielt dieses Gefühl an. Dann sah sie ihn mühevoll lächeln.

»Ich kenne diesen Kerl nicht.«

Marta hörte die Worte nicht, aber sie sah seine Lippen sich bewegen und sie murmeln. Dann zog Pablo ein Taschentuch hervor und wischte sich das Gesicht ab. Er verabschiedete sich ... Hones sah ihm besorgt nach. Er verließ das Café ... Marta ging ihm nach, als gehörte sie zu ihm.

Auf der Straße verlor sie ihn zwischen den Menschen. Es war nicht leicht, sich in dem Getümmel einen Weg zu bahnen. Marta bekam es mit der Angst zu tun, nur mit Mühe entzog sie sich den Stimmen, dem Stoßen, den lästigen, schmierigen Anzüglichkeiten der Männer.

Endlich machte sie Pablo wieder aus. Er war ihr weit voraus, aber wenigstens wußte sie jetzt, in welche Richtung er sich bewegte. Als sie ihn schließlich erreichte, hielt sie einen Augenblick inne, verunsichert und beinahe abgestoßen. Pablo war bis an die Brüstung des Guiniguada gelangt; in einer Ecke neben der Holzbrücke übergab er sich. Auch er war betrunken. Beklommen richtete er sich wieder auf und säuberte sich das Gesicht mit einem Taschentuch. Dann ging er weiter. Da lief Marta zu ihm und nahm ihn am Arm.

Nach einigen Minuten, als sie sich bereits von der Menge entfernten, blickte Pablo zu dem Mädchen ... Da war sie, an seiner Seite, aber offenbar hatte er sie bis jetzt nicht wahrgenommen, gingen sie auch gemeinsam auf das alte Viertel zu, wo ihre Verwandten lebten.

»Schön, Mädchen ... du führst uns ...«

An seinem Anblick war zwar nichts Ungewöhnliches, doch seine Stimme war verhangen und er lallte leicht. Hätte sie jemand anderen so sprechen gehört, hätte Marta vermutlich gelacht. Aber der Schmerz schnürte ihr die Kehle zu, weil es Pablo war, der so erbärmlich und elend wirkte. Marta brach in wütendes Weinen aus, wie ein kleines Kind, und ließ seinen Arm los, um sich das Gesicht zu bedecken und diesem Tränenstrom Einhalt zu gebieten.

»Mädchen ... Ist ja gut ... Du bist betrunken.«

Marta schüttelte den Kopf. Den Stock an einen Arm gehängt, versuchte er ihr die Hände vom Gesicht zu nehmen.

»Man hat Sie beleidigt ... Sie! Ich hätte ihn umbringen können!«

»Hast du gehofft, ich würde ihn umbringen? Oder daß ich so täte, als würde ich ihn umbringen wollen ...? Was bist du doch für ein Kind!«

»Sie sind ein Heiliger ... Und die anderen werden jetzt lachen.«

»Zum Teufel ... Komm, Mädchen, nach Hause ... Was schert es mich, wenn sie lachen!«

Nein, er schien jetzt gar nicht mehr betrunken. Sein gutmütiges und doch beinahe häßliches Gesicht war traurig, nichts weiter. Er ging etwas langsam. Sein Stock hallte laut, weil sie nun in verlassene Straßen kamen, mit Holzbalkonen an alten Häusern. Mit einem berückenden Himmel darüber, gegen dessen Schimmer die schüchternen elektrischen Straßenlaternen nicht ankamen, um deren Lichtkreise herum die Ecken und Winkel noch geheimnisvoller und verzauberter wirkten.

In der Ferne knallende Feuerwerkskörper ließen das Viertel, in dem sie sich befanden, noch ruhiger erscheinen. Man hörte sogar das Meer, den frischen, schweren Meeresatem, der wispernd durch die Straßen, entlang der dicken Mauern aus der Kolonialzeit wehte. Es war alles wie im Traum.

»Pablo«, flüsterte Marta, »ich ... wenn Sie wüßten ... wie groß meine Freundschaft für Sie ist. Sie haben auf der ganzen Welt keine bessere Freundin als mich ...«

Sie waren auf einem kleinen Platz stehengeblieben, an einer Gabelung zweier Gassen, um eine Gruppe singender junger Leute vorbeizulassen.

Je weiter die Schritte, die Stimmen sich entfernten, desto festumrissener warf die Straßenlaterne an der Ecke ihr gelbliches Licht, als leuchtete sie nur für sie. Die Schatten wurden schwärzer. Eine schlichte Kirche rief Gedanken an Ewigkeit, an Läuterung und Erscheinungen hervor. Eine Kirche aus Kalk und dunklem Stein ... Ein erleuchtetes Fenster in einer Seitengasse erlosch; da schimmerte über der Dachterrasse des Hauses der Sternenhimmel auf.

Pablo hatte sich an eine Wand gelehnt. Mit unsicherer Hand versuchte er, eine Zigarette anzuzünden. Er hatte einen breiten, in den Winkeln herabgezogenen Mund. Man hätte ihn nicht unbedingt für den Mund eines Feiglings gehalten, aber Pablo hatte sich mit dem Raufbold nicht schlagen wollen, obwohl er seine abwesende Frau beleidigt hatte. Marta überlegte, daß sie wahrscheinlich als einzige auf der ganzen Welt sein Verhalten nicht lächerlich fand.

Es war nicht auszumachen, woher der Blumenduft kam, den der leichte Wind mit sich trug, so mild und frühlingshaft. Die Dachterrassen waren meist voller Blumentöpfe ... Dann wieder wehte die Meeresbrise alles fort, und es roch nur noch nach Winter.

»Sie mögen diese Gassen so sehr wie ich, nicht wahr, Pablo? Sehen Sie das Schild hier: In dieser Kirche betete Kolumbus ... Gefällt sie Ihnen?«

»Was sagst du? Du bist ein gutes Mädchen. Ja, es gefällt mir, mit dir hier zu sein, eine kleine Weile ... weißt du, wie ich dich für mich nenne? Das Mädchen von der Insel ... Geh nie weg von hier, bleib schön in deinen Gassen und Landschaften ... Warum willst du denn fort? Auf Teneriffa habe ich Engländer kennengelernt, die vor dreißig Jahren für einen Urlaub auf die Insel kamen und immer noch dort sind.«

»Und Sie?«

»Ich werde irgendwann wieder gehen. Wenn ich kann ... Wenn ich weiß, was ich tun will. Lach ruhig, Marta Camino, über diesen Mann, der nicht einmal seinen Mann stehen kann. Glaubst du, ich sei empört gewesen, als dieser arme Kerl das vorhin sagte? Ich weiß ja, daß es stimmt ... Nein, ich weiß nicht, ob es stimmt, aber jeden Tag frage ich es mich. Jeden einzelnen Tag, seit zwei Jahren ... Wenn sie gewollt hätte, wäre sie jetzt bei mir.«

»Nein. Nein ...«

Marta war entsetzt.

»Doch, doch ... Es ist die Wahrheit. Warum ist María dort ... Warum?«

Pablo redete sich in Rage, doch seine Gesten blieben sparsam. Marta hörte ihm gebannt zu.

»Natürlich würde es mir ... viel bedeuten, daß es nicht wahr wäre! Aber Schluß damit! Vergeben und vergessen, was auch immer sie getan hat. Ich will sie nie mehr sehen, nur denke ich manchmal, daß sie ja vielleicht tot ist. Und das bringt mich um, Mädchen ... denn ich weiß, daß es für mich besser ist, sie nie mehr zu sehen, daß ich wieder so malen werde wie früher, mit Leib und Seele, wie sie es mochte ... Aber es ist für sie, daß ich wieder zu Ansehen kommen muß. Nicht an ihrer Seite, nein, aber damit sie weiß, daß ich dazu in der Lage bin. Ich war kein Mann mehr bei ihr, zu einer Witzfigur bin ich verkommen, einem Wahnsinnigen ... Geweint habe ich ... Oder glaubst du, Männer weinen nicht? Aus Eifersucht habe ich geweint, ohne zu wagen, sie zu verlassen, sie ist ja so hilflos. Das ist sie, sie braucht mich. Nichts Besseres gibt es auf der Welt, als sie weinen zu sehen. Aber wen man so liebt, mit dem kann man nicht leben, laß dich nie auf so einen Wahnsinn ein. Unmöglich ... Und ich hätte anderes gehabt, wertvoller als dieser Frauenkörper, den man am liebsten küssen und mißhandeln möchte und der einem jede einzelne Minute vergiftet ... Sie fängt mich nicht mehr ein ... O nein, und wenn sie mich auf Knien bittet, zu ihr zurückzukommen. Niemals ... Glaubst du mir? Nein, selbst wenn sie mir schreibt, werde ich nicht gehen. Keine einzige Zeile, seit ich hier bin. Die Freunde, ja, die schreiben: María geht es gut ... Wenn es sie überkommt, wird sie mir schreiben, daß ich zurückkommen soll. Sie kann nicht alleine sein, sie wird mich brauchen, sobald wegfällt, was sie jetzt hat ... Aber meine unsterbliche Seele braucht auch ihre Erlösung, findest Du nicht? Es gibt viele schöne Körper, die einen nicht an die Fessel legen ... Und es gibt eine unersetzbare Kunst, eine Leidenschaft, die man nicht prostituieren und nicht vergessen darf. Ich war unglücklich, todunglücklich, weil ich nicht mehr malen konnte. Jetzt kann ich es wieder ...«

Es bestand nun kein Zweifel mehr, daß Pablo betrunken war. Er versuchte, an seiner Zigarette zu ziehen, und wieder überkam ihn Übelkeit. Er hastete zur Ecke der Kirche und übergab sich erneut, gegen die Mauer gestützt. Marta hob den Stock auf, der aufs Pflaster gefallen war. Sie verspürte nicht den geringsten Widerwillen. Pablo flößte ihr keinen Widerwillen, sondern Zärtlichkeit ein. Er stand vor ihr, wie es elender nicht ging, und trotzdem erschien er dem Mädchen bewundernswert. Sie nahm dieses so lückenhafte, halb unbewußte und gerade deshalb so wahrhaftige Geständnis wie das größte Geheimnis entgegen, das man ihr anvertrauen konnte. Und es schmerzte sie nicht, diesen Mann so außer Fassung zu sehen, im Gegenteil, es erfüllte sie mit einer Art Stolz, daß sie, und niemand sonst, ihm in diesem Augenblick beistand. Ihre Empfindungen waren durch ihre eigene Benommenheit ebenfalls verzerrt und wie verklärt. Dieser ganze Tag glich einem sonderbaren Traum.

Die Glocken der Kathedrale schlugen die Stunde. Pablo drückte sich unter großer Anstrengung von der Mauer weg und drehte sich Marta zu; das Haar des Mädchens schimmerte im Dunkeln.

»Führe mich, Mädchen ... wenn ich mich recht entsinne, wenn ich mich recht erinnere, sollte ich dich zum Haus deines Onkels bringen ... Gehen wir!«

»Tja, also«, fuhr er fort, Marta zugewandt, »ich sprach von der Kunst ... Etwas, das keine Konkurrenz zuläßt. Die Kunst ist ein Dämon, der dich vorantreibt. Die Liebe dagegen, wenn sie sündhaft wird wie meine, erdrückt alles, saugt dich aus und nimmt dir alle Lebenskraft ... Und die Kunst entschwindet ... Aber das ist dann auch schon egal ... Ganz egal. Doch inzwischen weiß ich, daß es nicht egal ist. Auch wenn sie es noch so wollte, ich gehe nicht zurück, hörst du ... Ich hätte mich auf die Seite der Roten schlagen können. Mir ist das doch alles egal. Aber ich wollte, daß sie zu mir zurückkehrt, nicht ich zu ihr. Ich will das Sagen haben, verstehst du? Frei sein und malen ... Ich will mich nicht Eifersucht und Jämmerlichkeit preisgeben ... Nein und nochmals nein!«

Nach diesem vagen Gestammel verstummte der Maler.

Schweigend gingen sie nebeneinander her. Nur ihre Schritte waren zu hören und das immer festere Klacken des Stockes auf dem Gehsteig.

Im Haus der Verwandten waren die unteren Fenster erleuchtet. Durch die Ritzen der angelehnten Innenläden fielen Lichtstrahlen nach draußen. Vielleicht waren sie heimgekommen und befanden sich jetzt dort, im ehemaligen Arbeitszimmer des Großvaters.

Marta wollte sich nicht von Pablo trennen. Vor dem langen Eingangskorridor griff sie mit beiden Händen nach seiner Hand. Er sollte nicht gehen. Nachdem sie ihn so nah, so für sich gehabt hatte, konnte sie ihn nicht einfach verschwinden sehen. Er sollte sprechen, etwas sagen, da sein …

»Kommen Sie mit herein …«

Pablo zog wieder sein Taschentuch hervor, um sich das Gesicht mit der gleichen nervösen Geste abzuwischen, die Marta nur in dieser Nacht an ihm gesehen hatte. Es war ziemlich kühl in den vom Wind durchfegten Gassen; sie merkte es jetzt, doch Pablo war offenbar zu warm.

»Ach, Mädchen … vergib diesem Esel, daß er dir in den Ohren lag … Ich habe lange nichts mehr getrunken, ich mag es eigentlich gar nicht, und ich gebe zu, ich bin etwas benebelt. Ich glaube, ich war aufdringlich und ungehobelt. Vermutlich reicht dir das an Geschichten von deinem Freund, dem Maler. Den der Dämon auch schön am Schlawittchen hat. Ein Dämon, der dich hoffentlich nie zu packen kriegt …«

»Nie … nie zuvor habe ich Sie so geliebt wie heute nacht. Nie wieder, selbst wenn ich mich einmal verliebe, werde ich jemanden so lieben wie Sie. Ich werde niemandem je erzählen, was ich gehört und gesehen habe.«

Pablo nahm ihr Kinn in die Hand und blickte bekümmert in ihr junges kleines Gesicht, bleich im Licht der Straßenlaterne, die schräggestellten Augen glänzend.

»Ich wünsche dir, daß du dich nie verliebst, Mädchen. Fünfzehn Jahre, und sein wie du ...«

»Sechzehn ...«

»Sechzehn ... wie schrecklich. Dich erwarten schlimme Erfahrungen ... Adios, Marta Camino, schlaf gut. Denk nicht an die häßlichen Dinge, die ich gesagt habe ... Von Tag zu Tag finde ich mich selbst lächerlicher.«

Er ließ sie an der Tür stehen und ging.

Sie setzte sich auf die zersprungene Schwelle und weinte lange.

Die Ellbogen auf die Knie gestützt, das Gesicht mit den Händen bedeckt, überließ sie sich den Tränen. Ihre Schultern zuckten krampfartig. Sie konnte gar nicht mehr aufhören zu weinen. Ein stürmischer Trost lag darin und gleichzeitig etwas Sanftes, Glück, Stolz. Eine lange, lange Weile dachte sie an gar nichts, sie weinte einfach nur ... Wenn der Tränenstrom zu versiegen drohte, überkam ein neuer Ausbruch sie wie eine Welle ... Jeder einzelne ihrer Knochen schmerzte. Bis ihre Seele schließlich zugleich rein gewaschen, aufgewühlt, zerborsten und erfüllt war. Sie wußte nicht, warum sie sich nicht schwach fühlte, sich für ihre Tränen nicht schämte. Zum ersten Mal in ihrem Leben fand sie, daß das Weinen etwas sehr Schönes hatte.

Seit dem strahlenden Sonnenaufgang dieses Tages war sie um einiges erwachsener geworden. Aber das kam ihr gar nicht in den Sinn.

X

Der Mond trat als zunehmendes Viertel in den Februar ein. Erst als dünne gebogene Linie, wie ein abgeschnittener Fingernagel. Doch im Laufe der Tage zeigte er sich immer bauchiger und leuchtender über den Feldern von Alcorah. Immer verwegener schien er über den Schluchten, den Bananenpflanzungen, über den drei Felsen, die die äußerste Wacht der Insel bildeten, über den Weinbergen am Monte Lentiscal und den schwarzen Hängen des Bandama, in dessen mächtigen, tiefen Krater das Mondlicht sich sacht ergießen kann wie in einem weiten Teich.

Marta sah den Mond jeden Abend zunehmen, wenn sie von der Landstraße bis zur Finca ging. Manchmal blies der Wind durch die niedrigen Tamariskensträucher und ließ sie dunkel hervortreten, mit einem Eigenleben, das sie tagsüber nicht besaßen. Wenn der Mond kräftiger leuchtete, konnte man in seinem Schimmer die Farbe der Bougainvilleen ausmachen. Marta schrieb ein Gedicht über alte Dämonen, die in diesem Licht tanzten, mit ihren Ziegenbockgestalten über die Skelette der winterlichen Rebstöcke sprangen.

Man hätte es ihr noch so beteuern können, sie hätte nicht geglaubt, daß ein großer Schmerz sie erwartete, bevor der kalte glänzende Himmelskörper, der seiner Fülle entgegenstrebte, wieder abnehmen würde. Martas Seele war in diesen Tagen voller Zuversicht. Mit hocherhobenem Kopf ging sie umher und fühlte ihr Blut süß und warm durch ihre Adern strömen. In der frischen Februarluft auf dem Land forderten ihre nackten Beine die Kälte heraus. Sie lebte und sog aus allem Leben. Bei der geringsten Begebenheit lachte sie, bis ihr die Tränen kamen. Manchmal errötete sie vor Stolz, wenn sie daran dachte, daß sie die beste Freundin und Vertraute eines außergewöhnlichen Mannes war, dem es vielleicht nur bestimmt gewesen war, auf die Insel zu kommen, um ihrem Leben Kraft und Hoffnung zu spenden. Aber darüber sprach sie nie.

Nach dem Abend der Einnahme von Barcelona schrieb Marta dem Maler einen ausführlichen Brief. Nach langem Zögern vertraute sie ihn, immer noch etwas unentschlossen, der Post an. Es folgten drei aufgeregte Tage des Wartens. Ebenfalls per Post erhielt sie eine an die Adresse der Verwandten gerichtete Antwort. Ein paar kurze, innige Zeilen, in denen Pablo versprach, sich über Gott und die Welt mit ihr zu unterhalten, wann immer sie wolle, sobald er von einem Ausflug zurück sei, den er plane. Er wolle mit zwei oder drei Freunden und einem Feldzelt in den Pinienwald von Tamadaba fahren. »Wer hätte gedacht«, endete der Brief, »daß es auf Deiner Insel so große Wälder gibt?«

Nein, das hätte niemand gedacht, der all die schroffen Felsen sah, und an jeder geschützten Stelle etwas von Menschenhand Gepflanztes: Blumen und Bananenstauden, Tomatenpflanzen und gespenstische, wie von weißen Laken überdeckte Felder voller Feigenkakteen, auf deren breiten, von ihren Stacheln befreiten Blättern die Koschenilleläuse gezüchtet wurden, zur Gewinnung des roten Karmin-Farbstoffs.

Marta wußte, daß sich in dem Berglabyrinth, das man von Tejeda aus übersah und das im Süden von den beiden Gipfeln Roque Nublo und Roque Bentayga begrenzt wurde, kilometerweite glühend trockene Pinienwälder auf der Lavaerde erstreckten, die Pinienwälder vom Morro de Pajonales. Aber sie hatte sie noch nie gesehen.

Tamadaba war ein hochgelegener Pinienwald, am Ende der Carretera del Norte. Um dorthin zu gelangen, mußte man damals mehrere Kilometer zu Fuß oder Pferd querfeldein zurücklegen. Die Belohnung war einsame Schönheit. Der Pinienwald krönt eine beeindruckende Felsformation, achthundert Meter steil über dem Meer. Marta informierte sich eingehend über diesen Ort, den sie nicht kannte, aber in ihr Herz geschlossen hatte, seit er Pablo beherbergte. Sie wußte, daß der zunehmende Mond auf die kühlen Nebel des Waldes scheinen würde. Daß Pablo in der Abenddämmerung über dem Meer die Insel Teneriffa ausmachen könnte und die Sonne hinter den Umrissen des Teide untergehen sehen würde ... Wäre Marta ein Junge gewesen, hätte für Pablo vielleicht nichts dagegen gesprochen, sie einzuladen, diese herrlichen Tage mit ihm zu teilen. Sie hätten zusammen das Lagerfeuer angezündet, das angesichts der Kälte in den höheren Regionen unverzichtbar wäre, und gemeinsam hätten sie dem Rauschen in den Bäumen gelauscht. Es schien unglaublich, daß eine so kleine Insel so unterschiedliche Landschaften in ihrem runden Inneren barg, Klimazonen, die so unterschiedlich waren wie die menschlichen Seelen.

Auf dem Weg zum Haus summte Marta:

Heute nacht leuchtet sie nicht, die Laterne des Meers ...

Wo hatte sie dieses Lied noch gehört? Wenn der Mond wieder ganz voll war und mit seinem Schein einen kalten Tag vortäuschte, voll trügerischer Schatten, würde die Laterne des Meers wieder leuchten. Pablo wäre dann zurück in seinem Zimmer und würde auf die Lichter des Hafens schauen.

Marta war in diesen Tagen so geistesabwesend, daß sie, wenn sie ins Haus kam und ins Licht des Eßzimmers trat, die Wangen gerötet von der Winterluft, beinahe überrascht war, auf José und Pino zu stoßen, die so wirklich waren mit ihren kleinen Problemen und häuslichen Streitigkeiten; und beinahe überrascht hörte sie sich selbst von der Schule erzählen und daß sie in Madrid studieren wolle, wenn der Krieg vorbei sei. Denn der Krieg ging inzwischen mit großen Schritten auf sein Ende zu. Pino lachte hämisch auf.

»Du glaubst wohl, du kannst alles machen, worauf du Lust hast ... Soll dir dein Bruder doch gleich die Sterne vom Himmel holen!«

»Ich sehe nicht ein, warum es nicht möglich sein sollte! Es gibt Tausende von Frauen, die studieren.«

Von Mal zu Mal kam ihr alles einfacher vor, und immer gelassener setzte sie es ihnen auseinander. Sie konnte sich nicht erklären, wie sie zu dieser Gelassenheit, zu diesem Vertrauen in die Zukunft gekommen war. Vielleicht, weil sie jetzt auch in der Gegenwart lebte. Sie fühlte sich wie bestärkt. Das merkte Pino ... Und verhielt sich ihr gegenüber wie vom Teufel geritten. Sie beschimpfte sie sogar.

»Aber was kümmert es dich denn, ob ich gehe oder nicht?« sagte Marta dann erbost.

Pino wußte nicht, was es sie kümmerte. Zumindest hätte sie es nicht in Worte fassen können ... Auf diese Frage kam nie eine Antwort. Sie beschimpfte Marta nur. Und weil sie sah, daß diese Beschimpfungen ihren Zweck nicht erfüllten, da Marta sie geduldig über sich ergehen ließ, geriet sie gänzlich außer sich.

Eines Abends wurde es José zuviel. Wütend schlug er die Zeitung zu, hinter der er normalerweise vor den beiden Frauen Zuflucht suchte.

»Könnt ihr mich wohl einmal in Frieden lassen mit eurem ewigen Gezanke. Nicht mal im Traum wirst du dieses Haus verlassen, hast du verstanden? Wenn du mit deiner verflixten Schule fertig bist, wirst du schön hier zu Hause bleiben, hinter Schloß und Riegel, du läufst schon viel zu lang herum, wie es dir gefällt! Du wirst Pino helfen, deine Mutter zu pflegen. Und solange sie lebt, hörst du, solange sie lebt, wird keiner von uns dreien dieses Haus verlassen.«

Dieser letzte Satz war auch an Pino gerichtet, die ihn mit einem verächtlich herausfordernden Blick quittierte. In letzter Zeit war sie sehr nachlässig mit ihrer Kleidung. Fast den ganzen Tag lief sie in Morgenmantel und Pantoffeln herum. An vielen Nachmittagen legte sie sich ins Bett, bis José kam. Aber das schien José gar nicht zu bemerken.

Für Marta waren diese Machtworte ihres Bruders längst nicht mehr endgültig. Sie fühlte, daß das Leben selbst sich auf ihre Seite zu stellen begann. Ohne es bewußt zu denken, kam es ihr vor, als würde sie in einer schnellen, mächtigen Strömung ihrer Bestimmung entgegentreiben. Und es erschien ihr ganz und gar unmöglich, daß diese Bestimmung darin bestehen sollte, zahllose beschauliche Jahre in einem Haus zu verbringen. Es stimmte, von klein auf schien ihr Leben darauf ausgerichtet zu sein, im Schoß der Familie zu leben und, wenn die Zeit gekommen wäre, eine eigene zu gründen, die ein ebenso behütetes, fügsames und beschauliches Dasein führte. Aber wenn sie daran nicht einmal denken mochte, dann mußte doch irgend etwas ganz Großes ihr eine andere Zukunft bestimmt haben. Sie formulierte diesen Gedanken so nicht – aber warum nahm sie die Worte von Pino und ihrem Bruder, die Geschäftigkeit der Dienstmädchen, das Bellen der Hunde in der Nacht, das alles um sie herum wie Erinnerungen an eine ferne Zeit wahr, ohne Verbindung zu ihrem Hier und Jetzt?

Eines Nachts war der Mond schließlich ganz rund. Von hoch oben überschien er die ganze Insel. Marta, auf einem Weg dieser Insel unterwegs, schaute sehnsüchtig zu ihm auf. Ihre Gedanken wurden von dem leisen Knirschen ihrer Sandalen auf dem Picón untermalt. Gedanken ohne Variationen, gleichförmig wie die Perlen eines Rosenkranzes. Oder nicht einmal Gedanken ... Sehnsüchte, Bilder. Wenn Marta stehenblieb, umsprangen diese etwas lächerlichen Bilder, diese Sehnsüchte sie wie die Dämonen, die sie sich ausgedacht hatte. Tanzend.

An diesem Abend fand Marta das Haus in heller Aufregung vor: Teresa ging es nicht gut. Sie hatte sich eine Grippe eingefangen, und man befürchtete, daß die Majorera ihr irgendeinen von ihren Tränken eingeflößt hatte, um sie zu heilen. Sie wurde von Schweißausbrüchen heimgesucht, hatte erbrochen und kurzzeitig das Bewußtsein verloren. Die Majorera behauptete, Pino habe eine Medizin verwechselt. Daraufhin hatte Pino einen Anfall erlitten, und Don Juan, der Arzt, war gekommen. In Begleitung einer Person, die José nicht besonders gern im Haus sah: Don Juans Haushälterin, Pinos Mutter.

Alle wirkten äußerst gereizt. Nur Don Juan war wie immer die Ruhe selbst, mit seinen nach Alkohol und Kampfer riechenden Händen und seinem nachdenklichen Blick.

Wieder merkte Marta, daß es ihr auf ungeheuerliche Weise vorkam, als sei all das vor langer Zeit geschehen. Diese Aufregung, diese Gesichter, diese Streitereien ... Sie flüchtete in ihr Zimmer, wo sie alles ringsum vergaß, bis man sie holen kam. Es war Vicenta, die bei ihr klopfte. Sie trat ein und schloß die Tür hinter sich. Sie traf Marta im Dunkeln an, am Fenster unter dem Mond.

»Das bringt Unglück.«

»Was?«

»So den Mond anzustarren.«

»Schön. Was willst du?«

»Daß du dich hütest.«

»Vor dem Mond?«

»Ach was, dem Mond! Vor den Menschen ... Die da hat ihre Krallen ausgefahren wie eine Katze. Sie will mich hinauswerfen. Aber um nichts in der Welt rühre ich mich von deiner Mutter weg. Sperr die Augen auf, Mädchen.«

Die Majorera stand in dem durchs Fenster einfallenden Mondschein, Marta im Gegenlicht, mit glänzendem Haar, das Gesicht im Dunkeln.

»Hör auf mit dem Unsinn, Vicenta. Was willst du von mir?«

»Ich will gar nichts, nur dich warnen ... Du solltest die Stellung halten, jetzt, wo du groß bist. Auf alles ein Auge haben, Rechenschaft verlangen über alles, was dir gehört ... Die beiden hinauswerfen, sobald du kannst.«

Marta wurde böse. Sie sah sich nicht gern in Dinge verwikkelt, die ihr kleinlich und dumm vorkamen.

»Laß mich in Frieden mit deinem Hexengerede! Ich muß lernen. Geh jetzt. Hast du gehört? Geh schon!«

Vicenta blieb noch einen Moment reglos stehen. Sie holte ein Taschentuch aus ihrer Rocktasche und schneuzte sich kräftig, als würde sie ausspucken. Dann ging sie. Einen Augenblick später hatte Marta sie vergessen.

Die Welt des Hauses. All diese Menschen waren Marta unendlich fern. Sie hörte ihr Gelaufe, ihre Gespräche und fand sie nur ermüdend. Sie zwang sich, zu ihrer Mutter zu gehen. Sie lag im Bett, die Majorera saß neben ihr. Es war nicht festzustellen, ob Teresa schlief oder nicht, sie atmete flach und ungleichmäßig. Ihre Augen waren geschlossen, und ihr Anblick war bedauernswert, so blaß und so zerzaust die Haare. Marta betrachtete sie, ohne sich zu einem Kuß hinabzubeugen. Sie verspürte weder Mitleid noch Schmerz. Auch dieses Wesen bedeutete ihr nichts. Sie kämpfte eine Weile mit diesen Gedanken, blinzelnd. Die Majorera beobachtete sie. Dann zuckte sie unbewußt mit den Schultern und verließ das Zimmer.

Am nächsten Tag erfuhr das Mädchen, daß Pablo sich in Las Palmas befand. Don Juan, der auf der Finca übernachtet hatte, erwähnte während des Mittagessens eine Zusammenkunft im Haus der Festland-Caminos, zwei Abende zuvor.

»Und wenn du mir den Rat gestattest, mein Junge«, sagte er zu José, »solltest du Pino gelegentlich ins Haus deines Onkels mitnehmen. Daniel versichert, daß er euch immer einlädt. Es ist dort sehr angeregt. Pino braucht ein wenig Zerstreuung ... Das sagt dir ein alter Arzt.«

»Was gut für meine Frau ist, weiß ich schon selbst, Don Juan, verstanden?«

»Geh doch nicht gleich in die Luft, Junge.«

Dickleibig und bekümmert wandte Don Juan sich seinem Milchkaffee zu.

»Waren viele Gäste da, Onkel?« fragte Marta.

»Nein ... nur dieser Maler mit dem lahmen Bein, auf den sie so große Stücke halten, und ...«

Marta hielt sich gar nicht mit dem Gedanken auf, daß Pablo ihr nicht von seiner Rückkehr aus Tamadaba erzählt hatte, wie er es in seinem Brief versprochen hatte. Vielleicht hatte er den Verwandten etwas für sie ausgerichtet, und sie hatten vergessen, es ihr zu sagen. Don Juan redete immer weiter und gestikulierte dabei mit einer Hand. Die Hand griff nach einem Löffel und schwenkte ihn einen Moment in der Luft. Dann lachte Don Juan auf. Aber ebensogut hätte er zu einem Tauben sprechen können. Das Mädchen, das sich ihm mit frischem, glänzendem Gesicht so aufmerksam entgegenneigte, hörte kein Wort mehr von dem, was er sagte.

Zittrig und geduldig wartete sie mehrere Vormittagsstunden vor dem Haus des Malers. Als sie ihn herauskommen sah, wollte sie ihren Augen kaum trauen. Er kam ihr vor wie geschrumpft, klein und häßlich, so ganz anders, als sie ihn in ihrer Vorstellung stets vor sich sah. Er hielt inne, den Stock am Arm baumelnd, um sich zwischen den verdorrten Blumenbeeten des Gartens der Pension eine Zigarette anzuzünden. Marta hatte ihn vor sich, fast in Reichweite. Aber er sah sie nicht. Marta spürte ihr Herz pochen: bumm, bumm, bumm. Wenn es weiter so hämmerte, würde sie kein Wort herausbringen, dachte sie.

Am Gartentor zum Gehsteig stolperte Pablo gegen Marta, die unversehens auf ihn zugegangen war, unfähig, den Mund aufzumachen. Um nicht das Gleichgewicht zu verlieren, griff er nach ihren Schultern. Dann erst zeichnete sich auf seinem Gesicht eine wachsende Überraschung ab. Er schien sich nicht besonders zu freuen. Überhaupt nicht. Sofort ließ er sie wieder los. Und während sie sich lächelnd von ihrer Gefühlswallung erholte, erklang Pablos Stimme so verärgert und scharf, als wäre es gar nicht seine.

»Na so was! Das ist ja ein wahrer Überfall, oder ...? Lernen mußt du offenbar nicht besonders viel.«

»Doch ... Aber heute wollte ich Sie besuchen.«

Pablo sah auf die Uhr. Dann sah er in den klaren, trägen Himmel mit seinen harmlosen weißen Wölkchen, als erhoffte er sich einen wundersamen Regenschauer.

»Tja, aber ich habe keine Zeit ... Entschuldige. Ich muß sehr wohl arbeiten.«

Marta lächelte noch. Sie wollte nicht glauben, daß Pablo in diesem Ton zu ihr sprach. Doch unter ihrem Lächeln wurde sie schmerzlich ernst.

Pablo runzelte die Stirn. Er wollte einfach weitergehen, blieb aber noch wie angewurzelt auf dem Gehsteig stehen; mit dem Stock klopfte er leicht auf den Boden.

Marta betrachtete dieses Gesicht, dessen Teint an der frischen Luft noch dunkler geworden war. Die klugen Augen, die nun so anders schienen, weil sie ihr auswichen.

»Störe ich Sie ...?«

Pablo sah wieder auf. Dort, tief drinnen, leuchtete etwas auf. Ein Funke der Zuneigung. Aber er war sehr fern.

»Du solltest nicht hierher zu mir kommen.«

»Aber ... wo können wir uns dann sehen?«

»Ich weiß nicht, wozu ... Wir werden uns schon einmal im Haus deines Onkels begegnen.«

»Und ... was ist mit unserer Freundschaft?«

Pablo verlor offenbar die Geduld.

»Mädchen, sieh es doch ein ... Ich bin nicht mehr in deinem Alter ... Mach nicht einen größeren Narren aus mir, als ich es ohnehin schon bin. Kümmere dich um dein Leben ... deine Freundschaften ... Es tut mir leid, dir das so sagen zu müssen, aber es geht nicht, daß du mir weiter ständig über den Weg läufst. Also, mach es gut!«

Pablos Augen funkelten amüsiert auf, und eine kurze Erleichterung durchzuckte sie, als er sah, wie das Mädchen sich versteifte. Martas Mund verschmälerte sich stolz.

»Es tut mir leid, Sie belästigt zu haben ... Es wird nicht wieder vorkommen.«

Für eine halbe Sekunde war Pablo drauf und dran, etwas zu entgegnen. Dann ließ er stumpf die glimmende Zigarette fallen und trat sie unter seiner Schuhsohle aus. Mit einem verabschiedenden Kopfnicken entfernte er sich.

Kaum hatte er die Straße überquert, hörte er, wie das Mädchen ihm nachlief.

»Pablo ... Warten Sie. Eine Minute.«

Er blieb stehen. Ein etwas ermüdeter Seufzer entwich ihm.

»Glauben Sie, ich habe Ihnen gar nichts zu sagen?«

Pablo sah wieder auf die Uhr. Wie alle einstudierten Gesten wirkte es etwas lächerlich. Wartend blieb er stehen.

»Und wenn ich Ihnen etwas sehr Ernstes zu erzählen hätte ... wenn es«, erfand Marta aus dem Stegreif, »um mein Leben ginge? Um etwas ganz Schreckliches, das mir droht? Wenn Sie wüßten, daß ich erst gestern erfahren habe ... Und mein einziger Gedanke war ... es Ihnen zu erzählen ...«

Da schämte sie sich plötzlich ihrer Worte. Unvermittelt verstummte sie, verzweifelt.

»Marta, ich bin weder ein Dummkopf noch ein kleiner Junge. Wenn ich dir sage, du sollst mich in Ruhe lassen, geschieht das ebenso zu deinem Besten wie um meines Friedens willen. Verstehst du ...? Und eigentlich wollte ich es nicht sagen, aber ich habe einer gewissen Person versprochen, daß man mich nicht mehr mit dir durch die Straßen schlendern sehen würde, weil es auf die Leute hier in deiner Stadt keinen guten Eindruck macht.«

Marta war verzweifelt.

»Aber ... wen interessiert das denn? Was ist denn Schlimmes dabei? Und Sie sagen so was ... Sonst machen Sie sich doch auch über all diesen Unsinn lustig ...«

Sie schien mit einem Mal viel erwachsener.

»Hat Hones Ihnen das gesagt?«

Pablo lächelte.

»Aber nein. So ein Unsinn!«

»Bestimmt nicht?«

»Warum sollte ich dich denn anlügen? Es war nicht Hones, aber ich werde dir auch nicht sagen, wer mir dieses Versprechen abgenommen hat. Es ist eine sehr verständige Person, der du am Herzen liegst. Also gib mir die Hand und mach es gut, ja?«

Marta gab ihm nicht die Hand, um die er sie bat. Pablo zuckte mit den Achseln und ging wieder los. Diesmal folgte das Mädchen ihm nicht.

Reglos blieb sie am Zaun eines blühenden Gartens stehen, den Blick trotzig zu Boden gerichtet. Der Gehsteig mit seinen Pflanzenschatten schien unter ihren Füßen zu tanzen. Das Gespräch war so rasch zu Ende gewesen, daß sie seine Bedeutung noch nicht ganz erfaßte. Und sie begriff auch nicht, warum ihre Hände von einem solchen Zittern ergriffen wurden, daß sie sich in die Finger beißen mußte, um ihm Einhalt zu gebieten.

Als sie aufschaute, sah sie Pablo in einen Bus steigen. Er wandte seinen dunklen Kopf nicht nach ihr um. Es hatte ihn keine Mühe gekostet, sie einfach so stehenzulassen. Mochte er auch irgendwann eine starke Frau, eine Freundin in ihr gesehen haben, jetzt ließ er nur ein lästiges, verlogenes Mädchen zurück. Wäre ihr Leben doch wirklich bedroht gewesen! Würde sie doch nur jemand töten, damit Pablo bleich und entsetzt davon erfuhr!

Sie rannte zu dem Gehweg, der am Meer entlangführte, bis ans Geländer über dem Strand. Von dort aus blickte sie über das ruhige Wasser, dessen Oberfläche die frische Brise kaum merklich kräuselte und das die ferne Hafenmole vor den großen Wellen schützte. Der kleine Strand war menschenleer. Auf einer Seite trockneten ein paar Boote in der Sonne ... Im Februar gehen nur die Fremden zum Baden an den Strand.

Sie stellte sich vor, sie würde sich ins Meer stürzen. Aber – bei dem Gedanken mußte sie lächeln, während ihr gleichzeitig endlich zwei dicke Tränen über die Wangen rollten – sie würde ja automatisch Schwimmbewegungen machen. Sie liebte es zu schwimmen, zu tauchen, durchs Wasser zu gleiten.

Versonnen trocknete sie ihre Tränen. Unversehens verflüchtigte sich der Gedanke an Selbstmord, ersetzt durch den wesentlich vergnüglicheren, wie es wäre, jetzt zu schwimmen, im Kampf gegen die Elemente. Diese Vorstellung lenkte sie einen Moment ab, als richtete sie tatsächlich all ihre Kraft auf diesen Kampf. Aber da es ja nun nicht mehr darum ging, zu sterben, konnte sie der Sehnsucht, ins Meer zu tauchen, nicht auf der Stelle nachgeben; an einem ordentlichen Strand braucht man dafür die geeignete Kleidung.

Doch das Meer schien sie zu rufen, sie roch sein Salz, und sein brodelndes Murmeln lockte sie, und so stieg sie die Stufen zum Strand hinunter, streifte ihre Schuhe ab und legte sich neben die Boote in den Sand. Dort entspannte sich ihr Körper, die Sonne kitzelte auf ihren Beinen, und wenn sie tief einatmete, legten sich trockene Sandkörnchen auf ihre Lippen.

Sie war nicht so alleine, wie sie gedacht hatte. Eine Bande zerlumpter, halbnackter Jungen mit braungebrannter Haut spielte mit einem Nagel im Sand. Ein halbes Dutzend lebenslustiger und farbenfroher Gestalten, deren Stimmen mit schleppendem

Akzent die Meeresbrise durchrissen. Marta sah gedankenverloren zu ihnen. Da steckten sie die Köpfe zusammen und schauten tuschelnd zu ihr herüber. Einer näherte sich ihr. Er sah aus wie ein kleiner Teufel, mit seinen verklebten Haaren, deren Spitzen von Wind, Luft und Sonne gebleicht waren, und dem breiten, von Ohr zu Ohr reichenden Mund.

»Hey, Miss ... *Ouan peny.*«

Das war es, was die Lumpenkinder mit ihrem Getuschel beschlossen hatten.

»Verzieh dich!«

Marta fuhr ihn so wütend an, daß der Junge rennend die Flucht ergriff, was sie zu einem leicht hysterischen Lachen reizte, das ihr die Tränen in die Augen trieb, während der erschrockene Junge ihr beim Laufen durch die zerlöcherte, um seine Beine schlackernde Hose sein Hinterteil darbot.

Sie hatten sie für eine exzentrische Engländerin gehalten, als sie sie so am Strand liegen sahen. ›Und bald werden diese kleinen Teufel auf Deutsch radebrechen lernen!‹ dachte sie, da sie um jeden Preis dieses beklommene Gefühl abschütteln wollte, diese Leere, die ihr seit einer Weile im Kopf dröhnte. ›José sagt, daß Hitler die Deutschen der Weltherrschaft entgegenführt und wir bald mehr deutsche als englische Touristen haben werden.‹ Sie starrte auf ein Sandhäufchen unter ihrem Gesicht und kam zu dem trostlosen Schluß: ›Aber was interessiert mich das schon ...‹ Sie zuckte die Achseln, und erneut tropften Tränen auf den Sand. Für einige Momente erloschen für sie Meeresrauschen, Sonnenlicht und Wolkenschatten, und sie überließ sich ganz dem Weinen.

Die abgerissenen Kinder spielten lautstark weiter: sie schlugen sich, stritten, machten Bocksprünge. Es war erstaunlich, daß es ihnen nicht eingefallen war, sich neugierig heranzuschleichen, um sie aus der Nähe zu begutachten. Benommen und in Gedanken sah Marta ihnen zu. Das war ein gutes Alter. Wie konnte sie nur je gedacht haben, die Kindheit sei langweilig? Sie versuchte sich daran zu erinnern, was sie als Kind im Sommer am Strand gemacht und warum sie sich dabei so außerordentlich vergnügt hatte. Jeden Vormittag hatte ihre Großmutter sie mit einem Dienstmädchen nach Las Canteras geschickt. Das war ein wesentlich größerer Strand als dieser hier, auf der anderen Seite der Landzunge. Ein mehrere Kilometer langer Strand in Form einer Muschel, im Sommer voller Badehäuschen und Badender. Sie hatte mit anderen Kindern, Söhnen und Töchtern von Freundinnen ihrer Mutter gespielt. Sie hatten Burgen und Boote aus Sand gebaut, die in der Flut zerfielen. Wenn der Großvater mittags eintraf, um sie zu holen, kam es ihr immer viel zu früh vor. Damals zerbrach sie sich noch nicht den Kopf. Sie glaubte noch nicht, daß ihr Glück davon abhinge, die Insel zu verlassen und andere Menschen kennenzulernen, die komplizierten Romanhelden glichen. All das war später eingetreten und zu einer Art Krankheit geworden, seit sie erfahren hatte, daß die Verwandten vom Festland auf die Insel kommen würden. Und dann hatten alle ihre Helden sie nacheinander enttäuscht ... Offen gestanden waren die Verwandten nicht so, wie sie es sich vorgestellt hatte; Pablo aber schon.

Sehr nachdenklich setzte sie sich im Sand auf, zum Meer gewandt. Sie wußte nicht, warum sie Pablo so brauchte. Warum sie den Wunsch verspürte, sich vor ihm hinzuknien und ihn anzuflehen, er möge ihr ein wenig Aufmerksamkeit schenken. Ihm zu sagen: »Vor Ihnen kann ich meine Seele entblößen.«

›Du mußt lernen, jemandem, der dich zurückweist, nicht nachzulaufen ... Auf keinen Fall.‹

Langsam reifte dieser Gedanke in ihr zu einem Entschluß. Es war, als gäbe es dort am Strand zwei Martas, eine, die am liebsten losgeheult und um sich getreten hätte und dem Maler hinterherlaufen wollte wie ein kleines Mädchen, um ihm eine Erklärung abzuverlangen, warum er so brüsk ihre Freundschaft ausgeschlagen hatte, und eine andere unversöhnliche, gar spöttische, die ihr sagte, sie solle sich nicht so haben und lieber auf sich selbst schauen, statt so eine hysterische Kuh wie Pino zu werden. Sie solle an etwas anderes denken, an irgend etwas anderes.

›Morgen nehme ich meinen Badeanzug mit!‹

Kummer vergräbt man am besten unter konkreten Gedanken. Der Freude kann man sich hingeben, vor ihr überquellen; Freude stört niemanden, tut nicht weh … Man kann sich in ihr treiben lassen. Aber die Angst muß man für sich behalten. Sie darf nicht zum Spektakel werden, denn sie kümmert niemanden. Auch Pablo, dachte das Mädchen, behielt seine Angst für sich, weil er ein wertvoller, aufrechter Mensch war … Nur vor Marta hatte er sich, unter äußerst ungewöhnlichen Umständen, für einen Augenblick die Blöße gegeben. Vielleicht war es ihm deshalb so leicht gefallen, auf das Gerede der Leute zu hören und ihre Freundschaft zurückzuweisen. Womöglich war es Pablo jetzt peinlich, mit ihr zu sprechen. Niemand kannte seinen Kummer besser als Marta. Alle übrigen – die Verwandten zum Beispiel – glaubten, daß Pablo froh darüber war, fern von seiner Frau zu leben.

›Wenn irgend jemand wüßte, wie gern ich Pablo habe, wie sehr ich davon träume, fortzugehen und darüber hinaus etwas zu tun, etwas zu schreiben … ich weiß nicht, etwas Bleibendes zu schaffen … Wenn irgend jemand um all meine Geheimnisse wüßte, würde ich diesen jemand verabscheuen. Außer, es wäre Pablo selbst.‹

Und dabei war gar nicht daran zu denken, daß der Maler sie ebenso mochte und brauchte wie sie ihn. Hatte sie es sich in den letzten Tagen auch ausgemalt …

Sie biß sich auf die Fingernägel und fühlte sich traurig und dumm. Erneut schaute sie zum Meer, als könnte aus dieser Unermeßlichkeit irgendein Trost kommen. Das Meer war herrlich;

sanft brachen sich die Wellen am Strand und leckten an der Mauer einer kleinen Mole unweit von ihr. Auf der Mole erkannte man die Umrisse eines Anglers mit seiner Rute. Ein Schwarm Seevögel glitt in leichtem Flug anmutig vorbei, verlor sich im Licht.

Marta flößte dieser Blick aufs Meer Erleichterung, Trägheit, fast schon Schläfrigkeit ein. Sie fühlte ihre eigene Bedeutungslosigkeit. Auch die Insel war klein, verglichen mit dem Meer. Und das Archipel ein Haufen winziger Punkte auf der Karte der Ozeane. Ihr eigenes Herz, sein Klopfen, nichts gegen das unaufhörliche, gleichmäßige Brechen der Wellen.

Die Meereswellen spuckten einen Schwimmer an Land. Die schöne Figur eines jungen Mannes durchschnitt triefnaß Himmel und Wasser. Marta bewunderte den schmalen Körper, seine festen Linien, die sich im Gegenlicht abzeichneten, und wieder überkam sie das sehnsüchtige Bedürfnis zu schwimmen, ohne innezuhalten.

Der junge Mann kam näher. Seine Züge wurden immer deutlicher. Hinter ihm Wolken, ein Meer voller Sonnenflecken. Marta hatte das sonderbare Gefühl, diese junge, leuchtende Gestalt zu kennen. So hatte sie sich immer Alcorah vorgestellt. Sie sah ihm entgegen wie hypnotisiert, gebannt von der jugendlichen Anmut und Kraft.

Einen Augenblick später bebte ihr Mund vor Lachen. Der Junge war jetzt ganz nah und begrüßte sie. Es war ihr Freund Sixto. Jetzt konnte sie sogar die berühmte Narbe auf seiner Brust ausmachen, von der er soviel gesprochen hatte, ein rosiger Streifen. Sie hätte nie gedacht, daß sie Sixto so gutaussehend finden könnte.

Seine Stimme ließ sich bereits gutgelaunt vernehmen. Seine Zähne blitzten weiß.

»Wie komisch, dich hier zu treffen! Hast du mich gesehen?«

»Ich? Ach was!«

Sixto schien sich sehr zu freuen. Er ging eine Schachtel Zigaretten aus seinen Kleidern holen, die er in ein Boot gelegt hatte. Obwohl sie sich selbst darüber wunderte, fühlte auch Marta sich vom plötzlichen Auftauchen ihres Freundes keineswegs gestört. Nichts konnte ihr in ihrem Vorsatz, den Schmerz auszuhalten, eine bessere Zerstreuung sein als eine so harmlose und ihren Gedanken so ferne Gesellschaft wie diese. Außerdem war es sehr tröstlich zu wissen, daß sie Sixto ein bißchen gefiel.

Der Junge redete munter drauflos. Marta entging vieles von dem, was er sagte, aber von Zeit zu Zeit antwortete sie ihm freundlich.

»Ich bin heute abgehauen, weißt du? Meine Mutter will nicht, daß ich schon schwimme. Sie weiß zwar, daß ich wieder ganz hergestellt bin, aber sie hat Angst, man könnte sagen, ich sei ein Drückeberger, trotz des Verwundetenabzeichens. Natürlich will sie nicht, daß ich wieder an die Front gehe, jetzt, wo der Krieg so gut wie vorbei ist. Verständlich, oder?«

»Verständlich.«

Der Junge streckte sich bäuchlings neben der sitzenden Marta aus und stützte sich auf einen Ellbogen. Das Wasser tropfte aus seinen kurzen Haaren. Sie roch den Salpeterhauch, der ihm am Körper haftete.

»Aber es ist auch verständlich, daß ich mich davonmache, um schwimmen zu gehen, nachdem ich dort in der Ferne soviel ans Meer gedacht habe.«

»Natürlich.«

Sixto sah auf und schien seinen Blick einen Moment in die Ferne schweifen zu lassen. Vielleicht dachte er an die Tage, an die Stunden, in denen er sich an der Front dieses Meer wachgerufen hatte. Aber es legten sich keine Schatten über seine Augen. Marta hätte sich am liebsten neben ihm ausgestreckt. Der Kummer saß ihr in den Knochen wie eine Krankheit; ihre

Gelenke schmerzten fast, wenn sie sich bewegte. Sixto blickte sie voll heiterer Zuneigung an.

»Gehst du nicht schwimmen?«

Leichthin schüttelte sie den Kopf.

»Deswegen bin ich heute nicht gekommen.«

Es war eigenartig, aber diese Unterhaltung, durchsetzt von ihrer Trägheit, von der angenehmen Nähe dieses wohlgeformten Jungenkörpers, vom Rauschen des Meeres, dessen Wellen sich am Ufer brachen, hatte auf Marta eine belebende Wirkung, flößte ihr Kraft und Entschlossenheit ein.

Sobald sie im weiteren Verlauf dieses Tages an den Maler dachte, ließ sie sich nicht wie sonst von dieser fixen Idee beherrschen, sondern setzte ihr wie eine Mauer das klare, lächelnde Bild Sixtos entgegen, mit seinen langen, geraden Beinen und den muskulösen Schultern. Er hatte sie an Alcorah erinnert, und das brachte sie zum Lächeln.

Am nächsten und übernächsten Tag kehrte sie zum Strand zurück. Den ganzen Frühling über wurde es ihr zur Gewohnheit, täglich schwimmen zu gehen. Fast immer begegnete sie dabei Sixto.

XI

Den ganzen Frühling: Februar, März, April. Für Marta strotzten die Namen dieser Monate vor Frühling. Nie zuvor hatte sie die Jahreszeiten auf der Insel so bewußt wahrgenommen.

An manchen Tagen war das Meerwasser mild und warm, an anderen kalt unter Wolken, die schnell und stürmisch dahinzogen. Jeden Vormittag schwamm Marta mit Sixto bis zu einer kleinen, verlassenen alten Mole. Sie setzten sich beide darauf, naß und vergnügt. Körperliche Anstrengung erzeugt eine besondere Freude und Gelassenheit. Diese Freude umwebt die jugendlichen, frischen und braungebrannten Körper, in dieser Freude teilen zwei junge Menschen den leuchtenden Horizont und die Küste längs des Meeres und den Schaum der Wellen. Da lebt es sich leicht ohne Sorgen, die Gedanken werden gut, konkret und heiter.

Als die Tage wärmer wurden, ab dem März vor allem, füllte sich das Meer mit Booten und der Sand mit Sonnensegeln und -schirmen. Die Einsamkeit verpuffte. Aber auf der kleinen Mole schienen die beiden, die Beine über dem vom Schatten der Mauer verdunkelten Wasser baumelnd, den anderen sehr fern.

Und Martas Blick glitt über die Schiffe im Hafen, das Segel einer auf dem blauen Meer geneigten Jolle, über die langgestreckte Stadt mit ihren Gärten, die Fenster eines scheußlichen Hauses ohne jeden besonderen Reiz, das in der Nähe des Strandes stand. Manchmal trat das Haus so in den Vordergrund, daß sie es noch mit geschlossenen Augen hätte sehen können. Aber vielleicht wandte sie den Blick auch von ihm ab, weil ihr fast die Tränen kamen, wenn sie es zu lange anschaute.

Eines Tages lud Sixto sie ein, mit einer Gruppe von Freunden zum Strand Las Canteras zu gehen und dort in einem Restaurant zu Mittag zu essen. Erschrocken lehnte Marta ab. Sie hatte sich an das Wasser dieses Strandes gewöhnt, daran, neben Sixto auf der fernen Mole zu sitzen und auf die Fenster jenes Hauses zu blicken. Einmal kam es ihr vor, als ließe sich eine Gestalt darin ausmachen ...

Ebendiese Gestalt, Pablo, erschien ihr in Fleisch und Blut bisweilen im Hause ihres Onkels, beim Kaffeetrinken. Dann betrachtete Marta erstaunt die Züge eines Gesichts, die Form von Händen, hörte gleichgültigen Worten zu, die jedoch die Macht hatten, etwas in ihr zu bewegen und tausenderlei ineinander versponnene Dinge in ihr wachzurufen, wie von einer Melodie herbeigetragen. Pablo bemühte sich, bei diesen Gelegenheiten nicht das Wort an sie zu richten. Vielleicht verursachte es ihm Gewissensbisse, ihre ernste, verschlossene Miene zu sehen. Ihre Hände, die sie ihm nicht mehr reichte.

Manchmal begegnete sie dem Maler auf der Straße. Dann wechselte Marta demonstrativ die Straßenseite, aber dabei stieg eine so tiefe Traurigkeit in ihr auf, daß sie meinte, nicht länger leben zu können.

Dennoch war sie stolz auf sich. Sie würde alles erreichen, was sie wollte, wenn sie so ohne weiteres, als hätte es keinerlei Bedeutung, über eine Begegnung mit diesem Menschen hinweggehen konnte.

Manchmal verwunderte es sie, wie so viele Gefühle in einem Zeitraum von so wenigen Monaten aufeinander hatten folgen können. Sie war gereift. Sie war eine Frau geworden. Irgendwann würde Pablo es erkennen und womöglich ihre Freundschaft suchen ... Auf was für eine schmähliche Ausrede hatte er zurückgegriffen, indem er das Gerede der Leute vorschob! Er hielt sie nicht für stark genug, um es ihr ohne Umschweife zu sagen: Deine Freundschaft interessiert mich nicht, du langweilst mich, du bist noch zu jung.

Unterdessen wälzten sich die Tage über ihre Schultern, so daß es sie fast erstaunte, wie gerade ihre Haltung war. Der Schmerz hatte kein Fieber in ihr hervorgerufen, hatte ihren Körper nicht im geringsten geschwächt, und auch das erstaunte sie. Sixto hatte ihr bewundernd gesagt, sie mache einen stählernen Eindruck. Beim Schwimmen wurde sie nie müde ... Hätten all die Kräfte, die so bedrückend auf ihr lasteten, kein Ventil gefunden, wäre sie womöglich von ihnen aufgezehrt worden. Doch sie ließ ihnen im Meer freien Lauf; das Wasser trug ihren kleinen Körper, diesen unbedeutenden Punkt in seiner unermeßlichen Weite, trug ihn und formte ihn, wiegte ihn ausgestreckt in seinem lichten Gesang. Marta fühlte ihren Körper gesund, widerstandsfähig, in der Lage, es mit allen Sorgen, allen aufwühlenden Widersprüchen ihrer Seele aufzunehmen. Diese Form der Bewegung tat ihr sichtlich gut. Die Caminos vom Festland sahen mit stiller Verwunderung zu, wie Marta nach ihrem vormittäglichen Lernpensum in dem etwas dunklen Eßzimmer des Stadthauses mit großem Appetit ihr Essen verschlang, von den alten Stilleben betrachtet, die sie noch aus ihrer Kindheit kannte.

Am ersten April war der Krieg vorbei. Morgens lieh Sixto ein Boot für sich und Marta aus, und mit kräftigen Ruderschlägen lenkte er es aufs freie Meer hinaus, bis die Menschen auf dem Strand klein und dunkel verschwammen. Marta blickte auf das rhythmische Spiel der Muskeln des Jungen, auf das schöne Lachen, das seine Lippen öffnete, wenn er sie ansah. Sie sah Sixto gern an, so gern, wie sie schwamm oder bei einem Ausflug durch die Landschaft lief.

Als das Boot weit draußen war, legte Sixto die Ruder auf die Planken und beugte sich zu Marta vor. Sie hatte ihm den Rükken zugekehrt und stützte sich an der Bugseite ab, um zu bräunen und aufs Meer zu schauen. Es war ein wolkenloser Tag und das Wasser so klar, daß man mehrere Meter tief auf Sand und Felsen hinabsehen konnte. Sie schaute auf die bebenden Schatten des Bootes und ihres eigenen Kopfes. Dann sah sie den Schatten des Jungen auf dem herrlichen Wasser, grün und glitzernd wie ein Juwel, der die Sonnenwärme reflektiert. Sixto legte ihr den Arm um die Schultern; sie hob den Kopf, und unvermittelt, ohne darüber nachzudenken, bot sie ihm ihre Lippen dar. Sie küßten sich lange, immer wieder, mit einer reinen, unschuldigen Sinnlichkeit. Als das Boot, sich selbst überlassen, gen Ufer trieb, schreckten sie beide auf. Sixto ruderte es wieder nach draußen. Er war bestürzter als Marta bei dem Gedanken, daß man sie vom Strand aus gesehen haben könnte.

Am nächsten Tag, dem zweiten April, einem Sonntag, hatte Marta eine wichtige Verabredung mit den »Mädchen«. Sie kamen alle aufs Land, um mit einer gemeinsamen Jause das Ende des Krieges zu feiern. Sie trafen sich nicht auf Martas Finca, sondern ganz in der Nähe, im Sommerhaus von Anitas Eltern.

Die Sonne benetzte die Wege, entlockte den Blumen ihre Farben. Sie verströmte eine innige, heitere Atmosphäre, als wäre die Insel ein einziger großer, warmer Garten. Marta fühlte diese Innigkeit, diese Wärme in sich. Es kam ihr vor, als wäre etwas in ihr aufgeblüht, etwas, das ihr nach einer langen Zeit der Traurigkeit Lust machte, unbeschwert draufloszuträllern. Ein kleines Paket, ihren in einer Serviette verschnürten Imbiß, hatte sie nachlässig über die Schulter geworfen. Sie hätte nicht sagen können, warum, aber ihr war, als erfülle sie diese Geste mit einer ganz besonderen Freiheit, Selbstverständlichkeit und Leichtigkeit.

Anitas Haus war ein großes, altes rotes Gebäude unweit der Landstraße. Es war so groß, daß es selbst im Sommer nur halb bewohnt war, denn die Familie brauchte nicht soviel Platz. Die »Mädchen« hatten sich einen der ungenutzten Räume zu eigen gemacht und ihn im vorangegangenen Sommer mit mehreren überflüssigen Möbelstücken und einem Teppich versehen. Lange Zusammenkünfte hatten sie dort abgehalten. Der Raum verdankte Marta seinen Namen. Er hieß das Bohemezimmer.

Das Gartentor war angelehnt. Ein alter Mann sprengte eine große Margeritenwiese und teilte Marta mit, die Mädchen seien bereits eingetroffen. Marta nickte lächelnd. Aus dem Haus hörte man ihre Stimmen. Das Fenster des Bohemezimmers im Erdgeschoß stand offen. Marta ging leise darauf zu, sie wollte ganz überraschend im Fenster auftauchen.

Sie verband viele Erinnerungen mit dieser blühenden Wiese, mit diesem gemütlichen Erdgeschoßzimmer, dem sie sich nun näherte. An jenem Tag fühlte sie sich von einer unnennbaren Beseeltheit erfüllt, nahm sie all die zarten, lieblichen Feinheiten der Dinge wahr. Sie erkannte, daß ihr dieses Geschenk des Lebens, die Freundschaft, gewährt worden war. Manche Menschen machen alles alleine. Sie hatte dieses Bohemezimmer gehabt, diese Mädchen, mit denen sie las, Obst aß und harmlose Träume spann, die man sich laut erzählen konnte. Sie hörte ihre unterschiedlichen Stimmen. Sie machte ihre bunten Kleider aus. In ein Gespräch vertieft, saßen sie zusammen. Lächelnd trat Marta näher. Da hörte sie ihren Namen und blieb stehen. Sie versteckte sich nicht; sie stand im Garten, im hellen Tageslicht, ganz nah am Fenster, hinter dem die anderen sich befanden, und schaute sie an. Hätten die Mädchen den Kopf gedreht, hätten sie Marta ebenfalls gesehen. Sie bewegte sich nicht; sie lauschte ihrer Unterhaltung, aber ohne ein Geheimnis daraus zu machen.

»Jeder weiß das doch. Er ist ihr Verlobter. Und wir sind die letzten, die es erfahren. Das ist ein Mangel an Freundschaft ...«

»Aber das mit den Küssen glaube ich nicht.«

»Meine Schwester hat es gesehen.«

»Aber wir müssen ihr etwas sagen ... Dieses Unglückswürmchen merkt ja gar nicht, daß alle Welt an ihr herumkritisiert.«

»Und das schlimmste ist, daß sie dann denken, unsere ganze Clique sei so ... Wir müssen es ihr sagen.«

Ein kurzes Schweigen stellte sich ein. Im Garten atmete Marta tief durch. Sie hörte die Stimme von Anita, die immer sehr gerecht war:

»Wir haben doch alle unsere Verlobten geküßt ...«

Und Flora, die keinen Verlobten hatte:

»Aber was sagst du denn da! Du ...! Ausgerechnet du sagst das! Über dich konnte doch nie jemand schlecht reden.«

»Weil wir im Garten versteckt waren ...«

Alle protestierten.

»Das ist ja was anderes!«

»Außerdem seid ihr verlobt. Das ist doch nicht zu vergleichen. Wir müssen es ihr sagen. Stell dir vor, meine Mutter hat sich schon vorgenommen, mit ihrer Familie zu sprechen. Weil sie doch ohne Mutter aufgewachsen ist ...«

Anita sagte:

»Ich werde später mit ihr reden. Es ist wirklich komisch, daß sie so gar nichts merkt! Sie läuft so zerstreut und blind durch die Welt, daß sie denkt, auf sie würde auch niemand achten.«

Wieder trat Schweigen ein.

»Ich lege eine neue Platte auf.«

Sie hatten einen Plattenspieler im Bohemezimmer. Marta nützte die entstandene Bewegung, um ans Fenster zu treten. Eine ganze Minute schaute sie mit abgestützten Ellbogen hinein, ohne daß die anderen sie sahen, so vertieft waren sie in das Schallplattenalbum. Flora sagte noch:

»Aber, Mädchen, glaubt ihr denn, sie ist verliebt?«

Anita antwortete mit Bestimmtheit:

»Eine Frau küßt niemals einen Mann, ohne verliebt zu sein. So leicht setzt man seine Würde nicht aufs Spiel. Was für eine dumme Frage. Natürlich ist sie verliebt. Sie kennt Sixto schließlich von klein auf.«

Reglos stand Marta da, etwas bestürzt, als die anderen sich zu ihr umdrehten. Und auch die Mädchen fuhren auf. Marta überlegte sich, ob das Beseelte, die Entrücktheit, die sie seit dem Vortag empfand, nicht vielleicht Verliebtheit war. Aber der Gedanke kam ihr zum ersten Mal. Sie fühlte sich dabei ein bißchen wie eine Romanheldin. Stets hatte sie den anderen bei ihren Liebschaften beigestanden und war selbst immer am Rande geblieben, neugierig und liebevoll zugleich. Außerdem hatte sie mit diesen Mädchen viele Romane gelesen, manche davon ganz schrecklich und schockierend. Anitas Mutter hatte sie immer ein wenig gestört, wenn sie im vorangegangenen Sommer an manchen Nachmittagen bei ihnen vorbeigeschaut hatte. Sie war eine junge, zierliche Frau. Mit einer Zigarette in der Hand war sie ans Fenster getreten und hatte zu ihnen hineingelächelt.

»Na, Mädchen, habt ihr nicht vielleicht ein Buch für mich?«

»Das sind keine Bücher für dich, Mama. Das kannst du nicht verstehen. Geh doch lieber wieder«, hatte Anita dann gesagt.

Die Frauen in diesen Büchern befanden sich in komplizierten Gefühlslagen, die keinerlei Ähnlichkeit mit dem hatten, was sie mit Sixto durchlebte, mit diesem Roman, in den sie sich, wie sie vage dachte, nun zum ersten Mal verwickelt sah. Alle Mädchen verstanden die heftigen Verwirrungen in den Büchern; solange sie sich auf dem Papier zutrugen, erschienen sie ihnen ganz natürlich, aber im wirklichen Leben ging es anders zu. Im wirklichen Leben hatte man weniger Verständnis ... Stumm auf das Fensterbrett gestützt, wirkte Marta jung, schutzlos und heiter; sie ließ den Anblick dieser unverbrauchten Gesichter mit ihren klaren Augen auf sich wirken. Im Bruchteil einer Sekunde hatten sie sich ihr tief eingeprägt, so wie sie waren. Reglos, wie eine Photographie, hielt Marta sie fest und dachte in diesem Augenblick, daß das eigentlich Außerordentliche und Unwirkliche im Grunde sie waren, ihre Freundinnen, ihre treuherzige Gutgläubigkeit, ihre mühelose Anpassung an ein geregeltes

Glück innerhalb unantastbarer Grenzen. Bei diesem Gedanken wurde Marta fast übel. Dann vergaß sie ihn wieder. Sie holte Schwung, und wie unzählige Male zuvor sprang sie durchs Fenster. Und unter dem Lachen, das sie hervorrief, fiel sie selbst in den magischen Zirkel.

Am Montag sah sie Sixto wieder. Es war sein Namenstag, wie sie wußte. Marta hatte ihm eine Schachtel Zigaretten gekauft. Sie schwammen zusammen und merkten, daß sich das Meer durch ihre neue Verbundenheit wärmer anfühlte und daß es noch schöner als das Schwimmen selbst war, wieder in ein Boot zu steigen und nach draußen zu rudern, in Richtung Hafen. Sie sprachen nicht von Verlobung oder dergleichen. Sixto erzählte Marta, er habe auf dem spanischen Festland mitten im Winter in einem eisigen Fluß gebadet.

»Wir Kanaren hielten es ohne Wasser nicht aus. Die anderen, die eigentlich an die Kälte gewöhnt waren, bibberten schon beim Zuschauen. Aber nach dem Bad sprangen wir herum wie die Irren, und dann war uns wärmer als ihnen, und wir hatten weniger Flöhe. Die Flöhe stellten sich natürlich gleich wieder ein. Das war das Schlimmste. Aber wenn du mich fragst, abgesehen davon war ich gern im Krieg ... Dummerweise kommt man nicht um die Angst herum.«

Nach einer Weile fügte Sixto hinzu:

»Ich habe die Bauern dort beobachtet. Ein komisches Volk! Haben einen Fluß gleich neben sich und starren den lieben langen Tag in den Himmel. Das Flußwasser fließt ohne jeden Nutzen ab, und sie schauen weiter in den Himmel. Wenn wir hier so viele Flüsse hätten, wäre es uns ganz egal, ob es regnet oder nicht ... Meinst du nicht?«

»Und hast du im Sommer auch mal in einem Fluß gebadet?«

»Klar. Nicht zu vergleichen mit dem Meer, aber im Sommer ist es nicht schlecht.«

Martas inneres Auge beschwor einen von vielen Bäumen gesäumten Fluß herauf, in dessen Wasser, auf dem die Äste ihre Schatten verwoben, Sixto schwamm. Doch das Bild war undeutlich. Wenn sie die Augen schloß, sah sie ihn nur immer wieder aus dem Meer kommen, seinen nassen Körper vor dem weiten Horizont.

Sie traf früh im Haus ihres Onkels ein und fand Daniel alleine am Klavier vor. Von der Musik angezogen, blieb sie an der Tür zum Wohnzimmer stehen. Daniel spürte ihre Gegenwart, aber statt wie sonst weiterzuspielen, drehte er sich zu ihr um. Mit einem gewissen Interesse musterte er sie. Dann rief er sie zu sich; Marta sah, daß er sie seltsam verschwörerisch anlächelte.

»Komm ... komm her.«

Auf einem kleinen Tisch standen eine Flasche und mehrere Gläser.

»Laß uns anstoßen, Mädchen ... auf ein Geheimnis.«

»Du trinkst auch?«

»Ein winziges Schlückchen.«

Daniels Augen leuchteten plötzlich auf, und er strich ihr über die Wange.

»Wer hätte gedacht, daß du solche Sachen machst ...!«

Marta wich erstaunt zurück.

»Was für Sachen?«

Daniel legte einen Finger auf sein kleines Mündchen und sah sich nach allen Seiten um.

»Man muß sich in acht nehmen ... Die Dienstboten können uns hören. Man darf alles tun, solange die Formen gewahrt bleiben, Mädchen. Aber immer an die Formen denken, ja? Willst du nicht, daß dein armer alter Onkel Daniel dir die Wange streichelt? ... Ja, ja, immer an die Formen denken ... Ich muß dich warnen, deine Tanten sind etwas böse auf dich. Matilde ist ein bißchen puritanisch. Und Hones hat nie gegen die äußeren Formen verstoßen ... Die äußeren Formen sind sehr wichtig, Mädchen; hör auf den Rat deines alten Onkels ... Gib mir dein Händchen ... Oh, deine Hände hast du aber vernachlässigt ... Eine kleine Dame wie du. Weißt du nicht, wie hübsch du geworden bist?«

Marta kam es vor, als sei Daniel betrunken. Das war sehr sonderbar. Er trank eigentlich nie, wegen seines Magens.

»Na? Was sagst du? Du bist ja so stumm ... Warum gehst du denn? Ich bin doch auf deiner Seite ...«

»Ich gehe ja nicht.« Marta wurde nervös. »Ich weiß nur nicht, wovon du sprichst ...«

»O doch, o doch, das weißt du sehr wohl. Gefällt mir, deine Schamhaftigkeit, aber du weißt es sehr wohl. Mir kannst du dein Herz ausschütten wie einem Beichtvater. Auch ich habe viel gesündigt.«

Den letzten Satz wisperte er wie ein Geständnis.

Marta fühlte sich schrecklich beschämt. Als sie Daniel so sah, den Ausdruck seines Gesichts und seiner glänzenden Augen, seine leicht zittrigen Hände, verspürte sie plötzlich den Impuls, die Treppe hinunterzulaufen und die Flucht zu ergreifen. Ein Name, den Daniel nun nannte, hielt sie zurück.

»Pablo war genauso empört wie die Damen ... Hihi. Du kleines Luder, du. Ja, ja, er war richtig entrüstet.«

Die Hitze, die dem Mädchen mit einer Welle des Errötens in Hals und Gesicht gestiegen war, wich langsam in ihr Herz zurück, das nun schwer klopfte. Sie war ganz blaß, als sie fragte:

»Was hat er gesagt?«

»Ach, nur Unsinn ... Daß nicht richtig auf dich aufgepaßt wird, was weiß ich! Er hat den untadeligen Mann herausgekehrt ... Aber setz dich doch hier neben mich, nur einen kleinen Moment. Ja, ja, man muß eben vorsichtig sein. Ich könnte dir so einiges aus meiner eigenen Erfahrung erzählen ...«

Marta saß am anderen Ende eines unbequemen Sofas, so weit entfernt von Daniel wie möglich, in dem von einem Sonnenstrahl durchbrochenen Halbdunkel des Zimmers. Ihr Herz pochte, als würde man gegen eine Tür klopfen. Deutlich hörte sie seine Schläge. Sie wurden noch durchdringender, als das Glöckchen des Haustors in sie hineinklang. Sie begriff, daß ihre Tanten von draußen hereinkamen. Da wandte sie sich Daniel zu und sah, daß er sie mit seitlich geneigtem Kopf betrachtete. Martas Gesicht wurde von dem Sonnenstrahl erleuchtet, der in den Raum fiel, und es lag so wenig Durchtriebenheit in diesem Gesicht, es sah derart verdutzt drein, daß Daniel aus dem Tritt kam.

Ihre Tanten erwähnten mit keiner Silbe, worauf Daniel angespielt hatte. Sie waren ganz aufgeregt, da sie versucht hatten herauszufinden, wann sie aufs spanische Festland zurückkehren könnten. Sie hatten mit José gesprochen. Und mit Pablo.

»Pablo war fast soweit, sich uns anzuschließen. Erst hat er gesagt, es sei zu früh, weil er noch ein paar Skizzen im Süden der Insel machen will. Aber als wir ihm sagten, es könnte einen Monat dauern, bis wir die Schiffspassagen bekämen, sagte er, das sei zu spät. Das soll nun einer verstehen!«

An diesem Tag brachte Marta kaum einen Bissen herunter. Von Zeit zu Zeit wallte ihr das Blut im Herzen auf, wenn sie etwa mit Daniel sprach und er diese sonderbaren Laute erzeugte, und dann wurde das Pochen so ohrenbetäubend, daß sie nichts anderes mehr mitbekam.

Durch dieses Hämmern hindurch hörte sie noch, als sie sich mit ihrem Ranzen im Arm auf den Weg zur Schule machte, wie Daniel ihr mit verschmitzter Vertraulichkeit ins Ohr flüsterte:

»Und vergiß nicht. Die Formen sind alles ... Die Formen ...«

An diesem Nachmittag hörte sie erstaunt auch ihre Freundinnen scherzend auf ihre Verlobung anspielen, und vielleicht mußte sie tatsächlich nicht so erstaunt sein. Doch etwas von dem, was Daniel zu ihr gesagt hatte, rückte den Morgen am

Strand so weit fort, als hätte sich alles dort, ihre unschuldigen Unterhaltungen, die Sonne, die angenehme Berührung ihrer Hände und ihrer Lippen, vor unendlich langer, kaum noch zu erinnernder Zeit zugetragen. Andere Dinge nagten an ihr. Und manche taten ihr gut.

›Pablo war empört.‹

Dieser Gedanke hätte sie beinahe zum Weinen gebracht, vor Dankbarkeit, Freude und Scham zugleich. Er interessierte sich für sie. Dann stimmte es also, daß er ihre Freundschaft nicht hatte weiterführen wollen, damit sie nicht ins Gerede kam. Damit niemand ihr zu nahe treten konnte.

›Ich werde es ihm erklären.‹

Bei diesem Gedanken leuchteten ihre Augen auf. Es kam ihr fast vor, als hätte sie tatsächlich nie den Beginn einer Liebschaft erlebt ... Dieses etwas, das eine Zeitlang das schmerzliche Gefühl, an Pablo denken zu müssen, gelindert hatte und nun plötzlich wieder verschwunden war, als hätte man einen Vorhang aufgezogen, hinter dem ihre bloße Seele zum Vorschein kam. Nur ihre Seele, unberührt von allem. Die allein Pablos Bild in sich trug. Nach einem kurzen Moment verursachte ihr diese Entdeckung mehr Bedrückung als Freude, versetzte es ihr einen schrecklichen Stich, wenn sie an Honestas Worte dachte: »Als wir ihm sagten, es könnte einen Monat dauern, bis wir die Schiffspassagen bekämen, sagte er, das sei zu spät.«

Es waren quälende Stunden. Wie schwierig ist es, wenn man sich innerlich so aufgewühlt fühlt, am liebsten in Tränen oder in törichtes Lachen ausbrechen würde, sich einen ruhigen Anschein zu geben, einen ganzen Nachmittag in der Schule zu sitzen, den unterschiedlichen Lehrern in den unterschiedlichen Fächern zuzuhören und dann noch auf Fragen gefaßt sein zu müssen, an deren Antworten man sich in solchen Momenten unmöglich erinnern kann.

Als José abends in der Finca eintraf, fragte er nach seiner

Schwester. Pino war an diesem Nachmittag nach Las Palmas gefahren und mit ihm zurückgekommen.

Lolilla, das magere Dienstmädchen, war herbeigeeilt und informierte ihn:

»Sie ist gerade heimgekommen und nach oben gegangen, um zu lernen.«

»Hol sie mir!«

Marta, die geistesabwesend über einen lateinischen Text gebeugt war, als wäre sie tatsächlich in der Lage, ihn zu entziffern, hörte ihn und ging die Treppe hinunter; bedrückt und verdrossen sah sie in das große Eßzimmer und auf den fürs Abendessen gedeckten Tisch. Nach dem Essen wäre sie endlich ganz alleine. Sie würde das Licht ausschalten, und niemand würde sie mehr stören.

José stand neben der Fenstertür. Pino saß im Straßenkleid auf einem Stuhl und entledigte sich noch im Eßzimmer ihrer drükkenden Schuhe mit den überhohen Absätzen. Aus den Augenwinkeln sah Marta, daß Pino sie herausfordernd musterte. Pino wirkte immer so herausfordernd, als trage sie ein ewiges Duell aus, in dem ihre Gegner wechselweise Marta, die Dienstmädchen, José oder wer auch immer waren ... Eine entscheidende Szene in Martas Leben bahnte sich an. Die sie womöglich Jahre später noch lebhaft vor Augen haben sollte. Aber keine Vorahnung sagte es ihr.

Sie ging an ihren Platz, wie immer. Doch statt sich hinzusetzen, hielt sie steif die Lehne umfaßt. Vor ihr stand der hübsche Krug, so vertraut. Sie schaute ihn an, wie sie ihn unzählige Male angeschaut hatte, als ihr Bruder brüsk und laut ihren Namen in die Stille rief. Erst da begriff sie, daß etwas Sonderbares vor sich ging. José sah so zornig aus, daß Marta sich am liebsten wieder davongeschlichen hätte.

»Ich habe dich gerufen, damit du mir vor Pino deine Hinterlist, deine Lügereien und deine Dummheiten erklärst ...«

Marta fühlte Angst in sich aufsteigen. Einen Moment lang war diese Angst so groß, daß ihre Knie wie Espenlaub zitterten. Sie stützte sich an einer Seite des Tisches ab. Dann preßte sie die Zähne zusammen, wie sie es sich in letzter Zeit angewöhnt hatte, und dachte: ›Gleich ist es vorbei. Und dann hat es keine Bedeutung mehr.‹

Ein Schweigen trat ein. Marta sah ihren Bruder jetzt mit erhobenem Kopf fest und trotzig an.

»Ich warte!« sagte José.

Marta merkte, daß sie keinen Ton herausbrachte. Es gelang ihr weder, ihre zusammengepreßten Zähne zu entkrampfen, noch den Kopf zu senken. Es kam ihr vor, als habe sie José noch nie so aufgebracht gesehen, und sie hatte schon viel an ihm gesehen. Niemals zuvor hatte sie sich ihm gegenüber so hilflos gefühlt, denn tief in sich fühlte sie, daß seine Verärgerung nicht unbegründet war. Und deshalb verharrte sie erschrocken in ihrer trotzigen Haltung.

Da stand Pino plötzlich auf, in Strümpfen, Teresas Kette um den Hals, mit Teresas Ringen und Ohrringen geschmückt.

»Aber siehst du denn nicht, was das für eine ist? Du bist doch kein Mann, wenn du sie nicht auf der Stelle umbringst!«

Pinos schimpfende Stimme riß Marta wütend aus ihrer Erstarrung.

»Du misch dich nicht ein!«

Pino stieß einen kreischenden Schrei aus, als José seine Schwester am Kragen ihrer Bluse packte und gegen die Wand stieß. Mit hervorquellenden Augen baute er sich vor ihr auf, mit einem so bedrohlichen Gebaren, daß es fast schon komisch wirkte.

Marta hatte sich den Kopf angeschlagen, sah Pino ganz außer sich, nahm einen eigenartigen Schattentanz an den Wänden wahr, doch unwillkürlich verzog sie das Gesicht zu einer Grimasse, wie sie ihr in letzter Zeit zur Gewohnheit geworden war. Sie lächelte.

José verlor jegliche Kontrolle und begann, sie links und rechts zu ohrfeigen.

Marta spürte den brennenden Schmerz und lächelte. Ganz unbewußt nahm ihr Gesicht diesen Ausdruck an. Tief in ihr, in einem Teil ihres Wesens, der nicht überlegte, sondern empfand, mochte dieses Lächeln entspringen. Jetzt war sie die einzige Gelassene, die einzige Starke.

Ihr Bruder beschimpfte sie mit ähnlichen Worten wie Pino. Dann hielt er keuchend inne.

»Du wagst es nicht zu antworten, stimmt's? Du hast uns alle mit deiner verfluchten Lernerei hinters Licht geführt ... Jeden Tag am Strand mit diesem Idioten ... Nachdem ich erfahren mußte, was sich alle Leute erzählen, habe ich heute nachmittag mit Sixtos Vater gesprochen ... Der gute Mann hätte nichts gegen eine Heirat einzuwenden! Aber was bildest du dir denn ein? Für wen hältst du mich, du glaubst wohl, du kannst dich über mich lustig machen? Hinter meinem Rücken eine Heirat oder sonstwelchen Schabernack aushecken?«

»Ich habe nicht vor zu heiraten.«

Sicher und fest kam der Satz über Martas Lippen.

José hielt einen Moment verunsichert inne. Dann ging er wieder zum Angriff über.

»Davon kann auch gar keine Rede sein. Von heute an ist Schluß mit Schule und Stadtfahrten; ab jetzt bleibst du zu Hause, kapiert? Hier, bei Pino und deiner Mutter.«

Marta setzte dem eine erstickte Stimme, eine zögerlich vorgetragene Notwendigkeit entgegen:

»Aber die Prüfungen ...«

»Vergiß deine Prüfungen. Und jetzt ab in dein Zimmer, ohne Abendessen. Du kannst oben weiterlachen.«

Ohne sich noch einmal umzudrehen, stieg Marta die Treppe hinauf. Ihr Zimmer kam ihr groß und leer vor. Die Spaliere an dieser Hausseite waren mit stark duftendem Jasmin bewachsen.

Sie legte sich aufs Bett. Nicht um zu beten, sondern um sich zu beruhigen, um ihr klopfendes Herz zu beschwichtigen. Sie war bestraft worden. Der Schmerz auf den Wangen kümmerte sie nicht, im Gegenteil. Schon immer hatte sie gewußt, daß jede Unüberlegtheit, jede Sünde ihre Strafe nach sich zog. Aber das war es nicht, wofür José sie bestraft hatte.

Sie hörte Schritte im Flur, leichte, katzenhafte Schritte. Dann ein leises Schürfen an der Tür; schließlich trat die Majorera ein. Marta war wütend über ihr Eindringen. Sie setzte sich auf.

»Was ist los, Vicenta? Was willst du schon wieder?«

»Ich habe gerade deine Mutter versorgt und einen Streit unten gehört. Ich dachte, es habe mit dir zu tun.«

»Was geht dich das denn an.«

»Schon gut. Irgendwann wird es dir leid tun.«

»Laß mich in Frieden!«

Marta schaltete das Licht aus. Angezogen streckte sie sich bäuchlings wieder auf dem Bett aus; sie lauschte auf die Geräusche des Hauses. Auf das Geräusch des Windes im Garten.

Man hatte sie wegen Sixto geschlagen. Nicht, weil sie ihn ohne Veranlassung geküßt hatte, was sie selbst im Grunde verurteilte, sondern weil man davon ausging, daß sie ihn heiraten wollte, wie es so selbstverständlich, so überaus einfach gewesen wäre. Das war das Unbegreifliche ... Ach, aber sie freute sich. Sie freute sich, daß es das gewesen war, daß José zutiefst grausam und ungerecht gehandelt hatte, als er sie schlug ...

Sie sagte es sich laut vor: »Ich freue mich; jetzt kann ich José bekämpfen ...« José bekämpfen, aber nicht, um Sixto zu heiraten, denn – und für Momente hatte sie dabei solche Lust zu lachen, daß sie den Mund gegen das Laken pressen mußte, um an sich zu halten –, denn seit diesem Nachmittag wußte sie, daß Sixto ihr nichts bedeutete, absolut gar nichts.

Nachdem sie diesem nervösen Lachdrang Einhalt geboten hatte, hob sie horchend den Kopf. Aus dem Erdgeschoß drangen ferne Geräusche von Leben herauf. Im Flur war es ganz still. Später hörte sie Lolillas und Carmelas Schritte. Ein Tuscheln ... Dann waren sie wieder fort. Was machten die beiden nur im Flur? An ihre Tür klopften sie nicht. Marta stand auf und schob den Riegel vor. So war sie ruhiger.

Sie würde ihren Verwandten Bescheid geben ... Oder Pablo. Alle würden die Verlobung gutheißen. Ungeachtet dessen, was Daniel gesagt hatte, waren sie nicht solche Ungeheuer wie José. Wer konnte schon etwas Schlimmes daran finden, wenn zwei junge Menschen sich verlobten, die sich von Kindesbeinen an kannten! So ein Irrwitz! Sie legte sich die Hände gegen ihre pochenden Schläfen. Noch nie hatte ihr Kopf so geschmerzt. Vielleicht sollte sie weinen, damit der Schwindel verginge ... Denn Marta und Sixto waren ja gar nicht verlobt. Und Marta wollte auch gar nicht, daß sie es je wären. Sixto würde es bestimmt ebensowenig wollen, auch wenn sein Vater solchen Unsinn sagte. Sie hatten nichts gemeinsam. Rein gar nichts. Er wollte auf der Insel bleiben. Er war nach seinem Krieg und seiner Verwundung auf die Insel zurückgekommen, und Marta wollte von ihr weg. Sie könnte nicht mehr hier leben, wenn erst die Fenster jenes Hauses am Meer ihre Bedeutung verloren hätten.

Sie wünschte sich nichts sehnlicher, als mit ihnen fortzufahren. Mit ihnen vieren: Hones, Daniel, Matilde und Pablo ... Sie hatten es gesagt. In einem Monat. Sie würde sich eine Schiffspassage besorgen. Und hatte sie die Insel erst einmal verlassen – wie sollte José da das Spektakel wagen, sie holen zu lassen? Gut, sie war noch minderjährig, ein kleines Mädchen, über das alle bestimmen konnten. Aber mit Daniel war sie genauso eng verwandt wie mit José. Sie konnte sich an ihn halten. Wenn sie es geschickt anstellte, würden die Verwandten ein Einsehen haben. Beinahe ironisch rief sie sich erneut Daniels altes, sommersprossiges Gesicht vor Augen, wie er ihr riet, die Formen zu wahren. Nun, sie würde sie wahren, sie würde ihre tatsächlichen Absichten verbergen. Es war ihr immer schlecht damit ergangen, ihr Herz zu sehr auf der Zunge zu tragen, sich zu sehr anzuvertrauen.

Ihre Gedanken schlugen solche Kapriolen, daß sie Angst bekam, wahnsinnig zu werden.

Vor allem mußte sie Pablo sehen. Der Maler war auch einmal von zu Hause weggelaufen, und in einer solch ernsten Situation würde er ihr seine Hilfe nicht verweigern. Oder er würde sie zumindest nicht verraten, wenn sie ihn bat zu schweigen, dessen war sie sicher. Denn ihr konkreter Plan bestand darin, von der Insel zu flüchten.

Sie beschloß, sich in die Küche hinunterzuwagen, wo das Telefon stand. José hatte es dorthin verbannt, weil er es haßte. Nur wegen Teresas Krankheit hatten sie eines im Haus. Marta überlegte, daß es in Pablos Hotel bestimmt auch ein Telefon gab. Ihre Verwandten hatten ebenfalls eines bei sich in Las Palmas. Jemand mußte ihr helfen, das Haus zu verlassen. Ihre Verwandten mußten ihr helfen zu entkommen ... Zumindest diesem Hausarrest zu entkommen, den José zur Strafe verhängt hatte. Das erschwerte alle Pläne.

Sie begann, im Zimmer auf und ab zu gehen. Das Parkett knarrte unter ihren Sandalen, sie zog sie aus. Sie merkte, daß sie zitterte. Es war unglaublich, worauf sie da gekommen war, daß sie tatsächlich ans Fortlaufen dachte. Aber sie würde es tun, und ob! Eigenartig war nur, daß sie nicht früher daran gedacht hatte, immer schon.

Die Ohrfeigen hatten einen tiefsitzenden Verteidigungsinstinkt, echten Kampfgeist in ihr geweckt. Plötzlich wußte sie, daß niemand sie je mit roher Gewalt besiegen würde, niemals, niemals. Sie bebte vor Erregung.

Das Zittern wurde so stark, daß sie keinen Gedanken mehr fassen konnte. Sie trat ans Fenster und stützte die Ellbogen auf dem Fensterbrett ab, bis sie weh taten. Einem wilden Tier gleich biß sie sich in die Hand bis aufs Blut, um sich irgendwie zu beruhigen. Schließlich brachte der körperliche Schmerz sie einigermaßen zur Besinnung, und gefaßter lauschte sie reglos den letzten Geräuschen im Haus. Den Blick in den Sternen, als müßte sie sie zählen. Wartend.

José und Pino stiegen die Treppe herauf, um schlafen zu gehen; sie hörte ihre Schritte. Marta hatte sich noch nie besondere Gedanken über José und Pino gemacht; trotzdem waren sie auf ihre Weise doch ziemlich absonderlich. Vielleicht trugen alle Menschen etwas Seltsames in sich, so grau sie einem auch scheinen mochten. Wie hatte Pablo einmal gesagt? Sie haben ihre Dämonen … In Josés Augen hatte an diesem Abend eine solche Kälte gelegen, ein solcher Haß. Die Erinnerung daran wühlte Marta auf, und sie konnte nicht anders, als ihn ebenfalls zu verabscheuen. Aber sie begriff einfach nicht, warum die Tatsache, sie könnte einen Verlobten haben, solche Feindseligkeit in seinem Blick weckte.

›Ich will nicht an José denken. Ich muß an meine Flucht denken. Mir bleibt wenig Zeit, ich muß die Schiffspassage so bald wie möglich besorgen.‹

Langsam wurde sie von immer größerer Ruhe erfüllt. Wenn es Dinge zu tun gibt, verschwinden die Zweifel. Einmal schon war es ihr ähnlich ergangen, vor langer Zeit, vor Jahren, kam es ihr fast vor, als Pino eines Nachts einen hysterischen Anfall gehabt und sie sich um sie gekümmert hatte. Das war am Abend vor der Ankunft der Verwandten gewesen. Bis dahin war sie noch ein richtiges Kind gewesen. Dann waren viele Dinge geschehen.

›Keine Erinnerungen. Denk an das, was dir wirklich wichtig ist.‹

Von Zeit zu Zeit unterbrach Marta ihre in alle Richtungen schießenden Gedanken … Seit einiger Zeit gab es zwei Martas in ihr. Eine ordnende und eine impulsive …

›Jetzt, gleich jetzt schleichst du in die Küche hinunter und telefonierst. Zumindest wirst du deinen Verwandten Bescheid geben, daß du hier eingesperrt bist ... Dann werden sie später besser verstehen, warum du davongelaufen bist‹, dachte sie zum tausendsten Mal.

Plötzlich fühlte sie sich ganz berauscht. Was für ein großes Glück, daß José so die Beherrschung verloren hatte! Sonst hätte sie sich vielleicht nie dazu entschlossen, davonzulaufen. Ihre Abscheu gegen José verflog, nahm andere Formen an. Er flößte ihr Furcht und Entsetzen ein, aber das half ihr, spornte sie an.

Mitten im Zimmer stehend, lächelte sie in die Dunkelheit. Ein eigenartiges Triumphgefühl loderte in ihrem Körper wie eine Flamme. Das Leben war auf ihrer Seite. Sie war jung, stark, entschlossen. Alle ihre Sehnsüchte waren zu einem einzigen Ziel verschmolzen: davonzulaufen.

Als sie ihre Zimmertür öffnete, nachdem das dumpfe Klakken des Riegels beim Zurückschieben in ihrem Kopf widergehallt hatte, fühlte sie sich erneut entmutigt und voller Angst. Dennoch schlich sie zur Treppe. Unten lag das Eßzimmer im nächtlichen Schein seiner Fenster; die Standuhr tickte gleichmäßig.

Sie durchquerte den großen, langen Raum. Als sie die Schwingtür aufdrückte, die in den Küchenbereich führte, atmete sie erleichtert auf. Einen Augenblick hielt sie in der kleinen Anrichte inne. Vor ihr schimmerte der Kühlschrank und zu beiden Seiten die Türen zu Speisekammer und Küche.

Die Küche war riesig. Eine Art Wohnraum mit hellroten Kacheln. Sie hatte ein Fenster und eine Tür, die zur überdachten Terrasse hinausgingen und durch die man auf den Gemüsegarten mit den Agaven ringsum sah. Über dem Hügel entsandte ein aufsteigender Mond seinen ersten Lichtstrahl und ließ den Glanz der Sterne verblassen. Am liebsten wäre sie stehengeblieben, um zu lauschen, wie draußen die Luft zwischen den aufragenden Spitzen der Agaven hindurchstrich.

Die Küche war sauber und warm, die duftende Nacht strömte herein. In ihrem Halbdunkel fühlte Marta sich ganz sicher, wie ein Tier, das in seinen Stall kommt; sie fand es unnötig, das Licht anzuschalten, und durchquerte den Raum bis zum Telefon. Erstaunt blieb sie vor dem altmodischen Apparat stehen. Sie hatte ganz vergessen, daß sie auf dem Land kein Wähltelefon hatten. So sonderbar es sein mochte, aber sie hatte noch nie das Telefon in ihrem Haus benutzt. Einen Augenblick war sie ganz verunsichert, dann rief sie mit wütender Entschlossenheit die Vermittlung an und wartete … War sie um diese Zeit überhaupt besetzt? Sie mußte es einfach sein.

Sie hatte nicht gemerkt, daß man ihr aus dem oberen Stockwerk gefolgt war. Und mit dem Hörer in der Hand konzentrierte sie sich nur noch darauf, rasch eine Verbindung zu bekommen. Um so entgeisterter war sie, als plötzlich das Licht anging. Marta ließ den Hörer fallen und sah entsetzt blinzelnd zur Tür.

Es war José. In Pyjama und Pantoffeln. Lang und steif wie ein Stock. Er sah nicht mehr so wutschäumend aus, wie Marta ihn in Erinnerung hatte, aber er war sichtlich verärgert.

»Darf man wissen, wen du da anrufst? Bist du verrückt geworden oder was? Ich habe schon so etwas befürchtet.«

Der an der Schnur baumelnde Hörer schlug gegen die Wand. Marta war erschrocken; die entsetzliche Angst, die sie eine Weile zuvor im Eßzimmer überkommen hatte, stellte sich jedoch nach der anfänglichen Überraschung nicht mehr ein. Zutiefst erleichtert blinzelte sie, als sie hörte, wie die Tür des Dienstmädchenzimmers aufging. Es war nur durch die Wand von der Küche getrennt und ging zur selben Terrasse hinaus. José horchte ebenfalls auf und hielt beim Quietschen der Tür auf seinem Weg zu Marta inne. Man hörte nackte Schritte auf dem Steinboden unter dem Vordach, und Vicenta erschien im Fenster. Sie trug ein seltsames Nachtgewand. Ein graumelierter, eingedrehter Zopf fiel ihr auf eine Schulter. Ihre Augen blitzten lebhaft wie immer.

»Ist etwas mit der Señorita Teresa?«

»Geh zum Teufel!« fuhr José sie an. »Nichts ist mit ihr.«

Er zögerte verärgert. Trotz der bedrückenden Stimmung nahm Marta all ihre Kraft zusammen.

»Ich wollte die Verwandten anrufen. Ich darf ihnen doch wohl zumindest über meinen Arrest Bescheid geben ...«

José hängte den Hörer ein und umgriff mit harten Fingern Martas Nacken. Es kam ihr vor, als wollte er sie erwürgen. Er stieß sie nur aus der Küche, dies tat er jedoch voller Zorn.

»Ab in dein Zimmer ... Dir werde ich es schon noch zeigen ... Bescheid geben willst du ihnen? Glaubst du vielleicht, ich bin ihnen irgendeine Rechenschaft schuldig, ausgerechnet denen, dieser Bande von ...?«

Er zischte die Worte vor sich hin. Man verstand ihn kaum.

Vor sich her schubste er sie die Treppe hinauf, stieß sie in ihr Zimmer und zog den Schlüssel aus dem Schloß.

Marta hatte sich die Zehen eines Fußes angeschlagen. Sie pochten in einem stechenden Schmerz, und gleichzeitig kribbelte ihr Nacken noch von Josés festem Griff. Die Tür schlug zu. Sie hörte, wie ihr Bruder den Schlüssel herumdrehte und sie von außen einsperrte.

XII

Marta blieb mehrere Tage auf der Finca eingesperrt. Es war ein erträglicher Arrest. Sie konnte in den Garten hinaus und über das Grundstück spazieren, nur das – stets offene – schmiedeeiserne Eingangstor durfte sie nicht passieren.

In Marta rauschte die Ungeduld wie ein mit der Flut ansteigendes Meer, und ihre Phantasie eilte ihr voraus. Immer wieder hoffte sie, daß ihre Verwandten nach ihr fragen würden, aber die Tage vergingen, und sie mußte diese Hoffnung aufgeben. Wahrscheinlich hatten sie schon genug damit zu tun, ihre Rückreise vorzubereiten, und konnten sich nicht noch um sie kümmern. Sie unternahm keinen Versuch mehr zu telefonieren, überzeugt, daß es ohnehin nichts nützen würde.

Schweigend nahm Marta die Mahlzeiten mit ihrem Bruder und ihrer Schwägerin ein, und leistete Pino wortlos Folge, wenn sie ihr irgendeine Arbeit im Haus auftrug. Sie hoffte, man würde ihre Strafe aufheben, wenn sie gutes Betragen zeigte. Aber ihre Geduld erschöpfte sich langsam. Am unerträglichsten war es für sie, abends nähend Pino gegenüberzusitzen. Ihre Schwägerin liebte es, sie zu quälen, und Marta litt in der Tat. Doch nicht wegen der Worte ihrer Schwägerin, sondern weil sie nicht allein sein konnte, weil sie von Zeit zu Zeit, wenn auch einsilbig, antworten mußte, um die andere nicht zu reizen. Nach zwei Wochen des Eingesperrtseins merkte sie, daß sie es nicht länger aushielt.

»Einen schönen Verlobten hast du, schickt dir nicht mal eine Nachricht oder versucht dich zu sehen ...«

Solche Dinge sagte Pino. Sie saßen beide am Fenster, einen Korb Kleider zum Ausbessern neben sich. Marta stellte sich ungeschickt beim Nähen an und war verärgerter denn je. Sie zuckte die Achseln.

»Ich habe keinen Verlobten, aber wenn ich einen hätte, wäre das vielleicht ein Verbrechen?«

»Das frag mal deinen Bruder.«

»Ich sage dir doch, ich habe keinen. Ich weiß nicht, warum ich überhaupt hier eingesperrt bin.«

»Bin ich das nicht auch und muß es aushalten? Wenn dein Bruder es so will, dann mußt du dich eben genauso damit abfinden.«

»Ich bin nicht mit meinem Bruder verheiratet.«

Sie saßen im Eßzimmer, vor den Fenstertüren. Der Abendwind wehte über den Garten, drinnen tickte die Standuhr.

»Nein«, sagte Marta, »ich halte es nicht aus.«

Sie stand auf und warf ihre Näharbeit in den Korb.

»Setz dich sofort wieder hin!«

»Du hast mir gar nichts zu sagen.«

Pino schrie wütend los. Marta flüchtete die Treppe hinauf in ihr Zimmer, sperrte sich ein und warf sich weinend aufs Bett. Diese zwei Wochen Arrest hatten sie fahrig und unausgeglichen gemacht. Sie wußte von der Majorera, daß Sixto mehrere Male angerufen hatte. Aber das tröstete sie wenig; von Sixto wollte sie nichts wissen.

Als es dunkel wurde, hörte sie Josés Wagen im Garten, und kurz darauf klopfte ihr Bruder an ihre Tür. Marta öffnete ihm.

»Darf man wissen, was du Pino getan hast? Sie sagt, du hättest sie geschlagen.«

»Und du glaubst ihr?«

José zögerte.

»Du hast ihr zu gehorchen, verstanden?«

»Ich sehe nicht ein, warum.«

»Sonst wird es dir noch leid tun.«

»Ihr wollt mich doch nicht etwa vergiften! Schlimmer als jetzt kann es ja wohl nicht werden.«

»Es war schamlos, dir einen Verlobten hinter meinem Rükken anzulachen.«

»Ich sage dir doch, ich will gar keinen Verlobten ... Das habe ich dir schon tausendmal gesagt, aber wenn ihr mich hier einsperrt und mich weder lernen noch leben laßt, dann laufe ich noch mit ihm davon und heirate unter staatlicher Vormundschaft. Ich kenne meine Rechte sehr gut.«

Marta hielt inne, über sich selbst erschrocken. Sie war so zermürbt, verzweifelt und traurig nach der tagelangen Monotonie und Untätigkeit, daß sie unbeherrscht und dreist geworden war. Zweifellos würde diese Antwort einen Wutausbruch Josés zur Folge haben. Doch überrascht sah sie, daß er nur das Zimmer durchquerte und mit dem Rücken zu ihr aus dem Fenster sah. So stellte er sich immer hin, wenn etwas ihn nachdenklich stimmte.

Die Menschen bekommen es mit der Angst zu tun, wenn man sich auf seine Rechte, auf das Gesetz beruft, aber das wußte Marta noch nicht, und so sah sie verwundert auf Josés lange, von ihr abgekehrte Gestalt, die einem so gleichmütigen Schweigen anheimgefallen war. Immer noch abgewandt, ergriff er schließlich wieder das Wort.

»Niemand will dich hier gefangenhalten ... Verstehst du? Aber wenn der Moment für dich gekommen ist zu heiraten, werde ich dir einen Verlobten suchen, der zu dir paßt. Der da hat es nur aufs Geld abgesehen. Das ist ein Schwachkopf.«

Marta hatte die unterschiedlichsten Impulse. Loszulachen oder ihm mit einer Beleidigung zu antworten zum Beispiel, aber stumm wartete sie ab. Als das Schweigen andauerte, fragte sie schließlich:

»Wann kann ich wieder in die Schule gehen?«

»Morgen, wenn du willst«, war die überraschende Antwort. »Aber du mußt mir versprechen, daß du dich nicht mehr mit diesem Idioten triffst.«

José sah sie prüfend an; in Marta stieg eine so große Freude auf, daß sie keinen Ton mehr herausbrachte. Am Ende versprach sie ihm, was er wollte, heftig nickend, um ihren Worten Nachdruck zu verleihen.

»Ich habe dir doch gesagt, daß er mir ganz egal ist.«

»Um so besser. Aber sei auf der Hut!«

Das Abendessen war unerquicklich; eine gereizte, beleidigte Pino saß ihr gegenüber. Aus ihrer neuen Stärke heraus begann Marta zu verstehen, warum Pino so mißgünstig und unleidig war. Ihr Leben war so ungeheuer langweilig, und nichts schlägt mehr aufs Gemüt als diese kleinkarierte, triste Langeweile ohne jede geistige Herausforderung. In diesem Haus alt zu werden, ohne daß irgend jemand sich für sie interessierte, das war Pinos Zukunft. Deshalb sah Pino sie mit einem grauen Neid an und merkte es nicht einmal. Pino war krank vor Neid auf alles und jeden. Diese Krankheit machte ihre Augen glasig und ihre Hände zittrig wie im Fieber.

Sie hatte mit José gestritten. Wäre es nach Pino gegangen, hätte José Marta an den Haaren gezerrt und ihr eine gewaltige Tracht Prügel erteilt. Unerschüttert hatte Marta sie diese Dinge schreien hören. Sie merkte, daß für sie einzig die Tatsache zählte, zwei Wochen ihres Lebens verloren zu haben, gehorsam und stumm im Haus eingesperrt ... Nicht einen Tag mehr würde sie verlieren. Schaudernd vor Entsetzen dachte sie daran, daß ihr Leben ab dem nächsten Jahr, wenn sie nicht mehr den Vorwand der Schule hätte, eben das Leben sein würde, das sie in diesen letzten Tagen geführt hatte, würde sie nichts dagegen unternehmen und sich die einzigartige Gelegenheit entgehen lassen, sich den Verwandten bei ihrer Abreise anzuschließen.

Sie hatte keinen Hunger bei diesem Abendessen. Sie aß nur,

um ihre Gedanken zu verbergen, denn es schien ihr, als könnten ihr Bruder und ihre Schwägerin sie ihr an den Augen ablesen. Und so schluckte sie mit gesenktem Kopf langsam das Essen herunter. Als sie dazu in der Lage war, fragte sie:

»Weiß man schon, wann die Verwandten abreisen?«

»Ja, sie haben Schiffspassagen für den zwölften Mai. Warum?«

»Du weißt doch, daß ich mit ihnen fahren wollte.«

Pino warf sich aufgebracht in ihrem Stuhl zurück. Sie erwartete eine gepfefferte Antwort von seiten ihres Mannes. Jeder kleinste Zwischenfall nahm für sie ungeheuerliche Ausmaße an. Ihr linkes, schielendes Auge verlieh ihr einen boshaften Zug. José blieb unerschütterlich.

»Du hast ganz schön viel Unfug im Kopf, Marta. Sei froh, wenn ich dich nicht wieder ins Pensionat stecke.«

»Ins Pensionat ...« In Pinos Stimme bebte ein erbitterter Groll. »In ein gutes Pensionat wohl noch ... In eine Besserungsanstalt gehört sie ...«

Marta atmete tief durch, während Pino ihren üblichen hysterischen Anfall bekam. Wie immer vermischte sie dabei Anschuldigungen gegen Marta mit Vorwürfen, die sich gegen ihren Mann, und Beschimpfungen, die sich gegen Teresa richteten. Wie immer verlor José die Beherrschung und schrie sie an:

»Und was hat das jetzt damit zu tun?«

Marta wollte sich lautlos davonstehlen.

»Was das damit zu tun hat, du Verbrecher ...? Verbrecher! Du sperrst mich hier ein, und andere lachen sich ins Fäustchen! Schau nur, wie die da lacht, schau sie nur an, ich bringe sie noch um!«

Pino sprang auf und warf Marta ein Messer an den Kopf. Das Mädchen duckte sich rasch, und das Messer glitt über sie hinweg. Bestürzt versuchte José seine Frau zu beruhigen, die nun schluchzend in ihre depressive Phase kam.

›Am zwölften Mai …‹, fuhr es Marta durch den Kopf. ›Mir bleiben noch etwa zwei Wochen. Wenn alles gutgeht, ist es mit alldem hier bald vorbei. Nie wieder werde ich diesen hysterischen Anfällen beiwohnen. Nie wieder werde ich das Ticken dieser Uhr hören. Nie wieder …‹ Dieses ›Nie wieder‹ zu denken war wie Balsam für ihre Seele, belebte sie, putschte sie auf. Und so stand sie neben dem Tisch, etwas blaß, sehr ernst, aber mit glänzenden Augen.

Nachdem sie so viele Tage daran gedacht hatte, schlenderte sie am nächsten Tag, abgemagert durch die Anspannung, ruhig durch die Straßen von Las Palmas.

Zum ersten Mal sah sie sich bewußt die Geschäfte der Stadt an. Sie war immer zu schüchtern gewesen, um sie zu betreten, und hatte nie etwas gekauft. Sie bewunderte ihre Freundinnen, wenn sie voller Vergnügen Stoffe betasteten und sie in ihrer Vorstellung zu künftigen Kleidern kombinierten, sich kleine, erschwingliche Dinge wünschten und dann glücklich über ihre Anschaffungen waren. Sie hatte sich nie etwas Konkretes gewünscht, zumindest nichts, was man für ein paar Münzen erstehen konnte. Sie hatte immer das Gefühl gehabt, daß sie mehr als genug Kleider zum Anziehen hatte, mehr als genug Essen auf dem Tisch, zuviel Kram in ihren Schubladen. Nie hatte sie die Auslagen der Läden betrachtet. Und nun hatte sie selbst etwas zu verkaufen und sah sich vor einer großen Schwierigkeit. Zu manchen Dingen im Leben fühlte sie sich gänzlich unfähig, kam sich albern und hilflos vor. Sie mußte die wenigen Wertsachen, die sie auf der Welt besaß, zu Geld machen, aber sie schätzte sie selbst so gering, daß sie Angst hatte, man könnte sich über sie lustig machen, wenn sie sie herzeigte.

Aber Menschen kaufen. Sie sah Frauen mit Paketen. Elegante junge Mädchen mit hohen Absätzen und andere mit anmutigen weißen kanarischen Mantillen. Marta war nie anmutig genug für eine feine kanarische Mantille gewesen. Sie wußte weder ihre Hände durch sorgfältig lackierte Fingernägel zur Geltung zu bringen noch ihre Lippen nachzuziehen, ihre Augen zu betonen oder Schmuck zu verwenden. Für all das braucht man Zeit, Geduld und muß gefallen wollen ... Alle Frauen, denen sie begegnete und denen die Männer nachsahen, schienen diese Eigenschaften zu besitzen ... Wie auch ihre Freundinnen. Deshalb blühten sie im Schutz ihrer vier Wände glücklich auf, im beschaulichen Frieden der Stadt, in der vom Meer umschlossenen Landschaft. Sie hatten alles, was sie brauchten, und träumten nicht von Flucht.

Die Geschäfte rochen nach Spitze und neuen Stoffen. Die indischen Läden boten Manilatücher und Elefanten aus Elfenbein feil und dufteten bis auf die Straße nach Seide und Edelholz. All das konnte eine ebenso starke Verlockung sein wie für sie das Tuten der nachts auslaufenden Schiffe ...

Sie begegnete zwei Schulfreundinnen, die sie auf die Wangen küßten und sie zu überzeugen versuchten, mit in ein Radiogeschäft zu gehen, um die neuesten Platten zu hören. Da stieg die übermächtige, verzweifelte Ungeduld in ihr hoch, an der sie fast erstickte, und beinahe gewaltsam riß sie sich von ihnen los.

Beim mittäglichen Kanonenschlag merkte sie, daß ihr kaum noch Zeit blieb. Sie hatte Ruhe und Geschicklichkeit aufwenden müssen, um das Haus früh verlassen zu dürfen. Nachdem Pino abends ins Bett gegangen war, hatte sie José um Geld gebeten, um morgens den Bus nach Las Palmas zu nehmen.

»Denn ich glaube nicht, daß Pino es gern sähe, wenn du mich mitnehmen würdest.«

»Es genügt voll und ganz, wenn du nachmittags in die Schule fährst.«

»Ich muß den Unterricht vorbereiten. Ich habe viel versäumt in den letzten Tagen. Ich werde zu Anita gehen.«

»Denk daran, was du mir versprochen hast«, sagte José schließlich.

»Du wirst mich nicht mit Sixto sehen.«

Nach dieser Unterredung war sie frei ... Und jetzt verlor sie soviel Zeit, weil sie sich nicht traute, einen der Läden zu betreten, was zugleich die Gefahr mit sich brachte, daß José in seinem Wagen vorbeifuhr und sie durch die Straßen wandern sah.

Sie mußte sich dazu durchringen, in ein Geschäft zu gehen, das sie bereits ausgekundschaftet hatte und an dessen Tür sie schon mehrmals vorbeigeschlendert war. Es war ein kleiner Laden, in dem unzählige Uhren im Gleichtakt liefen. Hinter dem Ladentisch war ein Mann mit einer großen Lupe beschäftigt. Marta hatte ihn eine lange Weile durch das Schaufenster beobachtet. Die Leere und Stille des kleinen Geschäfts zogen das Mädchen an. Die Sonne glitzerte auf dem Zierat, und wenn eine Uhr die Stunde schlug, taten es ihr die anderen mit wenigen Sekunden Abstand gleich. Der Mann hatte einen gleichmütigen Blick auf den blonden Schopf geworfen, der an diesem Morgen so hartnäckig sein Fenster belagerte. Glücklicherweise musterte er sie nicht eingehender. So konnte Marta ihre Schüchternheit überwinden und den sauberen kleinen, nach Metall riechenden Ladenraum betreten. Eine tiefe Stille stülpte sich über sie.

Als der Mann die Lupe abnahm und sie fragend anblickte, holte Marta aus ihrem Lederranzen ein ziseliertes Silberkästchen und öffnete es. Mit leicht zittrigen Händen breitete sie auf dem gläsernen Ladentisch aus, was sie ihren Tand nannte und womit sie sich nie schmückte: zwei Paar sehr kindliche goldene Ohrringe, mehrere dicke silberne Armreifen, eine ebenfalls ziemlich schwere goldene Kette, ein goldener kleiner Siegelring mit ihren Initialen, ein weiterer Ring mit einem kleinen Rubin, ein großes Medaillon, das sie von ihrer Großmutter geerbt hatte und ziemlich scheußlich fand, das aber mit Brillanten verziert war, und ein kleiner Heiligenanhänger aus Platin mit winzigen Brillanten an einer Kette. Das war ein Geschenk zu ihrer Erstkommunion gewesen.

Erschrocken hörte sie das kalte Klirren der Schmuckstücke, als sie sie auf der Glastheke auslegte. Sie fühlte sich unfähig, den Mund aufzumachen. Immer armseliger schienen sie ihr. Konnten sie überhaupt etwas wert sein?

»Ich würde gern wissen, wieviel das wert ist.«

Der Mann erhob sich, unerwartet groß in seinem langen Kittel. Marta hatte den Eindruck, daß er sie streng mit dem Auge musterte, auf dem gerade noch die Lupe geklemmt hatte und das selbst ohne sie größer als das andere schien. Dann begutachtete er eingehend die einzelnen Stücke, setzte sich die Lupe wieder auf, kratzte über die Metalle. Schließlich äußerte er sich etwas unergründlich:

»Dafür könnten Sie dreihundert Peseten bekommen. Mit dem Kästchen.«

Hastig sagte Marta und spürte, wie sie dabei rot wurde:

»Für zweihundertfünfzig können Sie alles behalten.«

Der Mann wurde ärgerlich.

»Ich habe Ihnen doch gesagt, ich biete Ihnen dreihundert Peseten.«

»Ach so. Tja ... Also gut. Dann behalten Sie es.«

Marta wurde vor Freude ganz schwach. Wie einfach war es doch, etwas zu verkaufen. Sie hatte aufdringliche Fragen befürchtet und sogar Drohungen, man würde ihre Familie benachrichtigen. Doch glücklicherweise interessierte sich der Händler nicht für ihre Familie und ließ sich auch nicht durch ihre Preissenkung verlocken. Man merkte gleich, dachte Marta, daß er ein anständiger Mensch war; aus seinem verdrießlichen, gleichgültigen Gesicht schien ihr eine unermeßliche Güte zu sprechen, als er ihr das Geld reichte.

Dreihundert Peseten waren eine märchenhafte Summe für sie.

Sie hatte Angst, sie zu verlieren, nie zuvor hatte sie soviel Geld besessen.

Wie trunken ging sie auf die Straße hinaus, die ihr noch nie so schön und belebt vorgekommen war, obwohl um diese Mittagsstunde kaum noch eine Menschenseele zu sehen war. Sie war sich bewußt, daß sie den ersten wichtigen Schritt zur Durchführung ihres Plans getan hatte.

Beim Mittagessen begannen sie Zweifel zu quälen, ob das Geld für eine Schiffspassage reichen würde. Ihre Kehle war wie zugeschnürt. Sie mußte sich zwingen weiterzuessen und trank viel Wasser, um die Bissen hinunterzuspülen. Sie konnte weder etwas sagen noch den Verwandten richtig zuhören, die sich zu freuen schienen, sie nach ihrer »Krankheit« wiederzusehen. Konnten sie wirklich glauben, sie sei zwei Wochen lang krank gewesen? Sie horchte nur auf, als sie erwähnten, Pablo fahre an ebendiesem Nachmittag in den Süden.

»Ein Verrückter, dieser Pablo … Ich weiß nicht, was er in diesen Lavaschluchten malen will. José hat ihn neulich gewarnt, daß er dort nicht mal eine Unterkunft finden wird.«

Marta erfuhr, daß sie während ihres Hausarrests alle zusammen einen Tagesausflug zur Südspitze der Insel, an den Strand von Maspalomas, unternommen hatten. Sie waren in Josés Auto gefahren. Marta wußte natürlich von dem Ausflug, zu dem sie infolge der ihr auferlegten Strafe nicht mitgenommen worden war. Sie hatte Pino sehr sommerlich gekleidet aus dem Haus gehen sehen, mit Segeltuchschuhen und Sonnenbrille, und hatte gesehen, wie der Picknickkorb vorbereitet wurde. Es war ihr gar nicht in den Sinn gekommen zu fragen, ob sie mitfahren dürfe, und als Pino mit verbrannter Nase heimgekommen war, über die Hitze klagend, der sie ausgesetzt gewesen waren, über die Dornen, die ihr das Kleid zerrissen hatten, über den Sand im Essen, hatte Marta sich stumm amüsiert. Pino haßte Landpartien.

Doch nun stellte sich heraus, daß Pablo ebenfalls an diesem Ausflug teilgenommen hatte und ganz begeistert gewesen war.

»Ich würde ja verstehen, wenn er Maspalomas malen wollte, es ist ein herrlicher Strand, mit seinem Palmenhain und seiner Süßwasserlagune. Ein Traum ... Aber die Lavaschluchten mit diesen riesigen Kakteenwäldern sind einfach grauenhaft. Ich habe noch nie Kakteen gesehen, bevor ich auf die Insel kam, und dort sind sie wirklich gigantisch. Sie sehen aus wie alte Kerzenleuchter, wie diese ausladenden Kandelaber, die man in die Salons stellte ... Wie heißen diese Kakteen doch gleich, Marta?«

»Cardones.«

Marta erinnerte sich daran, welche Angst ihr die riesigen Cardones und die mächtigen Felsen in diesen Schluchten eingeflößt hatten, als sie als kleines Mädchen einmal den Großvater in die Gegend begleitet hatte, nachdem er einen Tomatenverpackungsbetrieb in der Nähe besucht hatte. Sie hatten in einem kleinen einsamen Häuschen in eben einer dieser Schluchten zu Mittag gegessen ... Dort, an der Landstraße; eigentlich war es ein Laden gewesen ...

»Dieser Verrückte von Pablo hat gesagt, er will sich bei dem Dicken in dem Laden einquartieren, wo wir gehalten haben, um Getränke zu kaufen, und wenn das nicht geht, in einer der Fischerhütten in der Nähe ... Na ja, diese Künstler sind doch alle nicht ganz richtig im Kopf.«

»Wir werden ihn mal zwischen seinen Cardones, wie Marta sagt, besuchen. Wir müssen uns doch gebührend von der Insel verabschieden. Lang ist es nicht mehr hin ... Wir haben ja schon Ende April.«

Angestrengt versuchte Marta, sich an den Namen des dicken Ladeninhabers zu erinnern, bei dem sie mit ihrem Großvater gegessen hatte. Bestimmt wollte Pablo sich dort einmieten. Antoñito hieß der Mann. Wenn ihre Verwandten Pablo besuchen fuhren, mußten sie sie mitnehmen. Sie mußte den Maler unbedingt sehen! Sie mußte ihm von ihren Fluchtplänen erzählen. Es kam ihr vor, als würde sie ersticken, wenn sie sich nicht jemandem anvertraute.

Daniel bemerkte, Marta sehe schlecht aus. Hones nahm sie nach dem Essen beiseite.

»Vielleicht war es nicht richtig, daß wir deinem Bruder von deinem Verlobten erzählt haben ... Es hat ihm offenbar nicht besonders gefallen. Hat er dir etwas gesagt?«

»Ja ... er will nichts davon wissen. Aber das ist ganz egal.«

Sie hatte sich oft überlegt, die Verwandten wegen dieser Sache zur Rede zu stellen. Aber sie wußte nur zu gut, daß es sinnlos wäre. Diesen Menschen bedeutete sie nicht das geringste. ›Werden sie mir helfen, wenn sie mich auf hoher See entdecken, werden sie mich auch nicht wieder nach Hause schicken?‹ Pablo reiste ebenfalls am zwölften Mai ab, mit ihnen. Das war ihre einzige und große Hoffnung. Er würde sich auf ihre Seite stellen. Er würde den Pummel von Daniel, Hones, alle zu überzeugen wissen. Und deshalb mußte er vorher über ihre Pläne unterrichtet sein ...

Aber Pablo war weggefahren. Immer war er irgendwohin unterwegs.

Bevor sie nachmittags in die Schule ging, lief sie zum Hafen, zur Schiffahrtsgesellschaft, um sich zu erkundigen, ob es für den zwölften Mai noch Passagen in der dritten Klasse gab.

»Ja, nur noch in der dritten.«

»Wieviel kostet eine Passage bis Cádiz?«

Sie nannten ihr den Preis. Es war nicht einmal die Hälfte der Summe, die sie besaß.

»Ich hätte gern eine.«

Sie wurde erstaunt gemustert. Zwei Angestellte tuschelten sich etwas zu. Ein dritter reckte den Hals, um einen Blick auf sie zu erhaschen.

»Für Sie? Haben Sie einen Passierschein?«

»Braucht man den, um eine Passage zu kaufen?«

»Unter diesen besonderen Umständen ja, wegen des Kriegsendes ... Ohne Passierschein dürfen wir keine Passage verkaufen.«

Einen Moment lang fühlte Marta eine Beklemmung, als hätte man sie mitten in einer rasenden Fahrt jäh gestoppt. Schließlich fand sie die Sprache wieder:

»Ich werde ein paar Tage brauchen ... Wird es dann noch Passagen geben?«

»Für die dritte Klasse wahrscheinlich schon, ja.«

Als Marta blinzelnd aus dem Halbdämmer der großen, sauberen Schalterräume nach draußen trat, kam ihr der entsetzliche Gedanke, daß jemand unter den Angestellten, die in so unmittelbarer Nähe von Josés Handelshaus arbeiteten, ihren Bruder kennen und ihm alles erzählen könnte. Sie fühlte sich niedergeschlagen und zugleich angespornt von den Schwierigkeiten, die sich ihr in den Weg stellten. Pablo hätte ihr helfen können; er wußte bestimmt, wie man an einen Passierschein gelangte, er könnte ihr zur Seite stehen ... Aber wenn er nicht da war, würde sie auch so zurechtkommen. Wer davonlaufen will, muß seine Probleme alleine bewältigen können und darf kein Risiko scheuen ...

Wie im Käfig saß sie in den verschiedenen Klassenzimmern, voll fieberhafter Angst, und wälzte den ganzen Nachmittag lang die Gedanken in ihrem glühenden Kopf.

Sie hatte nicht gewagt, die Schule zu schwänzen; José hätte auch das leicht erfahren und alles mögliche denken können. Ihre Freundinnen empfand sie als lästig; ihre Gespräche waren ihr ebenso unerträglich wie die Erläuterungen der Lehrer. Sie setzte sich in die hintersten Bänke, wenn möglich direkt an ein Fenster, um das Meer zu sehen, und dieses ferne Donnern, diese freie Brise hatten etwas Tröstliches.

»Mir bleibt so wenig Zeit! Überhaupt nichts habe ich bis jetzt geschafft ...«

Ohne es zu merken, hatte sie halblaut vor sich hin gesprochen. Eine Freundin neben ihr antwortete, daß sie auch nichts gelernt habe und kaum noch Zeit bis zu den Prüfungen bleibe. Marta sah sie verdutzt an und wurde sich bewußt, daß sie schon ganz wahnsinnig sein mußte, um sich so zu verplappern.

»Aber du bist doch so gut, Marta. Du bestehst ja immer alles. Ich hoffe, du sagst mir in Literatur ein.«

Verwundert beruhigte Marta sich langsam. Es war schließlich nichts Ungewöhnliches an den Worten ihrer Nachbarin. Es war ein trauriges Mädchen, immer in Schwarz und mit Korsett gekleidet, dem es niemals eingefallen wäre davonzulaufen, für das die Schule ein schreckliches Übel darstellte, dem man sich so unausweichlich ausgesetzt sah wie dem Regen oder der Hitze ... Wie sonderbar kam all das Marta nun vor! Wenn alles gutging, würde sie zu den Prüfungen schon nicht mehr da sein. Aber die Worte des Mädchens schienen ihr ein gutes Omen, und sie drückte ihr die Hand. Ihre Nachbarin war ganz erstaunt über soviel Freundlichkeit und wollte sie später ins Vertrauen über einen Soldaten ziehen, dem sie im Rahmen der Kriegspatenschaften geschrieben und mit dem sie sich verlobt hatte, der sie jetzt aber verlassen wollte.

Die Tage vergingen, während Marta sich bezüglich der Formalitäten erkundigte, deren es bedurfte, um einen Passierschein zu erhalten, und es kam der erste Mai. Verzweifelt erkannte sie, daß sie immer noch nicht weitergekommen war ... Und der Feiertag bedeutete wieder einen verlorenen Tag. Man hatte ihr gesagt, sie brauche eine Impfbescheinigung für den Passierschein, und so brachte sie den ganzen Vormittag bei der Gesundheitsbehörde zu. Außerdem hatte sie Paßphotos im Automaten gemacht, auf denen sie kaum zu erkennen war, so grimmig schaute sie drein.

Mittags kam sie erschlagen und gespenstisch blaß zum Haus der Verwandten. Glücklicherweise waren sie nicht da, Bekannte hatten sie zu einem Abschiedsessen eingeladen. Es war eine Erholung, allein in dem stillen, kühlen Haus zu sein und nicht reden zu müssen.

»Morgen brechen Ihr Onkel und die Damen ganz früh zu einem Ausflug auf und bleiben den ganzen Tag weg. Sie haben mir gesagt, Sie würden morgen auch nicht kommen, weil Feiertag ist. Ich geh' zu mir nach Hause und bleib' dort über Nacht.«

Das Dienstmädchen wollte Marta unterhalten, vielleicht tat sie ihm leid, so alleine in dem dämmrigen Eßzimmer, abgespannt, wie sie in letzter Zeit aussah. Das Dienstmädchen war dick und hatte ein Schielauge, und als es sah, daß Marta ihr Essen nicht anrührte, zeterte es jammernd los:

»Herrgott! Weil jetzt alle auf ihre Figur achten. Wissen Sie, Kindchen, daß Sie ganz schön dünn geworden sind? Señorita Hones will ja auch immer abnehmen, aber weniger essen tut sie deshalb noch lange nicht.«

Marta hörte gar nicht hin. Sie war müde, konnte sich aber auch nicht ruhig halten. Sie streifte durch das leere Haus, die stillen Innenhöfe, die Schlafzimmer. Viele Jahre lang war sie hier unbeschwert herumgetollt. Würde sie sich irgendwann an diese großen Räume, an diese dunklen Möbel zurückerinnern, wenn sie fort war? ... Im Klosterpensionat war sie oft weinend aufgewacht, weil sie sich nicht mehr im Haus des Großvaters befand. Zweifellos war sie hier glücklich gewesen.

Im überdachten Teil des hinteren Patios, neben der Küche, befand sich ein Brunnen. Ein hohler Stein auf einem Untersatz filterte das Wasser Tropfen für Tropfen in einen bauchigen roten Krug. Der Stein war mit frischem, tiefgrünem Venushaarfarn bedeckt. Auf dem Land hatten sie auf der Terrasse vor der Küche einen ebensolchen Brunnen.

Sie war ganz bewegt. Diese kleinen häuslichen Details erhielten plötzlich ein tiefes Eigenleben, einen stillen Charme, eine traute, innige Bedeutung ... Aber das war, dachte sie, weil sie gehen würde. Ja, sie würde sich an diese Dinge erinnern ... Doch hielte sie an ihnen fest, könnte sie sie irgendwann verabscheuen, das spürte sie.

Die schielende Dienstbotin sah verwundert, wie das seltsame Mädchen lange vor dem Brunnen verharrte und zusah, wie sich die kristallklaren Tropfen bildeten und langsam von dem Stein lösten.

Abends dachte Marta an Teresa und ging auf Zehenspitzen in ihr Zimmer. Man hatte sie schon längst zu Bett gebracht.

Auf der Kommode brannte stets eine kleine Petroleumlampe, und dieses Licht erhellte ein wenig die Züge der schlafenden Frau auf den Kissen. Der Schatten der Wimpern fiel auf ihre Wangen. Etwas blaß beugte sich das Mädchen über das Gesicht.

›Es ist, als wäre sie tot. Du warst nie mit ihr zusammen. Sie hat dich nie gebraucht ... Und du hast sie auch nicht gebraucht, seit sie aus deinem Leben verschwunden ist. Ob sie dich irgendwann einmal bemerkt hat? ... Sie war eine glückliche Frau in ihrem Haus. Sie mochte ihre kleinen Schmuckstücke, ihre Sächelchen, wie die Majorera sagt. Sie las nicht, sie hat nicht von anderen Welten geträumt und war weder hysterisch noch unglücklich wie Pino. Und trotzdem ... Hätte sie dich davon abhalten können? ... Seit du älter geworden bist, hast du weniger an sie als an deinen Vater gedacht, der dir eine Kiste Bücher auf dem Speicher hinterlassen hat. Du wirst sie für immer verlassen. Schau sie dir gut an.‹

Marta schauderte es. Wenn Teresa jetzt die Augen öffnen und sagen würde: »Geh nicht, du mußt bei mir bleiben, ich habe dich in mir getragen, du gehörst mir ...« Sie wußte wohl, daß die Leute mißbilligend über ihr Verhalten gegenüber ihrer Mutter redeten, vor allem verglichen mit dem Josés, der schließlich nur ihr Stiefsohn war.

Aber Teresa konnte nichts sagen. Sie konnte sie nicht aufhalten. Marta gehörte niemandem, sie fühlte sich an niemanden gebunden, und das verlieh ihr Kraft. Teresa hatte sie vor Jahren verlassen, viel endgültiger, als wenn sie gestorben wäre. Hätte Teresa sie daran gehindert fortzugehen, wäre sie auch vor ihr geflohen, ohne Mitleid, ohne sich umzudrehen. Martas Gesicht nahm einen harten Zug an.

Sie rief sich all die befreundeten Familien ins Gedächtnis, bei denen zu Hause ein so liebevoller Umgang herrschte, daß es einer Tragödie gleichkam, wenn eines der Kinder zum Studium aufs Festland ging, und die vom Krieg in ihren Grundfesten erschüttert worden waren. In diesen Familien würde niemand im Traum daran denken, daß eine Tochter eigene Wege gehen könnte, außer sie heiratete.

Mit den Fingerspitzen berührte sie die weiß und reglos auf der Decke liegende Hand ihrer Mutter. Teresas Augen öffneten sich erschrocken und riesig, grün mit schwarzen Pupillen. Dann kniff sie sie heftig wieder zu und vergrub den Kopf mit einer Seitwärtsdrehung in den Kissen.

Marta schlief tief, erschöpft. Sie wachte früh auf, aber ihr war, als hätte sie vor dem Einschlafen noch die Morgendämmerung erblickt, als wären ihre Augen nur wenige Minuten geschlossen gewesen.

Es war ein herrlicher Morgen, und draußen in der Landschaft flirrte das Leben. Sie dachte, daß sich im Wasser des Hafens sicherlich die Schatten der Schiffe spiegelten.

Vor Pablos Zimmer würde die Sonne aufgehen und das Wasser rot färben ... Das Zimmer war leer, wie sie es gesehen hatte. Sehr bald würde es nicht einmal mehr Pablos Zimmer sein ... Sie mußte ihn einfach sehen. Solange er und sein seltsames Leben, sein Verständnis für die tiefgreifenden, wirklich wichtigen Dinge die Insel erfüllten, war ein Leben auf ihr möglich, doch wenn er ging ... Wenn er ging, war es ihr gleichgültig, ob sie in einem Kloster oder in diesem Haus lebte oder gleich starb. In den Augenblicken, in denen ihr wieder bewußt wurde, daß Pablo sich Gedanken um sie gemacht hatte, und sei es auch, um ihr Verhalten zu tadeln, kam es dem Mädchen vor, als hinge ihr Leben davon ab, mit ihm zu gehen.

Er war im Süden. Marta kannte das Häuschen, in dem er wohnte. Sie hatte dort mindestens einmal mit ihrem Großvater zu Mittag gegessen, kurz vor dem Krieg. In ihrer Erinnerung war es ein einfacher Laden an der Landstraße. Sie wußte nicht einmal, wo genau an der langen Landstraße im Süden ... Aber sie würde ihn wiedererkennen, das wußte sie bestimmt, obwohl es natürlich sehr weit war ... Der Besitzer des Hauses wurde Antoñito, der Fischer, genannt. Seit Jahren war Marta nicht die Landstraße in den Süden hinuntergefahren. Vielleicht war es gar nicht so weit, wie es ihr damals vorgekommen war, die Verwandten wollten für den geplanten Besuch bei Pablo ja auch an einem Tag hin- und zurückfahren.

All das ging Marta beim Anziehen durch den Kopf, als sie plötzlich der Gedanke durchzuckte, daß die Verwandten an diesem Feiertag bestimmt eben dorthin, zu Pablo, fahren würden. Sie wurde sich immer sicherer. Wie dumm von ihr, ihnen keine Nachricht zu hinterlassen, mit der Bitte, sie zu dem Ausflug mitzunehmen! Marta überlegte sich, daß sie sie, wenn sie sich beeilte, vielleicht noch in Las Palmas antreffen würde und mitfahren könnte. Und dann würde sie Gelegenheit finden, Pablo zu erzählen, was alles geschehen war und womit sie die letzten Tage zugebracht hatte. Sie hatte den Maler so lange nicht gesehen, daß die Aussicht auf ein Gespräch mit ihm sie ganz benommen machte. Und da sie seit Tagen all ihre Gedanken in die Tat umgesetzt hatte, zog sie sich in Windeseile fertig an, als erwartete ihre Familie sie tatsächlich, um sie zu Pablo mitzunehmen.

Die Hausmädchen waren gerade aufgestanden, von der Majorera angetrieben, und José und Pino schliefen noch, als Marta ein paar Zeilen auf einer Heftseite für Pino notierte, denn inzwischen war sie äußerst vorsichtig und wachsam geworden. Sie wollte ihre Familie nicht zu sehr verärgern, sich aber auch nicht einem möglichen Verbot aussetzen.

›Ich muß früh weg, ich hatte vergessen, Euch zu sagen, daß die Verwandten mich auf einen Ausflug eingeladen haben. Wenn wir spät zurückkommen, übernachte ich bei ihnen in Las Palmas. Sag José, wenn er mißtrauisch ist, soll er ruhig Sixto ausfindig machen. Ich treffe mich nicht mit ihm.‹

Sie hatte zwei oder drei ähnliche Entwürfe zerrissen, bis dieser sie zufriedenstellte. Sie sah sich um, wo sie den Zettel gut sichtbar hinterlegen könnte, bis ihr etwas Besseres einfiel und sie Lolilla zu sich rief. Von den drei Hausmädchen mochte sie dieses am liebsten. Es war ein gutmütiges, empfindsames junges Mädchen, das immer heiter und zugleich verschreckt wirkte. Seit die Nachricht von Chanos Tod eingetroffen war, sah man sie ständig in irgendeiner Ecke weinen und schniefen, ohne daß sie dabei ihr entwaffnendes Lächeln verlor. Vicenta pflegte ihr zum Trost zu sagen, sie solle doch lieber Gott danken, daß sie nicht selbst gestorben sei.

»Hör zu, Lola. Gib diesen Zettel der Señora, aber erst, wenn mein Bruder nach Las Palmas gefahren ist ... Vergiß es nicht! Nachdem er gefahren ist. Aber denk daran, ihn ihr zu geben. Wenn du es gut machst, bekommst du ein Geschenk ...«

Wieder dieses Gefühl von Leben, wie im Rausch, so entflammt!

Als sie im Haus ihrer Verwandten eintraf, fand sie nur die Dienstbotin vor, die sie dieses Mal ohne jede Sympathie betrachtete, als fürchtete sie, um ihren Feiertag gebracht zu werden. Gleich erklärte sie ihr beinahe unwirsch, daß sie gerade dabei sei, das Haus abzuschließen, da sie den Tag über frei habe. Die Herrschaften seien noch vor Tagesanbruch von zwei Wagen abgeholt worden. Mehr wisse sie nicht. Außerdem habe sie ihr das ja schon am Vortag gesagt.

»Wo sind sie hingefahren?«

»Ich müßte lügen, Kindchen ... Mir hat niemand was gesagt ... Herrje, wie soll ich denn das wissen?«

Marta wurde sich ganz sicher, daß sie den Maler besuchen gefahren waren. Ihr Wunsch, es möge so sein, war so groß, daß sie sich selbst davon überzeugte; in ihrer Phantasie konnte sie Hones förmlich sagen hören, daß sie eben an diesem zweiten Mai Pablo in der fast ausgestorbenen Gegend überraschen wollten, in die er mit seinen Pinseln geflüchtet war.

Plötzlich kam es ihr vor, als würde alles mißlingen und scheitern, wenn sie nicht ebenfalls Pablo sah. Sie hätte keine Kraft mehr, ihren Plan weiterzuverfolgen und die Insel zu verlassen. Sie brauchte einen Freund, der ihr half. Auf der ganzen Welt war er der einzige, der ihr die Hand reichen konnte ... Sie beschloß, auf eigene Faust zu ihm zu fahren, denn nichts ist schwierig, wenn man es wirklich will, nichts ist unmöglich, und das hatte Pablo selbst ihr gesagt ... Sie verließ das Haus ihres Onkels, entschlossen, um jeden Preis zu den Schluchten im Süden zu gelangen, und wenn sie zu Fuß gehen müßte und Tage brauchte.

Es war noch sehr früh. In den ruhigen Straßen hörte man die Glocken. Einige fromme Frauen mit schwarzen Mantillen waren auf dem Weg zur nächsten Kirche. Ein paar Ziegen trotteten vorbei. In einem dichten Pulk hielten sie vor einem Hausportal. Der Hirte klopfte an die geschlossene Tür, bis eine schläfrige Hausangestellte erschien, einen Krug in der Hand, den sie dem Mann reichte. Dann lehnte sie sich in den Türrahmen, um ihm beim Melken zuzusehen.

Hinter den Häusern roch man das Meer, blau und strahlend.

XIII

Fast taub vom Motorenlärm des Busses saß Marta auf dem hohen federnden Sitzplatz, die Beine in der Luft baumelnd.

Der Nachmittag neigte sich dem Ende zu. Die Fahrt in den Süden hatte sich über lange Stunden hingezogen; zahllose Haltestellen säumten die Landstraße entlang der Ostküste. Marta hatte in ihrer Aufregung über diese Reise ganz das Essen vergessen und fühlte sich leicht und schwindelig. Eine Gesichtshälfte brannte ihr von der Sonne, und der Staub haftete ihr in Nase und Rachen.

Die Reise hatte am frühen Nachmittag begonnen. Nur ein einziger Bus pro Tag fuhr bis zum Ende dieser Landstraße. Auf diesen hatte Marta wohl oder übel warten müssen. Den ganzen Vormittag hatte sie untätig im Haus einer Freundin zugebracht und sehr an sich halten müssen, um ihr nichts von den Plänen zu erzählen, die sie so vollkommen einnahmen. Es war ihr schwergefallen, dem anderen Mädchen überhaupt zuzuhören. Und das, obwohl es in dem Gespräch auch um sie ging, um ihre Verlobung mit Sixto und ob ihre Familie sie wohl mit ihm »reden« ließe oder nicht.

»Ist doch ganz egal!« hatte Marta schließlich gelangweilt gesagt.

»Wie komisch du doch bist ...! Jede andere wäre ganz verzweifelt.«

»Jede andere, ja.«

Denn war es etwa nicht eine andere, von der ihre Freundin

sprach? Mit ihr hatten diese Geschichten längst nichts mehr zu tun. Dann brachen sie beide in Lachen aus, ohne zu wissen warum und ohne sich gegenseitig zu verstehen.

Fast die ganze Fahrt über drückte das Meer, ganz nah oder weiter weg, seine Frische und seine Wellen gegen die schroffen Felsen. Der Bus fuhr durch die älteste Stadt von Gran Canaria: Telde, zwischen den grünen Feldern der Bananenpflanzungen. Marta war ganz benommen von all den Bananenstauden, Palmen, trockenen Steinen, weiten Ebenen ... Dörfern voll kalkweißer Trägheit, Fliegen und Kindern.

Sie freundete sich mit dem Fahrer an. Sie hatte sich auf einen Einzelsitz neben ihn gesetzt. Er war ein älterer Mann mit Schnurrbart, der einen ernsten, wortkargen Eindruck machte; doch der Schein trog, und bald hatte sich eine lebhafte Unterhaltung zwischen ihnen entsponnen. Der vierschrötige freundliche Mann kannte den Laden von Antoñito, da er ihn regelmäßig mit Lebensmitteln versorgte, und versicherte dem Mädchen natürlich, daß er es wohlbehalten dort absetzen würde.

Im Gegenzug zu diesem Versprechen wollte er alles über Marta wissen, wie alt sie war und was sie in diesem Laden zu tun hatte. Ihre Antworten verwunderten ihn sehr. Er habe ihren Großvater Rafael gekannt, sagte er, und sei sogar entfernt mit ihm verwandt, da sie beide aus demselben Dorf stammten und seine Großmutter eine Schwester von Don Rafaels Großmutter gewesen sei.

Der Fahrer wurde immer herzlicher und gesprächiger, ungeachtet des ohrenbetäubenden Motorenlärms, bei dem man streckenweise kein Wort verstand. Er tadelte Martas Verwandte, die sie so alleine diese Fahrt unternehmen ließen, als sei sie irgendein gewöhnliches Ding; wäre sie seine Tochter gewesen, hätte er ihr so etwas nicht erlaubt. Bei diesen Worten runzelte er drohend die Stirn, und Marta war froh, daß sie nicht seine Tochter war. Gleich darauf lächelte sie aber wieder und überließ sich dem Schutz dieses Mannes.

Die Atmosphäre kühlte etwas ab, als der Fahrer mehrere Male darauf bestand, sie auf einen Milchkaffee oder ein Gläschen Wein einzuladen, und Marta standhaft ablehnte. An jedem anderen Tag wäre sie mit größter Selbstverständlichkeit darauf eingegangen, und gerade jetzt war sie hungrig, hatte kein Geld und hätte sich im Grunde nichts sehnlicher gewünscht, als die Einladung anzunehmen. Doch eben deshalb erschien es Marta plötzlich nicht richtig, daß dieser Mann, der eine große Familie zu ernähren hatte, sein Geld für sie ausgeben sollte, die sie jeden Tag mehr als genug zu essen bekam.

Am Ende war der Fahrer beleidigt. Marta merkte es nicht, sondern nahm nur wie eine Erleichterung die Stille wahr, die sich zwischen ihnen ausbreitete, und versank in der Betrachtung der Landschaft.

Der Gipfel lag zu ihrer Rechten. Ein sonderbarer Gipfel aus diesem Winkel, durch die Ebenen von ihnen getrennt. Und auch der Himmel war sonderbar, warm und friedvoll, voll trauriger Schönheit in seinen sanften Farben.

Sie gelangten an die phantastischen Tomatenplantagen mit ihren Röhrenspalieren, die den sich kilometerweit wellenden Feldern einen weißlichen Schimmer verliehen. Die Landstraße zog sich dahin ... Sie kamen an den Rand der Wüste. Die weißen Häuser im Kolonialstil mit den Palmen in ihren von Mauern umgebenen Vorhöfen erinnerten an arabische Märchen. Marta war ganz bewegt, da es diese Landschaft war, die Pablo so gefiel, und sie ihm entgegenfuhr.

Die Hitze des Tages ließ etwas nach, als sich um sie herum die schwarze Lavaerde auftat. Weite Schluchten zogen sich von den fernen Gipfeln herab. Lawinen aus bizarrem Geröll bedeckten den Boden, glimmten um diese Tageszeit in rötlichen Nuancen. Man konnte sich diesen versteinerten breiten Strom immer noch als glühende Feuermasse denken, wie zu der Zeit, als er zum Meer hinuntergeflossen war.

Geblendet von den Lichtreflexen, konnte Marta keine Spur menschlichen Lebens entdecken. Dennoch hielt der mächtige Bus an.

»Das ist der Laden von Antoñito, dem Fischer, mein Kind.«

Vielleicht war der Mann noch etwas verärgert, denn er stieg nicht mit ihr aus, um sie zum Laden zu geleiten. Er gab ihr die Hand und sagte, als seine Verwandte sei sie jederzeit in seinem Haus im Risco de San Nicolás in Las Palmas willkommen.

Als der lärmende Bus sich entfernte, blieb Marta ganz benommen an der Straße stehen und sah zu, wie das wuchtige Gefährt in einer Staubwolke seinen Weg fortsetzte, eine kleine Brücke über einer Schlucht überquerte und schließlich verschwand.

Der Laden war ein ebenerdiges Häuschen aus Zement, das klein und einsam neben der Landstraße stand. Davor mündeten die bizarren Lavafelder in die Kulisse der von der Dämmerung entflammten Berge. Berge, die Marta fremd vorkamen, mit ihren kantigen, schroffen, seltsamen Formen, umwoben von einem blauroten Dunst, als wären die Täler Lagerfeuer, deren Schein und Rauch zu ihnen aufstieg. Hinter dem Häuschen erstreckte sich die mächtige Schlucht bis zum Meer hinab. Die dunklen Umrisse einer Gruppe Hütten ließen sich dort in der Ferne, nahe dem Ufer, ausmachen. Die einzigen Pflanzen waren jene riesigen Kakteen, die Cardones, die die großen Felsbrocken noch überragten. Auf dem schwarzen Grund wirkten sie wie grüne lodernde Flammen. Die Erde strahlte Wärme aus. Und der Streifen Wasser dort in der Ferne hatte etwas Gelassenes, Trauriges, Traumumwobenes. Zumindest kam es dem Mädchen so vor.

Die Tür des Hauses stand offen. Marta sah, daß in seinem Inneren ein Licht angezündet wurde. Sie trat näher. Eine Frau hängte gerade eine Karbidlampe an die Wand und blickte sie erschrocken an.

Es war ein kleiner Laden mit einem schmierigen Ladentisch. Auf den Regalen standen mehrere Flaschen. Es roch nach Wein und Oliven. Hier waren Besen erhältlich, Scheuerlappen, Brot, Espadrilles ... Hinter einer Tür am Ende des Raums sah man einen dunklen Gang und an dessen Ende den Himmel über einem Innenhof.

Die Frau war sehr freundlich zu Marta; sie schob ihr sofort einen Stuhl hin und bekreuzigte sich, als sie hörte, daß sie alleine gekommen war. Sie horchte noch mehr auf, als sie ihren Namen erfuhr, und sagte, sie erinnere sich sehr gut an sie. Bei ihren gerührten Ausrufen hätte man meinen können, sie habe das Mädchen als Kind in den Armen gewiegt. Sie wischte sich eine Träne ab bei der Erinnerung an Teresa und ihr Unglück, obwohl sie gestand, sie nur vom Hörensagen zu kennen. Von Zeit zu Zeit trat sie an die Tür zum Gang und rief mit dröhnender Stimme:

»Antoñito! ...«

Niemand antwortete auf diese Rufe, obwohl sie durch alle Zimmer des dünnwandigen Hauses hallen mußten.

»Ach je, mein liebes Mädchen! ... Hier waren keine Herrschaften vom Festland ... Da hat man Sie getäuscht, mein Mädchen. So ein Unglück auch ... Der Herr mit dem lahmen Bein, der kommt hierher, ja. Er ißt bei uns, weil er mit einer Empfehlung gekommen ist, aber wir haben keinen Platz für ihn zum Schlafen, er übernachtet in den Hütten dort. Seine Malsachen läßt er abends hier bei uns, die da haben ja auch keinen Platz, wissen Sie? Das sind ganz arme Leute ... Aber ist er denn irgendwie mit Ihnen verwandt? Heilige Maria! ... Und weiß er von Ihrem Kommen?«

Die Frau hörte nicht mehr auf, sich zu bekreuzigen.

»Antoñitooo ...!«

Marta brachte dieses Blöken fast zum Lachen. Sie war müde. Sie saß auf ihrem Stuhl, die Arme auf den Ladentisch gestützt.

Ein getrockneter Fisch hing von der Decke. Sein Geruch verursachte ihrem leeren Magen Übelkeit.

Schließlich erschien Antoñito, ein dicker, abstoßender alter Mann, dem das Hemd aus der Bauchbinde über seiner Hose hing.

»Was soll der Zirkus, Frau; als wär' was passiert ...«

Martas Anblick erstaunte ihn, aber er brach nicht in gerührte Ausrufe aus wie seine Frau. Er sagte ihr, Don Pablo sei bei den Fischerhäusern zum Malen. Er werde bald zurückkommen, das Licht bleibe ja schon weg. Seine Frau werde sich gleich daranmachen, das Abendessen vorzubereiten.

Marta konnte die Dünste des Ladens nicht länger ertragen.

»Ich gehe ihm entgegen.«

»Heilige Maria! ... Antoñito, geh mit ...«

»Nicht nötig, nein.«

Antoñito wischte sich mit einem Ärmel über die Nase, sah Marta durchtrieben an und wandte dann den Blick von ihr ab.

»Wie Sie wollen, mein Mädchen ... seien Sie nur vorsichtig und verirren Sie sich nicht. Haben Sie keine Angst?«

Der Mann war rot und beleibt und hatte eine Glatze, dafür quoll aus seinem offenen Hemd eine Matte graumelierter Brusthaare. Die schwarzhaarige Frau war wesentlich jünger.

Marta hatte das Gefühl, daß nichts auf der Welt ihr noch Angst einjagen könnte. Sie verließ das Haus und stellte fest, daß der Tag sich neigte und alles von einer Stille erfüllt war, die das Zirpen der Grillen und das ferne Meeresrauschen noch eindringlicher machten. Es war heiß. Eine glühende Nacht. Mehr denn je wirkten die Cardones wie grünes Feuer. Sie strahlten eine tragische, trockene Schönheit aus.

Marta marschierte beseelt zwischen den Felsen hindurch, auf der Suche nach Pablo. Ein Stück weiter unten lag das Meer in einer rosa-silbrigen Tönung unter einem tiefroten Himmel, bevor es ganz schwarz wurde.

Plötzlich sah sie sich in einem Wald aus bizarren Wüstenpflanzen und Felsbrocken verloren. Sie war in eine Bodensenke gelangt. Einen Augenblick hatte sie Angst, doch dann tröstete sie sich mit dem Gedanken, daß sie gleich bei Pablo wäre, und kurz darauf sah sie wieder das Meer. Und sie sah auch ein paar triste Lichter im Schatten der Behausungen, während sie eine Art Pfad entdeckte, der zwischen den großen Steinen hindurchführte.

Plötzlich tauchten die Umrisse eines Mannes und eines Kindes vor ihr auf, und beinahe erschrak sie. Dann erkannte sie Pablo in der Gestalt des Mannes mit Stock, und ihr Herz machte vor Freude einen Sprung. Sie war so schwach, so überspannt und aufgeregt, daß sie zitterte. Pablo blieb jäh stehen und schirmte die Augen mit einer Hand ab. Sie rannte auf ihn zu, gegen den Drang ankämpfend, ihn zu umarmen.

Hinter Marta ragte der Gipfel im Glanz der untergehenden Sonne auf. Ihre Gestalt im Gegenlicht hatte etwas Unwirkliches in dieser Welt der Stille. Verunsichert erkannte der Maler sie; er konnte sich nicht erklären, was sie dort tat. Er versuchte, hinter Marta jemanden auszumachen.

»Ich bin alleine gekommen. Ich werde es Ihnen erklären ...«

Pablo gab dem Jungen, der ihm die Reisestaffelei und den Farbkasten trug, einen Klaps auf die Schulter.

»Lauf schon mal vor, na los ...«

Marta hatte sich gegen einen Felsen gelehnt, der noch von der Hitze des Tages glühte. Die Nacht brach rasch und erstickend mit rötlichen Sternen über ihnen herein. Bald glänzte das Meer schwarz, und schwarz wurden die Silhouetten der würdevoll steifen Cardones. Pablo legte ihr die Hände auf die Schultern, mit lächelndem, erwartungsvollem Blick.

»Das ist ein Scherz, oder? ... Mit wem bist du gekommen?«

Es war heiß. Heiß wie eine Nacht im Orient. Stechend ragten die Schatten der Cardones auf. Marta sagte mit rauher Stimme:

»Ich bin allein.«

Pablo bewegte den Kopf und klopfte sich wortlos die Taschen ab. Er würde eine Zigarette hervorziehen. Marta kannte diese Geste. Im Licht des Streichholzes sah er das Gesicht des Mädchens, und es kam ihm erschöpft vor, mit Ringen unter den Augen. Auch sie sah einen kurzen Moment die besorgten Augen des Malers. Dann wurden sie beide von der Nacht und dem Schimmern des Meeres umhüllt.

Pablo war erschrocken. Man merkte es seiner Stimme an.

»Es muß ja etwas ganz Schlimmes passiert sein. Das ist ein Wahnsinn. Wir müssen sofort einen Wagen suchen, der dich nach Las Palmas zurückbringt ... Komm, laß uns zur Landstraße gehen. Und erzähl schon, na los.«

Marta regte sich nicht. Wie angewurzelt blieb sie an dem Felsen stehen und begann ebendort fieberhaft zu reden. In wenigen Minuten erzählte sie ihm mit stürmischem Eifer von ihrem Entschluß, fortzugehen, daß sie dafür Hilfe brauche, daß ihr Kommen auf der irrtümlichen Annahme beruhe, ihre Verwandten seien an diesem Tag bei ihm.

»Aber auch wenn ich dafür Ärger bekomme, das ist mir ganz egal. Ich glaube, ich war noch nie so glücklich wie jetzt gerade.«

Pablo griff sie am Arm, um sie dazu zu bringen, mit ihm zur Landstraße zu gehen. Als sie losmarschierten, sagte er:

»Mein liebes Kind ... Du bist nicht ganz richtig im Kopf, das sage ich dir.«

Doch aus seiner Stimme klang keine Verärgerung.

Dann hielt er inne, wie außer Atem, und das müde Zirpen der Grillen war wieder zu hören. Er ließ Martas Arm los und holte eine kleine Taschenlampe hervor, da sie unaufhörlich stolperten. Schweigend legten sie den Rest des Pfades zurück, an dessen Ende sie auf Antoñito und seine Frau stießen, die ihnen spöttisch entgegensahen und sich grinsend anstießen.

Im Licht des Häuschens machte Marta nicht viel her. Ein abgekämpftes Kind mit gesenktem Kopf.

»Kann nicht irgend jemand das Fräulein noch heute abend nach Las Palmas zurückbringen?« fragte Pablo.

Ausrufe des Bedauerns wurden laut. Aber nein! Vor dem nächsten Bus am frühen Morgen werde niemand mehr vorbeikommen.

»Wenn wir irgendeinen Wagen oder vielleicht einen Lastwagen sehen, halten wir ihn an ... Aber wer weiß das schon! ... Ich habe Ihnen jedenfalls schon einmal das Abendessen gemacht.«

Antoñito kratzte sich am Kopf und sagte, er würde gern mit Don Pablo unter vier Augen sprechen, das Mädchen solle entschuldigen.

Marta blieb wieder allein in dem verlassenen, von der Karbidlampe erleuchteten Laden, den stechenden Geruch nach getrocknetem Fisch in der Nase. Sie hörte Pablo und den Ladenbesitzer debattieren. Antoñito wollte sie nicht die Nacht über bei sich unterbringen. Pablo wirkte wütend.

»Sie wissen doch, daß wir keinen Platz haben. Außerdem will ich es mir nicht mit Don José verscherzen ...«

»Na schön. Und Sie glauben, Sie tun ihm einen Gefallen, wenn Sie sie auf die Straße setzen?«

Das Folgende verstand Marta nicht mehr. Essensgeruch wehte durch den kleinen Gang herein, und sie hatte Hunger. Ihr Kopf dröhnte. Die Unterredung mit dem Ladenbesitzer kümmerte sie nicht im geringsten; es war ihr egal, ob sie diese herrliche Nacht drinnen oder unter freiem Himmel verbringen würde. Sie wußte, daß Pablo sich ihrer annehmen würde.

Kurz darauf kam Pablo zurück. Er schien verärgert, und sein Stock schlug zornig auf den Zementboden.

»Hast du gehört, was der gute Mann gesagt hat?«

»Ja, aber was macht das schon? Später sehen wir weiter.«

»Wie ›was macht das schon‹? … Du bist gut! Wir sitzen schön in der Patsche!«

Erstaunt sah Pablo, daß Marta nicht besonders beunruhigt schien, wenn auch sehr müde, doch selbst diese Erschöpfung verflog, als das Essen aufgetischt wurde. In einem kleinen Raum, im Licht einer Karbidlampe, schaute Pablo dem Mädchen dabei zu, wie es Kartoffelsuppe, frischen Fisch und Käse verschlang … Von Zeit zu Zeit lächelte es ihm zu. Sie saßen sich an einem Tisch mit einer Wachstuchdecke gegenüber. An der Wand stapelten sich Kisten. Es roch nach Kernseife und Lebensmitteln. Der Raum war zugleich Eßzimmer und Lager. Dem Maler wurde das Mädchen langsam sympathisch. Er merkte, daß er eine gewisse Zuneigung zu ihm gefaßt hatte, auch wenn es ihm andererseits so lästig fiel.

Antoñitos Frau entschuldigte sich für das schlechte Wasser, das sie ihnen einschenkte. Immer wieder kam sie herein und fixierte die beiden staunend, als wäre ihr gemeinsames Essen eine sagenhafte Zirkusnummer; gleichzeitig schwatzte sie ohne Unterlaß.

»Das Wasser kommt aus der Zisterne; wegen dem ausbleibenden Regen ist sie schon fast ausgetrocknet. Morgen erwarten wir Mineralwasser für Don Pablo. Sonst haben wir immer welches da, aber es ist ausgegangen … Das Brunnenwasser ist salzig. Wir trinken es oft, weil es so schön kühl ist. Aber für die Tiere und Pflanzen kann man es nicht nehmen, und wer es nicht gewohnt ist, mag den Geschmack nicht.«

Man hörte, wie der Laden sich füllte. Antoñito bediente zwei Männer, die auf ein Glas hereinschauten. Die Frau lauschte.

»Die kommen zum Schnüffeln … Hat sich schon herumgesprochen, daß Sie da sind. Da kann Antoñito sie gleich fragen, ob irgendwo ein Bett frei ist, zumindest für das Mädchen, denn Don Pablo weiß ja, daß wir hier nur den Alkoven haben, in dem wir mit den vier Kindern schlafen.«

»Sicher, sicher; aber Sie könnten dem Fräulein doch eine Matratze auf den Boden legen. Das ist immer noch besser als in den Hütten. Die sind kein Ort für sie.«

Pablo war so aufgebracht, daß die Frau sich rasch entfernte. Marta hätte am liebsten gelacht. Die geringste Kleinigkeit hätte sie zum Lachen bringen können.

Schließlich waren sie allein. Im Hof hörte man Geräusche am Brunnen; die Frau holte Wasser und rief dabei ihren Kindern draußen etwas zu. Im Laden bellten die Stimmen der Fischer ... Sie hatten ihre Mahlzeit beendet. In dem kleinen Raum war es heiß. Erst jetzt bemerkte Marta die Kakerlaken, die zwischen den Lebensmittelkisten herumhuschten. Sie war froh, sie nicht vor dem Essen gesehen zu haben, doch sie fragte sich, ob sie nicht womöglich trotzdem gegessen hätte, so hungrig war sie gewesen.

»Marta, ich muß ein ernstes Wörtchen mit dir sprechen.«

»Nur zu ... Ich bin ganz Ohr.«

Marta hob Pablo ein sehnsüchtiges Gesicht entgegen, was ihn ganz verwirrte. Auf der Wachstuchdecke lag sonnengebräunt, schmal und kräftig eine ihrer Hände, die er schweigend betrachtete.

Der Maler sagte sich, daß er da eine verrückte, verzogene Göre ohne einen Funken Verstand vor sich hatte, die nicht davor zurückschreckte, alle Welt zu behelligen, um ihre Launen durchzusetzen. Als er sie ein paar Monate zuvor in ihrem Haus kennengelernt hatte, war sie ihm überaus schüchtern und empfindsam vorgekommen; dann war sie etwas aufdringlich geworden. Daran war vielleicht schuld, daß er ihr in einer Nacht leicht betrunken von seiner Frau erzählt hatte, und wer weiß, welchen Schwachsinn er in diesem Zustand noch von sich gegeben hatte. Sie hatte ihm einen absurden Brief geschrieben, in dem sie ihm zu verstehen gab, daß sie in ihm beinahe so etwas wie einen Heiligen sah, und er war froh gewesen, diesen bereits etwas lästigen Begegnungen ein Ende machen zu können, nachdem Matilde ihn darauf hingewiesen hatte, daß sie dem Ruf des Mädchens schaden könnten. Dennoch hatte er ihr weiterhin Sympathie entgegengebracht, weil sie so jung war und ein bißchen in ihn verliebt zu sein schien. Später hatte ihn enttäuscht, was man sich von ihr erzählte. Sie hatte sich als nahezu vulgär entpuppt, als sie seine Bekannten mit ihrem ungenierten Benehmen vor den Kopf gestoßen hatte und auch jetzt, da sie ihn ohne jede Rücksicht aufsuchte und ihm zur Last fiel.

Und dennoch beruhigte ihn der Anblick ihrer Hände aus irgendeinem Grund ein wenig. Es waren keine schönen Hände, aber Hände, aus denen, wenn man so sagen konnte, Intelligenz, Offenheit und Schutzlosigkeit sprachen. Hände, die zu arbeiten, zu leiden und zu fühlen vermochten. Sie waren weder nutzlos noch zart oder sinnlich. Sie schienen nicht dafür gemacht, gestreichelt zu werden, sondern dafür zu formen, mit ihren schmalen, etwas rauhen Fingern all die unzähligen Dinge zu ertasten, die das Leben, die menschliche Seele in sich bargen. Sie waren geistreich und zugleich zupackend. Sie waren in der Lage, etwas zu erschaffen ... Pablo kam auf den Gedanken, daß diese Hände sich wunderbar als Modell eignen würden und zugleich sehr schwer zu malen wären, da ihre Anziehung gerade nicht in ihrer äußeren Form lag, sondern in dem, was diese Form nahelegte. Diese Überlegungen verdrängten seine Verärgerung beinahe vollständig und verscheuchten vor allem die Vorstellung einer ordinären, einfältigen, billigen Sinnlichkeit, die er ungewollt mit Honestas kleiner Nichte in Verbindung gebracht hatte.

Er führte sie durch den Hof hinten aus dem Haus hinaus. Die Frau stand am Brunnen im Freien und spülte Teller in einem Becken, in dessen schwarzem Wasser sich die Sterne spiegelten. Pablo sagte zu ihr:

»Wir gehen kurz nach draußen ... Rufen Sie uns, wenn Sie es sich wegen heute nacht überlegt haben.«

»Zur Not bleibe ich hier im Hof mit einer Decke oder ein paar Säcken«, sagte Marta einlenkend. Der Gedanke gefiel ihr, unter freiem Himmel zu schlafen.

Die Kinder sahen sie aus einem dunklen Eck mit schimmernden Augen an. Sie waren ziemlich zerlumpt.

Die warme Luft umfing sie wie ein Atemhauch, als sie hinausgingen. Aus dem Meer stieg der Mond fast ganz rund auf, kaum geschmälert am Rand. Ein außergewöhnlich warmer Mond. Ein windloser Mond. Und die wüstenartige Gegend, die er beschien, wirkte wie eine unwirkliche Mondlandschaft; das Meer brannte. Marta fühlte sich genauso glühend einsam wie dieser Fleck Erde.

Ihnen wurden einige Augenblicke voll Ruhe und Schönheit zuteil, als wären sie aus der Schlucht in eine mächtige, herrliche Kirche getreten. Dann redete Marta überstürzt los, und da der Maler ihre Fluchtpläne nicht so recht verstanden hatte, wiederholte sie sie ihm. Doch später merkte sie, daß er sie auch dieses Mal nicht ganz begriffen hatte.

Mitten in Martas Erklärungen wurden sie von den vier Kindern der Ladenbesitzer unterbrochen. Man habe einen geeigneten Ort in den Hütten gefunden, sagten sie, wo das Mädchen schlafen könne. Pablo wurde wieder ärgerlich, und Marta sah ihn fortmarschieren, um erneut mit dem Ehepaar zu reden. Es war nichts zu machen. Im Laden wollte man sie auf keinen Fall schlafen lassen. Schließlich willigte Antoñitos Frau ein, der Fischerin, die sie beherbergen würde, ein paar Laken zu vermieten. Aber zu mehr war sie nicht bereit. Unter keinen Umständen.

All diese Schwierigkeiten flößten Pablo wieder Kraft für sein Vorhaben ein, Marta die Leviten zu lesen, und das tat er auch, während sie über den stickigen Pfad zu den Hütten gingen, zwischen den Lavasteinen, auf denen die Eidechsen ihr Mondbad nahmen, und den großen Cardones hindurch. Er sagte ihr, wie sehr sie ihn enttäuscht habe und wie wenig seiner Meinung nach eine starke, intelligente Person wie sie wert sei, die sich irgendwelchen Launen überlasse wie ein ordinäres Frauenzimmer und die jetzt ganz töricht mit ihrem Verlobten durchbrennen wolle. Pablo wußte nicht, daß Marta ihm verzückt zuhörte, mit der großen Freude, die man manchmal empfindet, wenn man einen Menschen, der einem teuer ist, zur Weißglut bringt und von ihm ausgeschimpft wird. Denn wer einem so eine Standpauke hält, mag sie auch etwas ungerecht sein, dem ist man zumindest nicht gleichgültig.

»Ich will nicht mit meinem Verlobten durchbrennen. Ich habe keinen Verlobten. Ich will alleine fortgehen. Ich will nicht hierbleiben ... Sie selbst haben mir oft gesagt, Pablo, daß ich versuchen solle, zu studieren, die Insel zu verlassen, Neues zu sehen ...«

»Ich ...? Also das ...! Dann ist also nichts zwischen dir und diesem Burschen, mit dem man dich ständig sieht?«

»Nein ...! Sie sind so anders als die anderen, Pablo! Ich habe es Ihnen schon einmal gesagt, für mich sind Sie ... allen so himmelhoch überlegen. Ich schäme mich, es Ihnen zu sagen, denn ich weiß, daß ich falsch gehandelt habe und daß Sie mich verurteilen können ... Ich habe diesen Jungen geküßt, ohne zu wissen, was ich tat ... Aber ich weiß jetzt ganz sicher, daß er mir nichts bedeutet. Das einzige, was mir etwas bedeutet, ist fortzugehen.«

Da merkte Pablo, daß Marta tatsächlich beschämt war und daß sie es, so unvorstellbar es auch scheinen mochte, mit ihrem Kommen nicht auf ein Abenteuer abgesehen hätte, wie es – nur eben stets innerhalb der Grenzen der Schicklichkeit – etwa ihre Tante Hones, um ein naheliegendes Beispiel zu nehmen, unaufhörlich suchte. Und dabei fühlte Pablo sich noch bestürzter als zuvor, und einen Augenblick lang wußte er gar nicht mehr, was er dem Mädchen sagen sollte.

Als sie die Hütte sahen, die man ihnen gewiesen hatte, traute Marta sich nicht zu sagen, daß sie tausendmal lieber unter freiem Himmel schlafen würde. Sie hatte schon so viele Umstände bereitet, daß sie nur noch lächeln und versichern konnte, es sei wunderbar für sie. Der kleine Weiler roch nach Schweinen, Kot und verwesendem Fisch, auch wenn das nahe Meer mit seinem Atem aus Jod und Salz reinigend darüberstrich. Die Hütten bestanden aus lose geschichteten Steinen. Die Behausung, in der Marta schlafen sollte, wurde beinahe vollständig von einer Pritsche ausgefüllt, auf der die sauberen Laken der Ladenbesitzerin lagen. Zwei Frauen würden auf einer Decke am Boden im gleichen Raum schlafen. Die einzige Öffnung des Zimmers war eine Brettertür, vor die eine Sackleinwand als Vorhang gespannt war. Neben diesem Eingang gingen draußen zwei weitere Bereiche ab, die das Häuschen vervollständigten: eine Küche unter freiem Himmel, wie man sie sich erbärmlicher nicht vorstellen konnte, und der Schweinepferch.

Alle Hütten waren in etwa gleich. Marta sah Pablo voller Bewunderung an. Sie sagte sich, daß nur ein außergewöhnlicher Geist einzig um der Inspiration und der Kunst willen an einem Ort wie diesem leben konnte, den Heiligen in der Wüste gleich.

Bevor sie schlafen gingen, saßen sie noch eine Weile gemeinsam am Strand, der sich breit und verlassen erstreckte, so weit das Auge reichte. Sie sprachen kaum dabei, und für Marta waren es Momente eines überquellenden, fast göttlichen Glücks. Pablo hatte ihr bereits erklärt, daß er ihr auf keinen Fall bei ihrer Flucht helfen würde, aber daß er, sollte es ihr gelingen, auf das Schiff zu kommen, das klappernde alte Mädchen, wie er Daniel bezeichnete, dazu bringen würde, sich auf Martas Seite zu stellen.

»Ich glaube nicht, daß das sehr schwierig sein wird, nein …«

»Nein?«

»Wegen deiner gesicherten finanziellen Lage, mein Fräulein. Deine Verwandten sind dem Geld nicht gerade abgeneigt.«

»Aber ich habe doch nichts.«

»Es genügt schon, daß du eines Tages etwas haben könntest.«

Marta dachte, daß sie auch später nichts haben würde, weil sie es nicht wollte. Alles, was sie wollte, war, ganz für sich auf der Welt zu sein wie in dieser Nacht, ohne andere Gesellschaft als die eines Freundes, den ihr Herz gewählt hatte, ohne Besitz, der sie fesseln oder behindern konnte. Aber sie wagte nicht, es auszusprechen.

Etwas später, vom gleichmäßigen Rauschen der Wellen, dem warmen Grillenzirpen umhüllt, brachte Pablo etwas träge seine Besorgnis zum Ausdruck, was Marta nach diesem nächtlichen Abenteuer erwarten mochte. Hatte sie keine Angst vor den Schwierigkeiten, die sie deshalb zu Hause bekommen mochte? Aber sie antwortete, in letzter Zeit denke sie nur noch an die unangenehmen Dinge, wenn sie mittendrin stecke. Es freue sie sehr, daß er sie am nächsten Morgen nach Las Palmas begleiten wolle. Aber jetzt wolle sie lieber nicht daran denken, dafür sei sie zu glücklich.

Pablo erhob sich brüsk von dem Sandhaufen, auf dem sie nebeneinander saßen, als Marta am wenigsten darauf gefaßt war. Es kam so plötzlich, daß es beinahe schmerzhaft war. Kaum eine Minute zuvor hatte er noch scheinbar ebenso beglückt und friedlich wie sie selbst der Stille und den fernen Stimmen der Fischer gelauscht.

»Wir müssen schlafen gehen.«

Seine Stimme klang schroff.

Sie wagte nicht zu protestieren. Ein tiefer Kummer erfüllte sie. Es kam ihr vor, als endeten die schönsten Stunden, die das Leben ihr bis jetzt gewährt hatte.

Das Dorf war noch wach. Die Fischer saßen plaudernd vor den Häusern zusammen. Pablo schob Marta bis zu der Hütte, in der sie schlafen sollte, und ging dann zu seiner.

Seit Tagen schlief er ohne Bettzeug auf der unbequemen Pritsche eines Fischers. In dieser tiefen Armut hatte er Erleichterung von den Sorgen gefunden, die ihn zu jener Zeit belasteten. Er hatte zahllose Skizzen von diesem öden Landstrich gemacht, und bis zu dieser Nacht war er dabei fast froh gewesen.

In einem Anflug von Verzweiflung warf er sich aufs Bett. Seinen jungen Körper drängte es ungestüm nach Dingen, gegen die anzukämpfen er nicht gewohnt war, und die unschuldige, naive Gegenwart des Mädchens hatte diese Sehnsüchte noch verstärkt. Er zündete sich in der Dunkelheit eine Zigarette an. Deutlich sah er den Körper seiner Frau vor sich, ihre Gesten und die etwas ordinäre Ungeniertheit und Grazie, die ihr in manchen intimen Momenten eigen war. Nie wieder würde er jemanden finden, der ihn so in seinem Bann hielt. Das Leben mit ihr war eine Qual gewesen, aber auch eine Lust, wie sie gewisse Drogen erzeugten. Er wußte, daß dieses Leben mit María erneut möglich war, denn in seiner Tasche steckte ein Brief von ihr aus Mexiko. Darin erzählte sie ihm mit grausamer Selbstverständlichkeit, wie unglücklich sie sich fühle und wie sehr sie ihn jetzt brauche. María war nicht dumm oder boshaft, auch wenn er sich damit tröstete, sie insgeheim zu hassen und zu beschimpfen. Sie hatte ihn verletzt, aber sie hatte ihm auch Momente der Freude geschenkt, wie kein anderer Mensch sie ihm je gewährt hatte; und, wenn das etwas zählte, dank ihr war er ein besserer Mensch geworden, verständnisvoller, weniger eitel als vor ihrer Begegnung. In dieser Nacht fragte er sich verzweifelt, ob die Freude am Schöpfen genügte, um den Verlust des lebensfrohen Glanzes auszugleichen, den die Gegenwart seiner Frau allem verlieh. Ob er als Maler jemals etwas hervorbringen könnte, das den Verzicht auf diese Qual und dieses Glück rechtfertigen würde; denn er wußte sehr wohl, fände er sich erst einmal wieder von dieser Qual und diesem Glück umfangen, würde er nichts anderes mehr wollen, würde er restlos davon ausgefüllt sein und weder Raum noch Muße für seine Kunst haben. An Marías Seite war er ein gescheiterter Mann.

Das Morgengrauen überraschte ihn als den schwachen, tieftraurigen, von Zweifeln geplagten Mann, der er immer war; ein Mann, der Marta wie ein Heiliger erschien.

Marta war indessen auf ihre harte Strohmatratze gefallen, deren Mulden ihr Körper sich nur mühsam anpaßte. Es herrschte eine schreckliche Hitze in dieser stickigen menschlichen Behausung, und es stank erbärmlich. Das Mädchen mußte sich im Dunkeln unablässig kratzen, da offenbar alles von Flöhen heimgesucht war. Der Gedanke brachte sie beinahe zum Lachen, was für entsetzte Gesichter ihre Freundinnen machen würden, könnten sie sie durch irgendein Guckloch sehen.

An Schlaf war nicht zu denken. Nicht nur wegen der Unbequemlichkeiten, sondern wegen der prickelnden Freude, die sie durchströmte, wenn sie für einen Moment die Martern vergaß, die Flöhe, den penetranten Geruch nach verwesendem Fisch, der an allem ringsum zu haften schien, und die erstickende Hitze. Schließlich hielt sie es nicht länger aus, und als die Bewohnerinnen des Raums hereinkamen, sagte sie ihnen, sie gehe kurz nach draußen.

Niemand hinderte sie daran. Draußen angekommen, versuchte sie, sich die Form der Hütte und ihre Lage einzuprägen, um sie später wiederzufinden, und entfernte sich von den Häusern in Richtung Strand.

Die warme Luft und das in silbriges Licht getauchte Meer riefen sie lockend. Rasch entkleidete sie sich in der tiefen Einsamkeit von Sand und Mond und glitt ins Wasser.

Das Meer speicherte noch die Hitze des Tages, und nie zuvor war Marta mit solcher Wonne geschwommen wie in diesen warmen, lichtdurchfluteten Wellen. Das Leben kam ihr unwirklich schön vor. Auf dem Meer ausgestreckt, fühlte sie ihre Haare treiben, und leise lachte sie. Niemand würde je den Zauber dieses Abenteuers verstehen, mit den begrenzten Worten erzählt, die uns zur Verfügung stehen. Was könnte sie schon sagen? ›So war der schönste Tag meines Lebens: Ich habe nichts gegessen, bin in einem staubigen Bus meiner Familie an einen Ort nachgefahren, an dem sie nicht war. Ich habe einen Menschen getroffen, den ich sehr gern habe und der mich böse ausgeschimpft hat. Ich habe in einem fürchterlichen Zimmer voller Flöhe geschlafen, und als ich es nicht mehr aushielt, bin ich mitten in der Nacht nackt im Meer baden gegangen.‹

Und trotzdem war ebendies das Glück. Ein tiefes, erfülltes, wahres Glück. Jeder fühlt das Glück auf andere Weise, und sie fühlte es so.

Und eine große, abergläubische Furcht überkam sie, das Schicksal könnte etwas ganz Schlimmes für sie bereithalten, um sich für diese Freude zu rächen, die ihr vielleicht gar nicht zustand. Niemals, so schien es ihr, hatte sie von einem Mädchen ihres Alters gehört, dem ein so absolutes Glück zuteil geworden war, wie sie es in dieser Nacht ganz unverdient im Meer des Südens empfand.

XIV

Es standen noch Sterne am Himmel; gerade ein schmaler Streifen Licht zeichnete sich über dem Meer ab, als Marta und Pablo auf die Landstraße zugingen. Sie durften keinesfalls den einzigen Bus des Tages versäumen. Marta fühlte sich wesentlich beklommener als in der Nacht zuvor.

»Obwohl ich eigentlich gar nicht weiß, warum. Ich habe schließlich nichts Schlimmes getan.«

Pablo sah sie an. Er wußte auch nicht, warum ihn jetzt, in diesem anbrechenden Tageslicht, das Gesicht des Mädchens so rührte.

»Du hast gegen die gesellschaftlichen Formen verstoßen, meine Liebe, wie dein Onkel Daniel jetzt sagen würde ... Sie werden sehr schlecht von dir denken. Hast du Angst?«

»Ja, aber nur, weil sie mich wahrscheinlich einsperren werden, und das wird die Vorbereitungen für meine Flucht erschweren.«

Pablo fühlte sich matt angesichts solcher Energie.

»Meine liebe Marta ... Und wenn ich dir raten würde, das alles zu vergessen? Du solltest hierbleiben, heiraten, Kinderchen in deiner Heimat bekommen und glücklich sein.«

»Es gibt eine Zeit für alles. Glauben Sie nicht?«

Darauf gab es kaum eine Antwort, denn in der Tat hatte Marta alle Zeit der Welt vor sich. Sie war noch keine siebzehn.

»Ich weiß nicht ... Du könntest auf dem Weg an Menschen geraten, die dir dein Leben zerstören. Ich habe Angst um dich,

Marta Camino, denn du bist ein verrücktes kleines Mädchen. Ich weiß nicht, was du dir von der Welt erhoffst.«

Marta lächelte.

»Ich will Menschen wie Ihnen begegnen, wunderbaren Menschen, die anders sind, denen nicht gesellschaftliche Formen wichtig sind, sondern der Geist ... Menschen mit erhabenen Ideen ... Und andere Länder sehen, neue Gesichter.«

Pablo wurde ärgerlich.

»Es gibt keine wunderbaren Menschen. Ich bin weder wunderbar noch erhaben. Du merkst ja gar nicht, wie lächerlich ich mich fühle, wenn du so etwas sagst. Ich weiß nicht, welchen Unsinn ich dir betrunken in dieser einen Nacht erzählt habe; ich habe mich schon manchmal gefragt, was es wohl gewesen sein mag, daß du seitdem mit solchen Hirngespinsten herumläufst.«

Marta sah ihn so nachsichtig an, daß sie viel erwachsener wirkte.

»Sie haben mir gesagt, daß Sie Ihre Frau sehr lieben. Daß Sie ihr verzeihen, Sie nicht malen zu lassen ... Und daß Sie nicht etwa wegen der Dinge, die sie getan hat oder den Leuten gesagt haben könnte, nicht zu ihr zurückkehren wollen oder weil Sie sie nicht lieben, denn Sie lieben sie sehr, sondern weil Sie ein Künstler sind und Ihre Kunst zuerst kommt ...«

Es war nicht sehr hell, und Marta sah Pablo kaum an, während sie sprach, so daß sie nicht sehen konnte, wie er unter seiner gebräunten Haut errötete. Danach blieben sie eine Weile schweigend an der Landstraße stehen. Der Tag brach rasch aus der Dämmerung hervor, und alles war lichterfüllt und roch nach Meer, als der Bus nach Las Palmas auftauchte.

Sie platzten in das Haus der Verwandten in Las Palmas wie ein nach Schwefel stinkender Teufel in eine Zusammenkunft von Atheisten. Die Verblüffung war groß, als man sie Hand in Hand hereinspazieren sah ... Denn ohne es zu merken, klammerte Marta sich an Pablos Hand wie an einen Rettungsring.

Die Verwandten waren ebenfalls gerade von ihrem Ausflug zurückgekehrt. Sie hatten Freunde in einem Dorf namens Azuaje besucht, einem herrlichen Ort voller Grün, Blumen und murmelnden Bächen, wie er sich stärker von den Lavaschluchten nicht hätte unterscheiden können. Sie waren über Nacht geblieben und an diesem Mittag in ausgezeichneter Laune nach Hause gekommen, wo sie das erschrockene Dienstmädchen erwartet hatte, das ihnen gesagt hatte, José habe mehrere Male angerufen, um nach seiner Schwester zu fragen, und habe sehr verärgert gewirkt.

»Aber sind Sie denn noch ganz bei Trost?« hatte Matilde das Dienstmädchen angefahren. »Wie konnten Sie Don José sagen, daß das Mädchen mit uns gekommen ist? Sie wissen doch, daß das nicht stimmt.«

»Aber, Señora, seien Sie doch nicht böse ...! Ich habe dem Herrn gar nichts gesagt. ›Ich müßte lügen, Don José‹, habe ich ihm gesagt. Ich weiß doch nicht, wo Sie alle hingefahren sind ...«

Sie befanden sich im ehemaligen Arbeitszimmer von Martas Großvater, im Parterre des Hauses, neben der Eingangstür. Sie waren noch nicht oben gewesen, um ihre von der Fahrt zerknitterten und staubigen Kleider zu wechseln, und Daniel hatte nervös an seine ungewaschenen, von Mikroben wimmelnden Hände gedacht. Alle hatten durcheinandergeredet, als das Glöckchen am Eingang erklang und Marta und Pablo Hand in Hand erschienen. Ein sekundenlanges Schweigen setzte ein, und in der Stille wurde Daniels Storchenklappern vernehmbar:

»Klock, klock, klock, klock ...«

Matilde blitzte ihn wütend an. Honesta starrte dafür auf den Maler und das Mädchen, mit aufgerissenen Augen, rot angelaufen und beleidigt. So verharrten sie etwa eine halbe Minute, bis Matilde sich wieder faßte.

»Na, das ist ja reizend ... Wie wäre es mit einer Erklärung?«

Marta fühlte sich unfähig zu reden, aber schon lieferte Pablo mit breitem, herunterspielendem Lächeln einen unterhaltsamen Bericht von Martas Irrtum und Abenteuer. Er war der einzige, der lachte, alle anderen blieben bitterernst. Hones wirkte ganz verändert mit diesem zornigen Ausdruck im Gesicht. Aus ihren Augen schossen Blicke wie tödliche Pfeile auf Pablo, und jäh rauschte sie aus dem Zimmer.

Daniel ließ sich mit gekräuseltem Mund auf einen Stuhl fallen. Pablo war in seiner Munterkeit nicht zu beirren.

»Ich habe schon mit dem Mädchen geschimpft, also schau sie nicht so an, Matilde, wir sind doch hier nicht auf der Wache … Am besten sagt ihr ihrem Bruder José, daß sie mit euch in Azuaje übernachtet hat. Dann ließen sich viele unnötige Erklärungen vermeiden.«

»Unnötige …! Für wen hältst du uns denn, bitteschön? Nie hätte ich von dir so eine … so eine … Dreistigkeit erwartet.«

Matilde bekam vor Empörung kaum noch Luft. Jetzt drehte sie sich Marta zu. Das Mädchen war in den entferntesten Winkel hinter den großen Schreibtisch zurückgewichen. Sie war sehr blaß. Deutlich traten die Sommersprossen auf ihrer Nase hervor.

»Na, und was hast du dazu zu sagen? Glaubst du auch, du könntest tun und lassen, wonach dir der Kopf steht, ohne daß irgend jemand dir hineinredet oder zeigt, wo es langgeht?«

Marta schluckte. Dann schüttelte sie den Kopf. Mit schwacher Stimme sagte sie:

»Vielleicht ist es besser zu bezahlen … Es macht mir nichts aus, für das zu bezahlen, was ich getan habe.«

»Bezahlen …! Wie lächerlich! Was meinst du mit bezahlen?«

»Ihr könnt mit mir machen, was ihr wollt, ich füge mich.«

Man bekam den Eindruck, es handele sich um ihr Todesurteil. Matilde wurde noch wütender.

»Wenn man dich hört, könnte man meinen, du seist eine Märtyrerin; in meinem ganzen Leben habe ich noch nicht eine so unverschämte Göre gesehen ... Als würde man dich zu Hause umbringen.«

»Pino will mich in eine Besserungsanstalt stecken.«

»Das ist gar keine schlechte Idee, damit du es weißt!«

»Kindchen ...«, warf Daniel ein, »vergiß nicht, daß du eine Dame bist ... Besserungsanstalt ist ein schreckliches Wort ... Aber du hast gegen die guten Formen verstoßen, Martita ... Ein so vornehmes Mädchen! Was Pablo da sagt, ist unmöglich ... Zähle nicht auf uns.«

»Ich zähle auf niemanden ... Ich war schon einmal zwei Wochen eingesperrt, nur weil ich angeblich einen Verlobten hatte, einen Jungen, den ich von klein auf kenne ... Und da war auch niemand in der Lage, bei José ein Wort für mich einzulegen.«

Daniel und Matilde schauten sich an; hinter ihnen sah Marta Pablo, der ihr einen ermunternden Blick zuwarf, und eine angenehme Wärme durchströmte ihren Hals. Daniel saß nun mit stumpfsinniger Miene da; Matilde stand unruhig neben ihm, und ihre sanften Hände, die so gar nicht zu ihrem restlichen Körper passen wollten, rieben in unkontrollierten Bewegungen ohne ihr Zutun gegeneinander. Pablo insistierte:

»Du weißt doch, daß José jeder Vorwand willkommen ist, um seine Schwester einzusperren. Du selbst hast einmal gesagt, daß dieser Mensch seine Schwester an der Leine halten will und sie unter keinen Umständen heiraten lassen wird, bevor er sie nicht um ihr Vermögen gebracht hat, zumindest soweit es ihm möglich ist.«

Daniel erschrak bei diesen Worten derart, daß er sogar das Storchenklappern vergaß, zu dem er gerade ansetzen wollte. Auch Matilde erschrak.

Marta hörte erstaunt zu. Auf diesen Gedanken wäre sie nie gekommen. Sie bemerkte, daß Matilde sie aus den Augenwinkeln beobachtete.

»Ich weiß nicht, mit welchem Recht du so etwas sagst, Pablo. Wir haben nie … Jetzt beleidigst du uns.«

Sie wanderte ein paarmal im Raum auf und ab und drehte sich dann wieder Pablo zu.

»Und wenn du es ganz genau wissen willst, ich sehe nicht, mit welchem Recht du dich in unsere Angelegenheiten einmischst … Du bist schließlich schuld an diesem ganzen Durcheinander, weil du unbedingt zu diesen Dreckshütten zum Malen fahren mußtest … Künstliche Posen jeglicher Art sind mir zuwider, das weißt du ganz genau. Überhaupt tätest du wesentlich besser daran, dir frische Sachen anzuziehen und dich zu rasieren. Du siehst aus wie ein Vagabund …«

Daniel murmelte etwas, daß er sich nicht gut fühle, er wolle etwas Orangenblütenwasser trinken, und ging aus dem Zimmer.

Sie blieben zu dritt zurück. Matilde höchst angespannt, Pablo immer noch heiter und offenbar entschlossen, nicht zu gehen, ehe alles eingerenkt war, und Marta so berührt von seinem Verhalten, daß sie darüber sogar ihre Angst vergaß. Schließlich ließ Matilde sich in einen Stuhl fallen und sah nachdenklich zu Boden, einen Ellbogen auf dem Schreibtisch abgestützt. In diesem Augenblick klingelte das Telefon. Pablo hob ab. Matilde sprang auf und sah ihn zornig an, beruhigte sich aber, wie bezwungen, als er ihr den Hörer sogleich weiterreichte.

»Es ist dein Neffe José. Er möchte wissen, wie euer Ausflug war.«

Matilde nahm den Hörer, runzelte unwillkürlich die Stirn und änderte ihre Haltung.

»Ja … wir waren in Azuaje … Wir dachten doch nicht, daß wir dich über alle unsere Unternehmungen in Kenntnis setzen müßten, nun komm schon … Ach, das Mädchen …!« Matilde zögerte. »Das Mädchen … ja, das finde ich auch nicht gut … Nur einen Zettel? Ja, das ist wirklich nicht gut. Hätte ich das gewußt … Ja, sie ist hier, gesund und munter … Und Pino …?

Arme Pino! Ruf sie an und beruhige sie ... Wenn du willst, rufe ich sie an ... Ja, Marta will heute nachmittag in die Schule gehen, wie jeden Tag, wenn du nichts dagegen hast. Daniel, wie immer. Er kommt heute nachmittag ... Mach's gut.«

Matildes Gesicht war im Laufe des Gesprächs weicher geworden; ein Anflug von Sanftmut und Güte schien darüberzuhuschen. Mit einem Seufzer legte sie den Hörer auf, wie jemand, der sich zu guter Letzt geschlagen gibt.

Pablo hatte erst sie und dann Marta angesehen, die dem Gespräch wie gleichgültig gefolgt war, ruhig und gelassen.

Da begann Pablo leise zu lachen.

»Matilde, du bist wunderbar!«

Daniel erschien in der Tür.

»Was ist los? Sagt es mir doch bitte ... Wenn ihr hören könntet, wie laut mein Magen grummelt!«

Da brach auch Marta in nervöses Lachen aus, ohne wieder aufhören zu können, und statt böse zu werden, lachte Matilde ebenfalls mit.

Etwas später verabschiedete sich der Maler, und das Mädchen dankte ihm ganz leise und tief bewegt, während es ihn zur Tür begleitete.

»Du mußt dich nicht bedanken. Schon lange habe ich mich nicht mehr so amüsiert ... Doch eines sage ich dir: Daß es dir nicht einfällt, mich in den nächsten Tagen zu besuchen. Das wäre nicht gut. Aber sollten deine Pläne gelingen, dann weißt du ja ...«

Er lächelte, sehr herzlich und beschwingt, wie man es ist, wenn man aus vollem Herzen gelacht hat. Martas Augen glänzten warm und grün in ihren schmalen schrägen Schlitzen. Sie wußte natürlich nicht, als sie dem Maler nachsah, daß diese Worte die letzten waren, die sie mit ihm wechseln sollte.

Während der nächsten zwei Tage dachte Pablo mit einem Lächeln an Marta. Er wünschte ihr fast Erfolg für ihre Fluchtpläne und ihr Einschiffen, allein um des Vergnügens willen, die Gesichter der Caminos vor sich zu sehen, wenn ihre Nichte sich an Bord zeigte, mit ihrer aufgeregten, entwaffnend unschuldigen Miene. Doch solche Gedanken kamen dem Maler nur von Zeit zu Zeit. Seine eigenen Sorgen und Nöte nahmen ihn voll und ganz ein.

Am Freitag, den fünften Mai, wachte Pablo schweißüberströmt in seinem Bett auf. Durch das offene Fenster sah er das reglose Meer, rötlich unter einem schmutzigen, staubigen Himmel.

Es ging kein Lüftchen. Seine Wirtin erklärte ihm, es wehe der Levante. Das bedeute, daß alle Inselwinde abflauten und der einzige Lufthauch aus der afrikanischen Wüste komme. Sie erklärte ihm auch, daß dieses Wetter zum Glück nicht lange anhalte. Am nächsten Morgen sei es vielleicht schon wieder vorbei.

»Der Herrgott schickt uns hoffentlich keine Heuschreckenplage, das kommt auch vor.«

Die Schwüle machte Pablo lustlos und ungehalten zugleich. Während dieser unerträgliche Tag sich dahinschleppte, hatte er das Gefühl, daß es absurd gewesen war, auf diese Insel Gran Canaria zu kommen und so viele sinnlose Monate auf ihr zu verbringen. Genauso sinnlos wie die idiotische Idee, sich ein paar Tage in den Fischerhütten einzuquartieren. Er machte sich selbst etwas vor. Was wollte er überhaupt mit den Pinseln in der Hand. Nie würde er ein großer Künstler sein, nie … Die Stadt erschien ihm öde, klein, armselig und ermüdend. Sein Abenteuer mit Honesta Camino stellte sich ihm als das Dümmste dar, wozu er sich in seinem ganzen Leben hatte hinreißen lassen. Und schließlich konnte er es kaum noch erwarten, diesem abgelegenen Fleck Erde wieder den Rücken zu kehren.

Am Nachmittag riefen ihn die Caminos an, um ihn zum Abendessen einzuladen, und unvermittelt besserte sich seine Stimmung etwas. Er nahm an. Das Haus der Caminos war alt und kühl. Honesta hatte genügend häusliche Talente, um ein Abendessen angenehm und schmackhaft zu gestalten, und die Weine aus Josés Weinkellern waren ausgezeichnet.

Als er mit den anderen um den Tisch saß, fand er, daß er gut daran getan hatte zu kommen.

Die Unterhaltung war trotz der drückenden Hitze sehr lebhaft, so aufgeregt waren alle noch wegen des Kriegsendes und der Vorstellung, nach Madrid zurückzukehren, die so viele Jahre verlorene Stadt.

Pablo dachte, daß niemand in Madrid auf ihn wartete, daß er dort nichts zu tun hatte. Als Reaktion auf diese Gedanken schenkte er sich zuviel Wein ein. Da spürte er, daß Hones unter dem Tisch über seinen Fuß strich.

Nach dem Abendessen geschah etwas Unerwartetes, das sie alle erschütterte. Im Parterre klingelte das Telefon, und Matilde, die abhob, vernahm die Stimme von Don Juan, dem Arzt. Offenbar rief er von der Finca am Berg an.

»Es ist ein großes Unglück geschehen ... Teresa ist plötzlich gestorben ... Ja, die arme Teresa, Martas Mutter.«

Don Juan bat sie, noch am selben Abend hinaus aufs Land zu kommen. Sie sollten auch seine Haushälterin mitbringen, Pinos Mutter, wie sie ja wußten; Pino, das arme Geschöpf, habe das Ganze furchtbar mitgenommen, und sie brauche sie.

Pablo merkte, wie Honesta sich im Moment der Bestürzung, den die Überbringung dieser Nachricht durch Matilde auslöste, an ihn lehnte, als verließen sie die Kräfte.

»Komm mit uns, Pablito, ich bitte dich ...«

Pablo überlegte, daß es an diesem Abend und unter diesen Umständen tatsächlich das beste war, seine Freunde zu begleiten. Doch er war an diesem Tag so benommen, daß er sich wie in den Schwaden eines sonderbaren Traumes fühlte und sich irgendwann ganz überrascht in einem Leihwagen wiederfand, in dem er mit allen Caminos und Pinos Mutter, einer korpulenten, immerzu seufzenden Frau, aufs Land hinausfuhr, in der heißesten Nacht seines gesamten Aufenthaltes auf Gran Canaria.

Dritter Teil

XV

Von den obersten Stufen der Eßzimmertreppe aus überblickte Marta den ganzen unteren, in ein Aufbahrungszimmer verwandelten Raum.

Im Schutz der Dunkelheit zusammengekauert, konnte das Mädchen das Antlitz seiner toten Mutter sehen und ihren in ein Leintuch gehüllten, von Blumen beinahe verdeckten Leichnam.

Alle Fenster standen offen, doch kein Lufthauch kam herein. Die Flammen der großen Wachskerzen stiegen gerade in die Höhe, und gerade in die Höhe stieg ein Wispern aus Gebeten für die Seele der Verstorbenen.

Von ihrem Versteck aus konnte Marta die leicht gespreizten, aufreizenden Beine ihrer Tante Hones sehen, wie Pablo sie einmal gezeichnet hatte. Ihr Kleid rutschte gelegentlich hoch, und dann beeilte sich eine weiße, volle, etwas zu große Hand, diese Nachlässigkeit zu beheben.

Marta sah die Majorera neben dem Leichnam sitzen, bewegungslos, das schwarze Kopftuch bis über die Augen gezogen. Sie sah Matilde, groß und angespannt, die bereits mehrere Male in den Garten hinausgegangen war, um eine Zigarette zu rauchen. Außerdem saßen dort zwei Damen, frühere Freundinnen von Teresa, die gekommen waren, um in dieser letzten Nacht bei ihr zu wachen.

Kurz, es waren dort nur Frauen. Die Männer hatten sich im Musikzimmer eingerichtet. Die jungen Dienstmädchen brachten ihnen mehr als einmal Kaffee. Daniel und José, Don Juan und Pablo waren da, aber Marta sah sie nicht. Sie wußte, daß Pablo sich seit einigen Stunden im Haus befand. Sie hatte ihn von weitem gesehen, als sie angekommen waren.

Unten neigte sich der Rosenkranz seinem Ende zu. Schließlich erlosch das dumpfe Gemurmel der Gebete. Eine lange Pause stellte sich ein, in der man das Knistern der Kerzen hörte. Der Blumenduft war erstickend in der mächtigen Hitze. Die beiden in Trauer gekleideten befreundeten Damen erhoben sich zum Abschied. Sie reichten Honesta und Matilde die Hand und beugten sich noch einmal über Teresas Gesicht.

»Als würde sie schlafen. Aber man erkennt sie gar nicht wieder ... Wenn man sie gekannt hat wie wir, in ihrer Jugend ...«

Die Damen verabschiedeten sich ebenfalls von Pinos dicker Mutter, die sich in Martas Blickfeld befand, für die Gelegenheit tiefschwarz gekleidet, in einem engen Kleid mit langen Ärmeln, die so spannten, als drohten sie jeden Moment zu platzen. Marta hörte ihren geflüsterten Namen und duckte sich erneut in die dunklen Schatten der Treppe.

»Sie hat sich hingelegt, sie ist ganz erschöpft.«

»Jedenfalls zeigt sie sich nicht besonders betroffen.«

Sie brachen auf. Pinos Mutter antwortete noch auf eine weitere Frage.

»Am Boden zerstört ... Ich bin ganz besorgt ... So viele Jahre hat sie sich um sie gekümmert!«

Pinos Mutter warf einen flüchtigen, ängstlichen Blick in die Ecke, in der die Majorera saß. Martas Ohren fingen diese Angespanntheit, dieses Wispern auf. Die Damen hatten sich nach Pino erkundigt, die sich nachmittags tatsächlich krank ins Bett hatte legen müssen ... Alle Frauen, bis auf die Majorera, begleiteten den Besuch zum Abschied bis zur Tür.

Kurz darauf hörte man im Garten die Zündung eines Wagens. Die Damen fuhren weg ... Pinos Mutter trat vor allen anderen wieder ins Haus und schickte sich mit verdrießlicher, erschöpfter Miene an, die Treppe heraufzusteigen. Zweifellos wollte sie ins Zimmer ihrer Tochter.

Marta wich beklommen durch den Flur bis in ihr Schlafzimmer zurück. Dort, hinter der Tür, hörte sie die Schritte der guten Frau immer näher kommen. Ganz offensichtlich vor ihrer Tür hielten sie inne. Die Luft anhaltend, lauschte Marta dem keuchenden Atem einer anderen Frau, ihrer Erschöpfung. Dann hallte ein vorsichtiges Klopfen in ihren Ohren wider ... Stille. Marta wollte Pinos Mutter nicht sehen. Ein erneutes Pochen.

Das Mädchen rang sich schließlich dazu durch, ihr zu öffnen. Sie tat es so plötzlich, daß die andere Frau erschrak, sie so unmittelbar vor sich zu sehen, ohne vorher ihre Schritte gehört zu haben.

»Du hast doch nicht geschlafen, mein Kind?«

»Nein.«

»Laß mich ein Minütchen herein ... Ach, mein Gott, was sind wir doch alle müde!«

Schwer ließ sie sich auf einen Stuhl fallen, in dem vom Mondlicht durchfluteten Zimmer. Man mußte gar keine Lampe anmachen.

Marta verursachte diese dunkle Gegenwart, deren Achselschweiß das schwarze Wollkleid durchtränkte und die Luft des Zimmers beschlagen ließ, Übelkeit und Ekel. Marta hatte keine schwarzen Kleider. Sie war weiß gekleidet, und im Schimmer des Mondes sah sie aus wie ein kleines Gespenst. Auch der Frau fiel es aus ihren dunklen Schatten offenbar auf.

»Man hat mir versprochen, daß bis zur Beerdigung morgen alle Kleider eingefärbt sein werden.«

Marta erschauderte.

»Ich bin gekommen, mein Kind, weil ich dich von klein auf kenne und dich gern habe. Ich erinnere mich noch, wie dein Großvater dich zu Don Juan mitbrachte und ich dir in der Speisekammer Süßigkeiten gab ... Du sahst aus wie ein Püppchen, blond, wie du warst. Das sagte Pino immer. Jedesmal, wenn sie dich sah, sagte sie, wenn sie eines Tages eine Tochter hätte, müßte sie dir ähnlich sehen, das würde ihr gefallen ... Na, wie findest du das?«

Martas Stimme kam wie von weit her.

»Ich weiß nicht ... Es ist komisch!«

»Was ist komisch, mein Mädchen? Hast du noch nie daran gedacht, wie ein Kind von dir aussehen soll?«

»Doch.«

Erstaunt merkte Marta, daß sie tatsächlich schon daran gedacht hatte.

»Eben, da ist gar nichts Komisches dran. Allen jungen Mädchen geht das mal im Kopf herum. Ein Unglück, daß Pino keine Kinder hat ... Aber wer weiß ...! Kann alles noch kommen! Es liegt ja nicht an ihr, es ist dein Bruder ... Aber dir sollte ich das eigentlich nicht sagen, daß er bis jetzt nicht will ...«

Das helle Mondlicht beschien Martas Gesicht, müde, mager und überrascht.

Die dicke, dunkle Frau beugte sich zu ihr vor und legte ihr vertraulich eine schwitzige Hand auf den Schenkel.

»Du hast doch nichts gegen meine arme Pino, stimmt's, mein Mädchen?«

»Nein, ich ...«

»Sie hat dich immer gern gehabt. Erinnerst du dich nicht, daß sie nach ihrer Hochzeit José als erstes darum bat, dich aus dem Kloster zu holen? Eine andere hätte daran nicht einmal gedacht.«

»Das stimmt.«

Martas dröhnenden Kopf durchzuckte es wie ein Stich. Es kam ihr ganz unmöglich vor, daß sie je in einem Pensionat gewesen sein sollte ... Und doch war es noch kein Jahr her.

»Natürlich stimmt es! Und jetzt ist die Arme ganz krank, so sehr hat sie das Ganze heute nachmittag mitgenommen ...

Nicht nur der Tod deiner armen Mutter, Gott hab sie selig, sondern das, was dieser leibhaftige Teufel, diese verfluchte Vicenta, gesagt hat und was ...«

Jetzt weinte dieser Fleischberg. Aus den ungeahnten Tiefen ihres Kleides zog die Frau ein weißes Taschentuch hervor, in das sie sich unter Schluchzern kräftig schneuzte.

Marta sah die Majorera mit ihren wilden Augen und dem leicht zusammengekniffenen Mund lebhaft vor sich; die racheschwörende Bewegung ihres Kinns ...

Fürchterliche Dinge hatten sich in den letzten Stunden zugetragen. Marta hatte die Ereignisse immer noch nicht ganz begriffen. Sie wußte, daß sie von höchstem Überschwang in einen eisigen Schlund gefallen war, aus dem sie sich vergeblich herauszuwinden suchte. In den letzten Tagen war sie ein einziges Nervenbündel voller Tatendrang gewesen. Alles hatte sich als so intensiv und aufzehrend erwiesen, daß es ihr an diesem Abend auf ihrem Weg durch die Landschaft nach Hause vorgekommen war, als bewegte sich ihr dünner Körper schwerelos durch die heiße Nacht. Hin und wieder war sie stehengeblieben; dann wieder hatte ihr Herz gehämmert, so aufgewühlt hatte sie sich gefühlt.

Sie hatte das Unmögliche gelöst. An diesem Abend befanden sich in ihrem Schulranzen der Passierschein und die Schiffspassage nach Cádiz. Sie hatte sich gesagt, daß sie aufpassen müsse, damit ihr Gesicht sie nicht verrate. Und so, wie sie während des Weges dieser kleinen Details gedacht hatte, hatte sie sich innerlich auch auf die bedeutenderen Ereignisse vorbereitet, die sie erwarteten. Sie hatte sich schon vorgestellt, wie sie das Schiff betreten würde ... Wahrscheinlich würden Pino und José am Tag der Abreise der Verwandten nachmittags gemeinsam nach Las Palmas fahren, um eine Weile bei ihnen zu sein und sie zu verabschieden. Marta hatte vor, sich krank zu stellen und auf der Finca zu bleiben. Sobald ihr Bruder und ihre Schwägerin das Haus verlassen hätten, würde sie sich ein kleines Bündel Kleider schnappen und davonlaufen. Sie hätte Zeit genug, vor den anderen an den Hafen zu kommen, an Bord zu gehen und sich zu verstecken ... Alles Dinge, die sich leichter ausmalen als in die Tat umsetzen ließen. Aber sie konnte das Schiff in ihrer Vorstellung tatsächlich vor sich sehen, und die Lichter des Hafens in der dunklen Nacht ihrer Flucht ... In wenigen Tagen wäre es soweit! Eine heftige, übermächtige Aufregung hatte sie überkommen. Eine fast unerträgliche Freude. Sie vermochte sogar die Schiffsgeräusche zu hören, den Teer zu riechen und die warmen Dämpfe, die den Küchen durch die unteren Bullaugen entstiegen, aus dem Hin und Her der weißen Kochmützen, das sie sooft von den Molen aus gesehen hatte. Die erleuchteten runden Bullaugen und diese ganze, vor Leben und Menschen quirlende Welt auf dem Wasser, die sie erwartete wie das Tor zu einem neuen Leben ...

Niemals wäre ihr in den Sinn gekommen, als sie so voller Leben, Geheimnisse und Aufregung auf der Finca eintraf, was sie dort erwartete.

Das ganze Haus lag im Dunkeln, nur im Eßzimmer brannte Licht. Obwohl sie so in Gedanken vertieft war, bemerkte sie, daß in den Schatten des Gartens einige Wagen geparkt waren, was sie sehr erstaunte.

Ehe sie hineinging, kam ihr die Idee, durch eines der Fenster ins Eßzimmer zu schauen. Da sah sie dunkle Stoffe, ein paar Arbeiter, die unter der Anleitung von José und einem untersetzten Mann riesige Kerzen trugen. Das Zimmer schien voller Menschen und Traurigkeit. Außer ihrem Bruder und Don Juan befanden sich noch zwei Damen darin, die sie nur flüchtig kannte. Es dauerte einen Augenblick, bis sie begriff, daß dort eine Totenwache vorbereitet wurde. Als sie sich dessen bewußt wurde, durchfuhr sie eine solch entsetzliche Angst, daß sie glaubte, den Verstand zu verlieren.

Sie erinnerte sich kaum noch daran, wie sie ins Haus getreten war, wie Frauen sie umarmt und geküßt hatten. Sie war vor ihnen fort in ihr Zimmer gerannt, völlig betäubt und umnebelt.

Sie lag lange im Dunkeln auf ihrem Bett, und hin und wieder setzte sich eine der Freundinnen ihrer Mutter neben sie, strich ihr über den Kopf und sprach zu ihr. Sie ließ diese fürsorglichen Gesten wie eine unvermeidliche Tortur mit stoischer Miene und geschlossenen Augen über sich ergehen, mit einem Ausdruck, der an die arme Teresa der letzten Jahre erinnerte.

Ihr Kopf wurde von einem einzigen Gedanken beherrscht, einer Gewißheit. Dieses Unglück, dieser Tod hatte sich wie ein Bleigewicht aus dem Himmel über ihr Leben gesenkt, um sie niederzudrücken und von ihrer Flucht abzuhalten. Diese Gewißheit nahm sie gefangen wie ein fixer Gedanke.

Endlich ließen die beiden Damen sie in Ruhe, überzeugt, daß all ihre Bemühungen, ihr Tränen oder irgendein anderes Zeichen der Betroffenheit zu entlocken, vergeblich waren. Alleine im Dunkeln hörte sie, wie die Männer des Beerdigungsinstituts Teresas Leichnam ins Eßzimmer hinuntertrugen. Dann hörte sie Don Juans und Josés Schritte in der entgegengesetzten Richtung. Sie sprachen über Pino.

»Es ist ernst; ich mache mir Sorgen. Das ...«

Später lief eines der Mädchen durch den Flur ... Marta hörte, wie fest gegen die Schlafzimmertür von Pino und José am Ende des Ganges geklopft wurde.

»Don José ... die Herrschaften aus Las Palmas sind da.«

Wieder hörte sie Don Juans und Josés Schritte, zurück durch den Flur. Don Juan sagte:

»Bleib bei der Señora, Carmela.«

Und von weitem Carmelas Stimme:

»Ja, gnädiger Herr.«

Da stand Marta von ihrem Bett auf, ging an die Tür und hörte unten Stimmengewirr, Ausrufe. Sie hörte auch Pablo sprechen, und obwohl es ihr wie eine Sinnestäuschung vorkam, übte seine

Stimme eine solche Anziehung auf sie aus, daß sie bis zur Treppe huschte. Doch dort angekommen, hielt sie halb verborgen inne, eingeschüchtert und verschreckt von den Vorrichtungen zur Totenwache.

Die Festlandsspanier, Pinos Mutter und auch Pablo waren ins Eßzimmer getreten; José und Don Juan befanden sich bereits dort. Die Frauen bekreuzigten sich vor dem Leichnam. Sie stellten Don Juan geflüsterte Fragen, auf die dieser den Kopf schüttelte.

In dieses Gewisper, in diese gedämpften Geräusche der Zusammenkunft hinein richtete sich mit einem Mal die Majorera auf, die bislang neben dem Sarg gekniet hatte.

Laut und deutlich sagte sie:

»Ich weiß, wie meine Señorita Teresa gestorben ist. Vor Gott unserem Herrn schwöre ich, daß man sie vergiftet hat und daß ich weiß, wer es war.«

Alle erstarrten für einen Augenblick; dann redeten sie fast gleichzeitig aufgeregt los.

»Sie kommen ins Gefängnis für das, was Sie da sagen, Vicenta. Merken Sie denn nicht ...!«

»So ein Unsinn. Sie wissen ja nicht, was Sie reden!«

Es waren Josés und Don Juans Stimmen, die da laut wurden. Aber auch alle anderen protestierten entsetzt. Es wurde durcheinandergeschrien. Man hatte den Eindruck, sie seien alle verrückt geworden. Vicenta ergriff noch einmal das Wort, unerschüttert wie ein Fels in der Brandung.

»Diese Hündin, die sich da oben versteckt, hat sie vergiftet ...! Und das Mädchen wird sie auch noch umbringen!«

José warf sich aschfahl auf die Majorera.

»Sofort, aber sofort verschwinden Sie aus diesem Haus!«

»Sofort nicht, nein. Solange sie nicht fort ist, gehe ich auch nicht. Wer sind Sie denn, daß Sie es wagen, mich hinauszuwerfen?«

Don Juan stellte sich dazwischen. Man sah ihn schwitzen. Sein Blick war offenbar verschleiert. Er stolperte über die Blumen, die Sträuße. Dann legte er die Hände auf die Schultern der regungslosen Majorera.

»Vicenta, ich kenne dich seit vielen Jahren ... Du bist eine gute Frau, außerstande, die Totenruhe eines Hauses zu stören. Du weißt, daß ich deine arme Señorita geliebt habe, als wäre sie meine eigene Tochter ... Vicenta, um den Frieden ihrer Seele willen, mach uns nicht alle vollkommen verrückt ...«

Die Majorera reckte das Kinn in die Höhe und sah einen Moment herausfordernd in die Runde. Dann zog sie ihr Kopftuch bis über die Augen und setzte sich auf den Podest mit dem Sarg, die Hände über der Brust gekreuzt, als kümmerte sie sonst nichts und niemand mehr.

Pinos Mutter stürzte schluchzend auf die Treppe zu.

»Meine Tochter ... meine liebe Tochter ...!«

Don Juan folgte ihr. Sie kamen an Marta vorbei, streiften sie. Mit weiten Augen und ausdrucksloser Miene sah sie sie vorübergehen, ohne sich zu rühren.

Einen Augenblick später ging Marta in ihr Schlafzimmer zurück und verbrachte schwarze, stumpfsinnige Stunden dort, ohne einen Gedanken zu fassen. Später hatte sie das Gefühl, sogar geschlafen zu haben. Sie spürte ein stechendes Hungergefühl im Magen, doch gleich darauf vergaß sie es wieder. Ihr wurde bewußt, daß sie schwitzte, daß der Kragen ihrer Bluse ganz feucht war. Sie zog sich nackt aus, doch selbst der Mond brannte auf ihrem Körper. Im Schrank hatte sie Kölnischwasser, mit dem sie sich benetzte, um ein wenig Abkühlung zu finden. Der Lavendelgeruch verbreitete sich im Zimmer, bis ihr fast übel wurde, doch die Hitze schwand nicht. Ihre Fußsohlen waren dafür eiskalt ... Sie zog sich ein sauberes weißes Kleid an, dessen leichter Stoff wie aufgeheizt war.

Benommen stand sie mitten im Raum, als sie ein Gebetsmurmeln hörte. Da wußte sie, daß auch sie beten mußte, und vorsichtig ging sie zur Treppe, kauerte sich still hin und lauschte dem Rosenkranz.

Und jetzt weinte Pinos Mutter in ihrem Schlafzimmer in untröstlichem Schmerz. Und wie sie weinte. Sie verströmte dabei ihren Geruch nach schwarzer Wolle, nach dem starken Veilchenduft der Pomade, die sie sich in die Haare schmierte, nach warmem, muffigem Schweiß.

»Ach, Martita, mein liebes Mädchen! Sag mir doch, daß du es nicht glaubst, daß du dieser Hexe nicht glaubst. Sag es mir, sonst werde ich noch ganz verrückt, wenn ich an meine arme Tochter nur denke.«

Marta antwortete fest:

»Keinen Moment habe ich daran geglaubt.«

Sie wich einer Umarmung aus, beinahe bewußtlos allein bei der Vorstellung, gegen diese Brust gedrückt zu werden.

»Gehen Sie zu Pino ... Sie braucht Sie dringender als ich.«

»Ich gehe schon zu ihr, mein Kindchen ... Komm du auch mit, liebes Mädchen. Komm mit und sag ihr, was du mir gesagt hast und womit du mir eine so große Last vom Herzen genommen hast ...«

»Nein ... Ich kann nicht. Richten Sie es ihr aus, wenn Sie es für notwendig halten. Ich muß jetzt allein sein.«

Die Frau stand auf, wischte sich die Augen und steckte ihr Taschentuch ein. Sie war fest entschlossen, Marta einen Kuß zu geben, und dieses Mal erzwang sie ihn sich mit Gewalt. Schließlich ging sie. Marta hörte Männerschritte im Flur; es war José, dem Pinos Mutter draußen begegnete. Marta hörte die Frau sagen:

»Das Kind ist ganz empört, Pepito ... Es ist eine Schande, daß diese Hexe da unten weiter alle Welt beleidigt.«

Darauf erklang Josés Stimme mit einem wutentbrannten »Seien Sie still!«, das ihr im Dunkeln das Blut in den Adern gefrieren ließ.

Der Mond schien zum Fenster herein. Fasziniert schaute Marta in den Garten. Er lag da wie am hellichten Tag. Man sah die Mattigkeit der Blumen, und schwer stieg der Jasminduft herauf. Die Bougainvilleen mit ihren kräftigen Farben wirkten wie verbrannt. Der Mond stand riesig, unerbittlich und glanzlos an dem von der Hitze beschlagenen Himmel; eine Schar winziger schwarzer Punkte schien flimmernd zwischen Martas Augen und dem Mond zu tanzen, als sei die Nacht von einer Fliegenwolke getrübt.

Martas Hände, sonst stets trocken, rauh und entschlossen, fühlten sich feucht an, als sie sie an ihre Wangen legte. Schwache, unentschlossene Hände, die all ihren Mut verloren zu haben schienen. Und trotzdem waren ihre Augen so trocken, daß sie beklommen seufzte und betete: »Lieber Gott, laß mich kein Ungeheuer sein, mach, daß ich um meine Mutter weinen kann; sonst weine ich doch auch wegen jeder Kleinigkeit.«

Sie war erschrocken, weil es ihr ebenso ging, wie wenn sie an den Krieg und seine Katastrophen dachte und sich nicht so betroffen fühlte wie die anderen. Es kam ihr vor, als wäre eine Region ihrer Seele spröde und ausgedörrt und als könnten nur zahllose Unglücke, zahllose Schmerzen sie aus dieser Dürre erlösen. Sie weinte nicht, sosehr sie es auch versuchte. Sie konnte sich, sosehr sie auch wollte, Teresa nicht tot vorstellen.

Stundenlang hatte sie an nichts gedacht. Und jetzt erinnerte sie sich unwillkürlich an Dinge, die ebenfalls unvorstellbar und wie aus einer fernen Zeit schienen. Dinge, die sie selbst getan hatte und die noch an diesem Nachmittag ihr Leben gewesen waren, in einem schwindelnden Minutentakt. Sie war in der Lage gewesen, die Formalitäten für ihre Abreise zu regeln, für den Angestellten, der ihr den Passierschein gereicht hatte, jenes unschuldige Lächeln aufzusetzen. Sie sah die Szene noch deutlich vor sich: das Büro, der Schreibtisch voller Papiere, der junge Mann, der ihre Familie kannte und ihr errötend sagte, während seine Hände mit dem Briefbeschwerer hantierten:

»Sie brauchen eine Vollmacht. Sie sind erst sechzehn Jahre alt …«

Er war ein magerer, einfacher Junge mit einem gutmütigen Gesicht. Es lag ihm viel daran, wie er sagte, der Enkelin von Don Rafael behilflich zu sein.

»Es ist nur … Sie wissen vielleicht, daß meine Verwandten fortfahren?«

»Ja, ja, natürlich; ich selbst habe ihnen ihre Papiere …«

»Nun, mein Bruder hat mir gesagt, wenn ich in der Lage sei, mich alleine um meine Papiere zu kümmern, werde er mich mit ihnen fahren lassen; wenn nicht, nicht … Er will davon nichts wissen.«

Der Junge sah sie an. Es war die Tochter einer sehr bekannten Familie der Stadt, die er da vor sich hatte. Ein stilles, unschuldiges, in eine einfache beigefarbene Seidenbluse gekleidetes Mädchen, das ihn aus blanken Augen ansah. Er hatte das Gefühl, daß nichts Schlechtes dabei sein konnte, ihr diesen Gefallen zu tun, und unbekümmert reichte er ihr den Passierschein. Sie drückte ihm die Hand und dankte ihm dreimal, so überschwenglich und herzlich, daß der Junge errötete, als hätte sie sich an seinen Hals geworfen. Und das hätte sie am liebsten auch getan. Sich an seinen Hals geworfen und gejubelt vor Freude.

Dann die Straße. Das im Licht gleißende Meer lugte wie eine Hintergrundkulisse in allen Gassen, hinter allen Häusern hervor … Es schien ebenfalls schäumende Jubel- und Siegesschreie in die Luft zu werfen …

Sie erinnerte sich an eine andere Szene, auch mit dem Meer als Hintergrund, einem schmutzigen Meer unter schwarzgrauen Wolken, am späten Nachmittag. Sixto hatte am Vortag nach dem Unterricht vor der Schule auf sie gewartet. In Zivil, mit einer etwas schrillen Krawatte. Und er benahm sich sehr sonderbar. Sie bekam einen richtigen Schreck, als sie ihn sah, sie hatte ihn ganz vergessen. Er wirkte gehetzt und entschlossen zugleich.

»Wenn mein Bruder mich mit dir sieht, bringt er mich um ...«

»Ach was, dich umbringen ...! Oder glaubst du, ich bin nicht Manns genug, um deinem Bruder den Schädel einzuschlagen ...? Sei nicht komisch, Marta. Du weißt doch, daß zwischen uns ... Na, du weißt ja, daß ich dich liebe. Mein Vater hat mit mir geredet ... Meine ganze Familie mag dich sehr ...«

Marta stand auf dem Gehsteig und sah hinter Sixto das Schulgebäude, dahinter das Meer. Die Luft war staubig. Sie bekam es mit der Angst zu tun. Ihre Freundinnen hatten sie allein mit diesem Jungen gelassen, der ihr völlig fremd schien. Sie hatte keine Lust, sich neben all ihren anderen Sorgen darüber Gedanken zu machen, ob sie sich schlecht ihm gegenüber verhalten hatte. Es wäre wesentlich bequemer gewesen, wenn er wie sie jene unbeschwerten Tage am Strand vergessen hätte, die so nah und doch schon so fern waren.

»Im Moment habe ich nichts, aber wenn dein Bruder zu viele Forderungen stellt, lassen wir seine Vormundschaft aufheben und heiraten gleich ... Dann habe ich das letzte Wort bei deinen Angelegenheiten. Dein Bruder ist niemand ...«

Es war kaum zu glauben, daß Sixto soviel sprach. Offensichtlich hatte er seine Lektion gelernt. Marta blickte ihn ratlos an. Sie sah seinen schönen Mund und empfand einen tiefen Ekel vor sich selbst.

»So gehe ich die Dinge nicht an ... Mach's gut.«

Sie lief los. Keuchend holte sie ihre Freundinnen ein. Fast verzweifelt hakte sie sich bei Anita unter. Sixto folgte ihnen. Dann blieb er stehen. Marta sah ihn noch aus den Augenwinkeln, wagte es aber nicht, den Kopf ganz umzudrehen. Anita lachte; sie glaubte, es handelte sich um einen dummen Streit zwischen Verliebten. Marta fühlte Angst und Gewissensbisse in sich aufsteigen.

All diese Dinge waren ihr, Marta, widerfahren, bevor sie sich so jäh mit dem Tod ihrer Mutter konfrontiert sah.

Eine Weile zuvor war sie ganz benommen gewesen. Jetzt dachte sie kühl und gelassen an all diese Dinge, als sähe sie im Kino die Geschichte einer fremden Person. Sie erinnerte sich an die Worte der Majorera: »Und das Mädchen wird sie auch noch umbringen ...« Auch diese Worte hatten keine Wirkung auf sie. Sie glaubte nichts von dem, was diese arme Frau sagte. Einmal hatte sie selbst versucht, Pablo für sich zu interessieren, indem sie fürchterliche Dinge über ihr Leben angedeutet hatte ... Hätten ihm doch Vicentas Worte einen Schrecken eingejagt, hätte er sie doch geglaubt ...! Er war ja im Haus. Dann hätte er alles getan, um sie zu finden und mit ihr zu reden. Er hätte zu ihr gesagt: »Du mußt fort von hier, es gibt keinen anderen Weg ... Jetzt sehe ich es ein.«

Ihr Herz klopfte, zum ersten Mal in jener Nacht, in einer zaghaften, absurden Hoffnung. Würde Pablo sie an die Hand nehmen und ihr helfen, dann fände sie ihren verlorenen Mut wieder. Pablo war in ihren Augen ein vollkommener Mensch ... Wenn er ihr sagen würde, es sei nicht so ungeheuerlich, wie es ihr vorkomme, aus einem Haus zu flüchten, dessen Läden zum Zeichen der Trauer geschlossen waren, wenige Tage nach dem Tod ihrer Mutter ... Wenn er ihr versichern würde, daß dies kein Veto des Himmels gegen ihre Pläne sei, daß sie weder erschrocken noch niedergeschlagen sein solle ... Und Pablo würde ihr diese Dinge vielleicht sagen, wenn sie selbst ihm zeigte, daß sie verängstigt war, daß sie tatsächlich fürchtete, man könnte sie töten. Er würde sie ansehen, und sein nachdenklicher, gütiger Blick würde sagen: ›Tu es ... Ich helfe dir.‹

Marta wußte sehr wohl, daß dies nicht eintreten würde. Pablo würde der Majorera ebensowenig Beachtung schenken wie sie selbst. Die arme Pino mochte krank und besessen sein, aber kriminell war sie deshalb noch lange nicht ... Es war zu niedrig und abstoßend, auch nur den Hauch eines Verdachts dieser Art auf eine unschuldige Person zu lenken, um seine eigenen Ziele zu verfolgen. So tief war Marta noch nicht gesunken.

Pablo würde die ganze Nacht im Haus bleiben, und Marta würde ihn nicht sehen. Sie würde ihn nie wiedersehen ... In ein paar Tagen würden alle abreisen, und sie wußte jetzt, daß sie bleiben würde ... Im wirklichen Leben gibt es weder Verbrechen noch Flucht ... Wenigstens nicht in dem ruhigen Leben, das Gott ihr bestimmt hatte, indem er sie unter durchschnittlichen Menschen in die Welt gesetzt hatte, die Vermögen, Pflichten und Prinzipien im Überfluß hatten, auf einer Insel, inmitten der Wogen des Atlantiks, die so begrenzt war wie das Schicksal selbst.

Einige Nächte zuvor hatte sie angstvoll Teresas Gesicht betrachtet und sich gefragt: ›Würde sie mich zurückhalten?‹ Teresa hatte geantwortet. Sie hätte nie gedacht, daß sie es auf eine so schonungslose Art tun könnte.

Wieder verließ sie ihr Zimmer und trat an die Treppe, an deren Absatz sie in dieser Nacht stets innehielt, als hätte jemand ihr verboten, hinunterzugehen. Mit bebenden Knien setzte sie sich auf die oberste Stufe. Sie lehnte den Kopf gegen die Holzstangen des Geländers und spürte die Härte ihrer eigenen Wangenknochen ... Teresa war allein mit ihren Blumen, ihren riesigen brennenden Kerzen und der Majorera, wie ein Hund zu ihren Füßen.

Man hatte die Lampen ausgemacht. Nur die Kerzen brannten. Die Blumen verwelkten in der glühenden Hitze der Nacht. Marta gewahrte eine mächtige Stille ... Jemand hatte die Uhr unter der Treppe angehalten, ihr Ticken war verstummt. Diese Nacht hatte keine Stunden.

Von oben war Teresas Gesicht das einer Unbekannten. Es flößte in seinem letzten Schlaf weder Angst noch Schmerz ein.

Während der letzten Jahre hatte Marta kaum an Teresa gedacht. Als Kind hatte sie monatelang unablässig nach ihr verlangt, als sie von ihr getrennt worden war. Aber als man sie schließlich wieder zu ihr gebracht hatte, hatte sie geweint, verzweifelt um sich tretend, und gesagt, diese Frau sei nicht ihre Mutter.

Oft hatte sie als Heranwachsende gedacht, daß Teresa ihr näher wäre, wenn sie wirklich gestorben wäre. Dann hätte sie mit ihr geredet, wie sie mit ihrem Vater redete, und mit irgendwelchen Autoren und sogar mit den Figuren ihrer Lieblingsbücher, aus einer großen Einsamkeit heraus. Jetzt war Teresa schließlich tot.

›Ich kann nicht um dich weinen ... Aber schau mich an, wo immer du jetzt bist. Ich will nichts tun, was du schlecht finden würdest. Schau mich an. Ich laufe nicht davon.‹

Nach diesem kindischen Gebet schloß sie die Augen, und da sah sie Teresa tatsächlich. Sie sah auch sich selbst, an ebendiesem Platz, am Absatz der Treppe, barfuß und im Pyjama. Sie war damals noch ganz klein, wohl nicht älter als vier. Es waren Gäste da an diesem Abend, und man hatte sie schlafen gelegt, aber sie hatte sich aus dem Bett gestohlen und, wie immer, neugierig an die Treppe gesetzt. Sie wußte, daß ihr Vater sie gnadenlos verprügeln würde, wenn er sie entdeckte, doch der Anblick der Erwachsenen faszinierte sie.

Jetzt lachten alle, vor allem Teresa lachte, auf diese einnehmende, ansteckende Art, die nur sie zu haben schien; sie konnte sie immer noch hören, nach so vielen Jahren. Sie war sehr schön, mit einem dekolletierten Kleid und ihren Perlen um den Hals. Marta kam sie vor wie eine Königin. Sie sah sie das Weinglas an den Mund führen, und das kleine Mädchen wußte, daß auch Teresa sie gesehen hatte, als sie die Augen hob. Es war ein wundervoller Moment. Ihre Mutter ließ sich nichts anmerken, um sie nicht zu verraten, schickte ihr jedoch einen zärtlichen, heiteren Blick, wie einen Kuß. Sie war ganz erfüllt von dieser ersten tiefen, süßen Ergriffenheit, an die sie sich erinnern konnte. Ihre Mutter war ihre Freundin, ihre Komplizin gewesen, gegen ihren Vater und gegen alle ... Nein, ihre Mutter hätte sie nie daran gehindert, ihre Träume zu verwirklichen. Sie hätte ihr geholfen wie niemand sonst.

Diese Gedanken gingen ihr so nah, daß sie nun doch mit geschlossenen Augen zu weinen anfing. In der Tat verlassen uns die Toten nicht so sehr, wie es die Lebenden tun. Die Toten kommen oft zu uns, unser Herz kann mit ihnen reden. Eben jetzt hatte Marta das unwirkliche Gefühl, diese Gegenwart und diese verlorene, vergessene Verbundenheit zu spüren.

Sie öffnete ihre feuchten, schmerzenden Augen und blickte in den Schimmer der Kerzen unten. Dort lag diese unbekannte Tote, die nicht die zu sein schien, die gerade noch zu ihr gesprochen hatte. Die Majorera rauchte offenbar im Dunkeln. Das tröstende Gefühl, von dem sie erfüllt gewesen war, verschwand.

Alles wog so schwer, war so traurig und real.

Die Schwingtür zur Küche öffnete sich lautlos, und Hones erschien mit einer Tasse Kräutertee in der Hand. Es nahm der Nacht Erhabenheit und Mysterium zu sehen, wie ihre Tante mit dieser Tasse in der Hand geflissentlich hereintrippelte, das Totenbett umrundete, den ganzen Raum durchquerte, schließlich unten an der Treppe vorbeikam und den Tee ins Musikzimmer brachte.

Honestas sorgloser, geschäftiger Gesichtsausdruck in dieser Nacht, zwischen den Kerzen, der Hitze und der Toten, hatte etwas Schauerliches, Taktloses. Etwas, das Marta Übelkeit verursachte.

XVI

Die Majorera, allein im Halbdunkel, in der Hitze zwischen den Blumen, machte eine mechanische Handbewegung: sie holte ihr Päckchen Zigaretten heraus, steckte sich eine in den Mund und zog den schwarzen Rauch ein. Später merkte sie, wie die Zigarette ihr zwischen den Lippen ausging. Sie hörte Teresas Stimme:

»Vicenta, hör auf, dieses unsägliche Kraut zu rauchen ... Oh!«

Seit vielen Jahren hörte sie Teresas Stimme. Auch jetzt erstaunte es sie nicht, reglos blieb sie sitzen. Teresa mochte den Geruch dieses Tabaks nicht. Aber sie hatte Vicenta oft zum Tabakhändler geschickt, um ihr ägyptische Zigaretten zu kaufen, die sie ebenso nervös wie ungeniert geraucht hatte. So gut wie immer drückte sie sie nach der Hälfte aus ... Ihre Stimme befahl herrisch: »Vicenta, hör auf zu rauchen«, aber ihre Augen lächelten gleich wieder. Im Haus war sie eine Tyrannin, alles hatte genau so zu sein, wie sie es sich vorstellte. Sie verlangte Gehorsam ohne Widerspruch, runzelte die Augenbrauen, aber in ihr war kein Funke Hochmut. Marta war hochmütig, auch wenn sie niemals etwas befahl. Hochmütig waren alle diese neuen Herrschaften, die ihre Dienstboten gut behandelten, sie nicht ausschimpften und sich nicht in ihr Leben einmischten, dafür aber durch sie hindurchsahen, als wären sie Luft.

Teresa war schön, aufrecht wie eine Palme, kokett und sinnlich ... Vielleicht war sie deshalb, wie alle echten Frauen, voller

Demut. Vicenta hatte Teresa sogar vor ihrem Ehemann bittend niederknien sehen …

Teresa verlangte alles von Vicenta: Arbeit, Stunden ihres Schlafes, bedingungslose Treue. Sie nahm alles selbstverständlich hin, als wäre es gar nichts, aber auch Vicenta gegenüber war sie demütig. Sie vertraute sich ihr an und interessierte sich für ihr Leben, mit einer echten, drängenden Anteilnahme.

»Erzähl doch, Himmel noch mal … Das ist ja unglaublich. Erzähl mir alles, Vicenta.«

Ihre großen Augen hatten sich mehr als einmal entsetzt bei den Schilderungen ihres Lebens geweitet. Nur ihr hatte die Majorera sich geöffnet, niemandem sonst. Niemanden hatten diese Dinge je gekümmert, ihr Leben, das düster war wie so viele andere.

»Vicenta, wie war dein Dorf?«

Es war nicht einmal ein Dorf gewesen. Ein paar zusammengewürfelte Häuser an den Dünen eines langen, ausgestorbenen Strandes. Sie erinnerte sich, daß sich hinter den Häusern, in Richtung der Felder, sehr scharf die Umrisse dreier großer Palmen abzeichneten, eine davon eine Dattelpalme. Außerdem durchschnitten die Holzflügel einer Windmühle die Luft. Ringsum wuchsen Kakteen, Tabaiba-Sträucher und Trauerweiden. Die Häuser bestanden fast alle aus lose geschichteten Steinen. Manche waren getüncht. Vicentas war eines der getünchten Häuser mit drei Räumen und einem kleinen Hof. Steine und Kakteen umgrenzten den Hof. Vicenta hatte Land, aber das Land hielt einen oft nicht am Leben.

Ein unerbittlicher, wasserloser Himmel spannte sich über die Häuser, über ganz Fuerteventura, über die trockenen Eingeweide dieser Erde. Ödland, das in den regenreichen Jahren gute Erträge brachte. Während der langen Trockenzeiten konnten Hunger und Durst dafür Menschen und Tieren zum Verhängnis werden. Vicenta war in dem Bewußtsein groß geworden, daß

Wasser der größte Reichtum ist, aber auch ein böser Gott, der schlafende Kräfte zu entfesseln vermag.

Als junges Mädchen war sie zum Arbeiten nach Puerto de Cabras gegangen, der Stadt ihrer Insel. Dort wandelte sie sich zur Frau, dort fegte sie Treppen und Höfe, dort lernte sie kochen, und dort wurde sie groß, stark und, wie man sagte, auch schön. Sie hatte schwarzes, lockiges Haar, ihre festen Brüste wölbten sich unter der Bluse und zogen die Blicke der Männer auf sich, als ihre Mutter sie in einem regenreichen, üppigen Jahr ins Dorf zurückholen ließ. Das war das Jahr ihrer Hochzeit. Sie wurde mit ausgelassenem Tanz und Gitarren gefeiert.

Dann kam eine dunkle Zeit der Armut. Sieben Jahre lang keine Regenwolke am Himmel. Die Majorera erfuhr in ihrem Dorf, was Hunger ist, und gewöhnte sich mit dem Hunger an die harte Fron, sich jedes Jahr ein Kind aus dem Leib zu reißen und diese Kinder an einer ausgemergelten Brust zu stillen, schmerzend der Rücken bei jedem Saugen ihrer Münder. Sie gewöhnte sich auch daran, sie sterben zu sehen.

Es starben ihr die vier Knaben, die sie bekam, und ein Mädchen. Ihr blieben die beiden ältesten Töchter, vielleicht, weil sie selbst noch kräftig war, als sie geboren wurden, weil sie bei ihrer Geburt nicht geflucht hatte oder weil die Frauen, die, wie es heißt, weniger wert sind als die Männer, Unkraut gleichen, das nicht so schnell vergeht.

Nach diesen sieben Jahren schiffte ihr Mann sich nach Amerika ein, ohne sich zu verabschieden. Eines Morgens nahm er den staubigen Weg in die Stadt und wurde nie wieder in der Gegend gesehen. Anfangs sagte man ihr, er sei auf Gran Canaria zum Arbeiten.

Viele Männer machten es so. Vicenta fand daran nichts Befremdliches. Abgesehen davon ist allgemein bekannt, daß Frauen sich und ihre Kinder besser alleine durchbringen, und sei es bettelnd am Wegrand. Wenigstens ist da niemand mehr im Haus, der einen prügelt oder einem den Leib mit einem neuen Kind beschwert … Manche Frauen machen sich ganz verrückt wegen der Männer und laufen ihnen nach für eine Liebkosung, aber zu denen gehörte sie nicht. Sie hatte ihren Mann verabscheut wie niemanden sonst auf der Welt, wie sie nicht einmal die Reichen verabscheut hatte mit ihren Brunnen, an die sie niemanden heranließen außer ihren Ziegen und ihren Kamelen, während die Leute ringsum verdursteten …

Und – wie seltsam – jetzt, nach all der Zeit, konnte sie sich nicht einmal mehr an das Gesicht dieses Mannes erinnern, ihres Mannes. Sie könnte ihm auf der Straße begegnen und würde ihn nicht erkennen. Kein Fünkchen Groll war mehr in ihr … Er mochte eine andere Frau und andere Kinder drüben in Amerika haben, sie scherte das wenig. Seinerzeit war er ein gutgebauter Kerl gewesen, sie hatte ihn sich ja aussuchen können. Aber was blieb in ihrer Erinnerung schon von ihm übrig? Die schmutzige Wäsche, die sie ihm gewaschen hatte, wenn es ging, der erbrochene Rum, die Prügel, mit denen er sie und die Kinder versehen hatte, und die Zudringlichkeiten seines Körpers, die sie zu hassen gelernt hatte. Das einzige, was sie an ihm gemocht hatte, war der Tabak, den sie ihm hemmungslos aus den Taschen gestohlen hatte.

In dem Jahr, in dem ihr Mann verschwand, war der Boden fruchtbar. Als hätte er auf diesen Fortgang gewartet, trug der Himmel endlich wieder Wolken, die Brunnen und Becken füllten sich, es gab eine Ernte. Vicenta kaufte zwei Ziegen. Sie begann, die schmutzigen Gesichter ihrer Töchter mit Wohlwollen zu betrachten. Manchmal ertappte sie sich dabei, an sie zu denken und sie eigentlich ganz hübsch zu finden.

Die ältere schickte sie arbeiten, als die Zeit kam, so wie sie selbst arbeiten gegangen war, und dann die andere, aber kürzer, weil sie ihr die liebste war und die Dinge gut für sie standen.

Das Dorf entwickelte sich im Laufe der Jahre. Sie baute sich ein neues Haus am Rand, in der Nähe der drei Palmen. Dort richtete sie sich einen einfachen Laden ein, der Bewunderung hervorrief und Neid auf sich zog. Das war eine große Sensation. Eine andere Sensation im Dorf war es, als auf einem Stück Land, das Vicenta einem Reichen verkauft hatte, ein Brunnen gebohrt wurde und man auf viel Wasser stieß.

Die Besitzer des Krämerladens hatten einen Sohn in Amerika, der ihnen Geld schickte. Zwei weitere Söhne waren geblieben und halfen ihren Eltern, und alle Mädchen der Gegend hatten ein Auge auf sie geworfen. Die anderen Männer sprachen von ihnen mit einem mißtrauischen Lächeln, weil sie wohlgenährt und streitsüchtig waren. Es war ein Triumph, als Vicentas ältere Tochter sich während des Dorffestes mit einem dieser jungen Mannsbilder verlobte. Zwei Jahre später kamen Regen und Fruchtbarkeit, und sie heirateten.

Von dem Tag an, da diese Hochzeit begangen wurde, erfuhr die Majorera, was es heißt, von Neid umgeben zu sein. Einem im Inneren all dieser bescheidenen Häuser verborgenen Neid, der ihr in allen Blicken auflauerte.

Die Schwiegereltern ihrer Tochter, vielleicht aufgrund von Gerede, mit dem man ihnen unaufhörlich kam, waren nie besonders gut auf Vicenta zu sprechen. Sie fanden, daß ihr Sohn keinen großen Fang gemacht hatte, als er ihnen dieses Mädchen mit den frischen Lippen und den großen schwarzen Augen ins Haus gebracht hatte.

Sie lächelte, wenn ihr solche Dinge zugetragen wurden. Ihrer Tochter ging es gut. Hinter dem Ladentisch wurde sie dick, daß es eine Freude war. Und was machte es schon, wenn ihre Tochter sie nicht besuchen durfte? Es ging ihr gut. Und was machte es, wenn die Schwiegereltern Vicenta kaum grüßten und sie nicht in ihrem Haus haben wollten? ... Sie hielt ihnen eine schöne Überraschung bereit. Ihre andere Tochter, inzwischen schon fünfzehn, war noch hübscher als die ältere, und Vicenta wußte, was die Schwiegereltern noch nicht bemerkt hatten. Sie wußte, daß der andere Sohn verrückt nach ihrer Tochter war.

Alles stand zum Besten. Das Wasser, auf das man auf ihrem Land gestoßen war, zog Käufer für andere Grundstücke an, die ihr gehörten. Zu dieser Zeit ging sie gelegentlich ins nächste Dorf, das eine Kirche hatte, um sich mit dem Priester über ihre Angelegenheiten zu beraten. Sie packte die Dinge ruhig und geschickt an, und sie behauptete sich.

Inzwischen hatte sie die jüngere Tochter aus ihrer Stellung genommen und bei sich. Es hieß, sie kaufe Stoff, um ihr die Aussteuer zusammenzustellen, die das Mädchen selbst besticke. Es hieß, sie verziehe sie wie ein Fräulein, das werde ein böses Ende nehmen. Vicenta ließ die Leute reden. Die Keckheit ihrer Tochter hatte es ihr angetan, ihre Anmut, ihr Getändel mit dem groben, unwirschen Sohn der Krämer. Er konnte sich nicht dazu durchringen, Nägel mit Köpfen zu machen; vielleicht hatte er Angst vor dem Unmut seiner Eltern. Und sie tat ebenfalls ganz unbedarft. Vicenta verfolgte diese Dinge mit großem Interesse. Am wichtigsten war es ihr, das Mädchen froh zu sehen. Eines Tages willigte sie ein, als ihre Tochter beschloß:

»Morgen gehen wir zur *Taifa,* ich will tanzen.«

Sie sprach von einem Dorffest in der Nähe. Sogar ein paar junge Herren aus Puerto de Cabras sollten kommen, um mit den Dorfmädchen zu tanzen, wofür sie am Eingang bezahlen mußten. Vicentas Tochter richtete aufgeregt ihre Kleider her. Aber die Mutter hatte eine böse Vorahnung.

»Daß der dir mal nicht gefährlich wird. Paß nur auf.«

»Was schert mich das? Bin ich vielleicht mit ihm verlobt?«

»Na gut, gehen wir.«

Beim Anblick ihrer Tochter fühlte sie sich ganz beschwingt. Wenn Vicenta Teresa erzählte, wie ihre Tochter war, glaubte sie sie erneut vor sich zu sehen. Sie war zart, hatte eine schöne Gesichtsfarbe, große Augen und die feinen Hände einer Stickerin.

Es war eine Freude, sie anzuschauen. Mit erhobenem Kopf, gesenktem Blick und wiegenden Hüften schritt sie dahin. Vicenta ging bei ihrem Anblick das Herz auf, und sie wußte, daß sie den Neid der anderen Frauen auf sich zog.

Am Tag des Dorffests verließen sie das Haus noch vor Tagesanbruch, um nicht von der Sonne verbrannt zu werden. Nie würde sie diesen Tag vergessen. In jenem anderen Dorf blieben sie im Haus eines Verwandten.

Die Männer hatten bereits bei der morgendlichen Prozession zu trinken begonnen. Der Rum floß dem guten Jahr entsprechend, und die Gemüter waren aufgedreht und fröhlich. Das Dorf war voller Männer. Manche waren aus dem Landesinneren gekommen, Hirten, denen allein beim Geruch der Frauen, den sie seit Monaten nicht mehr in der Nase gehabt hatten, die Augen glänzten. Landarbeiter waren da. Ein paar fidele junge Herren aus der Stadt. Vornehmlich Männer sah man auf den Straßen, erhitzt und aufgekratzt, mit ihren Gitarren und ihren Liedern. Die Frauen lachten hinter den Fenstern gutgelaunt mit gesenkten Blicken.

Auch Vicenta war guter Laune. Als junges Mädchen war sie ernst, spröde und verschlossen gewesen, aber jetzt kam ihr Blut beim Anblick ihrer Tochter doch noch in Wallung. Ihr war, als würde ihr Körper Triebe schlagen und ergrünen wie ein vertrockneter Baum, dem kleine Blätter wachsen. Das Leben des Mädchens schwang in ihr nach. Sie hielt sich hinter ihr wie ihr Schatten, stets bereit, sie zu verteidigen.

Nachmittags auf der *Taifa* bekam man kaum noch Luft zum Atmen, aber sie saß auf ihrem Stuhl, gegen die Wand gerückt, rauchte und trug die Musik mit ihrer Körperwärme und einem melodischen Summen weiter, das sich ihrer Kehle entrang.

Alle ehrbaren Frauen saßen wie Vicenta in einer Reihe an der Wand des quadratischen, so gut wie ungelüfteten Raums. Nur für die Musiker hatte man Platz gelassen, und in der Mitte eine freie Fläche festgestampfter Erde für die Paare. Die Wände waren weiß und blau gestrichen und mit Papiergirlanden voll Fliegendreck geschmückt. Über den Musikern mit ihren Gitarren und Timples hing ein mit rosaroter Gaze verhängter Spiegel. Wenn eine Runde Tanz zu Ende war, tranken die Frauen ein Gläschen Anis und aßen Mandelnougat. Die Männer und viele alte Frauen zogen Rum vor.

Die Männer traten im Turnus ein, nachdem sie bezahlt hatten. Während eine Runde Männer tanzte, bildete sich vor der Tür eine Schlange mit den nächsten Anwärtern. Zwei kräftige, mit Knüppeln versehene Männer achteten auf Ordnung.

Wie ausgelassen die *Taifa* von der vergnügten Jugend begangen wird, kann sich niemand vorstellen, der es nicht selbst erlebt hat. Rasierte Männer mit sauberen Hemden, die bald der Schweiß durchtränkt. Gepuderte junge Frauen, herausgeputzt wie Götzenbilder. Die Tanzpartner sind so rücksichtsvoll, ein Taschentuch über die Schultern der Frauen zu breiten, damit ihre schwitzigen Hände nicht die Kleider beflecken. Es herrscht ein Geruch nach Wein, Leibern, Staub und stickiger Hitze, während die Musik frenetisch anschwillt und die Masse der Tanzenden herumwirbelt, auf engstem Raum anpeitscht.

Vicenta sah ihre Tochter mit verschiedenen Partnern tanzen. Ein Vorwurf kam ihr zu Ohren, und unwillkürlich konterte sie.

»Und was, wenn sie sich den jungen Herrn schnappt? Hat sie vielleicht einen Verlobten, den das stören könnte?«

»Den wird sie auch nicht kriegen.«

»Wissen Sie, gute Frau, was das hier ist?«

Sie wäre handgreiflich geworden, sie hätte gebissen und sich geprügelt, wäre nicht in diesem Augenblick auf dem Höhepunkt des Tanzes eine Frau hysterisch rudernd zu Boden gefallen und hätte äußerst gelegen alle Aufmerksamkeit auf sich gezogen, so daß sich um sie herum ein Kreis aus erregten, unter den weißen Augen geröteten Gesichtern bildete.

»Na los, gute Leute, welche María oder welcher Juan gibt seinen Schuh ... Nur zu! Einen Schuh!«

Der an die Nase gehaltene Schuh weckte die Lebensgeister der Gefallenen wieder, ehe man sie auf die Straße getragen hatte. Einmal dort, brachte die glühende, unverbrauchte Luft sie endgültig zu sich, wie auch die Bemerkungen und Witze der Männer, die draußen darauf warteten, bis die Reihe an ihnen war.

Die Frauen tanzten unermüdlich weiter, während die Männer sich abwechselten, immer erregter und finsterer oder heiterer und beschwingter vom Rum. Zwei junge Herren aus der Stadt hatten sich unter die Feiernden gemischt. Vicentas Tochter war das gefragteste Mädchen mit ihrer schmalen Taille und ihren ausladenden Hüften.

Das Mädchen glühte geradezu, so hübsch war es. Unter ihrer Aufregung verbarg sich allerdings die Verbitterung, daß ihr Verehrer nicht kam. Die Mutter fühlte die Verbitterung mit ihr und hatte einen schalen Geschmack im Mund; bei der kleinsten Anspielung flackerten ihre Augen zornig auf.

»Ich habe gehört, Perico, der von den Krämern, ist dabei, sich zu betrinken.«

»Und was schert mich das?«

»Ich habe gehört, er hat gesagt, du sollst es dir mit den jungen Herren gutgehen lassen.«

Vicentas Tochter zuckte mit den Schultern und tanzte.

Als sie ihn kommen sah, schaute sie weg und ließ sich vom Erstbesten zum Tanzen auffordern. Er blieb neben der Tür stehen, den Tänzern im Weg, mit gesenktem Kopf, als wolle er gleich zum Angriff übergehen. Ein hübscher dunkler Kerl, mit enganliegender Bauchbinde und vom Alkohol benebelter Miene.

Da geriet der junge Mann plötzlich in Rage, und Vicenta erhob sich, als sie sah, wie er sich einen Weg durch die Masse der Tänzer bahnte, sich zwischen den Paaren hindurchdrängte und den Tanz zum Stillstand brachte.

»Mit meiner Verlobten tanze ich, verstanden?«

»Entschuldige, mein Freund, werd' nicht gleich böse ...«

Vicentas Tochter warf diesem Juan Lanas, der für ihre hübschen Augen nicht einmal zu kämpfen wußte, einen zornigen Blick zu und überließ sich wortlos dem Arm ihres Verehrers.

Vicenta setzte sich wieder hin, voller Stolz und glühendem Triumph, während die Füße der Tanzpaare erneut den Staub vom Boden aufwirbelten und die Geräuschkulisse ohrenbetäubend wurde, weniger durch die Musik der Instrumente als durch das entfesselte, frenetische Sohlengeklapper, das sich bis zur Raserei steigerte. Hin und wieder wurden Schreie ausgestoßen. Und plötzlich ein spitzer Schrei und dann weitere. Wilde Schreie, von entsetztem Schweigen durchbrochen, so daß Vicenta wieder aufsprang und sich in den dichten Kreis aus Menschen zwängte. Und dann, als die Leute ihr den Weg freigemacht hatten, war sie es, die aufschrie, mit einem furchtbaren Schrei, einem Aufheulen, wie es keine Geburt und kein Kindessterben ihr je entlockt hatten.

Sie entriß ihre Tochter den Männern, die sie trugen, und nahm sie in die Arme. Drei Messerstiche waren in den Körper des Mädchens gedrungen, und das Leben entwich ihrer Kehle. Sie starb in Vicentas Armen, bevor man sie noch auf ein Bett niederlegen konnte. Die Kleider ihrer Mutter waren so von ihrem Blut durchtränkt, daß die grünen Aasfliegen am nächsten Tag sich nicht nur auf den Leichnam zu setzen versuchten, sondern auch von Vicentas Kleidern das Blut ihrer Tochter saugen wollten.

Von da an wurde Vicenta das Leben auf Fuerteventura bitter. Die Ebenen, die kahlen Berge, der gottverlassene Strand ihres Ortes, dessen Dünen vom glühenden Wind verweht wurden ... Anfangs war sie sich dieser Bitterkeit nicht bewußt, sie wurde von anderen überdeckt.

In dem Dorf waren zwei Häuser in Trauer. Ihres und das des Mörders, der ins Gefängnis kam. Im anderen trauernden Haus, bei den Krämern, wurde die einzige Tochter, die ihr blieb, von Ehemann und Schwiegermutter unterjocht und eingesperrt und kam sie nicht besuchen. Ihr Haus war voll von Bekannten aus ihrem Ort und anderen Dörfern, nur ihre Tochter kam nicht.

Sie blieb sehr allein zwischen ihren frisch getünchten Wänden. Sehr allein in ihrem Bett, das sie mit niemandem mehr teilte. Sehr allein mit ihren Tieren, mit der Arbeit, ihnen Futter zu holen, und sehr allein an den Abenden, wenn ihr Blick auf eine begonnene, unfertige Handarbeit in ihrem Nähkorb fiel ... Ihre Tochter war wie ein Fräulein gewesen, sie hatte genäht und gestickt. Beim Anblick dieser Handarbeiten mußte sie immer an den schmalen Hals denken, aus dem das Blut stoßweise geschossen war, an die Brust, in die sich die Klinge des kanarischen Messers bis zum Griff gebohrt hatte.

In einer Vollmondnacht bekreuzigte sich ein Mann aus dem Dorf, als er eine dunkle, unheilvolle Figur mitten im Feld sitzen sah, vor den blendendweißen Dünen. Er erkannte Vicenta und erzählte es zu Hause.

»Für mich hat sie den bösen Blick. Sie hat auf den Kramladen geschaut.«

Zwei Tage später wurde die beste Ziege der Krämer tot aufgefunden. Als man Vicenta die Nachricht überbrachte, zuckte sie mit den Schultern. Was kümmerte sie das schon. So abwesend lebte sie in diesen Tagen vor sich hin, es wäre ihr gar nicht in den Sinn gekommen, daß man ihr dieses Unglück zuschrieb. Kurze Zeit später berichtete man ihr, den Krämern würden die Hühner wegsterben, als hätte ihnen jemand einen »bösen Fluch« geschickt ... Von da an bemerkte Vicenta wohl, daß die Nachbarn sie mißtrauisch grüßten und die Kinder aus ihrem Blickfeld nahmen. Man hatte Angst vor ihr.

Vicenta war damals, wie jetzt, groß und grauhaarig und hatte ein Gesicht wie aus gebranntem Ton. In ihrer Jugend hatte sie mit dem Hunger und den Kindern auf einen Schlag ihre Frische verloren, doch dann konnten ihr die Jahre nichts mehr anhaben. Als junges Mädchen war sie nicht so kräftig gewesen. Sie arbeitete im Feld, wenn es Frauenarbeit zu verrichten gab, und schleppte Lasten wie ein Kamel. Für ihre Töchter hatte sie gesorgt, wie man unverheiratete Mädchen eben umsorgt, hatte ihnen gegeben, was immer sie konnte, aber nun war niemand mehr da, für den sie zu sorgen hatte. Die kleinen Kinder rannten vor ihrer undurchdringlichen Miene und ihren blitzenden Augen davon.

Eines Nachts fand sie eine Frau in ihrem Haus vor. Der Raum war dämmrig, trotzdem brauchte sie keine Sekunde, um sie zu erkennen ... Sie ging in den Hof hinaus und schüttete das Wasser, das sie in einer Blechkanne auf dem Kopf trug, in einen großen Tonkrug, der zu diesem Zweck diente. Die Besucherin blieb unterdessen am Tisch sitzen, tiefschwarz gekleidet und mit verweintem Gesicht.

Vicenta kam mit einer Lampe zurück und ließ den Blick über das aufgequollene Gesicht ihrer Tochter gleiten, über ihre schwarzen Haare und die miteinander ringenden Hände.

»Na so was! Was bringt dich denn dazu, deine Mutter zu besuchen, mein Kind? Ich dachte schon, du hättest keine mehr.«

Die Tochter brach in Tränen aus und weinte bitterlich. Vicenta beobachtete sie erstaunt.

»Du bist schwanger. Ich habe es schon gehört. Mir kommen sie mit allem Tratsch.«

Auch die Tochter hatte Angst vor ihr. Sie versteckte ihren Bauch, als könnte ihr Blick einen Fluch darauf werfen.

»Warum bist du gekommen?«

Da kniete die Tochter plötzlich vor ihr nieder.

»Mutter, wenn Sie das Dorf nicht verlassen, geht mein Mann mit seinem Bruder nach Amerika. Meine Schwägerin ist verflucht, Mutter, sie stirbt. Haben Sie kein Mitleid mit mir? Die Tiere sind uns verendet; alles mißglückt uns, seitdem sie starb ... Niemanden bei uns trifft die Schuld, nur meine Schwester selbst … Sie wissen, Mutter, daß man mit den Männern nicht spielen darf. Und sie, sie war …«

Ohne jedes Mitleid betrachtete Vicenta die dicke Frau, die sich auf einem Stuhl abstützte, um sich aus ihrer knienden Position zu erheben. Dann packte sie sie an ihrem Haarknoten und versetzte ihr zwei kräftige, klatschende Ohrfeigen. Sie sah sie panisch schreiend zwischen den Häusern davonlaufen.

Die Nacht verbrachte sie auf einem Stuhl sitzend.

Im Morgengrauen wanderte sie über denselben Weg, den sie mit ihrer jüngeren Tochter am Tag des Dorffests eingeschlagen hatte; der Himmel war bewölkt, die Feuchtigkeit weitete die Nasenflügel. Als sie ans Haus des Pfarrers gelangte, sagte sie ihm, sie wolle alles verkaufen. Ihr gesamtes Land. Alles, was sie auf der Welt besaß.

Sie hatte das Haus nicht abgesperrt, die Ziegen und Hühner zurückgelassen. Zurückgelassen die Truhe mit den Kleidern, den Nähkorb mit den Handarbeiten und ihr Hochzeitsphoto … Der Pfarrer stellte die Verkaufspapiere aus, die alles beinhalteten. Dann nahm sie ein Säckchen mit Geld in Empfang, hängte es sich um den Hals und ging, ohne sich noch einmal umzudrehen, nach Puerto de Cabras. Dort nahm sie ein Schiff. Wenige Monate später lernte sie auf Gran Canaria Teresa kennen.

Dinge geschehen und geraten in Vergessenheit. Jeder Tag bringt seine Pflichten, und was vergangen ist, verstaubt. Die Majorera erinnerte sich nicht gern an all das. Wenn sie es sich gelegentlich einmal ins Gedächtnis gerufen hatte, war es für Teresa gewesen. Jetzt war Teresa des Lebens beraubt worden, so brüsk wie ihre Tochter, und wieder hatte Vicenta niemanden mehr zu umsorgen.

Hinter den Fenstern nahm die Hitze der Nacht noch zu und drohte mit einer glutheißen Morgendämmerung. Die Majorera hörte Honesta vorbeigehen. Im Garten sah sie einen Schatten. Jemand wanderte im Mondlicht umher.

XVII

Matilde wanderte im Garten umher. Sie trug ihr dunkelstes Kleid, die Uniform der Falange, die sie für diesen Trauerbesuch angelegt hatte. Sie war gereizt. Wenn sie zum Haus sah, erschien ihr das rötlich erleuchtete Eßzimmer wie in Brand gesetzt, geradezu beklemmend. Um nichts auf der Welt wollte sie in einem der Schlafzimmer zu Bett gehen, aber sie hätte sich gern hingelegt, ihr Rücken schmerzte. Sie erinnerte sich an die bequeme Gartenschaukel unter der Markise und ging darauf zu.

Sie kam am Eßzimmerfenster und der Haustür vorbei. Dann durchquerte sie die Dunkelheit vor dem Musikzimmer. Die Fenstertür stand offen, und man sah das von einer Schirmlampe erleuchtete Innere. Don Juan, Daniel und Pablo befanden sich dort. Don Juan und Pablo vertrieben sich die Nachtstunden mit einem Schachspiel. Matilde kam zu dem Schluß, daß bei einer Totenwache seltsame Dinge getan werden. Daniel sah ihnen interessiert zu, eine Tasse Kräutertee in der Hand. Als sie rasch vorbeiging, entdeckte Matilde zwischen den Männern auch Honesta, die hinter Pablos Stuhl stand. Matilde verzog kurz das Gesicht; sie hatte gedacht, Hones habe sich schon schlafen gelegt.

Während sie sich mit einem Seufzer der Erleichterung auf der Gartenschaukel ausstreckte, fühlte sie sich in der bedrückenden Atmosphäre dieses Hauses und dieser Nacht von dem Gedanken an Hones unangenehm berührt. Dann zuckte sie die Schultern und nahm sich vor, ein wenig zu schlafen. Sie schloß die

Augen. Im Mondlicht schimmerte selbst der schwarze Picón der Gartenwege weißlich. Sie hatte wieder Honestas Stimme im Ohr, und sie hätte schwören können, daß sie sogar erstickt gelacht hatte.

Ihre Schwägerin war ganz verrückt nach dem Maler, nicht einmal eine Nacht wie diese vermochte sie zu respektieren. Hones konnte nicht leben, ohne nach irgend jemandem verrückt zu sein, dachte Matilde, und darüber hinaus hatte sie das Glück, nicht besonders anspruchsvoll zu sein; der Erstbeste, der zu einem bestimmten Moment greifbar war, kam ihr gerade recht. In der Familie wurde diskret auf gewisse grausame Enttäuschungen angespielt, die Honesta in der Liebe hatte erleiden müssen. Tatsächlich war Matilde in den ersten Monaten ihrer Ehe, als ihr der Sinn für Humor noch nicht abhanden gekommen war, der Name Honesta, »die Sittsame«, wie ein besonders gelungener Scherz erschienen. Einmal hatte sie versucht, diesen Eindruck mit ihrem Mann zu teilen, doch Daniels Wutausbruch hatte sie erstarren lassen.

Hones hatte eine Art Refrain auf sie gemünzt: »Wirklich unglaublich, daß du verheiratet bist ...« Und Matilde konnte nicht antworten: »Wirklich unglaublich, daß du unverheiratet bist«. Denn das hätte gegen die prüden Umgangsformen im Hause Camino verstoßen. Hones war keine alte Jungfer. Auch keine verheiratete Frau, da sie niemals offiziell einen Verlobten oder Ehemann, oder wie immer man es nennen mochte, gehabt hatte. Hones hatte das Auftreten einer Geschiedenen oder einer mehrfachen Witwe.

›Was für unsinnige Gedanken ... Diese Bank macht mich ganz schwindlig.‹ Sie versuchte, das Schaukeln mit dem Fuß zu bremsen. Als sie die Augen öffnete, erhitzten die Nacht und ihr weißer Glanz sie erneut. Sie dachte, welch ein Glück es war, daß sie die Insel vor dem Sommer verließen. Man hatte ihr zwar versichert, daß die Sommer frisch seien, die Temperaturen kaum höher anstiegen als im Winter und der Levante nicht mehr als zwei oder drei Tage wehe, aber Matilde wollte es einfach nicht glauben.

›Eine Insel. Ich war auf einer Insel gefangen.‹ Was für ein sonderbarer Gedanke! Und doch hatte die Insel sie willkommen geheißen. Die Kanaren hatten sich ihnen drei Flüchtlingen gegenüber als außerordentlich herzlich und zuvorkommend erwiesen. Die Häuser, die sie ihnen geöffnet hatten, waren angenehm, behaglich und zeugten von Sinn für Schönheit und Beschaulichkeit. Sie hatte bezaubernde, immer blühende Gärten gesehen, ein Leben erfahren, das wie ein ruhiger Fluß dahinglitt. Aber das konnte Matilde nicht glücklich machen; Hones und Daniel schon. Hätte sie Daniel frei walten lassen, er wäre womöglich imstande gewesen, José zu fragen, ob sie für immer bleiben könnten.

Aber sie könnte nicht für immer hierbleiben, in diesem ewig gleichen Klima, durch soviel Meer von den Kontinenten getrennt, von den großen Aufgaben der Welt.

Glücklich machte es Matilde, nach ihren Irrfahrten durch Frankreich, nun ihre politische Berufung entdeckt zu haben. Sich einer aktiven Organisation anzuschließen, Verantwortung in ihr übertragen zu bekommen, eine leitende Funktion bei der Aufgabe, ihr Heimatland zu sanieren. Sie glaubte an die organisierte Aktion und an die Nützlichkeit dessen, was sie tat. Sie hatte immer daran geglaubt, daß es die Pflicht jedes einzelnen war, dem Allgemeinwohl zu dienen.

Als junge Frau, einige Jahre zuvor, hatte Matilde sich zum Kommunismus hingezogen gefühlt. Da sie zugleich sehr gläubig war, schwankte sie. Später lernte sie Daniel kennen und rückte gänzlich von diesen Erwägungen ab, um in eine wirre Welt einzutauchen ... Jetzt hatte sie das Gefühl, sich gerettet zu haben.

Matilde war immer unansehnlich, fleißig und, wie es hieß,

intelligent gewesen. Sie kam aus einer sehr einfachen Familie. Mit Stipendien und unter vielen Opfern wurde ihr ein Studium ermöglicht. Aber sie hatte Finesse, war die geborene Intellektuelle; sie besaß eine natürliche Forschheit und Autorität, die eine tief verborgene Schüchternheit kaschierte. Mit sechsundzwanzig Jahren hatte Matilde nicht einen einzigen Verehrer in ihren Bann gezogen. Insgeheim wußte sie, daß ihr dies nicht das geringste ausgemacht hätte, gäbe es da nicht diese den Frauen von der Wiege an eingetrichterte Überzeugung, daß sie geboren seien, um den Männern zu gefallen, und ihre Existenz andernfalls als gescheitert zu betrachten sei.

Matilde konnte nicht die Wahrheit sagen; sie konnte nicht sagen: »Liebesgeplänkel interessiert mich einfach nicht ...« Diese Wahrheit stieß stets auf nachsichtiges Lächeln. Und dieses nachsichtige Lächeln stimmte sie in bezug auf diesen Punkt besorgt und verbittert. Sie verfaßte einige sehr nebulöse, sehr vergeistigte Gedichte über das körperliche Begehren – ein Begehren, das sie niemals verspürt hatte –, denn spirituelle Themen fand sie etwas lächerlich. In ihrem Freundeskreis stießen diese Gedichte auf offenen Beifall. Inzwischen wußte sie, daß ihre Verse nichts wert waren, daß sie keine Künstlerin war, sondern eine Organisatorin, die etwas auf die Beine stellen konnte. Der Gedanke an diese Gedichte war ihr sogar peinlich.

Matilde lernte Daniel kennen, als ein Freund sie zu einem von ihm dirigierten Konzert mitnahm. Matilde hatte keinerlei musikalisches Gehör, und dieser kraushaarige Mann, der mit seinem Taktstock in der Hand eine seltsame Würde ausstrahlte, kam ihr wie ein Genie vor. Matildes Freund klärte sie in groben Zügen auf:

»Das ist ein Salonlöwe ... Er vergeudet seine Fähigkeiten zwischen Baronessen. Als er noch jung war, hat er einmal etwas ganz Gutes komponiert. Seitdem kam nichts mehr.«

Sie wurden sich vorgestellt, und Matilde war erstaunt über die

Befangenheit und Nervosität, die dieser sonderbare »Salonlöwe« ihr gegenüber an den Tag legte. Daniel machte zwei oder drei lächerliche Verneigungen vor ihr.

Danach begegneten sie sich mehrmals auf der Straße, denn zufällig wohnten sie beide in demselben Viertel. Daniel, immer äußerst sorgfältig gekleidet, grüßte sie so überaus höflich, daß es komisch wirkte. Eines Tages ging er auf sie zu und bat sie mit belegter, zittriger Stimme, ihm doch den Gefallen zu tun, einen Kaffee mit ihm trinken zu gehen.

Matilde nahm die Einladung ungezwungen an. Sie war es gewohnt, mit Männern auszugehen, mit ihnen zu reden und zu diskutieren. Doch keiner ihrer Bekannten hatte natürlich irgendeine Ähnlichkeit mit diesem Herrn. Überrascht und neugierig horchte sie auf, als er ihr stammelnd und hastig gestand, er habe sich zutiefst in sie verliebt.

»Dieses Händchen ... dieses Händchen, mit dem Sie da Ihr Glas halten, würde ich sofort küssen, ohne jede Angst vor seinem Schmutz und seinen Mikroben.«

Matilde, eine sehr reinliche Frau, deren Hände ebenso gründlich gewaschen waren wie Daniels eigene, konnte nicht einmal böse werden. Sie brach in Lachen aus und stand auf, um zu gehen. Da fiel Daniel ihr fast zu Füßen, und Matilde, verblüfft und peinlich berührt, da einige Blicke sich auf sie richteten, blieb.

An diesem Morgen hörte sie endlose Platitüden über ihr Hütchen, über ihre Fingerchen.

»Sie sind ein einfaches Geschöpf, Matilde, ich weiß, aber ich bete sie an wie eine Dame.«

Matilde lief rot an. Sie erinnerte sich, daß man ihr gesagt hatte, dieser eigenartige Mensch verkehre in der Gesellschaft. Aber sie fand nicht, daß sie gerade wie ein Dienstmädchen aussah. Wenn etwas an ihrem Äußeren hervorstach, so war es das übermäßig Vergeistigte. Daniel, mit seinen Pausbacken und seinem winzigen Mund, sah zu ihr auf und beobachtete neugierig diese Röte. Sie merkte, daß er ihr unerträglich war.

Nach diesem Treffen wurde sie zu Hause geradezu überschüttet mit Briefen und Blumen. Matildes Mutter begann sich für die Angelegenheit zu interessieren, erstaunt über den Erfolg ihrer Tochter.

Sie erinnerte sich noch an die eiligen Schritte ihrer Mutter im Flur, an ihr strahlendes Gesicht, wenn sie die Tür zu dem Zimmer öffnete, in dem Matilde arbeitete:

»Mädchen, hast du nicht ein paar Münzen für ein Trinkgeld? Schon wieder Blumen und ein Brief für dich.«

Matilde machte ein verärgertes Gesicht, aber obwohl das Ganze sie eher zum Lachen brachte, fühlte sie sich insgeheim von dieser Eroberung doch beschämend geschmeichelt.

Die Briefe waren getippt und mit einem X oder phantastischen Pseudonymen wie »Der Radscha von Kapurtala« oder »Der Schah von Persien« unterschrieben.

Es war nicht nur komisch, sondern so kurios, daß sie mehrere weitere Einladungen annahm und ihn sogar, mit einer Mischung aus Neugierde und Widerwillen, ihre so heiß begehrten Fingerchen berühren ließ. Daniel vertraute sich ihr an. Er war verheiratet; seine Frau hatte einen Adelstitel und stammte aus einer sehr distinguierten Familie, trotzdem war sie ein Trampel. Musik berührte sie in keiner Weise, und sie respektierte ihn nicht. Daniel gestand, daß auch er sich schäbig benahm und sie immer wieder betrog. Daß er es nicht noch öfter tat, lag nur an seiner Angst vor Infektionen; Prostituierte flößten ihm Abscheu ein.

»Soll das vielleicht heißen, Sie hätten mich gerne als Geliebte, um einer Ansteckungsgefahr zu entgehen?« fragte sie ihn eines Tages.

Matilde war ehrlich empört; sie blickte streng zu ihm hinab und sah ihn einer verunsicherten Verzweiflung zum Opfer fallen, der Mund kleiner denn je, die Augen erschrocken aufgerissen.

»Aber nein! Ich liebe Sie. Ich bin Ihnen verfallen, nachts macht es mich ganz elend, wenn ich an Sie denke. Mindestens zwei- oder dreimal stehe ich auf und wandere zur Toilette.«

Sie konnte ihm einfach nicht böse werden. Er brachte sie immer wieder zum Lachen.

Schließlich wurde Matilde sich bewußt, daß dieser seltsame Herr tatsächlich besessen von ihr war. Er folgte ihr oder verfolgte sie vielmehr auf Schritt und Tritt. Wenn es ihm gelang, sich mit ihr zu treffen, erklärte er ihr, er finde sie häßlich, sie habe eine Elendsmiene und seine Verliebtheit zerrütte ihn. Aber, so unglaublich es auch scheinen mochte, all das entsprang einem wahren und immer stärkeren Gefühl. Angesichts dessen beschloß Matilde, teils, weil sie seiner langsam müde wurde, teils aus Menschlichkeit, diese Freundschaft zu beenden. Sie tat es auf ihre Art, plötzlich und ohne große Umstände.

Das war zu der Zeit, als sie ihr Gedichtbändchen veröffentlichte, und tatsächlich hatten viele von Daniels schlüpfrigen Geständnissen ihr geholfen, die richtigen Worte zu finden, um ihre geschraubten Verse zu bauen. Es war auch die Phase, in der sie sich, zum großen Entsetzen ihrer Mutter, von den kommunistischen Theorien angezogen fühlte. Sie führte leidenschaftliche politische Diskussionen. In ihrer Kaffeehausrunde besaß sie eine gewisse Autorität, die sie beglückte.

Zwei Jahre lang verlor sie Daniel aus den Augen. Und abgesehen von ihren Kaffeehauskumpanen interessierte sich niemand je wieder für ihr Leben. Manchmal las sie in der Gesellschaftsrubrik von einer Festlichkeit, zu deren Gästen unter anderem Herr, Frau und Fräulein Camino gezählt hatten. Sie wußte, daß Daniel eine Schwester hatte. Ihr waren Geschichten über sie zu Ohren gekommen, und sie dachte sie sich als einen wahren Vamp. Nur ihr Äußeres vermochte sie sich nicht so recht vorzustellen. Ob sie wohl auch einen kleinen Mund und Kraushaar hatte? Unmöglich konnte sie so schüchtern und nervös wirken. Schließlich malte sie sich eine dreiste, zynische, erlesen gekleidete Rothaarige aus. Sie lernte einen Typen kennen, der sich damit brüstete, ihr Liebhaber gewesen zu sein, ein mehr als gewöhnlicher Kerl. Da wurde die unbekannte Honesta in ihrer Phantasie noch härter und stärker.

Manchmal vermißte sie in ihrer Einsamkeit die Blumensträuße und die lächerlichen, so drollig vorsichtigen Briefchen.

Eines Tages sah sie Daniel. Es war an einem Frühlingsmorgen, an dem sie früh das Haus verlassen hatte, um zu unterrichten. Die Akazien blühten, und aus der Sierra wehte ein Duft nach Pinien herbei. Die Luft in Madrid war göttlich und belebend. Vielleicht trugen die Schönheit des beginnenden Tages, die zarten Blätter der Bäume, dieses Erwachen der Natur inmitten des Stadtbetons zu ihrer Verwirrung bei. Denn sie fühlte sich ganz anders, wie vergiftet von einem jugendlichen Überschwang.

Daniel ging vor ihr, ohne sie bemerkt zu haben. Ihr einziger Verehrer! Unwillkürlich folgte sie ihm, und zu ihrem Erstaunen sah sie ihn eine Kirche betreten. Sie ging ebenfalls hinein. Daniel kniete sich hin. Sie kniete sich hinter ihn. Sie war sich ihres Tuns nicht klar bewußt, umhüllt von der kirchlichen Stille und Andacht. Aber sie fühlte sich wie jemand, dem man eine Beleidigung zufügt. Daniels Gesten, sein frömmelndes Gehabe beleidigten sie.

Sie wußte, warum Daniel in die Kirche gegangen war. Sie erinnerte sich verärgert an die unmoralischen Episoden, die er ihr gestanden hatte, und auch, daß er sie danach zu bereuen pflegte und Gott um Vergebung bitten ging. Dieser alte Lüstling! Sie stand auf und klopfte ihm knapp auf die Schulter. Daniel drehte sich um, und seine blauen runden Augen glänzten in dem pausbäckigen, sommersprossigen Gesicht erfreut auf. Sein Mund sah aus wie ein winziges O.

»Diese Reue nützt Ihnen gar nichts. Das wollte ich Ihnen nur sagen, Sie Heuchler!«

Das war alles. Sie verließ die Kirche, wütend auf sich selbst wegen dieses dummen Ausbruchs. Daniel holte sie ein, zitternd, keuchend und wie immer entsetzlich nervös.

»Matilde, ich bitte Sie ... Hören Sie mich doch an. Ich habe Ihnen etwas sehr Ernstes zu sagen.«

Matilde blieb stehen. Daniel sah sie an und schüttelte den Kopf angesichts ihrer Kühle.

»Meine arme Frau ist vor einiger Zeit gestorben ... Wollen Sie ...? Lassen Sie uns einen Kaffee trinken! ... Wollen Sie mich heiraten? Ihre niedere Herkunft ist mir ganz egal. Ihre ungesunde Gesichtsfarbe auch ... Laufen Sie doch nicht weg, Matilde!«

Aus irgendeinem unerfindlichen Grund war sie, sonst immer so ausgeglichen, an diesem Tag ganz überdreht.

Matilde erinnerte sich mit Schrecken an die ersten Monate ihrer Ehe. So schüchtern Daniel auf der Straße war, so tyrannisch und lautstark zeigte er sich zu Hause. Sein Magen und sein Klavier hatten allen heilig zu sein. Sie wohnten im Haus seiner Mutter, einer mächtigen, ausladenden, in schwarze Seide gekleideten Buddhafigur mit einer kleinen Leibrente, von der sie alle lebten. In diesem mit Möbeln und Erinnerungen an glorreichere Zeiten überladenen Haus litt man an manchen Tagen des Monats regelrechte Not. In Matildes bescheidenem, aber gut gewirtschaftetem Elternhaus war das Essen niemals knapp gewesen. Doch in ihrem neuen Heim wurde alles Geld für »repräsentative Zwecke« ausgegeben, zweimal im Monat veranstaltete man kostspielige Einladungen. Daniel hatte seiner Frau ausdrücklich verboten zu arbeiten, da sie nun eine Dame war. Dieses Wort »Dame«, das sie anfangs so zum Lachen gebracht hatte, begann sie zu verfolgen.

Daniel tat nichts, außer Klavier zu spielen und das eine oder andere Benefizkonzert zu dirigieren. Nicht nur, daß er dafür nicht bezahlt wurde, Matilde verdächtigte ihn sogar, selbst Geld beizusteuern, damit sein Name in den Zeitungen erschien. Seit Jahren arbeitete er an einer großen Symphonie, ohne jemals an ein Ende zu gelangen. Er wurde nervös und verstimmt, wenn jemand in seiner Gegenwart auf eine bestimmte *Habanera* anspielte, die er einmal in einer Laune komponiert hatte und die ihm zu jener Zeit einen flüchtigen Erfolg beschert hatte.

Honesta entpuppte sich als weitere Überraschung. Zu Hause erweckte sie den Eindruck eines soeben erst in die Gesellschaft eingeführten Mädchens, das man sorgsam konserviert hatte. Sie war mit Schminke und Rouge zugekleistert. Ihre Liebeleien erhielten in den Augen der Familie eine rosarote, romantische Färbung, als wäre Hones immer noch fünfzehn Jahre alt. Matildes Offenheit wurde als geschmacklos betrachtet. Und da sie intelligent war, lernte sie vom ersten Tag an, schweigend zu beobachten. Matilde glich einem langen, bleichen, stummen Gespenst in den Gängen dieses Hauses.

Ein weiteres Original der Familie war ein Bruder von Daniel, ein Mineningenieur, der von Zeit zu Zeit nach Madrid kam und ihnen etwas Geld daließ. Wie die anderen bildete er sich maßlos viel auf die Bedeutung der Familie ein. Ein mittelmäßiger, kleinlicher Mensch. Er war ernsthaft der Meinung, daß Daniel den Kopf verloren haben mußte, um Matilde zur Frau zu nehmen, so unbedeutend kam sie ihm vor. Er tröstete sich damit, daß sie Dichterin war. »Das hat Stil«, sagte er.

Matilde erkannte, daß viele Menschen, mit denen sie verkehrten, sich über die Familie lustig machten. Dieses ganze grauenhaft falsche Leben erstickte sie. Sie traf sich nicht mehr mit ihren früheren Bekannten, die als kleine Intellektuelle gehandelt wurden. Freundinnen hatte sie nie gehabt. Vielleicht in einer unbewußten Auflehnung gegen ihr eigenes Geschlecht betrachtete sie Frauen als untergeordnete Wesen, mit denen man sich selten über wirklich interessante Dinge unterhalten konnte. In ihrem ganzen Leben hatte sie keiner Frau besondere Zuneigung entgegengebracht. Selbst ihrer Mutter hatte sie sich nie anvertraut, auch sie verachtete sie auf ihre Weise.

Sie merkte rasch, daß es eine Dummheit gewesen war, diesen lächerlichen Unbekannten zu heiraten, aber es fehlte ihr nicht an gutem Willen. Sie war eine anständige Person, und da sie diesem Menschen in einem Alter, in dem sie sehr gut wußte, was sie tat, nun einmal Treue und Gehorsam geschworen hatte, wollte sie nicht verzweifeln, wenn es ihr auch ziemlich schwerfiel.

»Du mußt lernen, dich wie eine Dame zu benehmen«, sagte Daniel immer wieder.

»Wie bist du doch zu beneiden, du lebst deine Liebe!« sagte Hones und verbarg hinter ihren gesenkten Wimpern ihre realen oder erfundenen Tragödien.

»Daniel ist das zarteste meiner Kinder, ein Genie. Wir setzen große Hoffnungen auf ihn. Seine erste Frau war ein reizendes Geschöpf«, sagte ihre Schwiegermutter.

Tatsächlich setzte die ganze Familie, sogar der vernünftige Mineningenieur, große Hoffnungen auf Daniel, so wie man sie auf einen Knaben setzt, auch wenn er inzwischen schon auf die Sechzig zuging.

Matilde lebte wie betäubt vor sich hin. Sie hätte nicht sagen können, wie diese Beklemmung, diese Benommenheit, der sie verfallen war, sich ausgewirkt hätte, hätte sich nicht wenige Monate nach ihrer Heirat die Katastrophe ereignet. Der Bürgerkrieg brach aus. Die schreckliche Erschütterung ließ das Haus erbeben. Daniels Bruder, der Mineningenieur, wurde standrechtlich erschossen. Der Drachen von Schwiegermutter starb sehr gelegen an einem Herzinfarkt. Matilde wurde aktiv, lebte, kämpfte. Es gelang ihr, Daniel, der zitternd seine Tage herumbrachte, als Flüchtling in einer Botschaft unterzubringen. Es gelang ihr, sie drei nach Frankreich zu schleusen. Dort bestritt sie mit Gelegenheitsarbeiten ihren Unterhalt. Über Hones konnte man sich nicht beschweren; sie behielt ihre gute Laune und ihre romantischen Anflüge bei und sagte, ein geheimnisvoller spanischer Herr habe sie zu seiner Sekretärin gemacht. Zu guter Letzt stellte sich ebenso geheimnisvoll heraus, daß sie bei niemandem Sekretärin war; ein Bekannter der Familie, ein junger Maler auf Durchreise, zeigte sich ihr gegenüber sehr großzügig ... Irgendwann brachte sie ihn mit, und Daniel nahm ihn voller Freude auf, da er aus guten Kreisen kam. In den Jahren zuvor hatte Pablo in Madrid auf großem Fuße gelebt. Er war mit einer südamerikanischen Millionärin verheiratet, die in der roten Zone geblieben war, und um Nachrichten von ihr zu erhalten, begab er sich regelmäßig nach Frankreich.

Matilde trat Pablo zunächst reserviert gegenüber, doch schließlich erschien er ihr zu gutmütig für ein Abenteuer mit Hones. Oft dachte sie, daß ihre Beziehung wohl tatsächlich rein freundschaftlich war und dieser Mann sich schlicht gütig gegenüber Landsleuten zeigte, die übler dran waren als er. Sie war alles andere als einfältig, aber von Natur aus sehr sittsam, und neigte nicht dazu, in diesen Dingen schlecht von anderen zu denken; kamen ihr dann wieder Hones und ihre Art in den Sinn, zuckte sie mit den Achseln.

Dank einer Begegnung mit einem Herrn aus Gran Canaria erinnerte sich Daniel daran, daß er Verwandte auf der Insel hatte. Zum ersten Mal hörte Matilde von »dem schwarzen Schaf der Familie«, einem Bruder, der viele Jahre zuvor mit einem dümmlichen Sohn und einer tuberkulosekranken Frau auf die Insel geschickt worden war. Dort war er eine zweite, sehr standesgemäße Ehe eingegangen und schließlich gestorben. Der kanarische Herr informierte sie, daß der dümmliche Sohn sich in einen bedeutenden Geschäftsmann verwandelt hatte. Sie schrieben ihm.

Der Maler Pablo, der gerade etwas ziellos dahintrieb, kam auf die Idee, sie auf die Insel zu begleiten, zu Honestas großer Freude.

Matilde hatte wieder zu leben begonnen; nach den Kriegswirren hatte sie wieder zu sich gefunden, durch eine Aufgabe. Wenn sie zurück in Madrid wären, würde sie wieder arbeiten, und Daniel könnte es auch tun. Hier hatte er die Erfahrung gemacht, nicht nutzlos zu sein. Auf seinem Posten im Büro hatte er sich nicht schlecht angestellt. José war wirklich großzügig gewesen, wenn er es auch sehr gern betonte. Was für ein komischer Kauz dieser José doch war!

Matilde unterbrach sich in ihren Gedanken. Durch das offene Fenster von Pinos Schlafzimmer drang bisweilen ein leichtes Stimmengemurmel. Sie hatte nicht darauf geachtet, doch jetzt waren Schreie zu vernehmen. Pino, die schrie:

»Noch ein Wort, und ich bringe mich um! Hast du gehört? Ich bringe mich um!«

Dann erstickte Stimmen. Unwillkürlich hatte Matilde sich aufgesetzt, zutiefst erschrocken, horchend.

Ein fernes Grillenzirpen gab der Landschaft eine sommerliche Note. Der Mond ging an einem verklärten Himmel langsam unter und verschlang mit seinem Licht Sterne und Wolken.

Nach diesem Aufschrei Stille. In der Tür des Musikzimmers erschien Daniel. Matilde sah seine schwarze Gestalt, die sich schutzlos in dem gelben Lichtstreifen abhob, der aus der Tür fiel und mit dem Mondschein verschmolz. Sie sah, daß er sein Jakkett nicht abgelegt hatte wie Pablo und Don Juan es getan hatten. Ein Anflug von Zärtlichkeit überkam sie. Seit dem Krieg, seitdem seine Art ihr keine Angst mehr einjagte, verspürte sie manchmal diese Zärtlichkeit für Daniel. Sie zeigte sich und rief ihn.

»Diese Nacht ist unerträglich, Kindchen«, sagte Daniel, näherkommend. »José hat Don Juan geholt, damit er sich wieder um Pino kümmert. Hones hat mir Lindenblütentee gebracht, aber ich hätte noch etwas anderes gebraucht, vielleicht ein paar Tropfen Orangenblütenextrakt.«

»Daniel, ich wollte mit dir reden ... Ich habe heute nacht über vieles nachgedacht. Was wirst du in Madrid machen?«

Daniel schien überrascht.

»Ich weiß nicht, was du meinst. Die schlechten Zeiten sind vorbei. Deine Mutter schreibt uns, daß die Wohnung unbeschädigt und das Klavier in gutem Zustand ist. Du willst doch wohl nicht etwa, daß ich wieder in ein Büro gehe, ich habe schließlich einen Ruf zu verlieren. Hier ist das in Ordnung. Aber du selbst hast ja gesagt, daß du nicht bleiben willst. Also werden wir eben unser früheres Leben in unseren Kreisen wiederaufnehmen.«

Seine Worte klangen nicht sehr sicher. Matilde blickte ihn an und stellte fest, daß das Mondlicht und seine Schatten ihm ein gewichtiges Aussehen verliehen. Sie wollte schon leicht ironisch erwidern: »Welche Kreise?« Doch sie verkniff sich die Frage.

›Er ist alt‹, dachte sie. ›Alte Menschen sind wie Kinder. Es kommt mir vor, als wäre er mein kleiner Sohn, trotzig und unentwegt mit Bauchschmerzen.‹

Das Leben würde mühselig sein mit ihm an der Seite, aber sie hatte entdeckt, daß sie nur glücklich sein konnte, wenn sie arbeitete und aktiv war. Sie nahm seine Hand; er sah sie an.

»Du hast ein unpassendes Kleid an, mein Kind. Du solltest etwas besser auf dich achten; eine Dame ...«

Matilde lächelte traurig. Ihr scharfes Profil war würdevoll, selbstbewußt. Sie legte sich wieder auf die Gartenschaukel und blickte ihn weiter mit diesem Lächeln an, während Daniel sie etwas erstaunt betrachtete. Niemals mehr würde er die Macht haben, sie zu verunsichern oder herabzusetzen. Sie hatte ein absolutes Vertrauen in sich selbst zurückerlangt. Matildes Blick wurde lebhafter. Sie richtete sich lauschend auf.

Im Fenster von Pinos Schlafzimmer flackerte ein schwaches

Licht auf. Es mußte eine von den Nachttischlampen sein. Matilde hatte eine seltsame Vision, in der sich dieses Licht mit dem der Kerzen vermischte, die das wächserne, junge, erloschene Gesicht der Toten umgaben.

Sie hoffte, diese Nacht möge rasch vorübergehen. Die Nacht und die sechs Tage bis zu ihrer Abreise von der Insel.

XVIII

In dem stillen Korridor schlug eine Tür zu. Ein befremdliches Geräusch für ein Haus, in dem Trauer herrscht. Und es ging keine Brise, die einen Luftzug hätte verursachen können, der das Geräusch erklärte.

Marta begegnete ihrem Bruder. Sie war auf dem Weg zurück in ihr Zimmer, und er kam aus seinem. Josés Gesicht zeigte Erstaunen angesichts dieser weißen, bleichen Erscheinung. Er schien fast erschrocken, auf sie zu stoßen.

»Ich dachte, du schläfst.«

»Ich lege mich jetzt hin. Wie geht es Pino?«

»Besser. Geh in dein Zimmer.«

Als Marta sich ihrer Tür zuwandte, legte José seine Hand auf ihre Schulter. Seine Stimme klang schneidend.

»Hast du mit Vicenta gesprochen?«

»Nein … Ich bin oben auf der Treppe geblieben.«

Marta blickte zu ihrem Bruder; sie sah ihn undeutlich, da das Flurlicht nicht angeschaltet war und nur der Mond durch die Fenster schien. Josés längliches Gesicht verriet eine Erschöpfung, wie man sie sonst nicht an ihm kannte. Marta fügte hinzu:

»Ich habe mit Vicenta nichts zu reden. Ich mag kein Dienstbotengeschwätz.«

Darauf antwortete José nicht. Mit der auf ihrer Schulter liegenden Hand schob er Marta behutsam auf ihr Schlafzimmer zu. Als die Tür sich hinter ihr geschlossen hatte, blieb er nachdenklich stehen.

Er war wütend aus seinem eigenen Schlafzimmer gekommen. Er hatte den Eindruck, daß die Gegenwart von Pinos Mutter sein Verhältnis zu seiner Frau trübte. Sie hatte sich dort eingenistet, am Kopfende der Kranken Wurzeln geschlagen, hielt ihr die Hand, plauderte mit ihr, liebkoste sie. Sie war es gewesen, die das Gespräch auf Teresas Tod gebracht hatte, auf die Schande, die es bedeutete, die Majorera da unten zu haben.

»Pepito, es darf nicht sein, daß diese Frau zum Begräbnis immer noch hier ist. Daß du sie vorher in Ruhe gelassen hast, mag ja angehen, aber jetzt sind die Besucher weg. Morgen wird das Haus voller Leute sein. Es ziemt sich einfach nicht, daß sie auch nur eine Minute länger bleibt.«

Josés Muskeln verkrampften sich bei dem Wort »Pepito«.

»Ich möchte Sie bitten, Señora, sich nicht in die Angelegenheiten meines Hauses zu mischen. Vicenta ist entlassen. Sie ist meinetwegen roh und ungeschlacht, aber sie hat das Recht, hier zu sein. Ich werde keine weitere Szene vor Teresas Leichnam veranstalten. Morgen wird sie gehen. Würden Sie diesen Menschenschlag kennen, wüßten Sie, daß sie alles gesagt hat, was sie zu sagen hatte. Sie wird niemanden mehr belästigen.«

Pino vergrub ihr Gesicht in den Kissen. Ihr Körper entsandte seinen jungen Duft, unter der wirren Wolke ihres Haars. Verzweifelt murmelte sie:

»Seien Sie still, Mutter. Sehen Sie nicht, daß mein Mann mir nicht glaubt? Er glaubt dieser Hexe. Oh, aber ich bin froh über Teresas Tod!«

Im Dunkeln drehte sie sich José zu und richtete sich im Bett auf. Mit halblauter Stimme wiederholte sie herausfordernd:

»Ich bin froh!«

José bemühte sich, die Fassung zu bewahren, um nicht auffahrend zu antworten; ihre Mutter weinte.

»Ach, mein Kind, du weißt ja nicht, was du da sagst.«

Es war immer Josés Ehrgeiz gewesen, sich keinerlei Regung

anmerken zu lassen. Sein Vater hatte von ihm gesagt, er sei wie berufen zu einem englischen Lord; eine vollkommen verfehlte Berufung, fügte Luis Camino dann immer hinzu, da sie in absolutem Widerspruch zu seinem Naturell stehe. José haßte ihn, wenn er das sagte.

Am Bettende sitzend, zuckte José die Achseln. So kühl und verletzend wie möglich sagte er:

»Es gibt nur eines, was ich für dich tun kann. Die Öffnung von Teresas Leichnam verlangen.«

Das war der Moment, in dem Pino sich den Armen ihrer Mutter entriß und hysterisch mit aller Kraft schrie:

»Noch ein Wort, und ich bringe mich um. Hörst du? Ich bringe mich um!«

Sie stieß ihre Mutter von sich und drehte sich ungestüm schluchzend um. José stand auf. Sein Hemd war klebrig vor kaltem Schweiß. Er mußte mit seiner Frau alleine sein. Seit er nachmittags aus Las Palmas zurückgekommen war, hatte er sie nicht unter vier Augen gesprochen. Immer war jemand bei ihnen, entweder Don Juan oder ihre Mutter. Sie war seine Frau. Sein Eigentum. Am liebsten hätte er die Mutter am Kragen gepackt und aus dem Schlafzimmer geworfen. Wären sie beide alleine, ließe sich alles klären.

»Hol Don Juan, Pepito. Sie bekommt einen Anfall.«

Pino wurde wieder überwältigt und warf sich wimmernd in die Kissen.

José tat nichts von dem, wonach ihm in diesem Augenblick gewesen wäre. Er wußte auch nicht genau, wonach ihm eigentlich war; vielleicht Pino zu umarmen, wie nach den hysterischen Eifersuchtsattacken, die sie manchmal überkamen ... Mit Sicherheit wußte er nur, daß diese verfluchte unförmige Frau ihn von allem abhielt, die Luft verpestete.

Er verließ das Schlafzimmer und schlug die Tür hinter sich zu. Doch auch diese brüske Geste erleichterte ihn kaum. Er schwitzte. Mit den Fingern strich er sich durch sein feuchtes Haar. Als er leichte Schritte vernahm und den Kopf hob, stand seine Schwester vor ihm wie eine Erscheinung. Ihm schauderte fast bei ihrem Anblick. Diesen ganzen schrecklichen Tag über hatte er das Mädchen beinahe vergessen. Verärgert nahm er sie in Augenschein, ihre Gestalt, ihre Bedeutung, ihr Leben. Er meinte gesehen zu haben, wie das Mädchen zusammenzuckte, als es ihn sah, wie auch er vor ihr erschrocken war. Er wechselte ein paar Worte mit ihr, und ihre mädchenhafte Stimme beruhigte ihn ein wenig.

Er ging die Treppe hinunter, wie so unzählige Male seit diesem Nachmittag. Auf halbem Weg blieb er gebannt nach unten blickend stehen. Ein süßlicher Geruch nach Verwesung entstieg all den Blumen, dem Totenbett. Der dunkle Schatten der Dienstbotin war immer noch dort. Sie hatte sich keine Sekunde von der Stelle gerührt. Es schien unvorstellbar, daß ein menschlicher Körper so regungslos bleiben konnte. José fühlte sich ausgelaugt. Auch Teresa war dort, tot. Es war schon seltsam: seit Stunden war er nun mit diesem Tod beschäftigt, mit der Zeremonie, ihren heftigen Komplikationen, aber an Teresa hatte er nicht gedacht.

Seine Schritte wurden langsamer, schwerer, als er weiter die Stufen hinunterstieg. Sein Nacken versteifte sich; er wollte nichts mehr sehen und fühlte sich zugleich von lauernden Augen beobachtet.

Die Dunkelheit im unteren Korridor wirkte besänftigend auf ihn. Mit gelassenem Gesicht schaute er zur Tür des Musikzimmers hinein und runzelte sogleich mißbilligend die Stirn.

Die Stimmung hätte unbeschwerter nicht sein können. Der lahmbeinige, mit den Verwandten befreundete Maler schien sich offenbar ganz wohl zu fühlen. Er hatte sein Jackett ausgezogen, seelenruhig seinen Krawattenknoten gelockert und die Hemdsärmel aufgekrempelt. Er spielte Schach mit Don Juan.

Auch der alte Arzt hatte seine Haltung verloren; seine Hemdsärmel waren zwar nicht aufgekrempelt, aber auch er hatte sein Jackett abgelegt, und der feine weiße Hemdstoff hatte Schweißflecken. Sein Gesicht war gerötet und traurig, wie das eines Betrunkenen, und er war ganz in die Partie versunken. Seine mächtige Präsenz füllte einen großen Teil des Raumes.

Hones stand hinter der Lehne von Pablos Stuhl. Von Zeit zu Zeit machte sie eine Bemerkung bezüglich der Schachpartie, aber es war offensichtlich, daß ihr Interesse anderen Dingen galt. Mit einem Blick erfaßte José angewidert, daß ihr Körper bisweilen verstohlen Kopf und Schultern des Malers streifte.

Wie bei einem Fest quollen die Aschenbecher über. Es standen etliche Kaffeetassen herum. Daniel, dunkel gekleidet, mit seinem traurigen fliehenden Kinn und seinem frisch gewaschenen Haar, verlieh der Szene noch ein wenig Würde. Schweigend und gedrückt trank er eine Tasse Kräutertee.

José hätte seine Stimme gern fest und schneidend klingen lassen, statt dessen entfuhr es ihm schrill:

»Don Juan, es tut mir leid, die vergnügliche Partie zu unterbrechen, aber ich brauche Sie bei Pino.«

Don Juan blinzelte.

»Was …? Ach ja, mein Junge, gleich, sofort.«

José wechselte einen Blick mit Pablo. Für ihn hatte der Freund seiner Verwandten etwas außerordentlich Unangenehmes an sich. Der aufblitzende Blick, mit dem er José ansah, trieb diesem seine heftige, ununterdrückbare und unübersehbare Röte ins Gesicht. In diesem Moment wußte José, an wen Pablo ihn erinnerte. Er glich seinem Vater, Luis Camino. Äußerlich hatten sie zwar keinerlei Ähnlichkeit: Pablo mit seinem dunklen Teint und dem dichten Haar war das genaue Gegenteil des blonden Luis mit seinen ebenmäßigen Zügen. Die Ähnlichkeit lag in den Gesten und der Art, ihn anzusehen.

Don Juan stand auf und ging in Richtung Tür.

»Hier entlang«, sagte José.

Er wies den Arzt zu der dem Eßzimmer entgegengesetzten Seite des Korridors.

Der Korridor endete in einem Badezimmer, das als eine Art Abstellkammer und Schrankzimmer genutzt wurde. Der Raum hatte eine Tür zum Garten.

»Ich möchte mit Ihnen sprechen. Dann können wir, wenn Sie möchten, zu Pino hinaufgehen. Der Garten ist der einzige Ort, an dem wir uns ungestört unterhalten können.«

In der Badewanne lag ein Haufen Schnittblumen. Mit wahrem Feuereifer hatte man sich darangemacht, Blumen für Teresas Leichnam zu schneiden, und dies waren die Reste. Die Blumen und die Feuchtigkeit ließen den Raum angenehm und erquickend erscheinen. Draußen im Garten legten sich sogleich wieder drückend die Hitze und Helligkeit der Nacht auf sie.

Don Juan hielt den Blick beim Gehen nachdenklich gesenkt.

»Sprich, mein Junge.«

José hörte an seiner Stimme, daß der alte beleibte Herr niedergeschlagen war. Das freute ihn. Es hatte ihn unangenehm berührt, ihn Schach spielen zu sehen, als wäre nichts geschehen. Er hatte das Bedürfnis, ihn nachhaltig zu beeindrucken. Als der Arzt sich José fragend zuwandte, hatte er das harte Gesicht eines Mannes vor sich, der sich seiner Bedeutung bewußt war.

»Glauben Sie, ich sollte eine Autopsie von Teresa verlangen?«

Don Juan machte eine Miene wie jemand, der zu einem Seufzer ansetzt.

»Ich habe so etwas kommen sehen ... Erst willst du Vicenta mit einem Fußtritt auf die Straße setzen, zur Freude der Fremden. Und jetzt willst du eine Autopsie beantragen ...«

»Ich will wissen, woran genau sie starb.«

»Ich habe sie nicht sterben sehen, und auch sonst niemand ... Pino hat sie in ihrem Sessel aufgefunden. Warum über all das noch einmal reden? Arme Pino!«

José marschierte energisch durch den Garten, zu weit ausgreifend, als daß Don Juan ohne weiteres hätte Schritt mit ihm halten können. Als er es merkte, blieb er bei einem Geranienbeet am Rand des Gartens stehen. Sein Blick glitt über die Rebstöcke im Mondlicht.

»Wenn irgend etwas daran ungewöhnlich ist, habe ich ein Recht, es zu erfahren, so lieb mir meine Frau auch ist ... Sie haben gesagt, daß sie heute nicht zurechnungsfähig war ...«

Don Juan wiegte den Kopf. Er zog eine Zigarre aus der Tasche, und seine Hände zitterten, als er sie anzündete.

»Deswegen hast du mich hierhergebracht? Wenn du meinen Rat willst, dann bitte: Tu, was du nicht lassen kannst ... Aber ich bin ein Ehrenmann. Teresa war die Tochter meines besten Freundes. Ich habe sie zur Welt gebracht, und ich habe ihre Sterbeurkunde unterzeichnet. Du hast Teresa wohl kaum mehr geliebt als ich.«

Don Juans Stimme klang bewegt, doch José war in diesem Augenblick unempfänglich für alles, was sich nicht unmittelbar auf die Gedanken bezog, die ihm selbst durch den Kopf gingen.

»Wir müssen noch eine andere Person berücksichtigen.«

»Wen?«

»Meine Schwester.«

José hatte ein Malvenblatt abgerissen. Bis zur Antwort des Arztes hatte er Zeit, es in seiner Hand zu zerquetschen; der angenehme, durchdringende Duft stieg ihm in die Nase.

»Was ist mit deiner Schwester ...? Hat sie dir vielleicht etwas gesagt? Ich werde mit ihr sprechen.«

»Nein. Ich habe nur daran gedacht, daß ihr das alles jetzt gehört.«

»Na schön. Und?«

José konnte seine Gedanken nicht in klare Worte fassen. Er hätte gern gesagt: ›Wenn sie die Majorera gehört hat, könnte sie jetzt Angst haben, daß wir ihren Tod herbeiwünschen, wegen des Erbes.‹ Er wagte nicht, es auszusprechen. Plötzlich empfand er Don Juan als störend. Erst recht, als dieser nun fortfuhr:

»Du hast ein Leben lang schon sehr viel an Teresa und ihre Tochter gedacht, José. Das ist nicht normal, mein Junge, wenn du die Bemerkung erlaubst. Du mußt jetzt an Pino denken. Das arme Kind hat viel gelitten und hier draußen völlig die Nerven verloren. Du mußt sie nach Las Palmas bringen und versuchen, sie etwas zu zerstreuen.«

Der Arzt wurde José zu einem Eindringling. Dieser Alte war der verlängerte Arm seiner Schwiegermutter. Er hatte ihm Pino ins Haus gebracht und war Zeuge bei ihrer Hochzeit gewesen. Er nahm sich zuviel heraus. Keine Minute wollte er ihm den Eindruck vermitteln, er lasse sich von ihm manipulieren. In seinem Haus hatte José die Hosen an, und es war ihm äußerst wichtig, daß für Don Juan kein Zweifel daran bestand.

»Ich verlasse die Finca nicht. Das können Sie Pino und ihrer Mutter sagen. Ich habe vor, dieses Haus zu kaufen ... sobald ich kann. Pino bleibt hier mit mir. Ich gedenke nicht, dieses Haus gegen irgendein anderes einzutauschen. Das können Sie ihr sagen.«

All das hörte sich viel hitziger an, als er wollte. Immer ging ihm das so.

Don Juan klopfte ihm auf die Schulter, leicht herablassend, wie José fand.

»Ich geh' mal nach oben zu deiner Frau. Und dann suche ich mir einen Ort zum Hinlegen; ich glaube, das habe ich dringend nötig. Morgen werden wir beide ausgeruhter sein, mein Junge.«

José sah ihn in Richtung Haus gehen und spürte einen Druck auf seiner schmalen Brust. Ständig hatte er dort ein schmerzendes Gefühl.

Er hatte sich wie ein Idiot verhalten. Don Juan hörte nicht auf, ihn wie einen etwas überspannten kleinen Jungen zu behandeln. Er hatte ihn einfach stehenlassen, seiner überdrüssig.

Wie eine ruhelose Seele wanderte er weiter, ohne Eile, ohne auf seinen Weg zu achten, zwischen den Rebstöcken des Grundstücks entlang. Manchmal tat er das auch in anderen Nächten, wenn der Schlaf sich nicht einstellen wollte. Instinktiv wählte er die harten, festgetretenen Pfade inmitten der harschen Lava, auf der die Tritte abrutschten und die Schuhe einsanken. Wie Marta wanderte auch José gern vor sich hin. Hatte er irgendwelche Sorgen, tat er es ganz unwillkürlich. Diese Dinge würde Pino nie verstehen. Aber tief in seinem Herzen hielt er das auch gar nicht für nötig. Die Forderung, die Frau solle ihren Herrn und Gebieter verstehen, erschien ihm so lächerlich, als verlangte man, voll und ganz von seinem Lieblingshund verstanden zu werden.

»Vollkommen verfehlt ... Ein verhinderter Lord.«

José wußte, daß sein Vater recht gehabt hatte. Von klein auf hatte er sich angestrengt bemüht, sich zu beherrschen. Doch seine kühle Art konnte niemanden täuschen. Es gelang ihm nicht, von anderen Menschen ernstgenommen zu werden, egal, in welcher Situation. Er konnte nicht sagen, woran das lag, aber so war es immer. Deshalb pflegte er, abgesehen von seinen rein geschäftlichen Kontakten, auch keine Beziehungen. Und trotzdem hatte er immer noch das Gefühl, alle wollten sich nur über ihn lustig machen. Don Juans gönnerischer Tonfall bei der Verabschiedung brachte ihn zur Weißglut.

Seine Schritte führten ihn in den Schatten eines einsam in der Landschaft stehenden Feigenbaums. Er setzte sich auf eine der Wurzeln, die sich aus der Erde wanden. Ihm kam es vor, als leuchtete die Nacht bereits nicht mehr so hell. Er hatte keine Ahnung, wieviel Uhr es sein könnte. Wann der Morgen dämmern würde.

Von seinem Platz aus sah er das Haus. Ein mattes rötliches Schimmern zwischen den Bäumen verriet, daß noch immer Kerzen im Eßzimmer brannten. José hatte Teresas Totenzimmer so aufwendig wie möglich herrichten lassen.

Aber er hatte nicht an sie gedacht. Eigentlich hatte er nicht an sie gedacht, bis er vor einer Weile die Treppe hinuntergegangen war, auf ihren Körper zu, und innegehalten hatte, um sie zu betrachten.

Jetzt fühlte er sich müde, niedergeschlagen, am liebsten hätte er sogar geweint wie ein kleiner Junge. Wie an dem Tag, an dem sein Vater ihm Teresa vorgestellt hatte. Daran hatte er gedacht, als er die Treppe hinuntergegangen war. An den Tag, an dem er sie kennengelernt hatte.

Er mußte schlucken bei der Erinnerung an diesen Tag, und schonungslos sah er sich wieder als die Vogelscheuche vor sich, die er damals war. Ein langer Junge mit gelblichen Beinen, die lächerlich aus einer für sein Alter viel zu kurzen Hose herauskamen.

Er trug noch Trauer um den Tod seiner Mutter. Einen eingefärbten, fleckigen Anzug. Diese schäbige Kleidung und seine eigene Häßlichkeit machten, daß er sich linkisch und unwohl fühlte. Luis schien keinen Gedanken an die Garderobe seines Sohnes zu verschwenden, und José verschwieg die Witze seiner Schulkameraden, die er wie auf einem langen Leidensweg geduldig über sich ergehen ließ. Er hatte den Eindruck, daß Luis davon wußte, es ihn aber nicht weiter kümmerte, und daß ein diesbezügliches Bekenntnis ihm nur eine zerstreute Antwort entlockt hätte wie »Mir würde so etwas nicht passieren« oder »Du bist alt genug, dich zur Wehr zu setzen«.

Zu dieser Zeit lebten sie beide allein in einem niedrigen, so gut wie unmöblierten Häuschen. Bei der Erinnerung daran hörte José wieder das Rauschen der Brandung hinter dem Haus. Seine arme Mutter war dort gestorben.

Sie waren vollkommen allein. Sie machten selbst ihre Betten und ihr Essen. Die Woche über stapelten Luis und er das schmutzige Geschirr im Spülbecken der kleinen Küche, die man nachts nicht betreten konnte, ohne die Kakerlaken herumschwirren zu hören. Diese Insekten der warmen Länder fraßen sich in die Kleider und die Bücher in den Transportkisten, die Luis noch nicht ausgepackt hatte. Alle acht Tage kam eine Frau zum Saubermachen, und es war bewundernswert, welch ordentliches und gepflegtes Auftreten Luis sich trotz dieses Lebens stets bewahrte.

José erinnerte sich an jenen Nachmittag, an dem sein Vater ihn angehalten hatte, »sich präsentabel zu machen«, da er ihn zu seiner Verlobten mitnehmen wolle.

Während Luis sich rasierte, saß José am Bettrand auf den trostlos vor Schmutz starrenden Laken und zog sich seine Strümpfe an.

Seit Jahren hatte er nicht mehr an diesen Raum gedacht, und trotzdem hatte er seinen abgestandenen Geruch und die feinen Blutspritzer auf den von Flöhen wimmelnden Kleidungsstükken in dieser Nacht wieder lebhaft vor sich. Diese ganze abstoßende Unordnung.

Die Frau, die zu ihnen kam, kümmerte sich in erster Linie um Luis' Kleidung, und das war auch beinahe alles. Die Strümpfe, die José sich da anzog, waren voller Löcher, durch die sich seine bleichen Zehen bohrten. Es waren schwarze Strümpfe, die auf den Fuß abfärbten und ausleierten, wenn er sie tagelang trug, ohne Hoffnung, auf ein anderes Paar zum Wechseln zu stoßen. Er zog sie über seine häßlichen Beine, deren rötlicher Flaum keinen Gedanken an Kindlichkeit mehr aufkommen ließ, und befestigte sie mit Gummibändern unter den Knien. Seine Schuhe waren robust, in gutem Zustand, und verdeckten gnädig Schmutz und Löcher der Strümpfe.

Er hörte seinen Vater im Badezimmer trällern. Luis machte es nichts aus, sich mit kaltem Wasser zu waschen, und anfangs hatte er versucht, José daran zu gewöhnen; schließlich wurde er es aber leid, den Jungen zu terrorisieren, und ließ ihn herumlaufen, wie er wollte, das blonde Haar glatt nach hinten gekämmt und mit schmutzigen Ohren.

Wenn Luis abends spät nach Hause kam, fand er José lernend und manchmal über seinen Büchern weinend vor. Er ging in die Handelsschule, aber er konnte sich den Stoff einfach nicht merken. Inzwischen wußte José, daß er damals nicht dumm war, wie es ihm die Augen seines Vaters zu verstehen gaben und er selbst zu vermuten begann. Er hatte Mangelerscheinungen zu dieser Zeit und war im Begriff, schwer krank zu werden; sein Geist gehorchte ihm nicht.

Als er seinen Vater so vor sich hin singen hörte, fühlte er sich wieder verdrossen und niedergeschlagen. »Der verrückte Alte«, dachte er. Es war ihm eine Erleichterung, diesen kanarischen Ausdruck, den er übernommen hatte, auf Luis anzuwenden; natürlich immer nur still für sich, niemals hätte er es gewagt, Luis gegenüber die Stimme zu erheben oder ihm zu widersprechen. José wußte, daß sein Vater des Geldes wegen heiraten würde. Er selbst hatte es ihm mit seinem ewigen Zynismus gesagt.

»Wenn ich mich zu dieser Dummheit entschließe, dann nur für dich, ich will, daß du das weißt. Ich war immer ein Nichtsnutz, aber deine Mutter habe ich geliebt, und für sie war deine Zukunft das allerwichtigste.«

Eine schwarze Traurigkeit war in José aufgestiegen, als er in seiner Vorstellung eine alte Jungfer vor sich sah, die an diesem Nachmittag auf ihren Besuch lauerte, um ihn mit Schmeicheleien zu überhäufen, während sie nur darauf wartete, ihn in ihrer Gewalt zu haben und nach Belieben mit ihm umspringen zu können. Er machte sich keine Illusionen über Stiefmütter. Trotz seiner Jugend machte José sich über so gut wie nichts Illusionen. Seine blassen Augen hatten im Laufe seines Lebens schon bittere Tränen geweint. Er wagte es aber auch nicht, seinem Vater zu sagen, daß die fast erbärmliche Armut, in der sie lebten, dem Überfluß im Hause einer fremden Frau vorzuziehen war, der ihnen sicherlich den lieben langen Tag unter die Nase gerieben würde. Bevor sie nach Gran Canaria gekommen waren, hatte

José bereits eine schreckliche Zeit lang erfahren, was es hieß, auf Almosen angewiesen zu sein. Zweimal täglich war er zum Essen ins Haus seiner Großmutter geschickt worden und hatte sich dort am Tisch ungehaltene, gehässige Reden darüber anhören müssen, welche Zukunft seine Eltern und ihn selbst erwartete. Luis' letzte Ruhmestat war ein mißglücktes Geschäft gewesen, für das seine Onkel und seine Großmutter bar aufgekommen waren. Während der Mahlzeiten ließen sie ihren Unmut darüber an dem Jungen aus und quälten ihn.

José ging sich vor dem einzigen Spiegel des Häuschens kämmen und starrte trübselig auf seine große, mit rötlichen Sommersprossen gesprenkelte Nase. Luis rief ihm spendabel zu:

»Du kannst meine Pomade nehmen!«

Bevor sie das Haus verließen, warf er ihm einen musternden Blick zu und zog kommentarlos die Augenbrauen hoch. José merkte, wie er rot anlief, und haßte Luis für seinen spöttischen Blick.

Er fand nichts Ungewöhnliches dabei, daß sein Vater ihn in ein Haus in der Altstadt brachte, wo man sie beide in ein Wohnzimmer führte, dessen Fensterläden halb geschlossen waren, um die Möbel vor dem Sonnenlicht zu schützen. Er hatte sich schon darauf eingestellt, in ein reiches Haus zu kommen. Er setzte sich auf die Kante eines Stuhls, den Blick zu Boden gerichtet, und fühlte sein Herz ebenso unangenehm pochen, wie wenn man ihn zum Zahnarzt brachte.

Der Raum roch nach Blumen. Das war ein angenehmer Geruch. Nach Blumen und gebohnertem Holzboden. Alle Vasen waren mit frischen Blumen gefüllt. Immer sollte er in den darauffolgenden Jahren Teresa mit diesem guten, sauberen Geruch nach gebohnerten Böden und Blumen in Verbindung bringen.

Sogleich ging die Tür auf, und José stand auf. Seine Überraschung war so groß, daß er eine ganz verdatterte Miene machte.

Teresa wirkte etwas älter als die achtzehn Jahre, die sie damals zählte. Sie kleidete sich gern weiblich und übertrieben modisch. Zu jener Zeit steckte sie sich das Haar zu einem phantastischen Knoten auf, und einige Jahre später bereitete es José stillen Verdruß, als sie es kurzerhand opferte, um sich einen Garçon-Schnitt zuzulegen. José wäre es nicht in den Sinn gekommen, daß diese strahlende Frau nur wenig älter war als er, wohl aber schien sie ihm die Jugend selbst.

»Na dann wollen wir mal sehen ... Aber das ist ja ein richtiger junger Mann ...! Luis, ich bringe dich um, wenn du dem Kind nicht sofort ein Paar lange Hosen machen läßt!«

Das sagte sie mit solcher Natürlichkeit und Anmut, daß der Junge ganz verzaubert war. Schweigend, gebannt und ergriffen folgte er Teresas Bewegungen. Sie trat seinem Vater mit einer Ungezwungenheit und einer Entflammtheit gegenüber, wie es zu jener Zeit bei einem Mädchen aus gutem Hause als ungebührlich galt. Ihre Wimpern und ihr Lachen waren bezaubernd. Sie war so verliebt in Luis, daß José von diesem ersten Moment an Eifersucht empfand. Als sie gingen, fuhr Teresa José liebevoll mit den Fingern durchs Haar, und er errötete mit gerunzelter Stirn, menschenscheu und zutiefst angerührt.

Nach Teresa lernte José die Finca kennen, die nun in dieser Nacht vor ihm lag. Damals war es ein altes, recht verkommenes Haus mit Weinkellern und großen Keltern gewesen, in denen die Trauben gepreßt wurden. Teresa ernannte sich selbst zur Architektin und verwendete all ihre Gedanken und Energie darauf, es so hübsch und einladend zu gestalten, daß sie zumindest ein paar Jahre dort würden wohnen können, da der Junge nun einmal Mangelerscheinungen aufwies und es nötig hatte.

In diesem Haus erfuhr José zum ersten Mal, was es hieß, ein beständiges, glückliches Leben zu führen. Teresas Anwesenheit verlieh diesem Leben einen ganz besonderen Zauber. Doch dann begann Josés Herz auch für die Finca selbst zu schlagen, für die Arbeit im Freien, die Landschaft, die man vom Garten aus überblickte. Manchmal wachte er schweißüberströmt auf, weil er geträumt hatte, jemand wolle ihn von dort vertreiben.

Es war wie eine im geheimen wachsende Leidenschaft, untrennbar verbunden mit den Empfindungen, die die Anwesenheit seiner Stiefmutter in ihm hervorrief. Er mochte es an Teresa sogar, wenn sie lautstark ihre Verärgerung über irgendwelche Kleinigkeiten kundtat. Er mochte es, sie von der Eifersucht gequält zu sehen, die Luis in ihr auslöste. Dieser Mann, wesentlich älter als seine Frau, kümmerte sich nicht sonderlich um sie. Soviel Zeit wie möglich verbrachte er fern von ihr. Teresa wurde zugetragen, daß er Geliebte habe. Sie ging soweit, José zu benutzen, um herauszufinden, was wahr an diesen Geschichten war, und der Junge erzählte ihr, bedrückt und sich zugleich seiner Bedeutung bewußt, allen Klatsch, den er in der Stadt über seinen Vater zusammentragen konnte. Dann sah er Teresa weinen, zornig auf Luis werden und sich zu endlosen Unterredungen mit der Majorera einschließen.

Für Luis war Teresa eine primitive Frau ohne jede Würde.

Mehrere Jahre lang galt Josés ganzes Interesse Teresas wechselnden Gesichtsausdrücken. Wie alle Menschen, die eine große Leidenschaft verzehrt, erschien sie bisweilen schwermütig und dann wieder so glücklich, daß José errötete. Er ertrug es nicht, sie Luis küssen zu sehen.

Er selbst wurde von Teresa verwöhnt und verhätschelt. Für sie stand offenbar unverrückbar fest, daß Männer Wesen waren, die beschützt und liebevoll umsorgt sein mußten. Am Tisch servierte sie ihnen eigenhändig das Essen und nahm sich stets zuletzt. Diese selbstverständliche Unterwürfigkeit ihnen gegenüber verärgerte Luis; José ging dabei das Herz auf. Andererseits verlangte Teresa Komplimente und eine ständige, ausschließliche Aufmerksamkeit, die Luis ihr nicht immer gewährte. In gewisser Weise betrachtete sie alle Menschen, die sie umgaben, als ihr Eigentum; gleichzeitig und eben deshalb übernahm sie jedoch auch inbrünstig ihre Verteidigung. So verteidigte sie José gegen Luis, wenn dieser seinen Sohn wegen dessen schlechten schulischen Leistungen verspottete.

»Ich sage dir, in dem Jungen steckt etwas. Du wirst ihn noch ganz gehemmt machen, so wie du ihn behandelst.«

Teresa war der erste Mensch, der an ihn glaubte, vielleicht auch der einzige.

José fühlte sich abgeschoben, als Marta geboren wurde. Es war nicht besonders angenehm zu sehen, wie seine Stiefmutter über dieses Püppchen in Verzückung geriet, ihm die Brust gab und mit ihm spielte. Es war auch nicht angenehm, sich vorzustellen, daß diesem Mädchen eines Tages alles gehören würde, was José zu seinem Zuhause geworden war: das Haus, das Stück Land.

Teresa, die immer ein großes Gespür für die Gemütszustände derer hatte, die sie die »Ihren« nannte, hatte Josés Bedrückung gefühlt, und sich dafür eingesetzt, daß sein Vater ihm eine Stelle im Handelshaus gab. Aus dem Jungen war ein Mann geworden.

Nachdenklich legte José sein Gesicht in die Hände und stützte die Ellbogen auf die Beine. Jetzt sah er nur noch den schwarzen, unbeweglichen Schatten des Feigenbaums, der sich in der Landschaft unter dem Mond abzeichnete.

Die beiden wichtigsten Dinge seines Lebens waren die Begegnung mit Teresa und die Begegnung mit diesem Stück Land, mit dieser Finca gewesen. Lange Zeit war für ihn beides untrennbar miteinander verbunden. Als seine Stiefmutter erkrankte, war José verzweifelt. Er wollte dortbleiben, auf der Finca, mit Teresa und für Teresa.

Wieder hob er den Blick zum Haus, zu dem rötlichen Schimmer zwischen den Bäumen. ›Für sie‹? Im Laufe der Jahre, die er an ihrer Seite verbracht hatte, war sie so in den Hintergrund gerückt, daß er sich jetzt selbst darin bestärken, sich von seiner Aufrichtigkeit überzeugen mußte, wie er alle anderen überzeugt hatte. Er war auf der Finca geblieben, um für Teresa zu sorgen, aus Liebe zu Teresa.

Er richtete sich auf, lehnte den Rücken gegen den knorrigen Baumstamm. Er wollte sich Teresas Stimme ins Gedächtnis rufen, ihre warmen Augen und ihr Lachen, doch es gelang ihm nicht. In ihm war diese Frau, über deren Leichnam in dieser Nacht gewacht wurde, seit langem gestorben. Er hätte nicht sagen können, seit wann. Vielleicht, seit er Pino kannte.

Er wurde sich bewußt, daß diese Liebe, so aufrichtig und gleichzeitig so selbstlos, so tief, wie er sie niemals wieder empfinden würde, zu einer Maske erstarrt war, hinter der die Leidenschaft für dieses Haus immer größer geworden war und damit der Wunsch, es seines nennen zu können, seine Kinder darin zur Welt kommen zu sehen, wenn es einmal in seinem Besitz wäre. Bislang wollte er noch keine Kinder, aber unentwegt dachte er an sie, als wenn ihm eine Stimme irgendwann einflüstern würde, in welchem Jahr seines Lebens sie sich auf seinen Wunsch hin einstellen, ihn bewundern, sein Werk fortsetzen und ihn respektieren würden.

Das war es, das Ergebnis seiner Erinnerungen, der Ängste seiner Kindheit und Jugend. Selbst der bewundernde Groll, den er für seinen Vater empfand, trug zu dieser Leidenschaft bei; sogar die Verzweiflungstat, Luis als die Verkörperung dessen zu verurteilen, was er selbst nicht sein wollte: ein leichtfertiger Bohemien, faul, zynisch und zuletzt ein Trunkenbold. Und schließlich trug auch der Neid zu Josés Leidenschaft bei, der Neid, den es in ihm weckte, daß sein Vater so gutaussehend und brillant gewesen und von einer Frau wie Teresa geliebt worden war, daß er diese Macht besessen hatte, sie mit einer einzigen Geste zu verletzen, sie vor Eifersucht wahnsinnig zu machen oder vor Glück erstrahlen zu lassen.

Das Ergebnis war ein ernster, arbeitsamer José, sparsam bis zum Geiz, eifersüchtiger Ehemann der Person, die ihm vom ersten Augenblick an ihre Eifersucht gezeigt hatte. Vor Pino hatte er niemanden je eifersüchtig gemacht. Vielleicht liebte er sie deshalb. Pino war, wie Teresa, eine primitive Frau.

Das Ergebnis war vor allem ein José, der dieses Haus und dieses Land liebte, beides zu einer Art Zwangsvorstellung seines Lebens gemacht hatte, Fundamenten gleich, auf denen er seine Familie, seine Sicherheit, sein Fortleben begründen mußte. Er wollte, daß Männer wie Luis Camino den Kopf nach ihm umwandten, nicht mit Ironie, sondern mit Respekt und Bewunderung, und sich ihrer Unfähigkeit bewußt wurden, so zu sein wie José, fest und solide wie ein Fels.

Er verzog ungeduldig das Gesicht beim Gedanken an Pinos hysterisches Verhalten in bezug auf die Finca. Diese typisch weiblichen Anwandlungen nahm er gar nicht ernst. Er ging davon aus, daß Frauen leicht zu beugen waren, wenn sie mit harter Hand geführt und sexuell befriedigt wurden. Der alte Don Juan war schön dumm, sich so darauf zu versteifen, daß er seine Frau nicht verstehe. Wenn Pino erst einmal ein Kind hätte, würde sie dessen künftigen Besitz noch besser verteidigen als er selbst.

Er lächelte. Die Erinnerung an Teresa und ihr kleines Mädchen stieg wieder in ihm auf. Er hatte sie wie eine Wildkatze auffahren sehen, wenn Luis dem Kind einen Klaps gab. Sie wäre imstande gewesen, es bis zu ihrem letzten Atemzug zu verteidigen.

Diese Erinnerung zog einen unvorsichtigen Gedanken nach sich, der ihn nervös werden ließ. ›Bis zu ihrem letzten Atemzug und vielleicht darüber hinaus‹, dachte er und bekam es mit der Angst zu tun. Teresa war so ungezähmt unter ihrer Sanftheit gewesen, so beständig in ihren Gefühlen ... Er versuchte, über sich selbst zu lachen. Aber war es, seit er seiner Schwester im Korridor begegnet war und dann den Leichnam ihrer Mutter vor sich gesehen hatte, nicht letztlich ebendieser Gedanke, der ihn so beunruhigte, der Gedanke, daß Teresa von irgendeinem Ort aus alles sah, beobachtete, sich erzürnte, wie es so charakteristisch für sie war? Jäh stand er auf.

Der schimmernde Hof des Mondes breitete einen gespenstischen Dunst über die Landschaft. Mit weit offenen Augen vermeinte José, weiße Schatten zu sehen. Einen großen weißen Schatten, der durch die Rebstöcke im Mondlicht auf ihn zukam.

Er blinzelte und sagte sich, daß er schreckhaft wie ein überspanntes Mädchen war. Die Landschaft lag einsam in der Hitze unter dem Mond, vollkommen einsam. Schwarz zeichneten sich die Umrisse einer allein stehenden Palme ab, zwei oder drei Feigenbäume und einige den Wegrand säumende Tamarisken. Und ganz hell die Eukalyptusallee sowie die dichte Masse des Gartens.

Der weiße Schatten flackerte, schien sich vor seinen Augen zu erheben und wieder in Luft aufzulösen.

Angstgebannt zögerte er einige Sekunden, bevor er zurück in Richtung Haus ging. Ärgerlich auf sich selbst, hielt er nach wenigen Schritten inne und wischte sich den Schweiß von der Stirn. Er hatte das Gefühl, jemand beobachtete ihn, mit einem Blick, der sein gesamtes Wesen bis in die verborgensten Winkel seines Herzens durchschaute. Ein Blick, der auf seiner Brust brannte wie der Stich einer Bremse. Hastig und wirr begann er laut auf sich selbst einzureden:

»Diese Furcht ist doch lächerlich! Ich habe nie etwas getan, das ich bereuen müßte! Ich habe gespart, um das hier kaufen zu können. Und wenn ich heute nacht bei Martas Anblick erschrocken bin, dann war es, Gott ist mein Zeuge, aus Furcht, sie könnte etwas Falsches denken. Ich wünsche ihr nichts Böses. Ich will sie weder ins Pensionat stecken noch sie quälen. Die Finca bedeutet ihr nichts. Sie will fort; das ist der Beweis, daß sie ihr nichts bedeutet. Sie will auch nicht heiraten. Dieser Kerl war ein

Idiot, der es nur aufs Geld abgesehen hatte. Das war mir klar. Ich bin kein Unmensch.«

Er merkte, daß er in Wahrheit mit Teresa sprach. Seine Nerven ließen ihn wie immer im Stich.

Die Einsamkeit und die Stille umhüllten ihn. Nicht einmal die Hunde bellten in dieser stickigen Nacht. Seine Brust brannte. Er beschleunigte den Schritt, bis er auf die Geranien stieß, die den Garten umsäumten und vom Rest des Grundstücks trennten. Dort fühlte er sich ruhiger werden. Er verstand nicht einmal mehr, was in ihn gefahren war. Mit halblauter Stimme stieß er ein Schimpfwort aus, den Blick gen Mond gerichtet.

»Diese Nacht treibt einen Menschen doch wirklich zum Wahnsinn!«

Er hörte das Plätschern des Brunnens im Dunkel des Gartens, und dieses Wassersäuseln erfrischte seine trockene Kehle. Der untergehende Mond färbte sich rot. Es heißt, daß ein roter Mond Wind bringt. Vielleicht war dieser beklemmende Levante in wenigen Stunden vorüber.

Er kam wieder zu sich. Dort im Haus, so nah, war Teresa, ein Nichts. Ein verwesender Leichnam inmitten von Hitze und Blumen. Dort oben lag Pino in ihrem Bett, die Augen entsetzt aufgerissen, und wartete auf ihn. Welche Angst sie hatte! Welche Angst! Er wußte, daß sie nicht imstande war, ein Verbrechen zu begehen. Aber sie war in Panik vor der Majorera, in Panik, er könnte glauben ... Er fühlte sie so nah, als würde er sie umarmen, ihren Duft einatmen, mit seinen Wangen über ihr störrisches Haar streichen. Er begehrte sie unaufhörlich. Fast verzweifelt.

Unvermittelt kühlte er ab, als er sich daran erinnerte, daß neben Pino ihre fette Mutter saß. Beinahe mit Humor dachte er, daß Luis Camino in einem solchen Fall kein langes Federlesen gemacht hätte. Er hätte die Haushälterin des Arztes einfach mit dem alten Herrn zum Schlafen ins Gästezimmer geschickt.

›Wir wissen doch alle, daß Sie mit dem Alten schlafen. Also los, dann stören Sie hier nicht länger!‹

Aber er war nicht Luis Camino.

Daniel befand sich allein im Musikzimmer, eingenickt auf dem Diwan. Als José in der Fenstertür auftauchte und hereinsah, fuhr er hastig auf und stammelte:

»Suchst du uns? Matilde ist auf der Gartenschaukel eingeschlafen, die Arme.«

Er sah sich um, als glaubte er sich in Gesellschaft, ganz bestürzt, sich alleine und verschlafen unter dem gestrengen Blick seines Neffen zu finden. Dieser Mann hatte José früher einmal mit seiner flötenden Stimme erniedrigt. Aber jetzt standen die Dinge anders, und er war es, der sich seit seiner Ankunft auf der Insel von José verunsichert fühlte. Er war es, der lächerlich und unterlegen war. José trat in den Raum und setzte sich vor seinen Onkel, sah ihn mit einem schmalen Lächeln an und ergötzte sich an der gespannten Haltung seines Gegenübers.

Daniels Gegenwart brachte José auf eine Idee, und während er sprach, kam es ihm vor, als habe diese Idee die ganze Nacht in ihm geschlummert, seit die Majorera ihre Stimme erhoben hatte. Vielleicht war es das, worüber er mit Don Juan hatte reden wollen, als er das Gespräch so ungeschickt gelenkt hatte.

»Ich muß mit dir sprechen, Daniel. Ich wollte dir sagen, daß ihr nicht am zwölften fahren werdet.«

»Was? Wie? Aber Junge! Was werden da die Damen sagen? Warum denn nicht?«

Im ganzen Zimmer hing eine müde, verbrauchte Luft, an der dieser Protest abzuprallen schien wie an einem erschöpften Gesicht. Daniel wagte es nicht, lauter zu sprechen.

Das Licht der grünen Schirmlampe, neben die José sich gesetzt hatte, verlieh Daniel etwas Leichenhaftes. Seine Zähne sahen gruselig aus, wenn er lächelte. Aber besser so, als wenn er ernst gewesen wäre.

»Du hast ja gehört, welchen Unfug unsere Vicenta neben Teresas Leichnam von sich gegeben hat. Die Leute werden reden. Wenn ich jetzt meine Schwester weiter bei mir behalte und das Mädchen aus irgendeinem Grund krank wird und stirbt, werde ich nicht mehr in Frieden leben können.«

»War sie früher nicht in einer Klosterschule? Sie ist doch noch jung ...«

Verstimmt entgegnete José:

»Daran habe ich schon gedacht ... Aber so jung ist sie auch nicht mehr. Sie macht bald ihren Abschluß. Und es würde trotzdem Gerede geben. Mir wäre das egal, aber ich muß an meine Frau denken ... und an die Kinder, die wir einmal haben werden.«

»Nun ja, gut. Aber unsere Reise ... Ich sehe nicht ... Matilde kann es gar nicht mehr erwarten, ihre Mutter in die Arme zu schließen.«

»Darauf komme ich jetzt. Marta wird mit euch fahren. Sie hat mich hundertmal darum gebeten. Anfangs war ich dagegen, aber inzwischen glaube ich, daß es besser so ist. Es wird ihr eine große Freude sein, wenn sie es morgen erfährt.«

José richtete sich in seinem Stuhl auf. Die grüne Lampe erleuchtete ein Stück Wand, das über und über mit alten Photographien behängt war. Martas Großeltern waren darauf zu sehen, mehrere verstorbene Verwandte und vielleicht auch Teresa als Kind. José fuhr fort:

»Man muß die Dinge richtig angehen. Ich will auch nicht, daß sie fünf Tage nach dem Tod ihrer Mutter fährt. Das würde Gerüchte hervorrufen, und mit Recht. Ganz abgesehen davon, daß sie ihre Abschlußexamen noch hier machen sollte. Euch kann es doch gleich sein, ob ihr einen Monat länger auf der Insel bleibt. In einem Monat oder sechs Wochen wäre ein guter Zeitpunkt für die Abreise. Was meinst du?«

Offensichtlich rechnete er nicht mit einer abschlägigen Antwort. Sein Ton war nicht fragend, sondern feststellend. Daniel kräuselte die Lippen. Aus seinen erloschenen blauen Augäpfeln sah er seinen Neffen an. Alles an ihm drückte maßlose Erschöpfung aus.

»Du bist bewundernswert, mein Junge. Man möchte nicht glauben, daß du in einer Nacht wie dieser, über all den Sorgen, an diese Angelegenheit denken kannst und sie bis ins kleinste Detail zu lösen vermagst. Ich gestehe, daß ich an deiner Stelle ganz benommen wäre.«

Tatsächlich war Daniel ganz benommen, ohne sich dafür an Josés Stelle versetzen zu müssen. Er saß immer noch am Rand des Diwans, nicht ganz sicher, ob er wirklich wach war.

José erhob sich mit der müden, aber zufriedenen Miene eines Menschen, der am Ende eines Arbeitstages seine Unterlagenmappe zuklappt.

»Ich werde nach meiner Frau sehen.«

Bei diesen Worten hielt er einen Augenblick inne. Mit gerunzelter Stirn blieb er zögernd in der Tür stehen; Daniel, der nur darauf wartete, sich wieder auf dem Diwan ausstrecken zu können, überkam ein Anflug von Panik. Womöglich wollte José ihm neuerliche Ratschläge geben. Er räusperte sich. Er konnte nicht wissen, daß José von einer eigenartigen Befangenheit zurückgehalten wurde, als er an den langen Weg dachte, den er an dem Totenbett vorbei zurückzulegen hatte, um in sein dunkles Schlafzimmer zu gelangen, in dem dieser munkelnde Fleischberg wachte, den er dort irgendwie hinausbefördern mußte.

Er warf einen Blick über den unordentlichen, leeren Raum. Scharf fragte er:

»Was ist eigentlich mit eurem Malerfreund? Wo schläft der denn wohl?«

Daniel wiegte den Kopf.

»Ich weiß nicht. Vielleicht ist er im Garten. Vielleicht haben ihn die Dienstmädchen irgendwo untergebracht.«

José klopfte Daniel leicht auf die Schulter.

»Sieh nur zu, daß du dich ein wenig ausruhst. Was unser Gespräch betrifft, das ist beschlossene Sache. Morgen gibst du mir die Schiffspassagen, dann tausche ich sie um.«

Er ging auf die Tür zu, die ins Innere des Hauses führte, und Daniel sah, wie er sie öffnete und verschwand, verschluckt von der Dunkelheit des Korridors.

XIX

Marta schlief auf dem unabgedeckten Bett. Trotz ihrer Müdigkeit hatte sie sich diese Nacht nicht in der Lage gefühlt, sich auszuziehen. Vor dem Einschlafen waren ihre Gedanken zu Pablo zurückgewandert. Sich auszukleiden und ins Bett zu legen wäre für sie dem Verzicht gleichgekommen, ihn ein letztes Mal zu sehen und sich endgültig von ihm zu verabschieden.

In Martas Traum mischten sich Geräusche und Bilder. Sie sah sich an einem Sommertag im Garten die Sandalen abstreifen, um die Sohlen vom Picón zu befreien ... Das war sicherlich irgendwann einmal so geschehen. Sie hörte den Rechen über den Picón schaben. Chano, der im Krieg gefallen war, sang in ihrem Traum. Über den hohen Gipfeln der Insel saß Alcorah, der Heidengott, und die Melodie seiner Flöte fiel durch die Schluchten bis zu den rundgewaschenen, von den Wogen umsäumten Ufern hinab. Mit geschlossenen Augen wurde Marta allmählich wach. Sie fühlte eine erbarmungslose Hitze. Sie fühlte, wie ein großer Schmerz sie niederdrückte. Ihre Sinne nahmen statt Alcorahs Musik den Jasmingeruch wahr.

Immer spendet der Jasmin seinen Duft, spenden die Gipfel ihren Schatten und das Meer seine Wogen. Die Schiffe werden den Hafen verlassen und geliebte Wesen fortbringen ...

In dieser Nacht erkannte Marta, wagte sie zu erkennen, daß das brennende Gefühl, das sie erfüllte, wenn sie Pablos Namen aussprach, nichts anderes als Liebe war. Sie war so unverständig, so feige und so kindisch gewesen, es nicht früher wahrhaben zu wollen. Jetzt war sie beinahe stolz darauf. Es gab kein Gefühl, das einen stärkeren Namen verdiente, als die leidenschaftliche Bewunderung, die sie diesem Mann entgegenbrachte. Es machte nichts, daß sie sich nie mehr als zufällige Begegnungen von ihm erhofft hatte. Es machte nichts, daß Pablo ein verheirateter Mann war; es machte nichts, daß er in ihr nur ein etwas albernes Mädchen gesehen hatte. Es gibt solche Arten von Liebe.

Durch diese Liebe zu Pablo hatte Marta so manches über das Leben gelernt. Zumindest hatte sie gelernt, wieviel Schmerz die Seele eines anderen Menschen bergen kann; und das war schon einiges. ›Niemand‹, dachte sie stolz, ›hat seinen Schmerz erahnt, seine Stärke und sein Wissen, nur ich.‹

Weil er zu sehr in sich gekehrt war, zu überlegen, zu stark und zu fern, hatte er nicht einmal ihre Hand ergreifen wollen, die sie ihm schüchtern aus ihrer Freundschaft heraus gereicht hatte. Vielleicht – dieser Gedanke hatte sie vor dem Einschlafen gerührt zum Weinen gebracht – würde er sich ihrer erinnern, wenn er weit fort wäre und an die Insel zurückdächte. Vielleicht würde er sie eines Tages vermissen. Es erschien ihr in diesem Moment unmöglich, daß ein so großes Gefühl wie ihres an Pablo vorbeigleiten könnte, ohne sich tief in seine Seele zu graben.

Sie hoffte, ihn in dieser Nacht noch zu sehen, und sei es nur für einen Augenblick. Sie wußte nicht wie, aber sie hatte das Bedürfnis, mit ihm zu sprechen und ihm zu erzählen, daß sie alle Schwierigkeiten für ihre Abreise überwunden hatte und nun auf sie verzichtete. Wie immer hatte sie das Bedürfnis, ihn in alles, was sie tat, einzuweihen, und wünschte sich, daß er es guthieß. Und daß er, wenn er fortging, zumindest wüßte, warum sie blieb, freiwillig. Ihr Opfer kam ihr dabei nicht mehr ganz so schrecklich vor. Sie fand sogar, daß es eine tiefe Schönheit besaß, daß es notwendig und geradezu berückend war.

Wieder fühlte sie, daß die Liebe zu Pablo sie erfüllte wie Wasser einen Teich, überquoll, sie niederwälzte. Und dieser ungeheuren Kraft war es bestimmt, spurlos zu verrinnen.

Niemals, dachte sie, werde ich einen anderen Menschen so lieben. Es kann nicht sein, daß ein so großes Gefühl ohne jeden Halt in der Wirklichkeit sich zweimal im Leben einstellt.

Als sie die Augen aufschlug, merkte Marta, daß der Himmel rötlich blau war. Der untergehende Mond ließ die letzten Sterne noch stärker glänzen.

Etwas hatte sie aufgeweckt. Jemand weinte im Garten. Sie horchte. Nein, es war kein Weinen. Da wisperte jemand. Man konnte es gut verstehen ... Es war Hones. Sie sprach mit unterdrückter Stimme, aber in der tiefen Stille hörte man jedes Flüstern.

»... Du schüttelst die Spaliere!«

Tatsächlich, die blühenden Kletterpflanzen waren dem Gewicht eines gegen sie stoßenden Körpers ausgesetzt. Oben wirkte es sich in einem Tumult der Vögel aus, die dort ihre Nester hatten. Die Vögel wurden von etwas aufgeschreckt, aus ihrem Schlaf gerissen. Dann Stille.

Martas Herz pochte heftig. Unter dem Fenster sprach Pablo.

»Du bist mir etwas schuldig für diese unerträgliche Nacht ... Laß mich ...«

Hones redete langsam, schmachtend.

»Pablo, seit ich dich getroffen habe, willst du immer ... Das verstößt gegen die Prinzipien dieses Hauses ... Fast vor der Familie ... Was bist du doch für ein schamloser Kerl!«

Ein Murmeln Pablos. Reglos, wie versteinert, lauschte Marta angespannt. Am Ende der undeutlichen Antwort nur ein einziges verständliches Wort.

»... Unsinn!«

»Nein, nein.«

»Du wirst mir doch nicht sagen, daß deine Familie nicht bestens Bescheid weiß!«

»Um Himmels willen, sei still ...«

Sie verstummten. Aber sie waren dort, unter dem Fenster, in dem geschützten, lauschigen Eck der Jasminspaliere, Pablo und Hones. Obwohl Marta alle ihre Sinne geschärft hatte, um die von unten kommenden Wortfetzen aufzufangen, brauchte sie einige Minuten, um sie zu verstehen. Schließlich begriff sie, daß Hones ohne jeden Zweifel gesagt hatte: »Was bist du doch für ein schamloser Kerl!« Und er hatte geantwortet: »Unsinn.«

Zweifellos hatten sie sich geküßt. Sie fühlte sich von einem seltsamen Schwindel überkommen, wenn sie nur daran dachte, daß Pablo, dieser traurige, gütige Mann, eine so dumme, alte, zugekleisterte Frau wie ihre Tante Hones küssen konnte.

Bewegungslos und schweißüberströmt lag sie auf dem Bett. Sie hatte Sixto auch geküßt, aber das war nicht so niedrig gewesen, nicht so ekelhaft, reiner, dessen war sie sicher. Wie sehr hatte Pablo darauf beharrt, daß es keine Übermenschen gab, daß unter den Menschen allein die Heiligen Vollkommenheit erreichten! Und doch hatte er ihr strenge Predigten gehalten.

»Du sollst nicht, du bist jung, du bist stark!«

An jenem Tag wäre sie am liebsten vor ihm auf die Knie gefallen, wie vor Gott, um ihn um Vergebung für ihre Unreinheit zu bitten.

Vor den immer strahlenderen Sternen tanzten schwarze Kreise. Er hatte sich kaum dazu herabgelassen, Marta zu verzeihen, als sie ihm von ihrer Tändelei mit Sixto erzählt hatte. Warum, wenn sie ihm nicht einmal etwas bedeutete? Und mit welchem Recht erst, wenn er doch Hones küßte?

Sie sagte sich, daß dieses Gemurmel, diese Worte einem sinnlosen Alptraum entsprangen. War sie sicher, daß es Pablo war, der da unten gesprochen hatte? ... Aber vielleicht war dort ja gar niemand!

Sie horchte so angestrengt, daß ihre Ohren zu zerspringen schienen.

Es gab keinen Zweifel, sie waren dort. Man hörte sie wieder, nach der Stille. Marta richtete sich im Bett auf. Sie zitterte und konnte sich nicht einmal zu Boden gleiten lassen, so als habe sie jede Kontrolle über ihren Körper verloren. Eine brennende Neugierde zehrte sie ganz und gar auf. Schließlich gelang es ihr, auf Zehenspitzen zum Fenster zu schleichen. Sie stützte sich auf dem Fensterbrett ab und schaute nach unten.

Zunächst sah sie gar nichts. Die Nacht hatte sich vor der Morgendämmerung verdunkelt. Die Hitze drückte ihren staubigen Dunst zwischen Erde und Sterne, und unter den Spalieren war die Dunkelheit noch dichter. An ihren Blick heftete sich ein Keuchen und ein Flüstern, dem ein gurrendes Lachen von Hones entstieg.

Sie bemerkte einen dunkleren Schatten an der Stelle, wo die steinerne Bank stand. Er wirkte wie der Schatten eines einzigen Menschen. Dann unterschied sie ihn deutlicher: Hones saß auf Pablos Knien.

Was sie dort taten, machte auf einen Schlag all ihre Vorstellungen von Zurückhaltung und Anstand zunichte. Sie litt nicht unter dem Anblick. Sie fühlte sich von einer gedankenlosen Neugierde gefangen. Einer brodelnderen und schmutzigeren Neugierde, als sie sie je gekannt hatte. Das hier entsandte ihre Küsse mit Sixto in die Welt der schönen, reinen Dinge; es verherrlichte sie, machte sie unschuldig ... Das hier verursachte ihr Übelkeit, wie man sie verspüren kann, wenn man Blut aus einer Wunde spritzen sieht.

Sie sah, daß die beiden plötzlich in ihren Liebkosungen innehielten. Sie verharrten reglos, in tiefer Stille. Auch Marta stand still und reglos da, halb aus dem Fenster gelehnt und mit aufgerissenen Augen. So reglos und mit angehaltenem Atem, daß sie Hones hauchend wispern hörte:

»Mein Gott ... Ich habe ganz vergessen, daß ...«

Hones hatte sie gesehen.

Jetzt überkam sie sehr wohl eine glühende Scham. Alles an ihr begann heftig zu pochen, ihr Blut, ihre Gedanken. Sie ließ sich auf dem Zimmerboden auf die Knie fallen ... Für die unten verschwand sie so. Sie legte ihren Kopf gegen die Wand, und ihre Adern zuckten so stark, daß es ihr vorkam, als würden Schläge in ihr widerhallen, wie an dem Tag, als José sie geohrfeigt hatte.

Später begann sie zu leiden ... nicht aus Eifersucht, auch nicht aus Neid, dafür war ihr Körper zu jung und ihre Liebe zu Pablo zu platonisch, zu idealistisch. Es war Ekel, unter dem sie litt. Ihr wurde so elend, daß sie sich am liebsten übergeben hätte. In ihren Ohren war ein Summen, das sich zwischen sie und die Geräusche draußen legte. Sie hörte nicht einmal mehr die knirschenden Schritte auf dem Picón, als die beiden sich entfernten.

Im Morgengrauen war der Levante vorbei. Die Inselwinde wehten wieder, und die beengten Lungen konnten endlich wieder durchatmen. Die Luft war klar, kleine blanke weiße Wolken schwammen im Blau, als Teresa beerdigt wurde.

Um diese Zeit wußte Marta noch nicht, daß ihr Bruder sie von der Insel gehen lassen würde.

Alle Fensterläden des Hauses wurden bis auf einen Spalt geschlossen. Der Garten füllte sich mit Männern, die rauchend und redend darauf warteten, daß der Sarg herausgetragen würde. Unter ihnen waren viele Arbeiter und viele Angestellte aus den Büros. Die Frauen gingen nach oben zu Pino und drängten sich im Schlafzimmer. Zum ersten Mal erhielt Pino ein Zeichen gesellschaftlicher Anerkennung, und aus dem Halbdunkel ihres kleinen Sessels beobachtete und sprach sie mißtrauisch und erhaben zugleich. Manchmal blickte sie von den Besuchern zu ihren Möbeln, und eine eigenartige Befriedigung erhellte ihren Blick. In anderen Momenten fühlte sie sich nicht gut, am Rande eines Nervenzusammenbruchs. Dann umhüllte sie ein verständnisvolles, mitleidiges Gemurmel.

Auch Marta, von Pinos Mutter gedrängt, kam in das Schlafzimmer, mit einer entstellten, furchtbaren Miene. Sie blinzelte, als sähe sie nicht gut. Der sonst so große Raum war voll schwarzgekleideter Wesen. Diese dicken, dünnen, jungen und alten Frauen, unter denen sich, den unterschiedlichen Gerüchen nach zu urteilen, von der feinen Dame bis hin zur Arbeiterin alles befand und die allesamt seufzten, lösten eine unsagbare Benommenheit und Übelkeit in ihr aus.

Wie ihr geheißen wurde, beugte Marta sich zu Pino hinab, um ihr einen Kuß zu geben, und das Gesicht ihrer Schwägerin kam ihr riesig, grau und kalt vor. Ihr Kopf drehte sich, als sie ihn wieder hob … Aber das war ihr um so vieles lieber als die beklemmenden Stunden, die hinter ihr lagen, daß sie geradezu froh über diese Invasion wirkte, über diese Küsse, über diese Unterhaltungen, die sie daran hinderten, nachzudenken. Sie begriff den Nutzen von Trauerfeiern, und der Drang, die Angehörigen der Verstorbenen ganz benommen zu machen, erschien ihr nun überaus sinnvoll … All das war wie eine Art Morphiumspritze. Es machte sie schläfrig.

Plötzlich sah sie Hones, die sich erhob und auf sie zukam; in ihrem schwarzen Kleid wirkte sie wie das Inbild geziemender Bekümmerung.

Marta verspürte einen jähen, stechenden Schmerz, der ihr die Tränen in die Augen trieb. Hones umarmte sie. Da merkte sie, wie sich in diesem Zimmer voller Trauer tragender Menschen eine blinde, übermächtige Wut um sie legte. Sie hätte Honesta umbringen können. Mit zusammengebissenen Zähnen erwiderte sie ihre feste Umarmung. Und mit einer Art Stampfen trat sie ihr mit einer Sandale auf den Fuß. Honesta schrie auf.

Zum Glück erschien das allen in einem solchen Moment natürlich und verständlich. Pino selbst ließ sich von dieser Hysterie sofort anstecken, und von den Besucherinnen kam Gemurmel, das Rauschen schwarzer Röcke, Beistand. Sie waren wahrhaft glücklich.

Marta dachte: ›Ich will nicht verrückt werden.‹ Sie trat an den Spalt des Fensterladens, vor sich selbst flüchtend, vor diesem Anflug von Wahnsinn, der sie überkommen hatte und ein wenig beschämte. Man versuchte zwar, sie von dort wegzuholen, damit sie den Leichenwagen nicht sah, der bereits im Garten wartete, doch sie blieb steif stehen und starrte hinaus.

Ihre Blicke suchten verzweifelt nach Pablo, aber sie sah ihn nicht. Es beschämte sie auch, sich immer noch nach seiner Gegenwart zu sehnen. Sie erinnerte sich, wie sehr sie Pino verachtet hatte, weil sie José gesucht und ihn herbeigesehnt hatte, obwohl sie ihn verdächtigte, etwas mit den Dienstmädchen zu haben. Aus dem gleichen Grund war Pablo ihr wie ein Held vorgekommen, weil er seiner Frau verziehen hatte ... Sie glaubte sich so überlegen, so großmütig und gut, und war doch so schrecklich ungerecht gewesen. Und war es nicht ebenso ungerecht, daß sie ihre Wut an Hones ausgelassen hatte? Hätte sie Pablo so getreten?

Sie merkte, daß das, was sie in der Nacht gesehen hatte, wie ein glühendes Eisen in ihr brannte, sie verstörte. Es war, als wäre sie vor dem Leben geflohen, um einem Leuchten, einer Schönheit, einem Ideal entgegenzustreben, und hätte sich von Höllenflammen umgeben gesehen, als sie ihrem Ziel zu nahe kam.

Am Fenster stehend hörte sie das Murmeln der Frauen wie das Plätschern eines fernen Gewässers, ein dumpfes Säuseln, dem sie sich entzog, reglos wie eine Statue ... Nie wieder würde sie das blinde, glückliche Kind von früher sein, nun, da die Dämonen sie einmal gepackt hatten.

Sie fühlte, daß ihre Freundin Anita dort war, neben ihr, zu ihr sprach und versuchte, sie vom Fenster fortzuziehen. Anita war erstaunt über ihr Benehmen.

»Laß uns in dein Schlafzimmer gehen, Marta. Alle Mädchen sind gekommen. Sie warten dort auf dich.«

Marta ging mit ihr.

Unter den »Mädchen«, ihren unter so vielen anderen ausgewählten Freundinnen, galten Tapferkeit und Unverstelltheit als zwingende Verhaltensnormen. Wie oft hatten sie gemeinsam die Heuchelei anderer Menschen, anderer Generationen verurteilt! Martas tiefe Verzweiflung angesichts des Todes der armen Kranken, mit der sie innerlich kaum noch etwas verband, verstanden sie nicht. Doch daß es sich um eine wirkliche, ehrliche Verzweiflung handelte, war nicht zu verkennen. Marta sagte zu ihnen:

»Ich werde nie wieder glücklich sein können.«

Die anderen sahen sich an. Tatsächlich schien etwas Marta für immer von ihnen getrennt zu haben. Ihre Gespräche über irgendwelche Nichtigkeiten, ihre Ansichten über das Leben, die Menschen, das Verlieben, brachten Marta zu einem sonderbaren Auflachen. Sie war äußerst unleidlich. Im selben Ton, den Pino einmal ihr gegenüber angeschlagen hatte, sagte sie:

»Was wißt ihr denn schon vom Leben.«

Dann brach sie in Tränen aus. Sie dachte an das Bild ihrer selbst, wie Pablo es in ihrer Vorstellung stets vor sich hätte haben sollen, wenn er sich an die Insel erinnerte: ein unverdorbenes, entflammtes Mädchen, das ihm auf Wegen entgegengelaufen kommt und seine Seele vor ihm ausbreitet. Dieses Bild war nun befleckt. Pablo suchte eine andere Art von Trost. An sie würde er als ein aufdringliches dummes Ding zurückdenken. Nichts weiter.

Aber natürlich wußten die Freundinnen, die sie umringten, nichts von diesen Gedanken. Sie verhielten sich beispielhaft. Den ganzen Tag lang blieben sie an ihrer Seite und ertrugen ihre aufbrausende Gemütsverfassung. Als Marta hörte, daß der Beerdigungszug bereits aufgebrochen sei, hielten sie sie nicht zurück ... Sie verließ das Schlafzimmer, durchquerte kopflos den Korridor und eilte in das leerstehende Gästezimmer, von dessen Fenstern aus man auch das Grundstück vor dem Haus überblickte.

Es war nutzlos. Sie sah nicht, was sie sich erhoffte. Der Garten war schon menschenleer. Sie erspähte gerade noch eine Gruppe nicht zu unterscheidender, fremder Menschen, die am Anfang der Eukalyptusallee dem Leichenwagen folgte. Sie wußte, daß dort oben an der Straße ein langer Autokonvoi wartete.

In der Stille, im gleißenden Licht des Gartens war niemand mehr. Das Mädchen litt. Sie hatte das Gefühl, daß sie es nicht ertragen würde, weiter so zu leiden. Sie war zu jung, um von der gnädigen, unerbittlichen Existenz des Vergessens zu wissen.

Auf dem schwarzen Picón-Weg erschien eine Gestalt. Es war die Majorera. Sie trug ihr Wolltuch über den geraden Schultern. Der abgestumpfte Eindruck, den alles an der Dienstbotin, selbst ihre Art zu gehen, vermittelte, weckte in Marta einen gewissen Neid.

Sie sah sie langsam und sicher den Garten durchqueren. Sie begriff, daß sie für immer ging, ohne sich auch nur einmal kurz umzudrehen und einen letzten Blick auf das Haus zu werfen, in dem sie so viele Jahre gelebt hatte.

Marta schaute ihr fasziniert nach, und für einen Moment hatte sie eine flüchtige Ahnung von anderen Dingen, anderen Schmerzen, vielleicht ebenso wichtig oder noch wichtiger als ihre, die sich um sie herum gekreuzt hatten, ohne daß sie in der Lage gewesen wäre, sie zu erspüren oder zu verstehen.

Mit ihrem sicheren, gleichmäßigen Schritt ging die Majorera an der Reihe blühender Zitronenbäume vorbei, erreichte die dem Sarg folgende Menschengruppe und verschwand in ihr.

XX

Die Tage sind ein seltsames Maß unseres Lebens. Manche rasen ungebremst und achtlos vorbei, wir nehmen sie kaum wahr. Und andere sind langsam, ihre Stunden ziehen sich endlos hin. Dennoch werden sie im Grab alle gleich schnell und gewiß gezählt sein. Das Maß der Zeit wird für die Lebenden vom Rhythmus ihres Herzens verzerrt.

Die Maitage dieses Jahres gingen vorüber. Im Haus war eine große Ruhe zu spüren, eine Art Sanftmütigkeit. Pino war wesentlich ausgeglichener und freundlicher in diesen Tagen, beinahe wie in der ersten Zeit ihrer Ehe. José war netter. Es machte den Eindruck, als habe der Tod, der die Finca heimgesucht hatte, ihnen allen Leid verursacht und auf alle reinigend gewirkt.

Es kam der Juni. Und schließlich das von Martas Verwandten neu angesetzte Abreisedatum. Dieser letzte Tag auf der Insel war für das Mädchen sehr lang und sehr schön. Er war bewölkt und kühl angebrochen, doch gegen Mittag verzogen sich die Wolken und kündigten einen heiteren Nachmittag und Abend an.

Zu guter Letzt begann die Sonne zu sinken. Sie setzte das bergige Chaos des Südwestens in Brand, diese aufragende Angstvorstellung aus Bergen, die Miguel de Unamuno einmal den »versteinerten Sturm« genannt hatte. Diese Landschaft weckt beinahe eine Art religiöser Andacht in dem, der sie betrachtet. Die untergehende Sonne erleuchtet und durchdringt sie derart, daß die entflammten Gipfel und Hänge in blauvioletten Nebeln zu treiben scheinen. Über diesen steinernen Wogen erheben sich die heiligen Spitzen des Roque Nublo und des Roque Bentayga. Und aus diesen Höhen sehen Alcorahs Augen im Norden, Süden, Osten und Westen das Meer.

Auf ihrem Weg gen Westen wirft die Sonne ihre Röte auf den Atlantik jenseits des Gipfels und versinkt hinter den Bergen der Insel Teneriffa, die in dunstiger Entfernung daliegen.

Marta ging aus dem Haus. Sie hatte einen festen Vorsatz. In ihrem Lederranzen steckten ein paar Hefte und lose Blätter, und dazu eine Schachtel Streichhölzer. Sie wollte alle Papiere in irgendeinem Winkel des Grundstücks verbrennen.

Von der Macht der Gewohnheit geleitet, wanderte sie mit dem Ranzen unter dem Arm die Eukalyptusallee hinauf bis zur Straße, die weiter zum Bandama führte. Sie war von Blumen gesäumt, ruhig und einsam zu dieser Stunde.

Lange war Marta nicht mehr stehengeblieben, um über die Landschaft zu schauen, und überrascht verlangsamte sie beim Verlassen der Finca den Schritt; es war ihr, als kämen dieser Weg, seine Mauern und sein ferner Gipfel ihr nach einem langen Warten plötzlich entgegen.

Es hatte viel zu tun gegeben in diesem letzten Monat. Sie hatte gelernt bis zur Erschöpfung und ihr letztes Schuljahr erfolgreich abgeschlossen. Ihre Ahnung hatte sich bestätigt, sie hatte Pablo nicht wiedergesehen. Er hatte die Insel an jenem Tag verlassen, an dem auch die Verwandten ursprünglich hatten abreisen wollen. So unvorstellbar es ihr selbst auch schien, hatte diese Tatsache sie schließlich kaum berührt, so sehr war sie von den fiebrigen Vorbereitungen für ihre eigene Reise eingenommen ... Alle halfen ihr dabei. Von Pino, die es zerstreute, sie zur Schneiderin zu bringen, um eine umfangreiche Reisegarderobe erstellen zu lassen, wie sie offenbar unverzichtbar war, bis hin zu Matilde, die ihr im Nacken saß und überwachte, wie sie lernte, denn auch sie war nervös und ungeduldig, endlich zu fahren, und jede der Prüfungen, die Marta bestand, schien die Abfahrt näher zu bringen. Seit Matilde erfahren hatte, daß ihre Nichte mit ihnen fuhr, nahm sie Marta gegenüber eine immer autoritärere Haltung an. Das Mädchen erstaunte das ein wenig, aber es ordnete sich unter und richtete alle Energien und Hoffnungen auf die baldige Abreise.

Einige Tage, nachdem Pablo fortgefahren war, hatte Hones während eines Mittagessens im Haus in Las Palmas eine bissige Bemerkung über ihn gemacht.

»Ich glaube nicht, daß wir ihn in Madrid wiedersehen werden ... Seine Frau ist in Mexiko, und da sie Geld hat, verzeiht er ihr offenbar nur zu gerne all ihre Fehltritte ... Ich glaube, er kümmert sich gerade um die nötigen Formalitäten, um zu ihr zu fahren.«

Marta wurde wütend. Sie wußte wohl, daß Pablo kein so großer Künstler war, als daß er für die Malerei auf seine Frau verzichtet hätte. Wenn es auch stimmen mochte, daß er nicht beides zugleich tun konnte, sie lieben und sich seiner Kunst widmen.

Das Leben schien sich Marta jetzt in einem anderen Licht zu zeigen, deutlicher, schärfer umrissen. Sie war sich sicher, daß jene stammelnde Unterhaltung, die der Maler eines Nachts in der Altstadt mit ihr geführt hatte, nur das Eingeständnis seiner Unfähigkeit war, sich der Anziehung seiner Frau zu entziehen, und sie wunderte sich, daß sie es nicht sofort erkannt hatte. Pablo war schließlich und endlich nicht außergewöhnlicher als Daniel oder José oder sie selbst. Keiner von ihnen würde seine kleinen momentanen Sehnsüchte, seine Trägheit und seine Leidenschaften einem höheren Ziel opfern. Manchmal dachte sie, daß Pablo, hätte er sie geliebt, nichts von ihr erfahren hätte, nicht einmal ihren Wunsch, die Insel zu verlassen, denn sie hätte ihre Pläne nicht für ihn geopfert. Aber das Leben, das sie aus ihrer neuen Weisheit heraus zu sehen glaubte, war schon zu voll von kleinlichen, traurigen Dingen, als daß es noch erfundene Verleumdungen und Herabsetzungen geliebter Menschen ertragen hätte. Honesta mußte wissen, daß das, was sie gesagt hatte, eine von der Verbitterung hervorgerufene Lüge war, und Marta sah ihr in die Augen.

Seit dem Tag, an dem ihre Mutter gestorben war, hatte Marta es vermieden, Hones anzusehen; in diesem Moment tat sie es ganz unverfroren. Honesta sah ruhig zurück, mit unschuldigem Blick und hochgezogenen Augenbrauen. Es war Marta, die errötete und sich verunsichert fühlte. Dennoch wagte sie zu sagen:

»Pablo bedeutet Geld überhaupt nichts. Du selbst hast oft gesagt, daß er mehr als genug hat.«

»Verglichen mit dem Vermögen seiner Frau ist das gar nichts. Alle Männer haben es nur aufs Geld abgesehen ... Sei nicht so unbedarft.«

»Ich bin nicht unbedarft.«

Mit einem dünnen Lächeln sah Hones sie aus verschmälerten Augen an.

Weiter geschah nichts. Nach dem Essen kam Besuch zum Kaffee ins Haus der Verwandten ... Hones stellte ihnen einen leutseligen Herrn mittleren Alters mit Schnurrbart vor, dessen Bekanntschaft sie vor kurzem gemacht hatte. Der Zufall wollte es, daß Geschäfte diesen Herrn bald nach Madrid führen würden, und Hones wollte ihn ihrem Bruder und ihrer Schwägerin vorstellen. Marta brach kurz darauf in die Schule auf, ohne weiter auf diesen Herrn zu achten, in Gedanken noch bei dem Wortwechsel zwischen Honesta und ihr. Es war das einzige Mal, daß Marta oder ihre Tante den Maler nach der Nacht von Teresas Tod erwähnten.

Die Erinnerungen an diese Nacht erschienen Marta inzwischen höchst verworren. Sie wußte noch, daß sie ein paar Stunden lang den Plan aufgegeben hatte, die Insel zu verlassen, und konnte sich kaum noch erklären, warum.

Während sie an diesem Junitag über die Finca wanderte, kam es ihr dagegen vor, als hätte sie alle Probleme hinter sich gelassen. Sie fühlte ihre Jugend, wie wohl Bäume nach einem Regenguß im Frühling den Pflanzensaft voll Leben in sich schwellen spüren. Ihr Gepäck war gerade nach Las Palmas geschickt worden ... Pino hatte um sie herumgeschnüffelt, während sie es vorbereitete. Marta sah von den Stapeln weißer Wäsche auf, den Mänteln und Kleidern, die sie ungeschickt einpackte ... Zum ersten Mal in diesem Jahr sehnte sie sich nach etwas, das nicht dieser Drang war, fortzugehen, der sie solange ganz und gar eingenommen hatte. Es war eine Kleinigkeit, und sie sah Pino zögernd an.

»Ich würde gern etwas aus dem Haus mitnehmen.«

Darauf hatte Pino gewartet, und herausfordernd hob sie das Kinn. An diesem Tag trug sie keines von Teresas Schmuckstükken. Pino traute Martas großen Freundlichkeitsbezeigungen in der letzten Zeit nicht. Sie hatte immer das Gefühl, daß die Augen des Mädchens den Schmuck fixierten, wenn es ihn an ihr sah, so daß Pino an diesem Tag alles gut verwahrt hielt. Sie ging davon aus, daß Marta sich darauf bezog, und hatte sich bereits eine Antwort zurechtgelegt. Starr und mißtrauisch blickte sie ihre Schwägerin an.

»Was willst du mitnehmen?«

»Ein paar von den Büchern, die in der Kiste oben auf dem Speicher sind.«

Pino musterte das Mädchen von oben bis unten. Sie hatte sie immer für etwas einfältig gehalten, aber noch nie so sehr wie in diesem Moment. Erleichtert lachte sie auf und zuckte die Achseln.

»Und wer hindert dich daran?«

Auch Marta blickte Pino an. Sie sah eine unglückliche Frau, die am Fuß ihres Bettes saß und sie beobachtete. Sie dachte, daß

Pino niemals glücklich sein würde. Ganz offensichtlich waren ihre eigenen vier Wände ihr unerträglich, und trotzdem zählten für sie einzig die Dinge, die sich in ihnen zutrugen. Sie wirkte wie ein Tier in der Falle. Tag für Tag kreisten ihre Gedanken um den Zuckerpreis oder die Schneiderin, die ein Kleid schlecht gearbeitet hatte, oder um ähnliche Nichtigkeiten, obwohl diese ganzen Beschäftigungen sie nicht ausfüllten. Ihr Gesicht vermittelte manchmal den Eindruck eines Wesens, das im Begriff ist zu ersticken. All das spürte Marta dunkel, wenn sie sie ansah, ohne es wirklich zu denken. Sie begriff, daß die Bücher für Pino im ganzen Haus das am wenigsten Begehrenswerte waren. Dennoch fühlte sie sich so reich mit der Aussicht auf die Veränderungen in ihrem Leben, daß ihr jeder Wunsch nach Dingen, an denen die Zurückbleibenden sich erfreuen könnten, unverschämt vorkam. Sie sagte:

»Vielleicht hat José etwas dagegen ... Sie gehörten meinem Vater.«

José machte nicht den geringsten Einwand. Marta hätte am liebsten ihre Kleider aus dem bereits übervollen Schrankkoffer genommen, um alle Bücher einzupacken, aber sie wagte es nicht. Sie steckte so viele wie möglich hinein, und schließlich wurde der Koffer geschlossen.

Eine Gruppe Freundinnen kam am Nachmittag zur Finca, um sie zu verabschieden. Marta sah in die blühenden jugendlichen Gesichter. Sie waren gerührt und aufgeregt angesichts ihres Fortgehens, aber sie beneideten sie nicht. Sie schienen sich eher um sie zu ängstigen.

»Wirst du nie mehr zurückkommen? Nicht einmal in den Ferien?«

»Nie mehr.«

Marta konnte nicht sagen, warum sie sich dessen so sicher war, aber sie war es. Sie wußte, daß sie nicht zu den Menschen gehörte, die zurückkehren.

»Bist du sicher, daß du dich in Madrid einfinden wirst?«

»Ich weiß nicht . . .«

Madrid war der erste Schritt auf ein Ziel zu. Aber dann – so dachte Marta hinter einem Lächeln – gab es Landstraßen, andere Städte, Grenzen, die man überqueren konnte . . . Die Welt war riesig groß. Sie wartete nur auf Augen, die sie betrachteten, Beine, die sie durchwanderten. Wenn es einen Menschen gab, dem es bestimmt war, die Welt zu erkunden, dann war sie es. Sie hätte von der Liebe ergriffen, aufgehalten werden können . . . Doch es gibt Menschen, die die Liebe weder aufhalten noch gefangennehmen will. Sie war frei im Angesicht ihrer Jugend. Die Wege waren für ihre Füße gemacht. So dachte sie.

»Aber hast du denn keine Angst? . . . In einer so großen Stadt zu leben. Hier ist alles so heimelig, so vertraut . . . Ich fände es traurig, durch die Straßen zu gehen und nur scharenweise fremden Leuten zu begegnen.«

»Ich mag es.«

»Woher willst du das denn wissen, Mädchen?«

Marta wußte es. Die größten Freuden und den größten Kummer ihres kurzen Lebens hatte sie in Einsamkeit erfahren. Sie dachte an ihre Streifzüge durch die Straßen von Las Palmas, an ihre Tränen um Dinge, von denen die anderen keine Ahnung hatten, und erinnerte sich an eine Mondnacht, in der sie alleine im Meer geschwommen war. Die Einsamkeit machte ihr keine Angst. Und auch nicht das Unbekannte.

»Vielleicht bittest du ja schon nach einem Monat darum, nach Hause zurückzudürfen. Es heißt, Madrid ist schmutzig und vom Krieg zerstört . . . Es heißt, die Leute dort haben die Krätze und abgezehrte Gesichter, und außerdem gibt es bald Krieg in Europa, so nah von dort . . . Stell dir vor, wenn in Spanien wieder der Krieg ausbricht! . . . Dann kommst du doch bestimmt zurück, oder?«

»Nein.«

Sie waren im Garten, Marta und ihre Freundinnen. Jede gab ihren Kommentar ab. Alle hatten bunte, fröhliche Sommerkleider an. Sie trug ein schwarzes, kurzärmeliges Kleid. Die Freundinnen hatten sich auf der Steinterrasse über dem Hang niedergelassen, rings um den Tisch, auf dem Marta mit baumelnden Beinen saß. Sie fühlte sich wahrhaftig. Sie konnte ihnen nichts vormachen.

»Ich werde nicht zurückkommen. Immer schon wußte ich, daß ich einmal gehen würde.«

Sie lachten. Sie sagten, sie solle sich erinnern, wie ihr Bruder ihr seine Einwilligung für die Reise verweigert hatte.

»Wären deine Verwandten nicht gewesen ...«

»So oder so wäre ich gegangen. Jetzt weiß ich es.«

Sie war überzeugt von dem, was sie sagte, doch die anderen glaubten ihr nicht. Sie betrachtete sie lächelnd. Sie war drauf und dran, ihnen von ihren Fluchtvorbereitungen zu erzählen, die sie selbst inzwischen schon wie eine Legende anmuteten ... Doch sie sagte ihnen nichts. Als ihr Blick erneut über den Kreis der zu ihr aufgerichteten Gesichter schweifte, erkannte sie, daß sie es nicht verstehen würden, so gern sie sie auch mochten, auch wenn sie über dieses Abenteuer lachen würden wie über einen gelungenen Scherz.

Sanft und glücklich waren diese Gesichter, und Marta wußte, daß man viel leiden muß, um etwas zu verstehen, das dem eigenen Naturell fremd ist.

Wenig später kam der Augenblick, sich von ihnen zu verabschieden. Eine sagte ihr, daß sie um Mitternacht, wenn das Schiff ablegen würde, mit ihren Eltern an die Mole kommen wolle, um sie ein letztes Mal zu umarmen. Einer anderen stiegen Tränen in die Augen, als sie ihr die Wange küßte.

Schließlich schlugen sie die Eukalyptusallee in Richtung Straße ein, sich immer wieder umdrehend und winkend. Eine bunte Gruppe Lockenköpfe, junger Gestalten. Marta kannte jede einzelne von ihnen ganz genau, unterschied jede einzelne. Trotzdem verschmolzen sie in der Ferne zu einer jugendlichen Masse.

Sie blieb allein zurück. Die letzte Weile bis zum Abendessen wurde ihr sehr lang. Etwas später kam sie auf die Idee, ihre Papiere zu verbrennen. Und so fand sie sich unverhofft auf der Straße wieder, ihren Lederranzen unter dem Arm.

Vor ihr lag die Sonne, ihre hellen Strahlen hoben die Umrisse des höchsten Gipfels hervor, während sie hinter ihm unterging. Der Cruz del Saucillo leuchtete hoch oben rot wie glühende Kohle.

Der Weg, über den sie ging, an einer Mauer entlang, war voller herabgefallener Bougainvilleenblüten; sie raschelten unter den Schritten und erinnerten an die Teppiche aus frischen Blumen, die an Fronleichnam für die Prozession in den Straßen gestreut wurden. Sie kauerte sich einen Moment lang neben die Mauer und weitete die Nasenflügel für den erdigen Geruch. Aus jedem Stengel, aus jedem Blatt, aus jedem Erdbrocken stieg ein anderer Geruch auf. Sie wußte nicht, ob auf der ganzen Welt das Land diesen Duft hatte. Sie war ganz bewegt.

Zum letzten Mal hörte sie Alcorahs Musik. Diese Symphonie aus Tönen, die vom höchsten Gipfel durch die Schluchten herabfielen, und aus Gerüchen, die von der Erde aufstiegen. Irgendwann einmal hatte sie geglaubt, Daniel sei in der Lage, sie auf seinem Klavier zu spielen.

An einer Stelle des Wegrands fand sie einen geeigneten Ort, um ihr Feuer zu machen, neben einem großen Stein.

Sie hatte das Gefühl, sich in ein so neues Leben zu begeben, daß sie es nicht beladen mit alten Erinnerungen beginnen wollte. Ohne Erbarmen zerriß sie den kleinen Kalender, in dem sie über mehrere Monate hinweg Tag für Tag in kurzen Sätzen ihre Eindrücke festgehalten hatte. Sie war nicht mehr das Mädchen, das diese Dinge geschrieben hatte. Mit sicherer Hand zündete sie das Feuer an und sah mit einer Art verzauberter Gebanntheit zu, wie es brannte. Dann kam die Reihe an ein paar Heftseiten, dicht gefüllt mit einer hohen, tragischen Schrift, die ihrer Liebe zu Pablo, ihrer ersten Verzweiflung Ausdruck verliehen hatte … Ein leichtes Zittern überkam sie, als sie aufbrannten. Das bedeutete tatsächlich, ihre Jugend in Asche zu verwandeln. Die zerknitterten Heftseiten brannten schneller als der Kalender. Sie verursachten eine warme Stichflamme, die ihr Gesicht erleuchtete, und zerloderten rasch.

In ihrem Ranzen befanden sich nur noch die Legenden von Alcorah. Ihr Werk, ihre Hoffnung. Sie mochte sie sehr, sie hatte nicht vor, sich von ihnen zu trennen. Irgend etwas sollte sie an die Insel erinnern, wenn sie fortging, und ihre Legenden würden ihr dazu dienen.

Ihre Augen brannten ein wenig vom Rauch. Der Geruch nach verkohltem Papier hatte sich an ihr Kleid gehängt. Sie hörte Ziegenglöckchen und stand auf. Die Nacht brach rasch herein. Im letzten Tageslicht zeichneten sich die Umrisse der schlanken, bärtigen Tiere ab, die beim Pfiff des Ziegenhirten einen Augenblick auf dem Kamm des Weges zu La Atalaya stehengeblieben waren.

Marta lächelte. So hatte sie sich die alten Dämonen der Guanchen vorgestellt. Feierlich hatte sie sie in einer ihrer Legenden zwischen den Rebstöcken tanzen lassen.

Ohne nachzudenken, nahm sie einen Zweig, beugte sich über den Staub am Wegrand und schrieb unleserlich hinein:

›Die Dämonen sind überall. Sie setzen sich in die Herzen aller Menschen. Sie sind die sieben Hauptleidenschaften.‹

Die Dunkelheit senkte sich schnell herab, und auch wenn der Staub nicht so weich gewesen wäre und der Zweig etwas spitzer, hätte sie ihre Worte nicht mehr entziffern können. Leicht beschämt erhob sie sich und wischte alles mit den Sandalen weg. Es stimmte nicht einmal, daß die Dämonen die sieben Hauptleidenschaften waren. Die Dämonen sind unzählbar.

An den großen Stein gelehnt, neben dem sie ihr Feuer gemacht hatte, sah sie, daß der sich schwarz färbende Himmel eine Flut großer, niedriger Sterne ausgeschüttet hatte; von Sekunde zu Sekunde wurden sie schwerer und leuchtender, als würden sie in einem stillen, dichten Regen auf sie herabfallen.

Der Roque Saucillo schien sie zu durchdringen.

Da erkannte Marta, daß es nicht nötig war, die Legenden von Alcorah mitzunehmen, um sich an die warme Schönheit der Insel zu erinnern. Sie erkannte, warum sie so unbeirrbar versichern konnte, daß sie nie mehr zurückkehren würde.

All diese Wege, der Schritte ihrer Sandalen müde, hatten sich in ihre Seele gegraben. Die Umrisse des großen Gipfels, die Stille der Schluchten, das Meer und die Strände würden für immer in ihren Adern pochen. Wo immer sie auch wäre, die Insel käme mit ihr.

Langsam leerte sie ihren Ranzen ganz aus. Sie knüllte die noch verbleibenden Papiere zusammen, rieb ein neues Streichholz, um sie anzuzünden. Die Legenden, die niemand lesen wollte, verbrannten knisternd und qualmend, als würden sie einem Heidengott zum Opfer dargebracht. Ein wenig kümmerliche Asche war alles, was von ihnen übrigblieb. Marta wedelte sie in die Luft.

Die Himmelshelle lag beunruhigend auf dem Weg, als das Mädchen zurück zum Haus ging. Sie hatte das Gefühl, wie so oft, daß es sehr spät geworden war. Sie lief los.

Als sie den Garten erreichte, hörte sie ihren Namen. José und Pino riefen sie, angespannter als sie selbst, zu ihrem letzten Abendessen im Haus.

claassen

Carmen Laforet
Nada

Roman

Mit einem Nachwort von Mario Vargas Llosa
Aus dem Spanischen von Susanne Lange
334 Seiten ::: Gebunden mit Schutzumschlag
ISBN 10: 3-546-00394-0
ISBN 13: 978-3-546-00394-2

Als die Studentin Andrea in Barcelona eintrifft, ist sie voller naiver Hoffnungen. Doch in der Großstadt eröffnet sich ihr ein Inferno menschlicher Abgründe. Carmen Laforets Debüt wurde 1945 über Nacht zur literarischen Sensation, ausgezeichnet mit dem – zum ersten Mal vergebenen – Premio Nadal. Jetzt wurde der Klassiker wiederentdeckt und begeistert Leser in der ganzen Welt.

»Carmen Laforet erzählt in einer Prosa, die zu brennen und zugleich aus Eis zu bestehen scheint.« *Mario Vargas Llosa*

»Carmen Laforet könnte das weibliche Pendant zu Sándor Márai werden … Eine sensationell frische und sensationell zeitgemäße Prosa.« *Die Welt*

»Auch heute noch überzeugend.«
Frankfurter Allgemeine Zeitung

»Es hat mich nicht mehr losgelassen, bis zur letzten Seite.«
Elke Heidenreich